Sonnenfinsternis

Arthur Koestler

Sonnenfinsternis

Roman

MIT EINEM NACHWORT
DES AUTORS

Europaverlag
Wien · Zürich

CIP-Titelaufnahme der Deutschen Bibliothek

Koestler, Arthur:
Sonnenfinsternis: Roman / Arthur Koestler. Mit e. Nachw.
d. Autors [Rückübertr. aus d. Engl. von Arthur Koestler].
Neuaufl. – Wien ; Zürich : Europaverl., 1991
Einheitssacht.: Darkness at noon [dt.]
ISBN 3-203-51124-X

Titel der englischen Originalausgabe
Darkness at Noon
Erstveröffentlichung 1941
Rückübertragung aus dem Englischen von Arthur Koestler,
übernommen vom Alfred Scherz Verlag · Bern und München

Umschlaggestaltung: Catherine F. Littasy-Rollier

Medieninhaber: Europa Verlag GesmbH

Durchgesehene Neuauflage 1991
Hersteller: Elbemühl Graphische Industrie GesmbH, Wien
Verlags- und Herstellungsort: Wien
Printed in Austria
ISBN 3-203-51124-X

Inhalt

Die Gestalten in diesem Buch beruhen auf Erfindung; die Umstände, die ihre Handlungen bedingen, beruhen auf Geschichte. Das Schicksal des Mannes N. S. Rubaschow widerspiegelt die Schicksale einer Anzahl von Männern, die Opfer der sogenannten Moskauer Prozesse wurden. Einige unter ihnen waren dem Autor persönlich bekannt. Dieses Buch ist ihrer Erinnerung gewidmet.

Paris, Oktober 1938 bis April 1940

Das erste Verhör

»Niemand kann regieren, ohne schuldig zu werden.«

Saint-Just

1

Die Zellentür schlug hinter Rubaschow ins Schloß.

Er blieb einige Sekunden lang an die Tür gelehnt stehen und zündete sich eine Zigarette an. Auf der Pritsche zu seiner Rechten lagen zwei einigermaßen saubere Decken, und der Strohsack sah frisch aufgefüllt aus. Das Waschbecken zu seiner Linken hatte keinen Stöpsel, aber der Hahn funktionierte. Der Kübel daneben war frisch desinfiziert, er roch nicht. Die Wand war zu beiden Seiten aus Ziegeln und gab keine Klopfresonanz, aber die Austrittsstellen der Heizröhre und des Abzugsrohrs waren vergipst und tönten leidlich; die Heizröhre selbst schien außerdem schalleitend zu sein. Das Fenster begann in Kopfhöhe, man konnte in den Hof hinuntersehen, ohne sich am Gitter hochziehen zu mussen. Soweit war alles in Ordnung.

Er gähnte, zog sich die Jacke aus, rollte sie zusammen und legte sie als Kopfkissen auf den Strohsack. Er sah in den Hof hinab; der Schnee glänzte gelblich in dem doppelten Licht des Mondes und der elektrischen Laternen. Rings, der Mauer entlang, war eine schmale Spur ausgeschaufelt, für den Spaziergang. Es dämmerte noch nicht, die Sterne schimmerten klar im Frost, trotz der Laternen. Auf der Rampe der Außenmauer, die Rubaschows Zelle gegenüberlag, ging ein Soldat mit geschultertem Gewehr die hundert Schritte ab; er stampfte bei jedem Schritt mit den Füßen auf wie beim Parademarsch; Rubaschow konnte nicht entscheiden, ob er es wegen der Vorschrift oder wegen der Kälte tat; ab und zu blitzte auf seinem Bajonettschaft die Spiegelung der gelben Laternen auf.

Rubaschow zog sich, am Fenster stehend, die Schuhe aus. Er löschte die Zigarette, legte den Stummel neben das Fußende der Pritsche und saß einige Minuten lang auf dem Strohsack. Er ging noch einmal an das Fenster zurück; der Hof war still, der Wachsoldat machte gerade kehrt; über dem Maschinengewehrturm sah man ein Stück der Milchstraße. Rubaschow streckte sich auf der Pritsche aus und wickelte sich in die obere Decke. Es war fünf Uhr früh; vor sieben mußte man hier im Winter wohl nicht aufstehen. Er war sehr schläfrig und überlegte, daß das erste Verhör kaum vor drei bis vier Tagen stattfinden würde. Er nahm den Zwicker ab, legte ihn neben den Zigarettenstummel auf die Steinfliesen, lächelte und schloß die Augen. Die Decke hüllte ihn warm ein, er fühlte sich geborgen, das erstemal seit Monaten fürchtete er sich nicht vor den Träumen.

Als der Wärter einige Minuten später das Licht von außen abdrehte und durch den Spion in die Zelle sah, schlief der ehemalige Volkskommissar Rubaschow, den Rücken zur Wand gedreht, mit dem Kopf auf dem ausgestreckten linken Arm, der steif aus dem Bett herausragte; nur die Hand am Ende des Armes hing schlaff herab und zuckte im Schlaf.

2

Eine Stunde vorher, als die beiden Beamten vom Volkskommissariat des Innern gegen Rubaschows Wohnungstür gehämmert hatten, um ihn zu verhaften, hatte Rubaschow gerade geträumt, daß er verhaftet wurde.

Das Pochen war stärker geworden, und Rubaschow hatte sich bemüht, aufzuwachen. Er hatte Übung darin, sich aus einem Alptraum zu reißen, denn der Traum von seiner ersten Verhaftung kehrte seit Jahren periodisch wieder und lief mit der Regelmäßigkeit eines Uhrwerkes ab. Manchmal gelang es ihm mit einer starken Willensanstrengung, das Uhrwerk zum Stehen zu bringen, sich gleichsam am eigenen

Schopfe aus dem Traum hochzuziehen, aber diesmal gelang es nicht; die letzten Wochen hatten ihn sehr zermürbt, er schwitzte und röchelte im Schlaf, das Uhrwerk schnurrte, er träumte weiter.

Er träumte, wie immer, daß an seine Tür gehämmert wurde und daß draußen drei Männer standen, die ihn verhaften kamen. Er sah sie, durch die Tür hindurch, wie sie draußen standen und gegen das Rahmenwerk schlugen. Sie hatten ganz neue Uniformen an, die kleidsame Tracht der Prätorianer der deutschen Diktatur; auf ihren Kappen und Ärmeln trugen sie ihr Symbol, das mit aggressiven Widerhaken ergänzte Kreuz; in den unbeschäftigten Händen hielten sie große Pistolen, ihr Riemenzeug roch nach frischem Leder. Plötzlich standen sie im Zimmer, vor seinem Bett. Zwei waren hochgewachsene Bauernjungen mit dicken Lippen und Fischaugen, der dritte war klein und rund. Sie standen vor seinem Bett und hielten die Pistolen in ihren Händen und atmeten ihn an; es war ganz still, nur der kleine Dicke schnaufte asthmatisch. Dann wurde in der oberen Etage ein Abzug in Bewegung gesetzt, und das Wasser strömte mit gleichmäßigem Geräusch durch die Röhren in den Wänden.

Das Uhrwerk surrte ab. Das Hämmern an Rubaschows Tür wurde lauter; die beiden Männer draußen, die ihn verhaften kamen, hämmerten abwechselnd und bliesen sich in die kaltgefrorenen Hände. Aber Rubaschow konnte nicht aufwachen, obwohl er wußte, daß jetzt eine besonders peinigende Szene des Traumes folgen mußte: Die drei stehen immer noch vor seinem Bett, er versucht, sich seinen Schlafrock anzuziehen. Aber der eine Ärmel ist nach innen gestülpt, er vermag mit dem Arm nicht hineinzugelangen, er müht sich vergeblich, bis ihn eine Art Lähmung befällt; er kann sich nicht rühren, obwohl alles davon abhängt, daß er rechtzeitig in den Ärmel gelangt. Diese quälende Erstarrung dauert ein paar Sekunden, während derer Rubaschow stöhnt, die kalte Nässe auf den Schläfen spürt und das Hämmern an seiner Tür wie ein ferner Trommelwirbel in seinen Schlaf dringt; sein Arm unter dem Kopfkissen zuckt in der fiebrigen Bemühung, in den Ärmel des Schlafrocks hineinzuschlüpfen – da trifft ihn endlich der erste, erlösende Hieb mit dem Pistolenknauf schmetternd am Ohr.

Mit der vertrauten, in hundertfacher Wiederholung immer neu durchlebten Erinnerung dieses ersten Schlages, von dem Rubaschows Schwerhörigkeit datierte, pflegte er gewöhnlich aufzuwachen. Eine Weile zitterte er dann noch, und seine Hand, eingeklemmt unter dem Kopfkissen, zuckte weiter nach dem Ärmel des Schlafrocks; dann, ehe er völlig wach wurde, hatte er in der Regel noch die letzte und schlimmste Etappe zurückzulegen. Sie bestand in dem schwindligen, doppelbodigen Gefühl, daß dieses befreiende Erwachen nun erst recht geträumt sei und daß er in Wirklichkeit immer noch auf dem feuchten Steinboden der Dunkelzelle liege, zu seinen Füßen den Kübel, neben dem Kopf den gesparten Brotrest und den Wasserkrug.

Eine Sekunde lang hielt dieser Zustand der Benommenheit auch diesmal an, die Ungewißheit, ob seine tastende Hand an den Kübel oder an den Schalter der Nachttischlampe stoßen werde. Dann wich der Nebel, das Licht flammte auf; Rubaschow atmete einige Male tief ein und aus und trocknete sich mit der Bettdecke die Stirn und die beginnende Glatze am Hinterkopf. Er lag still; genoß, die Hände über der Brust gefaltet, wie ein Rekonvaleszent das beglückende Gefühl der Freiheit und Geborgenheit und blinzelte, mit schon wieder erwachender Ironie, zu dem Öldruck von Nummer Eins, dem Führer der Partei, empor, der über dem Bett an der Wand seines Zimmers hing – und an den Wänden aller Zimmer neben, über und unter ihm, an allen Wänden des Hauses, der Stadt, des unmäßig ausgedehnten Landes, um das er gekämpft und gelitten und das ihn nun wieder aufgenommen hatte in seinen gewaltigen, bergenden Schoß. Er war jetzt endlich völlig wach – aber das Hämmern an seiner Tür hielt an.

3

Die beiden Männer, die gekommen waren, um Rubaschow zu verhaften, standen draußen im dunklen Treppenflur und berieten. Der Hausmeister Wassilij, der sie heraufgefahren hatte, stand in der offenen Fahrstuhltür und keuchte vor Angst. Er war ein magerer alter Mann; aus dem zerrissenen Kragen des Soldatenmantels, den er über das Nachthemd geworfen hatte, ragte eine breite rote Narbe heraus, die ihm ein skrofulöses Aussehen gab. Sie stammte von einem Halsschuß aus dem Bürgerkrieg, den er im Partisanenregiment Rubaschows durchgekämpft hatte. Dann war Rubaschow ins Ausland kommandiert worden, und Wassilij erfuhr nur gelegentlich aus der Zeitung, die ihm seine Tochter abends vorlas, was mit ihm passierte. Er ließ sich die Reden vorlesen, die Rubaschow auf den Kongressen hielt; sie waren lang, schwer verständlich, und es wollte Wassilij nie recht gelingen, aus ihnen den Tonfall des kleinen, bärtigen Partisanenkommandeurs Rubaschow herauszuhören, der so schöne Flüche gekannt hatte, daß selbst die Heilige Madonna von Kasan vor Freude darüber lächeln mußte. Gewöhnlich schlief der Hausmeister in der Mitte dieser Reden ein, wachte aber immer auf, wenn die Tochter bei den Schlußlosungen und dem Beifall anlangte und feierlich die Stimme hob. Zu jedem dieser feierlichen Schlußsätze: es lebe die Internationale, es lebe die Weltrevolution, es lebe Nummer Eins, fügte Wassilij ein »Amen« hinzu, innig, aber leise, damit es die Tochter nicht höre, zog die Jacke aus, bekreuzigte sich heimlich und mit schlechtem Gewissen und ging zu Bett. Auch über seinem Bett hing das Ölbild von Nummer Eins und daneben eine Fotografie Rubaschows als Partisanenkommandeur. Wenn man die Fotografie fand, dann holte man ihn demnächst wohl auch.

Es war kalt, finster und sehr still im Treppenhaus. Der jüngere der beiden Männer vom Innenkommissariat schlug vor, das Türschloß zu durchschießen. Wassilij lehnte sich an die Fahrstuhltür, er hatte seine Stiefel in der Eile nicht richtig angezogen, seine Hände zitterten so stark, daß er die

Riemen nicht festschnüren konnte. Der ältere der beiden Männer lehnte das Schießen ab; die Verhaftung sollte möglichst unauffällig durchgeführt werden. Sie bliesen sich in die froststarren Hände und begannen erneut gegen die Tür zu hämmern; der Jüngere schlug mit dem Revolverknauf dagegen. Einige Etagen tiefer begann eine Frau mit schriller Stimme zu schreien. »Sag, sie soll das Maul halten«, sagte der Junge zu Wassilij. »Ruhe«, rief Wassilij, »hier ist Behörde.« Die Frau verstummte sofort. Der Junge ging dazu über, die Tür mit seinem Stiefel zu bearbeiten. Das ganze Treppenhaus dröhnte, endlich sprang die Tür auf.

Sie standen zu dritt vor dem Bett Rubaschows, der junge und der alte Beamte in ihren Uniformen, der junge mit dem Revolver in der Hand, der alte in strammer Haltung, wie man vor Vorgesetzten steht; Wassilij stand einen Schritt hinter ihnen, an die Wand gelehnt. Rubaschow war noch dabei, sich den Schweiß an Stirn und Hinterkopf zu trocknen, er sah sie kurzsichtig und verschlafen an. »Bürger Rubaschow, Nicolas Salmanowitsch, wir verhaften Sie im Namen des Gesetzes«, sagte der Junge. Rubaschow tastete nach seinem Zwicker unter dem Kopfkissen und stützte sich ein wenig auf. Jetzt, da er den Zwicker aufhatte, zeigten seine Augen wieder den gleichen Ausdruck, den Wassilij und der ältere Beamte von Fotografien und Öldrucken aus den Revolutionstagen kannten. Der Alte stand noch etwas strammer, der Junge, der bereits unter anderen Namen aufgewachsen war, trat einen Schritt näher ans Bett heran – alle drei sahen ihm an, daß er, um seine Unsicherheit zu bemänteln, gleich eine Brutalität sagen oder begehen würde.

»Tun Sie doch den Revolver weg, Genosse«, sagte Rubaschow zu dem Jungen. »Was ist denn los mit mir?«

»Sie hören, daß Sie verhaftet sind«, sagte der Junge. »Machen Sie keine langen Geschichten und ziehen Sie sich an.«

»Haben Sie einen Haftbefehl?« fragte Rubaschow. Der ältere Beamte zog ein Papier aus der Tasche, überreichte es Rubaschow und nahm wieder dienstliche Haltung an.

Rubaschow las aufmerksam. »Na schön«, sagte er, »daraus erfährt man nie was. Hol euch der Teufel.«

»Ziehen Sie sich an und machen Sie rasch!« befahl der Junge. Man merkte, daß die Grobheit nicht mehr gekünstelt war und seiner Natur entsprach. Rubaschow erinnerte sich an die Propagandaplakate, auf denen die Jugend immer mit lachenden Gesichtern abgebildet war. Er fühlte sich sehr müde. »Reichen Sie mir meinen Schlafrock, anstatt mit Ihrer Pistole herumzufuchteln«, sagte er zu dem Jungen. Der Junge wurde rot, schwieg aber. Der ältere Beamte reichte Rubaschow den Schlafrock. Rubaschow zwängte sich in die Ärmel hinein. »Diesmal geht's wenigstens«, sagte er mit einem verzerrten Lächeln. Die drei anderen verstanden ihn nicht und schwiegen. Sie sahen stumm zu, wie Rubaschow langsam aus dem Bett stieg und seine zerdrückten Kleider zusammensuchte. Das Haus war seit dem schrillen Frauenschrei wieder still, aber sie hatten das Gefühl, daß alle Bewohner wach in ihren Betten lagen und den Atem anhielten.

Dann hörten sie, wie in einer der oberen Etagen am Abzug gezerrt wurde und das Wasser gleichmäßig durch die Röhren rauschte.

4

Unten, vor dem Haustor, stand das Auto, in dem die Beamten gekommen waren, ein neuer amerikanischer Wagen. Es war noch dunkel, der Chauffeur hatte die Scheinwerfer angedreht, die Straße schlief oder stellte sich schlafend. Sie stiegen ein, der Junge zuerst, dann Rubaschow, dann der Alte. Der Chauffeur, auch er in Uniform, setzte den Wagen in Bewegung. Gleich hinter dem Häuserblock hörte die Pflasterung auf; sie waren noch im Zentrum der Stadt, ringsum standen lauter Hochhäuser mit modernen Fassaden, acht- und neunstöckige Gebäude, aber die Straßen waren ländliche Karrenwege aus gefrorenem Lehm, in dessen Rissen dünner Pulverschnee lag. Der Chauffeur fuhr im Schritt, und der vorzüglich gefederte Wagen stöhnte und knirschte wie ein Ochsenkarren.

»Fahr schneller«, sagte der Junge, der das Schweigen im Wagen nicht vertrug, zum Chauffeur.

Der Chauffeur zuckte die Achseln, ohne sich umzusehen. Er hatte Rubaschow beim Einsteigen gleichgültig und unfreundlich gemustert. Rubaschow hatte einmal einen Unfall gehabt; der Mann am Steuer des Rettungswagens, der ihn holen kam, hatte ihn ebenso angesehen. Die langsame, holpernde Fahrt durch die ausgestorbenen Straßen, mit dem zitternden Lichtkegel des Scheinwerfers voran, war schwer erträglich. »Wie weit ist es?« fragte Rubaschow, ohne seine Begleiter anzusehen. Fast hätte er hinzugefügt: bis zum Krankenhaus und dem Operationssaal. »Eine gute halbe Stunde«, sagte der ältere Uniformierte. Rubaschow kramte Zigaretten aus der Tasche, steckte eine in den Mund und bot das Päckchen automatisch herum. Der Junge lehnte schroff ab, der Ältere nahm zwei Zigaretten, von denen er eine dem Chauffeur reichte. Der Chauffeur fuhr mit der Hand an die Mütze und gab allen Feuer, wobei er das Steuer mit einer Hand hielt. Rubaschow wurde leichter ums Herz, gleichzeitig ärgerte er sich darüber. Jetzt noch sentimental werden, dachte er. Aber er konnte der Versuchung nicht widerstehen, zu sprechen und ein wenig menschliche Wärme um sich zu erzeugen. »Schade um die schönen Wagen«, sagte er. »Kosten ein gutes Stück Valuta, und nach einem halben Jahr sind sie auf unsern Straßen zum Teufel.«

»Da haben Sie ganz recht, unsere Straßen sind noch sehr rückständig«, sagte der alte Beamte. An seinem Ton merkte Rubaschow, daß der Alte seine Hilflosigkeit erkannt hatte. Er kam sich vor wie ein Hund, dem man einen Knochen hingeworfen hat, und beschloß, nicht mehr zu reden. Aber der Junge sagte plötzlich herausfordernd: »Sind die Straßen in den kapitalistischen Ländern vielleicht besser?«

Rubaschow mußte lächeln. »Waren Sie einmal draußen?« fragte er.

»Ich weiß trotzdem, wie es dort zugeht«, sagte der Junge. »Sie müssen gar nicht erst versuchen, mir Geschichten aufzubinden.«

»Für wen halten Sie mich eigentlich?« fragte Rubaschow

sehr ruhig. Aber er konnte sich doch nicht enthalten, hinzuzufügen: »Sie sollten wirklich ein bißchen Parteigeschichte studieren.« Der Junge schwieg und sah starr geradeaus. Alle drei schwiegen. Der Chauffeur drosselte schon zum dritten Male den keuchenden Motor ab und ließ ihn fluchend wieder anspringen. Sie holperten durch die Vorstadt; am Aussehen der hölzernen Elendsbaracken hier hatte sich nichts geändert. Über ihren krummen Silhouetten hing blaß und kalt der Mond.

5

In allen Korridoren des neuen Prachtgefängnisses brannte elektrisches Licht. Es lag fahl auf den eisernen Galerien, den kahlen getünchten Wänden, den Zellentüren mit den Namenskarten und den schwarzen Löchern der Spione. Rubaschow war dieses fade, reflexlose Licht und die schrille Akustik der Schritte auf den Steinfliesen so vertraut, daß er einige Sekunden lang mit der Illusion spielte, wieder zu träumen. Er wollte sich gerne einreden, daß er wirklich daran glaubte. Wenn es dir gelingt, dich davon zu überzeugen, daß du nur träumst, dann wird es wirklich nur ein Traum sein, dachte er. Er wünschte das so heftig, daß ihm fast schwindlig wurde; gleich darauf stieg eine würgende Scham in ihm hoch. Das muß anständig zu Ende gelöffelt werden, dachte er. Auch wenn man am letzten Brocken erstickt. Inzwischen waren sie schon bei Zelle 404 angelangt. Über dem Spion hing eine Karte, auf der sein Name stand, Nicolas Salmanowitsch Rubaschow. Die haben ja alles schon vorbereitet, dachte Rubaschow; der Anblick seines Namens auf der Karte berührte ihn unheimlich. Er wollte noch vom Aufseher eine Zusatzdecke wegen seines Rheumatismus verlangen, da knallte bereits die Zellentür hinter ihm ins Schloß.

6

Der Aufseher hatte in regelmäßigen Abständen durch den Spion in Rubaschows Zelle gespäht. Aber Rubaschow hatte still auf seiner Pritsche gelegen; nur seine Hand hatte manchmal im Schlaf gezuckt. Neben der Pritsche lagen sein Zwicker und ein Zigarettenstummel auf der Steinfliese.

Um sieben Uhr morgens – zwei Stunden nach seiner Einlieferung – wurde Rubaschow durch einen Posaunenstoß geweckt. Er hatte die zwei Stunden traumlos durchgeschlafen und war sich sogleich der Wirklichkeit wieder bewußt. Die Posaune blies dreimal, die gleiche schmetternde Tonfolge in Dur. Die Töne zitterten lange nach, erstarben; eine feindselige Stille trat ein.

Es war noch nicht ganz hell; die Konturen des Blechkübels und des Waschbeckens waren noch durch die Dämmerung gemildert. Das Fenstergitter lag als schwarzes Silhouettenmuster vor dem trüben Glas. Oben links war eine zerbrochene Scheibe mit Zeitungspapier verklebt. Rubaschow setzte sich auf, langte nach dem Zwicker und dem Zigarettenstummel am Fußende und legte sich wieder zurück. Er setzte den Zwicker auf und brachte den Stummel zum Glimmen. Die Stille hielt an. In dem gekalkten Wabenbau erhoben sich jetzt wohl gleichzeitig die Männer von den Pritschen, fluchten und tappten über den Steinboden, aber in den Zellen des Isolators hörte man nichts – nur ab und zu verhallende Schritte auf dem Korridor. Rubaschow wußte, daß er sich in einem Isolator befand und daß er hier bleiben mußte, bis man ihn erschoß. Er strich mit den Fingern durch den kurzen Spitzbart, rauchte und lag still.

Man wird dich also erschießen, dachte Rubaschow. Er beobachtete blinzelnd, wie sich an seinem Fuß, der am andern Ende der Decke vertikal emporragte, die große Zehe bewegte. Er fühlte sich warm, geborgen und sehr müde; er hätte nichts dagegen gehabt, gleich in den Tod hinüberzudösen, wenn man ihn bloß unter der warmen Decke liegen ließ. »Man wird uns also erschießen«, murmelte er vor sich hin. Er bewegte langsam die Zehen in der Socke, und ein

Vers fiel ihm ein, der die Füße Christi mit einem weißen Reh in einem Dornbusch verglich. Er rieb den Zwicker mit der gewohnten, seinen Anhängern wohlbekannten Geste an seinem Ärmel. Er fühlte sich in der Wärme der Decke beinahe völlig glücklich und fürchtete nur das eine – aufstehen und sich bewegen zu müssen. »Man wird uns also auslöschen«, sagte er sich halblaut vor und zündete eine neue Zigarette an, obwohl ihm nur noch drei blieben. Die ersten Zigaretten auf nüchternen Magen verursachten ihm manchmal einen leichten Rausch, und er war ohnehin schon leicht berauscht, ein Zustand, den er aus früheren Erfahrungen der Todesnähe gut kannte. Er wußte auch, daß dieser Zustand anstößig und, von einem bestimmten Standpunkt aus betrachtet, unerlaubt war; aber er fühlte momentan keine Neigung, diesen Standpunkt einzunehmen. Statt dessen beobachtete er das Spiel seiner bestrumpften Zehen und lächelte hinter dem Zwicker. Eine warme Welle der Sympathie mit seinem Körper, den er sonst nicht liebte, überkam ihn, und seine bevorstehende Vernichtung erfüllte ihn mit einer mitleidigen Wollust. »Die alte Garde ist tot«, sagte er sich, »wir sind die letzten. – Man wird uns auslöschen«, sprach er zu sich selbst. »Komm, süßer Tod.«

Er suchte sich an die Melodie von »Komm, süßer Tod« zu erinnern, aber es wollten ihm nur die Worte einfallen. »Die alte Garde ist tot«, wiederholte er und versuchte, sich an ihre Gesichter zu erinnern; es gelang ihm nur bei wenigen. Vom ersten Vorsitzenden der Internationale, den man als Verräter hingerichtet hatte, konnte er nur ein Stück der karierten Weste über dem leicht gewölbten Bauch beschwören. Er hatte niemals Hosenträger getragen, immer lederne Gürtel. Der erste Präsident des revolutionären Staates, gleichfalls hingerichtet, hatte in Augenblicken der Gefahr an den Nägeln gekaut. Die Geschichte wird euch rehabilitieren, dachte Rubaschow ohne besondere Überzeugung. Was weiß die Geschichte vom Nägelkauen? Rubaschow rauchte und dachte an die Toten und die Erniedrigung, die ihrem Tod vorangegangen war. Dennoch konnte er sich immer noch nicht dazu bringen, Nummer Eins zu hassen. Er hatte das Ölbild von Nummer Eins über seinem Bett oft angesehen und es zu hassen versucht. Sie hatten ihm, unter sich, viele Namen gegeben, bei Nummer Eins war es schließlich geblieben. Das Grauen, das von Nummer Eins ausging, bestand vor allem darin, daß er möglicherweise recht hatte –, daß alle, die er umbrachte, sich noch mit der Kugel im Nacken sagen mußten, daß er möglicherweise recht hatte. Es gab keine Gewißheit, nur die Berufung auf das höhnische Orakel, das sie die Geschichte nannten und das seinen Urteilsspruch erst sprach, wenn die Kiefer dessen, der fragte, längst zu Staub zerfallen waren. Komm, süßer Tod. –

Rubaschow hatte das Gefühl, daß er durch den Spion beobachtet wurde. Ohne hinzusehen, wußte er, daß eine Pupille, an das Loch gepreßt, in die Zelle starrte; gleich darauf knirschte wirklich der Schlüssel im schweren Türschloß. Es dauerte eine Weile, bis sie aufging. Der Wärter, ein kleiner, alter Mann in Pantoffeln, blieb an der Tür stehen:

»Warum sind Sie nicht aufgestanden?« fragte er.

»Ich bin krank«, sagte Rubaschow.

»Was fehlt Ihnen? Vor morgen können Sie dem Arzt nicht vorgeführt werden.«

»Zahnschmerzen«, sagte Rubaschow.

»Also Zahnschmerzen«, sagte der Wärter, schlurfte hinaus und knallte die Tür zu.

Jetzt kann ich wenigstens ruhig liegenbleiben, dachte Rubaschow, aber es freute ihn nicht mehr. Die schale Wärme der Decke wurde ihm lästig, er warf sie ab. Er versuchte, wieder seine Zehen zu beobachten; es langweilte ihn. Über beiden Knöcheln war je ein Loch in der Socke. Er hatte Lust, die Löcher zuzunähen, aber der Gedanke, an die Tür zu klopfen und vom Wärter Nadel und Zwirn zu verlangen, hielt ihn ab; wahrscheinlich würde man ihm ohnedies die Nadel verweigern. Er verspürte plötzlich eine wilde Gier nach einer Zeitung. Sie war so stark, daß er die Druckerschwärze roch, das Knistern und Rauschen der umgeschlagenen Seiten hörte. Vielleicht war heute nacht eine Revolution ausgebrochen, ein Staatsoberhaupt war ermordet worden, ein Amerikaner hatte das Mittel zur Aufhebung der Schwerkraft entdeckt. Seine Verhaftung konnte noch nicht drinstehen, im Inland würde man sie eine Weile geheimhalten, draußen würde die Sensation bald durchsickern, man würde zehn Jahre alte Fotos aus den Klischee-Archiven drucken und fürchterlichen Unsinn über ihn und Nummer Eins zusammenschmieren. Er hatte keine Lust mehr auf die Zeitung, aber es gelüstete ihn mit der gleichen Gier zu wissen, was jetzt im Gehirn von Nummer Eins vorging. Er sah ihn vor seinem Schreibtisch sitzen, die Ellenbogen aufgestützt, schwer und unsympathisch, und langsam etwas ins Stenogramm diktieren. Andere Leute gingen beim Diktieren auf und ab, bliesen Rauchringe oder spielten mit einem Lineal. Nummer Eins bewegte sich nicht und blies keine Ringe. Rubaschow merkte plötzlich, daß er selbst seit fünf Minuten in der Zelle auf und ab ging, er war von der Pritsche gestiegen, ohne sich dessen bewußt zu werden. Er war auch schon wieder in seinem alten Ritual gefangen, niemals auf die Kanten der Steinfliesen zu treten, und er wußte ihr Muster bereits auswendig. Dabei hatten seine Gedanken Nummer Eins nicht einen Augenblick verlassen, Nummer Eins, der, vor seinem Schreibtisch sitzend und unbeweglich diktierend, sich allmählich in sein Ölbild verwandelt hatte – in den bekannten Öldruck, der über allen Betten und Kommoden des Landes hing und die Leute unablässig, Tag und Nacht, ansah mit seinem gefrorenen Blick.

Rubaschow ging in der Zelle auf und ab, von der Tür zum Fenster und zurück, zwischen Pritsche, Waschbecken und Kübel, sechseinhalb Schritte hin, sechseinhalb Schritte her. An der Tür machte er rechts kehrt, am Fenster links kehrt – es war eine alte Zellengewohnheit: wenn man die Drehrichtung nicht wechselte, wurde man rasch schwindlig. Was ging im Gehirn von Nummer Eins vor? Er stellte sich, im Aufundabwandern, einen Querschnitt durch dieses Gehirn vor, sauber mit grauer Wasserfarbe auf ein Blatt gemalt, mit Zwecken auf ein Reißbrett gespannt. Die Windungen der grauen Substanz schwollen an wie Därme, sie ringelten sich umeinander wie muskulöse Schlangen, vage und verschwommen wie die Spiralnebel auf astronomischen Karten. Was ging in den geblähten grauen Wülsten vor sich? Man wußte alles über die fernen Spiralnebel, aber darüber nichts. Damit hing es wohl zusammen, daß die Geschichte mehr ein Orakel als eine Wissenschaft war. Vielleicht, später einmal, wird man die Geschichte an Hand von wirtschaftsstatistischen Tafeln, ergänzt durch solche anatomischen Querschnitte, lehren. Der Lehrer wird die Lebensbedingungen der Massen einer bestimmten Nation, in einer bestimmten Epoche, als algebraische Formel an die Tafel schreiben: »Hier, Bürger, sehen Sie die objektiven Faktoren, die den historischen Prozeß bedingten«, und dann mit dem Demonstrierstab auf eine graue Nebellandschaft zwischen dem zweiten und dritten Hirnlappen von Nummer Eins weisen: »Und hier sehen Sie die subjektive Spiegelung jener Faktoren. Sie war es, die im zweiten Viertel des 20. Jahrhunderts zum Sieg des Machtprinzips in Europa führte.« Solange man nicht so weit war, blieb Politik blutiger Dilettantismus, nichts als Aberglaube und Schwarze Magie.

Rubaschow hörte die Schritte von mehreren Männern im Korridor, die sich im Gleichtakt näherten. Sein erster Gedanke war: jetzt wird geschlagen. Er hielt mitten im Schritt inne, lauschte mit vorgeschobenem Kinn. Die Schritte hielten vor einer Zelle, ein leises Kommando ertönte, der Schlüsselbund klirrte. Dann Stille.

Rubaschow stand steif zwischen Pritsche und Kübel, hielt den Atem an und wartete auf den ersten Aufschrei. Er erinnerte sich: Dieser erste Schrei, in dem das Entsetzen den physischen Schmerz noch übertönte, war gewöhnlich das schlimmste; was nachher kam, war schon erträglicher, man gewöhnte sich daran, und nach einiger Zeit konnte man sogar, aus Ton und Rhythmus des Gebrülls, Schlüsse auf die Art der Folterung des Mannes ziehen. Gegen Ende dann verhielten sich die meisten gleich, so verschieden sie nach Temperament und Stimme waren: Die Schreie wurden schwächer, gingen in Wimmern und Schlucken über, das hieß, daß man von ihnen abgelassen hatte. Gewöhnlich knallte dann die Zellentür bald zu, der Schlüsselbund klirrte wieder, und der erste Schrei des nächsten Mannes kam oft, noch bevor sie ihn angefaßt hatten, beim bloßen Anblick der Schlägerpatrouille im Türrahmen.

Rubaschow stand regungslos in der Mitte seiner Zelle und wartete auf den ersten Schrei. Er rieb seinen Zwicker am Ärmel und sagte sich vor, daß er auch diesmal nicht schreien werde, was immer mit ihm geschah. Er wiederholte diesen Satz lautlos und gleichmäßig, wie man einen Rosenkranz abbetet. Er stand und lauschte, der Schrei kam immer noch nicht. Er hörte nur das erstickte, nackte Schweigen des Gefängniskorridors. Dann hörte er ein leises Klirren, eine Stimme murmelte etwas, die Zellentür schlug zu. Die Schritte im Gleichtakt bewegten sich zur nächsten.

Rubaschow ging an den Spion und sah in den Korridor hinaus. Die Männer hielten gerade schräg gegenüber von seiner Zelle, vor No. 407. Es war die Frühstücksprozession. Sie bestand aus dem alten Wärter, zwei Kalfaktoren, die den Bottich mit Teewasser schleppten, einem dritten, der den Korb mit den Schwarzbrotscheiben trug, und zwei Uniformierten mit Pistolengurten. Sie schlugen nicht, sie teilten das Frühstück aus.

No. 407 nahm gerade das Brot in Empfang. Rubaschow sah ihn nicht; No. 407 stand wohl in der vorschriftsmäßigen Haltung in seiner Zelle, einen Schritt hinter der Tür, Rubaschow sah nur seine Vorderarme und Hände. Die Arme waren nackt und sehr mager; sie ragten wie zwei parallele Stöcke horizontal aus dem Türrahmen in den Korridor hinaus. Die Handflächen des unsichtbaren No. 407 waren nach oben gekehrt und wölbten sich zu einer Schale. Als sie das Brot empfangen hatten, schlossen die Hände sich zusammen und zogen sich in die Unsichtbarkeit der Zelle zurück. Die Tür von No. 407 knallte zu.

Rubaschow verließ das Guckloch und nahm seinen Marsch durch die Zelle wieder auf. Er hörte auf, seinen Zwicker am Ärmel zu reiben, setzte ihn auf seinen Platz, atmete tief und mit Genuß. Er pfiff und wartete auf das Frühstück. Nur ein kleines Unbehagen störte ihn; jene dünnen

Arme und die zur Schale gewölbten Hände gemahnten ihn vage an etwas, das er nicht definieren konnte. Er wußte nicht, was es war; aber die Umrisse jener ausgestreckten Hände und selbst die Schatten darauf waren ihm vertraut – vertraut und aus der Erinnerung herangeweht wie der Fetzen einer Melodie oder der Geruch einer engen Hafenstraße …

7

Die Prozession hatte bereits eine Reihe von Türen aufgeschlossen und zugeknallt, aber seine noch nicht. Rubaschow ging zum Spion zurück, um zu sehen, wann sie endlich kämen; er freute sich auf den heißen Tee. Der Bottich hatte gedampft, und an seiner Oberfläche hatten dünne Zitronenscheiben geschwommen. Er nahm den Zwicker ab und preßte das Auge an das Guckloch. Sein Blickfeld schloß vier der gegenüberliegenden Zellen ein: No. 401 bis 407. Über den Zellen lief balkonartig eine schmale eiserne Galerie; dahinter waren wieder Zellen, die der zweiten Etage. Die Prozession kam gerade von rechts den Korridor zurück; offenbar fertigte sie erst die ungerade Zellenreihe ab, dann die gerade. Jetzt standen sie vor No. 408. Rubaschow sah den dampfenden Bottich wieder und den Kalfaktor mit dem Brotkorb, in dem jetzt nur noch wenige Scheiben lagen. Die Tür von No. 406 knallte gleich wieder zu; die Zelle war unbewohnt. Die Prozession näherte sich, ging an seiner Tür vorbei und blieb vor No. 402 stehen.

Rubaschow begann mit der Faust an seine Tür zu trommeln. Er sah, daß die beiden Kalfaktoren, die den Bottich hielten, Blicke wechselten und zu seiner Tür herübersahen. Der Wärter machte sich mit dem Schlüsselbund an der Tür von No. 402 zu schaffen und tat, als ob er nichts hörte. Die beiden Uniformierten standen mit dem Rücken zu Rubaschows Guckloch. Jetzt wurde durch die Tür von No. 402 das Brot hineingereicht; gleich mußte die Prozession sich weiterbewegen. Rubaschow trommelte noch heftiger. Er zog sich einen Schuh aus und schlug damit gegen die Tür.

Der größere von den beiden Uniformierten wandte sich langsam um, starrte ausdruckslos Rubaschows Tür an und wandte sich wieder ab. Der Wärter knallte die Tür von No. 402 zu. Die Kalfaktoren mit dem Teebottich standen unschlüssig herum. Der Uniformierte, der sich umgedreht hatte, sagte etwas zu dem alten Wärter, der die Achseln zuckte und mit dem Schlüsselbund klirrend auf Rubaschows Tür zuschlurfte. Die Kalfaktoren mit dem Teebottich folgten ihm, der Brotkalfaktor blieb stehen und sprach etwas durch den Spion zu No. 402 hinein.

Rubaschow trat einen Schritt von seiner Tür zurück und wartete, daß sie aufging. Die Spannung in ihm riß plötzlich ab, es war ihm gleichgültig, ob er Tee bekam oder nicht. Übrigens hatte der Tee in dem Bottich auf dem Rückweg nicht mehr gedampft, und die Zitronenscheiben auf dem Rest der hellgelben Flüssigkeit hatten welk und verschrumpft ausgesehen.

Der Schlüssel wurde in seiner Tür umgedreht, dann erschien eine starrende Pupille im Spion und verschwand wieder. Die Tür flog auf. Rubaschow hatte sich auf die Pritsche gesetzt und zog sich den Schuh an. Der Wärter hielt den Türflügel für den großen Uniformierten, der in die Zelle trat. Er hatte einen runden, kahlrasierten Schädel und ausdruckslose Augen. Seine gestreifte Offiziersuniform knirschte, die Stiefel gleichfalls; Rubaschow glaubte das Leder seines Revolvergurtes zu riechen. Er blieb neben dem Kübel stehen und sah sich in der Zelle um, die durch seine Gegenwart eng wurde.

»Sie haben nicht aufgeräumt«, sagte er ruhig zu Rubaschow. »Sie kennen doch die Vorschrift.«

»Warum wurde ich bei der Frühstücksausteilung übergangen?« fragte Rubaschow, ebenso ruhig, und sah den Uniformierten durch seinen Zwicker an.

»Wenn Sie mit mir verhandeln wollen, werden Sie wohl aufstehen müssen«, sagte der Offizier.

»Ich habe nicht die geringste Lust und Veranlassung, mit

Ihnen zu verhandeln», versetzte Rubaschow und schnürte sich den Schuh zu.

»Dann hämmern Sie das nächste Mal nicht gegen die Tür, sonst wird man die üblichen Disziplinarmaßnahmen gegen Sie anwenden müssen«, sagte der Offizier. Er sah sich nochmals genau in der Zelle um. »Der Häftling hat keinen Lappen zum Fliesenreinigen«, wandte er sich an den Aufseher. Der Aufseher sagte etwas zum Brotkalfaktor, der im Laufschritt über den Korridor verschwand. Die beiden anderen Kalfaktoren standen in der offenen Tür und sahen mit neugierigen Augen in die Zelle. Der zweite Uniformierte wandte ihnen den Rücken zu, stand breitbeinig mit den Händen auf dem Rücken im Korridor.

»Der Häftling hat auch keinen Eßnapf«, fügte Rubaschow hinzu, immer noch mit dem Zuschnüren seines Schuhs beschäftigt. »Vermutlich wollen Sie mir die Mühe eines Hungerstreiks ersparen. Ich bewundere eure neuen Methoden.«

»Sie irren sich«, sagte der Offizier und sah ihn ausdruckslos an. Er hatte eine breite Narbe auf dem glattrasierten Schädel und trug das Band eines Revolutionsordens im Knopfloch. Also doch im Bürgerkrieg gewesen, dachte Rubaschow. Aber das ist lange her und macht keinen Unterschied mehr.

»Sie irren sich. Sie wurden beim Frühstück übergangen, weil Sie sich krank gemeldet hatten.«

»Zahnschmerzen«, bemerkte der alte Aufseher, der an die Tür gelehnt stand. Er trug immer noch Pantoffeln, seine Uniform war zerknittert und mit Speiseflecken beschmutzt.

»Meinetwegen«, sagte Rubaschow. Es lag ihm eine scharfe Erwiderung auf der Zunge, er wollte fragen, ob es die letzte Errungenschaft des Regimes war, Kranke mit Essensentzug zu behandeln, aber er sagte bloß: »Meinetwegen.« Er hatte die ganze Sache satt.

Der Brotkalfaktor kam angerannt, er keuchte und schwenkte einen schmutzigen Lappen. Der Wärter nahm ihm den Lappen aus der Hand und warf ihn neben den Kübel in die Ecke.

»Haben Sie sonst noch Wünsche?« fragte der Offizier, ohne Ironie.

»Laßt mich in Ruhe mit eurer Komödie«, sagte Rubaschow. Der Offizier wandte sich zum Gehen, der Wärter rasselte mit dem Schlüsselbund. Rubaschow ging an sein Fenster und kehrte ihnen den Rücken zu. Als die Tür zugeknallt war, fiel Rubaschow das Wichtigste ein; mit einem Satz war er wieder an der Zellentür. »Papier und Bleistift«, schrie er aus voller Kehle durch das Guckloch. Er nahm rasch den Zwicker ab und preßte das Auge an den Spion, um zu sehen, ob sie sich umwandten. Er hatte sehr laut gerufen, aber die Prozession bewegte sich den Korridor hinab, als hätte sie nichts gehört. Das letzte, das er von ihr sah, war der Rücken des kahlgeschorenen Offiziers mit dem breiten Gurt und der Ledertasche, in der sein Revolver stak.

8

Rubaschow nahm seinen Marsch durch die Zelle wieder auf, sechseinhalb Schritte bis zum Fenster, sechseinhalb Schritte zurück. Die Szene hatte ihn erregt, er repetierte in Gedanken ihre Einzelheiten, während er den Zwicker am Ärmel rieb. Er versuchte, den Haß, den er einige Augenblicke lang gegen den Offizier mit der Narbe verspürt hatte, festzuhalten, weil er sich davon eine Art innerer Rückenstärkung für den kommenden Kampf versprach. Statt dessen verfiel er wieder dem vertrauten und fatalen Zwang, sich in die Haut des Gegners zu versetzen und den Auftritt durch dessen Augen zu sehen. Da saß er also, Rubaschow, auf der Pritsche, klein, spitzbärtig und arrogant, und zog sich in offensichtlich provokatorischer Absicht den Schuh über die verschwitzte Socke. Gewiß, dieser Rubaschow hatte seine Meriten und seine große Vergangenheit, aber er nahm sich anders aus auf der Kongreßtribüne und anders auf dem Strohsack in der Zelle. Und das soll der legendäre Rubaschow sein? dachte Rubaschow im Namen des Offiziers mit den ausdruckslosen Augen. Schreit um sein Frühstück wie ein Schuljunge und geniert sich nicht. Zelle unaufgeräumt. Loch im Strumpf. Querköpfiger Intelligenzler. Hat gegen Staat und Ordnung konspiriert; ob für Geld oder aus Rechthaberei, ist gleich. Wir haben die Revolution nicht für Querulanten gemacht. Er hat sie zwar machen helfen, damals war er ein Kerl, aber jetzt ist er alt und rechthaberisch, reif für die Liquidation. Und vielleicht war er es schon damals, in der Revolution gab es viele Seifenblasen, die nachher geplatzt sind. Wenn er noch einen Rest von Selbstrespekt hätte, würde er seine Zelle saubermachen.

Einen Augenblick lang überlegte Rubaschow, ob er die Fliesen wirklich aufreiben sollte. Er stand unschlüssig in der Mitte der Zelle, dann setzte er seinen Zwicker wieder auf und stellte sich ans Fenster.

Der Hof lag jetzt im Tageslicht, das Licht war hellgrau mit einem Stich ins Gelbliche und dennoch nicht unfreundlich, es hing neuer Schnee am Himmel. Es mochte gegen acht Uhr früh sein, es war erst drei Stunden her, daß er diese Zelle betreten hatte. Die Mauern, die den Hof einfaßten, sahen den Mauern von Kasernen gleich; vor allen Fenstern lag das eiserne Gitterwerk, die Zellen dahinter waren zu dunkel, um in sie hineinzusehen; man sah nicht einmal, ob jemand unmittelbar hinter seinem Fenster stand und gleich ihm in den Schnee des Hofes hinunterblickte. Es war ein schöner, leicht gefrorener Schnee, er mußte knirschen, wenn man darauf trat. Zu beiden Seiten des Pfades, der in zehn Schritt Abstand von der Mauer um den Hof herumführte, lag der Schnee als hügelige Schanze. Auf der Mauerrampe gegenüber ging der Wachsoldat auf und ab. Einmal, beim Wenden, spuckte er in weitem Bogen in den Schnee hinunter; dann beugte er sich über die Rampe, um zu sehen, wo es hingefallen und gefroren war.

Die alte Krankheit, dachte Rubaschow. Revolutionäre dürfen nicht durch anderer Leute Hirn denken.

Oder vielleicht doch? Oder vielleicht gerade sie?

Wie kann man die Welt verändern, wenn man gleichzeitig durch alle ihre Gehirne denkt?

Wie anders kann man sie verändern?

Wer versteht und verzeiht, wo findet der noch ein Motiv zum Handeln?

Wo findet er keines?

Man wird mich erschießen, dachte Rubaschow. Meine Motive werden nicht interessieren. Er lehnte seine Stirn an die Fensterscheibe. Der Hof lag weiß und still.

So stand er eine Zeitlang, fühlte das kühle Glas an der Stirn und dachte gar nichts. Erst allmählich wurde ihm bewußt, daß schon seit einer ganzen Weile, leise, aber hartnäckig, ein tickendes Geräusch in der Zelle war.

Er wandte sich um, lauschte. Das Klopfen war so leise, daß er zuerst nicht unterscheiden konnte, von welcher Wand es kam. Während er lauschte, hörte das Klopfen auf. Er klopfte selbst, zuerst an die Wand neben dem Kübel, nach No. 406 hinüber, bekam aber keine Antwort. Er versuchte es an der andern Wand, die ihn von No. 402 trennte, neben der Pritsche. Hier wurde geantwortet. Rubaschow setzte sich bequem auf die Pritsche, er konnte von hier den Spion im Auge behalten, sein Herz klopfte, er lächelte: der erste Kontakt war immer sehr erregend.

No. 402 klopfte jetzt regelmäßig: dreimal mit kurzen Intervallen, dann Pause, dann wieder dreimal, dann wieder Pause, dann wieder dreimal. Rubaschow wiederholte die gleiche Zeichenfolge, um anzudeuten, daß er hörte. Er war gespannt, ob der andere das quadratische Klopfalphabet kannte, sonst stand eine lange Plackerei bevor, bis er es ihm beibrachte. Die Wand war dick, mit schlechter Resonanz, er mußte den Kopf gegen sie lehnen, um klar zu hören, und dabei ständig den Spion beobachten. No. 402 hatte offenbar lange Übung, er klopfte klar und ohne Hast, wahrscheinlich mit einem harten Gegenstand, Bleistift oder dergleichen. Während Rubaschow sich die Zahlen einprägte, suchte er, da er außer Übung war, das Buchstabenquadrat mit den fünfundzwanzig Feldern visuell zu fixieren – fünf Horizontalreihen mit je fünf Buchstaben. No. 402 klopfte erst fünfmal – also fünfte Reihe, V bis Z; dann zweimal, also zweiter Buchstabe der Reihe, W. Dann Pause; dann einmal: erste Reihe, A bis E, dann fünfmal: also fünfter Buchstabe der

Reihe, E. Dann viermal und zweimal: vierte Reihe, zweiter Buchstabe, R. Schluß.

WER?

Ein sachlicher Mensch, dachte Rubaschow, will gleich wissen, mit wem er es zu tun hat. Die Klopfetikette der Revolution verlangte eigentlich, daß man mit einer politischen Losung begann; dann Nachrichten übermittelte; dann über Essen und Tabak sprach; viel später, oft nach Tagen erst, wenn überhaupt, stellte man sich vor. Rubaschows Erfahrung beschränkte sich bisher allerdings nur auf Länder, in denen die revolutionäre Partei Verfolgte und nicht Verfolgerin war und die Parteimitglieder, aus Gründen der Konspiration, sich nur beim Vornamen kannten – und auch diese so häufig wechselten, daß ein Name jede Bedeutung verlor. Hier war es offenbar anders. Rubaschow zögerte, ob er seinen Namen nennen sollte. No. 402 war ungeduldig geworden; er klopfte nochmals:

WER?

Warum eigentlich nicht? dachte Rubaschow. Er klopfte seinen vollen Namen:

NICOLAS SALMANOWITSCH RUBASCHOW,

und wartete auf die Wirkung.

Lange folgte nichts. Rubaschow lächelte; er konnte seinem Nachbarn den Schock nachfühlen. Er wartete eine volle Minute, eine zweite; schließlich zuckte er die Achseln und stand von der Pritsche auf. Er nahm seinen Spaziergang durch die Zelle wieder auf, blieb aber nach jeder Wendung stehen und horchte zur Wand hinüber. Die Wand blieb stumm. Er rieb seine Brille am Ärmel, ging langsam, mit schleppenden Schritten, zur Tür und sah durch den Spion in den Korridor hinaus.

Der Korridor war leer; die elektrischen Lampen verbreiteten ihr schales, abgestandenes Licht; man hörte nicht den geringsten Laut. Warum war No. 402 verstummt?

Wahrscheinlich aus Angst. Vermutlich fürchtete er, sich durch Rubaschow zu kompromittieren. Vielleicht war No. 402 ein unpolitischer Arzt oder Ingenieur, der bei dem Gedanken an die gefährliche Nachbarschaft zitterte. Sicher ein

Unpolitischer, sonst hätte er nicht gleich als erstes nach dem Namen gefragt. Vermutlich in irgendeine Sabotagegeschichte verwickelt; sitzt schon eine ganze Weile, hat sich im Klopfen perfektioniert und verzehrt sich in dem Wunsch, seine Unschuld zu beweisen. Er hat wohl noch den naiven Glauben, daß seine subjektive Schuld oder Unschuld einen Unterschied macht, und hat keine Ahnung von den höheren Zusammenhängen, um die es tatsächlich geht. Aller Wahrscheinlichkeit nach saß er jetzt auf seiner Pritsche und schrieb die hundertste Eingabe an eine Behörde, die sie nicht lesen, oder den hundertsten Brief an seine Frau, der sie nicht erreichen wird. Hat sich aus Verzweiflung einen Bart wachsen lassen, einen schwarzen Puschkinbart, hat es aufgegeben, sich zu waschen, und sich das Nägelkauen oder sexuelle Privatexzesse angewöhnt. Nichts ist schlimmer im Zuchthaus als das Bewußtsein der eigenen Unschuld; es verhindert die Akklimatisation und untergräbt die Moral ...

Plötzlich tickte es wieder.

Rubaschow setzte sich rasch auf die Pritsche; aber die beiden ersten Buchstaben hatte er bereits versäumt. No. 402 klopfte jetzt rasch und weniger klar, er war offenbar sehr erregt:

... SCHIEHT IHNEN RECHT.

»Geschieht Ihnen recht.«

Das war überraschend. No. 402 war ein Konformist. Er haßte die oppositionellen Ketzer, wie es sich gehörte, glaubte, daß die Geschichte auf Schienen lief, nach einem unfehlbaren Fahrplan und mit einem unfehlbaren Weichensteller, Nummer Eins. Er glaubte, daß seine eigene Verhaftung auf einem Mißverständnis beruhte und daß die außen- und innenpolitischen Katastrophen der letzten Jahre, von China bis Spanien, von der Hungersnot bis zur Ausrottung der alten Garde, bloß lauter kleine Entgleisungen waren oder auf die Teufelskünste Rubaschows und seiner oppositionellen Freunde zurückgingen. Der Puschkinbart von No. 402 hatte sich verflüchtigt; er hatte ein glattrasiertes, fanatisches Gesicht, seine Zelle war peinlich sauber und vorschriftsmäßig gehalten wie eine Kasernenstube. Es hatte keinen Sinn, mit ihm zu streiten, denn diese Sorte war unbelehrbar. Aber es hatte noch weniger Sinn, auf die einzige und vielleicht letzte Verbindung zu verzichten.

WER? klopfte Rubaschow, sehr scharf und langsam.

Die Antwort kam stoßweise und ungleichmäßig:

GEHT SIE NICHTS AN.

MEINETWEGEN,

klopfte Rubaschow gedehnt und erhob sich, um wieder auf und ab zu gehen, da er das Gespräch für beendet hielt. Aber es klopfte gleich wieder, diesmal sehr laut, schallend und gleichsam höhnisch – No. 402 hatte sich offenbar einen Schuh ausgezogen, um seinen Worten größeren Nachdruck zu verleihen:

ES LEBE S. M. DER MONARCH!

Da hat man es, dachte Rubaschow. Es gibt noch echte, wirkliche Konterrevolutionäre – und unsereiner glaubt, sie kommen nur noch als Sündenböcke für Mißerfolge in den Reden von Nummer Eins vor. Da sitzt wirklich einer, ein Alibi aus Fleisch und Blut für Nummer Eins, und brüllt, genau wie es sich gehört: »Es lebe der Monarch!«

AMEN,

klopfte Rubaschow und grinste. Die Antwort kam sofort, womöglich noch lauter:

SCHWEIN!

Rubaschow amüsierte sich. Er nahm den Zwicker ab und klopfte mit dem Metallrand, um den Ton zu verändern, leise und vornehm:

VERSTEHE NICHT.

No. 402 schien einen Tobsuchtsanfall zu bekommen.

HUN,

hämmerte er gegen die Mauer; das D kam nicht mehr. Statt dessen klopfte er – seine Wut schien plötzlich verflogen zu sein:

WARUM HAT MAN SIE EINGESPERRT?

Du liebe Einfalt … Das Gesicht von No. 402 machte eine neue Wandlung durch. Es wurde ein kaiserliches Offiziersgesicht, hübsch und stupide. Vielleicht trug er ein Einglas.

Rubaschow klopfte wieder mit dem Zwicker:

POLITISCHE DIFFERENZEN.

Kurze Pause; No. 402 strengte offenbar seinen Kopf an, um eine ironische Antwort zu finden. Da kam sie auch schon:

BRAVO STOP DIE WÖLFE FRESSEN SICH GEGENSEITIG AUF!

Rubaschow antwortete nicht. Sein Bedürfnis nach Geselligkeit war befriedigt; er nahm seine Wanderung wieder auf. Aber der Offizier auf 402 schien gesprächig geworden zu sein. Er tickte:

RUBASCHOW ...

Das war ja schon geradezu Intimität zu nennen.

JA?

antwortete Rubaschow.

No. 402 schien zu zögern; dann kam ein ziemlich langer Satz:

WANN HABEN SIE ZULETZT MIT EINER FRAU GESCHLAFEN?

Ganz bestimmt trug No. 402 ein Einglas; wahrscheinlich klopfte er damit, und das entblößte Auge zwinkerte nervös. Rubaschow fühlte sich nicht abgestoßen. Der Mann gab sich wenigstens, wie er war; immerhin sympathischer, als wenn er Leitartikel geklopft hätte. Rubaschow dachte ein wenig nach, dann klopfte er:

VOR DREI WOCHEN.

Die Antwort kam sofort.

ERZÄHLEN SIE!

Das ging wohl zu weit. Rubaschows erster Impuls war, das Gespräch abzubrechen; aber er überlegte, daß der Mann sehr nützlich werden konnte; man konnte ihn ausholen und Verbindungen zu No. 400 und den weiteren Zellen durch ihn anknüpfen. Die Nachbarzelle zur Linken war offenbar unbewohnt; dort riß die Kette ab. Rubaschow bedauerte, daß er keine Übung in Offizierskasino-Gesprächen hatte. Ein altes Chanson aus der Vorkriegszeit fiel ihm ein, das er irgendwo als Student in einem Kabarett gehört hatte, wo schwarzbestrumpfte Damen französischen Cancan getanzt hatten; er seufzte und klopfte mit dem Zwicker:

BRÜSTE WIE ÄPFELCHEN ...

Hoffentlich war das der richtige Ton. Offenbar ja, denn No. 402 drängte:

WEITER STOP DETAILS ...

Er zupfte jetzt wohl nervös an seinem Schnurrbart. Sicher hatte er einen kleinen Schnurrbart mit aufgezwirbelten Enden. Der Teufel sollte den Mann holen, er war die einzige Verbindung, man mußte sich gut mit ihm stellen. Worüber unterhielt man sich in Offizierskasinos? Über Weiber und Pferde ... Rubaschow rieb sich den Zwicker am Ärmel und klopfte gewissenhaft:

SCHENKEL WIE EINE WILDE STUTE ...

Er hielt erschöpft inne. Mehr konnte er beim besten Willen nicht tun. Aber No. 402 war hochbefriedigt:

TEUFELSKERL!

klopfte er begeistert. Er lachte sicher dröhnend, aber man hörte nichts; er schlug sich die Schenkel und zwirbelte seinen Schnurrbart, aber man sah nichts. Die abstrakte Obszönität der stummen Wand wirkte peinlich auf Rubaschow.

WEITER ... drängte No. 402.

Es ging nicht. SCHLUSS – klopfte Rubaschow gereizt und bedauerte es sogleich. Man durfte No. 402 nicht verärgern. Aber er ließ sich auch nicht verärgern. Er klopfte zähe mit seinem Einglas:

WEITER – BITTE, BITTE ...

Rubaschow war jetzt wieder so weit in Übung, daß er die Klopfzeichen nicht mehr bewußt zu zählen brauchte, sondern direkt in akustische Wahrnehmungen umsetzte. Er glaubte den Tonfall zu hören, in dem No. 402 um weiteres erotisches Material bettelte. Das Betteln wiederholte sich:

BITTE, BITTE ...

402 mußte noch jung sein und sich sehr quälen. Er zupfte wohl immerfort an seinem kleinen Schnurrbart, hatte das Monokel wieder eingeklemmt und starrte lauschend die gekalkte Wand an:

WEITER – BITTE, BITTE ...

... Und starrte immerzu die stumme Wand an, deren

feuchte Mauerflecken allmählich die Umrisse der Frau mit den Äpfelbrüsten und Stutenschenkeln annahmen.

ERZÄHLEN SIE DOCH, BITTE.

Vielleicht kniete er auf der Pritsche und hielt die Hände verlangend ausgestreckt – wie der Gefangene gegenüber auf dem Korridor, als er das Brot in Empfang nahm.

Und jetzt plötzlich wußte Rubaschow, an welches Erlebnis ihn die Geste vorhin, die zur Schale gewölbten, ausgestreckten Hände des unsichtbaren Brotempfängers, gemahnt hatte, Pietà ...

9

Pietà. – Die Gemäldegalerie einer mitteldeutschen Stadt, an einem Montagnachmittag. Kein Mensch war in der Galerie außer Rubaschow und dem jungen Mann, den zu treffen er hierhergereist war; ihr Gespräch spielte sich auf einem runden Plüschsofa in der Mitte eines leeren Saales ab, dessen Wände mit Tonnen vom schweren Frauenfleisch der flämischen Maler behangen waren. Es war im Jahre 1933, während der ersten Schreckensmonate, kurz vor Rubaschows Verhaftung. Die Bewegung war zerschlagen, ihre Mitglieder wurden als Freiwild gejagt, zu Tode geprügelt. Die Partei war keine politische Organisation mehr, nur noch eine tausendarmige, tausendfüßige Masse von blutendem Fleisch. So, wie den Toten noch die Haare und Nägel weiterwachsen, so regten sich immer noch einzelne Zellen, Muskeln, Gliedmaßen der toten Partei. Überall im Lande lebten kleine Grüppchen von Menschen, die die Katastrophe überdauert hatten und unterirdisch weiterkonspirierten. Sie trafen einander in Kellern, Wäldern, Bahnhöfen, Museen und Sporthallen. Sie wechselten ständig ihr Nachtquartier, ihren Namen, ihre Gewohnheiten. Sie kannten einander nur beim Vornamen und fragten einander nicht nach den Adressen. Sie gaben einander ihr Leben in die Hände, und keiner traute dem andern über den Weg. Sie verfertigten Flugblätter, in denen sie sich und den andern vorlogen, daß sie noch lebten. Sie stahlen sich nachts durch die engen Vorstadtstraßen und schrieben die alten Sprüche an die Mauern, um zu beweisen, daß sie noch lebten. Sie kletterten im Morgengrauen auf die Fabrikschlote und hißten die alten Fahnen, um zu beweisen, daß sie noch lebten. Die Flugblätter bekamen nur wenige zu Gesicht, und die warfen sie rasch fort, denn es graute ihnen vor der Botschaft der Toten; die Sprüche an den Mauern wurden beim ersten Hahnenschrei ausgelöscht, und die Fahnen wurden von den Schloten heruntergeholt; aber sie erschienen immer wieder. Denn überall im Lande gab es kleine Grüppchen von Menschen, die sich Tote auf Urlaub nannten und die den Rest ihres Lebens daransetzten, um zu beweisen, daß sie es noch besaßen.

Sie hatten keine Verbindung miteinander, die Nervenstränge der Partei waren zerrissen, jede Gruppe stand für sich allein. Allmählich begannen sie, wieder Fühler auszustrecken. Es kamen ehrbare Handelsreisende aus dem Ausland, sie reisten mit falschen Pässen und mit doppelwandigen Koffern, sie waren die Kuriere. Sie wurden in der Regel abgefaßt, gefoltert und enthauptet; und andere traten an ihre Stelle. Die Partei blieb weiter tot, sie konnte nicht atmen und sich nicht regen, aber ihre Haare und Nägel wuchsen weiter, und die Zentrale im Ausland sandte galvanische Ströme durch ihren starren Leib, die in den Gliedmaßen krampfhafte Zuckungen auslösten.

Pietà ... Rubaschow vergaß No. 402 und ging wieder seine sechseinhalb Schritte auf und ab; er befand sich wieder auf dem runden Plüschsofa in dem leeren Saal der Gemäldegalerie, der nach Staub und Parkettwachs roch. Er war vom Bahnhof geradewegs zum vereinbarten Ort des Treffens gefahren und um einige Minuten zu früh da. Er glaubte ziemlich sicher zu sein, daß man ihn nicht beobachtet hatte. Sein Koffer, der Muster von zahntechnischen Neuerungen einer holländischen Firma enthielt, lag in der Gepäckaufbewahrung. Er saß auf dem runden Plüschsofa, betrachtete durch seinen Zwicker die Massen von welkem Fleisch an den Wänden und wartete.

Der junge Mann, der sich mit Vornamen Richard nannte und der zur Zeit die Parteigruppe in dieser Stadt leitete, kam um einige Minuten zu spät. Er hatte Rubaschow noch niemals gesehen, und Rubaschow hatte ihn auch noch niemals gesehen; er war bereits durch zwei leere Säle gegangen, als er Rubaschow auf dem runden Sofa erblickte. Auf Rubaschows Knie lag ein Buch: »Werthers Leiden« in Reclams Universalausgabe. Als er das Buch erblickte, sah der junge Mann sich unauffällig um und setzte sich neben Rubaschow aufs Sofa. Er war etwas verlegen und saß etwa einen halben Meter von Rubaschow entfernt auf der Kante des Sofas, seine Mütze auf den Knien. Er war von Beruf Schlosser und hatte einen schwarzen Sonntagsanzug an, weil er wußte, daß man in einem Monteurkittel im Museum auffiel. »Also«, begann er, »du mußt schon entschuldigen, daß ich zu spät komme.«

»Schön«, sagte Rubaschow, »jetzt wollen wir zuerst eure Leute durchgehen. Hast du eine Liste mit?«

Der junge Mann, der Richard hieß, schüttelte den Kopf. »Liste gibt's bei mir nicht«, sagte er. »Ich hab' alles im Kopf – Adressen und alles.«

»Schön«, sagte Rubaschow, »aber wenn du hochgehst, weiß niemand Bescheid.«

»Doch«, erklärte Richard. »Für diesen Fall habe ich der Anni eine Liste gegeben. Die Anni ist nämlich meine Frau.«

Er machte eine Pause und schluckte, sein Adamsapfel bewegte sich einige Male auf und ab, zum erstenmal sah er Rubaschow voll an. Rubaschow sah, daß er entzündete Augen hatte, die Augäpfel waren mit roten Adern durchsetzt und traten leicht hervor; sein Kinn und seine Wangen über dem schwarzen Kragen des Sonntagsanzugs waren stoppelig. »Die Anni ist nämlich heute nacht verhaftet worden«, sagte er und sah Rubaschow an, und Rubaschow las in seinen Augen die dumpfe und unsinnige Hoffnung, daß er, der Kurier der Zentrale, ein Wunder tun und ihm helfen werde.

»So«, sagte Rubaschow und rieb seinen Zwicker am Ärmel. »Dann hat die Polizei also die ganze Liste gekriegt.«

»Das nicht«, sagte Richard. »Meine Schwägerin war nämlich in der Wohnung, wie sie sie holen gekommen sind, und ihr hat sie sie noch rasch zustecken können. Bei meiner Schwägerin ist das Ding sicher. Die ist nämlich mit einem Polizeibeamten verheiratet, aber sie hält zu uns.«

»So«, sagte Rubaschow; »wo warst denn du, als man deine Frau verhaftet hat?«

»Das war so«, erklärte Richard. »Ich schlafe nämlich schon seit drei Monaten nicht bei mir in der Wohnung. Ich habe einen Kumpel, der ist Kinovorführer, zu dem kann ich hinein, und wenn die Vorstellung aus ist, kann ich in der Vorführkabine schlafen. In die Vorführkabine kommt man nämlich direkt von der Straße über die Feuertreppe. Und Kino gratis, soviel ich will ...« Er machte eine Pause und schluckte. »Die Anni hat von meinem Kumpel immer Freikarten gekriegt, und wenn es finster war, hat sie zur Vorführkabine hinaufgeschaut. Sie hat mich zwar nicht sehen können, aber ich hab' ihr Gesicht manchmal gut gesehen, wenn viel Licht auf der Leinwand war ...«

Er schwieg. Richard gerade gegenüber hing ein »Jüngstes Gericht«; lockige Engel mit drallen Hinterteilen flogen posauneblasend in ein Gewitter hinein. Links von Richard hing die Federskizze eines deutschen Meisters, Rubaschow sah nur einen kleinen Ausschnitt von ihr – der Rest wurde von der Plüschlehne des Sofas und von Richards Hinterkopf verdeckt –, die mageren, zu einer Schale gewölbten Hände der Maria und ein Stück leerer Himmel, mit horizontalen Federstrichen. Mehr war nicht zu sehen, denn Richards Kopf verharrte beim Sprechen unbeweglich über seinem leicht vorgebeugten rötlichen Nacken.

»So«, sagte Rubaschow, »wie alt ist deine Frau?«

»Sie ist siebzehn Jahre«, sagte Richard.

»So, und wie alt bist du?«

»Neunzehn«, sagte Richard.

»Kinder gibt es wohl keine?« fragte Rubaschow und reckte ein wenig den Hals, aber er sah doch nicht mehr von der Zeichnung.

»Das erste ist unterwegs«, sagte Richard und saß unbeweglich, wie aus Blei gegossen.

Rubaschow machte eine Pause, dann ließ er sich von Richard die Mitgliederliste vorsagen. Sie umfaßte ungefähr dreißig Namen. Er stellte Fragen und schrieb einige Adressen in sein Orderbuch für die zahntechnischen Präparate der holländischen Firma, in die Lücken einer langen Reihe von ortsansässigen Zahnärzten, Technikern und angesehenen Bürgern aus dem Telefonbuch. Als sie damit fertig waren, sagte Richard:

»Jetzt möchte ich dir einen kurzen Bericht über unsere Arbeit geben, Genosse.«

»Schön«, sagte Rubaschow, »ich höre.«

Richard berichtete. Er saß leicht gebückt, einen halben Meter von Rubaschow entfernt, auf dem schmalen Plüschsofa, die großen, roten Hände auf den Knien des Sonntagsanzugs, und veränderte beim Sprechen kein einziges Mal seine Stellung. Er sprach von den Fahnen über den Schornsteinen, von den Aufschriften auf den Mauern, von den Flugblättern, die man auf den Fabrikaborten liegen ließ, trocken und sachlich wie ein Buchhalter. Ihm gegenüber flogen die posaunenden Engel ins Gewitter, hinter seinem Nacken streckte die unsichtbare Maria ihre dünnen Hände aus, überall von den Wänden starrten gewaltige Brüste, Schenkel und Hüften sie an ...

Brüste wie Äpfelchen, fiel es Rubaschow ein. Er blieb auf der dritten schwarzen Fliese vom Zellenfenster stehen und horchte, ob No. 402 noch klopfte. Es war still. Rubaschow ging an den Spion und sah zu No. 407 hinüber, der die Hände nach dem Brot ausgestreckt hatte. Er sah die graugestrichene Tür von 407 und die kleine schwarze Höhle des Gucklochs. Der Korridor war wie immer elektrisch beleuchtet und so öde und still, daß er nicht glauben konnte, daß Menschen hinter den Türen lebten ...

Während Richard seinen Bericht gab, unterbrach ihn Rubaschow nicht. Von den dreißig Männern und Frauen, die Richard nach der Katastrophe um sich gesammelt hatte, waren siebzehn noch vorhanden. Zwei, ein Fabrikarbeiter und sein Mädchen, hatten sich aus dem Fenster gestürzt, als man sie holen kam. Einer war desertiert, aus der Stadt verschwunden, abgereist, verschollen. Zwei wurden als Polizeispione verdächtigt, man wußte aber nicht sicher, ob sie es waren. Drei waren aus Protest gegen die Politik der Zentrale aus der Partei ausgetreten; zwei davon hatten eine neue Oppositionsgruppe gegründet; der dritte hatte sich den Gemäßigten angeschlossen. Fünf waren verhaftet worden; darunter die Anni, letzte Nacht; von zweien von diesen wußte man, daß sie nicht mehr am Leben waren. Es blieben also siebzehn, die weiter Flugblätter verteilten und die Mauern beschrieben.

Richard erzählte sehr genau, damit Rubaschow alle personellen Zusammenhänge verstand; denn auf die kam es besonders an; er wußte nicht, daß die Zentrale einen Vertrauensmann in seiner Gruppe hatte und daß Rubaschow durch diesen Vertrauensmann den größten Teil des Tatbestandes bereits kannte. Er wußte auch nicht, daß dieser Vertrauensmann der Kino-Operateur war, in dessen Kabine er schlief, und daß dieser seit langem intime Beziehungen zur Anni unterhielt, die man die Nacht vorher verhaftet hatte. All dies wußte Richard nicht; aber Rubaschow wußte es. Denn die Bewegung lag in Trümmern, aber ihr Informations- und Überwachungsapparat funktionierte noch. Er war vielleicht das einzige, was noch funktionierte, und Rubaschow stand zur Zeit an seiner Spitze. Auch das wußte der stiernackige junge Richard mit dem Sonntagsanzug nicht. Er wußte nur, daß man die Anni geholt hatte und daß man weiter Flugblätter machen und Mauern bemalen mußte und daß man Rubaschow, der von der Zentrale kam, wie einem Vater vertrauen, es aber nicht zeigen und keine Schwäche verraten durfte, denn wer weich und gefühlvoll war, taugte nicht für die Aufgaben und mußte ausgestoßen werden. Ausgestoßen aus der Bewegung, in die Einsamkeit, in das leere Nichts.

... Auf dem Korridor draußen näherten sich Schritte. Rubaschow ging zur Tür, nahm den Zwicker ab, preßte das Auge an das Guckloch. Zwei von den Beamten mit den ledernen Revolvertaschen führten einen Bauernburschen über den Korridor; hinter ihnen ging der alte Schließer mit dem Schlüsselbund. Der Bauernbursche hatte ein geschwollenes Auge und etwas Blut auf der Oberlippe; er wischte sich im Vorübergehen mit dem Ärmel über die blutende Nase, sein Gesicht war stumpf und ausdruckslos. Weiter unten auf dem Korridor, außerhalb von Rubaschows Blickfeld, wurde eine Zellentür aufgeschlossen und zugeschmettert. Dann kamen die Beamten und der Schließer allein über den Korridor zurück.

Rubaschow ging in der Zelle auf und ab. Er sah sich auf dem runden Plüschsofa neben Richard sitzen; spürte nochmals das Schweigen, das eingetreten war, als der Junge seinen Bericht beendet hatte. Er regte sich nicht, saß mit den Händen auf den Knien und wartete. Er saß wie einer, der gebeichtet hat und auf das Urteil des Beichtvaters wartet. Eine ganze Weile sagte Rubaschow nichts. Dann fragte er: »Bist du nun fertig?«

Der Junge nickte; sein Adamsapfel hob und senkte sich.

»In deinem Bericht ist mir einiges unklar«, sagte Rubaschow. »Du sprachst wiederholt von den Flugblättern, die ihr selbst hergestellt habt. Sie sind uns bekannt, und ihr Inhalt wurde scharf kritisiert. Sie enthalten Formulierungen, die für die Partei politisch untragbar sind.«

Der junge Richard sah ihn erschrocken an; er errötete. Rubaschow sah genau, wie die Haut über seinen Backenknochen heiß wurde und das Netz von roten Adern in seinen leicht hervortretenden, entzündeten Augen sich verdichtete.

»Andererseits«, fuhr Rubaschow fort, »haben wir euch wiederholt fertiges Druckmaterial zur Verbreitung zukommen lassen, darunter die Nummern der Dünndruckausgabe des offiziellen Parteiorgans. Ihr habt die Sendungen erhalten.«

Richard nickte. Die Hitze wich nicht aus seinem Gesicht.

»Ihr habt aber unser Material nicht verbreitet, es ist in deinem Bericht überhaupt nicht erwähnt; statt dessen habt ihr euer selbsthergestelltes Material vertrieben – ohne Kontrolle und Genehmigung der Partei.«

»Aber wir m-mußten«, stieß Richard unter großer Anstrengung hervor. Rubaschow sah ihn aufmerksam durch seinen Zwicker an, er merkte jetzt erst, daß der Junge ein Gelegenheitsstotterer war. Merkwürdig, dachte er, das ist der dritte Fall in vierzehn Tagen. Wir haben ein sehr defektes Menschenmaterial. Entweder liegt es an den Bedingungen, unter denen wir arbeiten müssen – oder aber die Bewegung fördert eine Auslese der Defekten ...

»D-du mußt doch verstehen, G-genosse«, stammelte Richard in immer größerer Erregung. »D-der Ton eures P-propagandamaterials war falsch, w-weil ...«

»Sprich leise«, zischte Rubaschow plötzlich. »Und dreh den Kopf nicht nach der Tür.«

Ein hochgewachsener Mensch in der Uniform der schwarzen Leibgarde der Diktatur hatte in Gesellschaft seines Mädchens den Saal betreten. Das Mädchen war blond, er hielt ihre breite Hüfte umschlungen, ihr Arm lag auf seiner Schulter. Sie beachteten Rubaschow und seinen Gesprächspartner nicht und blieben vor den posaunenden Engeln stehen, mit dem Rücken zum Sofa.

»Sprich weiter«, sagte Rubaschow in ruhigem, gedämpftem Ton und holte mit einer automatischen Geste sein Zigarettenetui aus der Tasche. Dann erinnerte er sich, daß man in Museen nicht rauchen darf, und steckte das Etui wieder ein. Der Junge saß wie von einem elektrischen Schlag gelähmt und starrte die beiden an. »Sprich weiter«, wiederholte Rubaschow halblaut. »Hast du schon als Kind gestottert? Antworte und schau nicht hin.«

»N-nur m-manchmal«, brachte Richard mit größter Anstrengung hervor.

Das Paar bewegte sich weiter an der Bilderreihe entlang. Es blieb vor dem Akt einer sehr dicken Frau stehen, die auf einem samtenen Ruhebett lag und den Beschauer ansah. Der Mann murmelte etwas offenbar Spaßiges, denn das Mädchen kicherte und sah sich verstohlen nach den beiden Gestalten auf dem Sofa um. Sie bewegten sich weiter, zu einem Stilleben mit toten Fasanen und Früchten.

»S-sollen wir nicht hinausgehen?« fragte Richard.

»Nein«, sagte Rubaschow. Er fürchtete, daß der Junge,

wenn sie aufstanden, sich in seiner Erregung auffällig benahm. »Sie werden bald fortgehen. Wir sitzen hier im Halbdunkel, man sieht uns nicht deutlich. Atme einige Male langsam und tief, das hilft.«

Das Mädchen kicherte wieder, das Paar bewegte sich langsam dem Ausgang zu. Im Vorübergehen wandten beide die Köpfe nach Rubaschow und Richard. Sie waren schon im Begriffe, den Saal zu verlassen, aber das Mädchen zeigte mit dem Finger auf die Federzeichnung der Pietà; sie stellten sich vor das Bild. »S-stört es sehr, w-wenn ich s-stottere?« fragte Richard leise und sah vor sich zu Boden.

»Man muß sich beherrschen«, bemerkte Rubaschow trocken. Er durfte jetzt keine intime Stimmung aufkommen lassen.

»Es w-wird gleich wieder b-besser«, sagte Richard, und sein Adamsapfel bewegte sich krampfhaft auf und ab. »D-die Anni hat mich immer ausgelacht.«

Solange das Paar sich in dem Saal befand, konnte Rubaschow das Gespräch nicht lenken. Der Rücken des Uniformierten nagelte ihn neben Richard fest. Die gemeinsame Bedrohung half dem Jungen ein wenig über seine Scheu hinweg; er rückte sogar auf dem Sofa etwas näher an Rubaschow heran.

»S-sie hat mich aber t-trotzdem gern gehabt«, fuhr er flüsternd fort, in einer anderen, stilleren Art von Erregung. »Ich hab' mich n-nie mit ihr ausgekannt. Das Kind hat sie nicht haben wollen, aber sie hat's nicht w-wegbringen können. V-vielleicht t-tun sie ihr jetzt nichts, w-weil sie schwanger ist. Man sieht's schon ganz deutlich. G-glaubst du, daß Schwangere auch geschlagen werden von denen?«

Er nickte mit dem Kinn nach dem Rücken des Uniformierten hin. Im gleichen Augenblick wandte der Uniformierte plötzlich den Kopf nach Richard. Eine Sekunde lang sahen sie sich an. Der Mann sagte leise etwas zu dem Mädchen; auch sie wandte den Kopf. Rubaschow griff wieder nach dem Zigarettenetui, ließ es aber schon in der Tasche los. Das Mädchen sagte etwas und zog den Uniformierten mit sich fort. Das Paar verließ langsam den Saal, der Uniformierte etwas zögernd. Man hörte draußen das Mädchen nochmals kichern, dann entfernten sich ihre Schritte.

Richard drehte den Kopf und sah ihnen nach. Durch die Bewegung sah Rubaschow das erstemal auch die dünnen Arme der Maria auf der Zeichnung, bis zum Ellenbogengelenk. Es waren Kleinmädchenarme, sie hoben sich gewichtslos dem unsichtbaren Pfahl entgegen.

Rubaschow blickte auf seine Uhr. Der Junge rückte, ohne es selbst zu merken, wieder etwas weiter auf dem Sofa von ihm fort. »Wir müssen zu einem Ende kommen«, sagte Rubaschow. »Wenn ich dich richtig verstanden habe, Genosse, sagtest du, daß du unser Material absichtlich nicht verbreitet hast, weil du mit dem Inhalt nicht einverstanden warst. Auch wir waren mit dem Inhalt deiner Flugblätter nicht einverstanden. Es ist dir wohl klar, Genosse, daß sich daraus bestimmte Konsequenzen ergeben.«

Richard wandte ihm seine entzündeten Augen zu. Dann senkte er wieder den Kopf. »Du weißt doch selbst, daß lauter Unsinn darin stand«, flüsterte er tonlos. Er stotterte plötzlich nicht mehr.

»Davon weiß ich nichts«, sagte Rubaschow trocken.

»Ihr habt geschrieben, als wäre nichts geschehen«, sagte der Junge mit der gleichen müden, schläfrigen Stimme. »Sie haben die Partei zu Brei zerschlagen, und ihr habt lauter Phrasen gemacht von ungebrochenem Siegeswillen, lauter verlogenes Zeug wie im Weltkrieg. Wem wir das gezeigt haben, hat bloß ausgespuckt. Das weißt du doch alles selbst.«

Rubaschow beobachtete den Jungen, der jetzt ganz vornübergebeugt saß, mit den Ellbogen auf den Knien, das Kinn auf die roten Fäuste gestützt. Er antwortete trocken: »Du unterstellst mir zum zweitenmal eine Meinung, die ich nicht teile. Ich muß dich bitten, das zu unterlassen.«

Richard drehte ihm langsam den Kopf zu, er sah ihn forschend und ungläubig aus seinen entzündeten Augen an. Rubaschow fuhr fort:

»Die Partei macht eine schwere Prüfung durch. Andere revolutionäre Parteien haben noch Schwereres durchgemacht. Entscheidend ist ihr ungebrochener Wille. Wer jetzt weich und sentimental wird, gehört nicht in unsere Reihen. Wer Panikstimmung fördert, spielt dem Gegner in die Hände. Was er sich dabei denkt, ist gleichgültig. Durch sein Verhalten wird er zu einem Schädling der Bewegung und dementsprechend behandelt.«

Richard saß immer noch mit dem Kinn auf die Fäuste gestützt, hielt aber sein Gesicht Rubaschow zugewandt.

»Ich bin also ein Schädling der Bewegung«, sagte er. »Ich spiele dem Gegner in die Hände. Vielleicht werde ich sogar dafür bezahlt. Die Anni wahrscheinlich auch.«

»In euren Flugblättern«, fuhr Rubaschow im gleichen, trockenen Tonfall fort, »deren Urheberschaft du zugibst, kommen immer wieder Sätze vor wie: daß wir eine Niederlage erlitten haben, daß die Partei von einer Katastrophe betroffen worden ist, daß wir neu anfangen und unsere Politik von Grund auf ändern müssen. Das ist Defaitismus. Es demoralisiert und lähmt die Kampfkraft der Bewegung.«

»Ich weiß bloß«, sagte Richard, »daß man den Leuten die Wahrheit sagen muß, denn sie wissen sie ohnehin. Es ist lächerlich, ihnen etwas vorzulügen.«

»Der Kongreß der Parteileitung hat in seiner Resolution festgestellt, daß die Partei keine Niederlage erlitten, sondern einen vorübergehenden Rückzug angetreten hat, und daß keine Veranlassung besteht, ihre bisherige Politik zu ändern.«

»Das ist doch Blödsinn«, sagte Richard.

»Wenn du in diesem Ton fortfährst«, herrschte Rubaschow ihn an, »dann werden wir die Unterredung abbrechen müssen.«

Richard schwieg eine Weile. Im Saal begann es zu dämmern; die Konturen der Engel und Frauengestalten an den Wänden wurden noch weicher und verschwommener.

»Entschuldige«, sagte Richard, »ich meine: die Parteileitung irrt sich. Ihr redet von ›strategischem Rückzug‹ – wo unsere Leute mehr als zur Hälfte erschlagen sind und die Übriggebliebenen sich freuen, daß sie noch leben, und rudelweise zu den anderen überlaufen... Solche Haarspaltereien, wie ihr sie euch da draußen ausdenkt, versteht hier keiner ...«

Die Züge Richards begannen in der Dämmerung gleichfalls zu verschwimmen. Er machte eine kleine Pause, sagte aber dann noch:

»Die Anni, die hat wohl heute nacht auch einen strategischen Rückzug angetreten. Verstehe doch, wir leben doch alle wie im Urwald hier ...«

Rubaschow wartete, ob er noch etwas sagen würde, aber Richard schwieg. Die Dämmerung schritt fort. Rubaschow nahm den Zwicker ab und rieb ihn am Ärmel.

»Die Partei kann sich nicht irren«, sagte Rubaschow.

»Du und ich – wir können uns irren – die Partei nicht. Die Partei, Genosse, ist mehr als du und ich und tausend andere wie du und ich. Die Partei ist die Verkörperung der revolutionären Idee in der Geschichte. Die Geschichte kennt kein Schwanken und keine Rücksichten. Sie fließt, schwer und unbeirrbar, auf ihr Ziel zu. An jeder Krümmung lagert sie Schutt und Schlamm und die Leichen der Ertrunkenen ab. Aber – sie kennt ihren Weg. Die Geschichte irrt sich nicht. Wer diesen unbedingten Glauben an die Partei nicht hat, gehört nicht in ihre Reihen.«

Richard schwieg, den Kopf auf die Fäuste gestützt, das unbewegliche Gesicht Rubaschow zugewandt. Da er nichts erwiderte, fuhr Rubaschow fort:

»Du hast die Verbreitung unseres Materials verhindert, die Stimme der Partei unterdrückt. Du hast Flugblätter verteilt, in denen jedes Wort falsch und schädlich war. Du schriebst: ›Die Trümmer der revolutionären Bewegung müssen versammelt und alle der Tyrannei feindlichen Kräfte vereinigt werden; wir müssen den alten inneren Streit vergessen und gemeinsam den Kampf neu beginnen.‹ Das ist falsch. Es gibt für die Partei kein Zusammengehen mit den Gemäßigten. Die Gemäßigten waren es, die die Bewegung in aller Biederkeit unzählige Male verrieten, und sie werden es das nächste Mal wieder tun und das übernächste Mal wieder. Wer sich auf Kompromisse mit ihnen einläßt – begräbt die Revolution. Du schriebst: ›Wenn das

Haus brennt, müssen alle löschen; wenn wir weiter um Doktrinen streiten, werden wir alle zu Kohle verbrannt.‹ Das ist falsch. Wir kämpfen gegen das Feuer mit Wasser; die anderen mit Öl. Also muß zuerst festgestellt werden, welche Methode die richtige ist, Wasser oder Öl, bevor man die Löschzüge vereint. – So kann man keine Politik machen. Mit Verzweiflung und Leidenschaft kann man überhaupt keine Politik machen. Der Kurs der Partei ist scharf abgegrenzt, ein schnurgerader Pfad im Gebirge. Der geringste Fehltritt, nach rechts oder links, führt zum Absturz. Die Luft ist dünn; wer schwindlig wird, ist verloren.«

Die Dämmerung war jetzt so weit fortgeschritten, daß Rubaschow die Hände auf der Zeichnung nicht mehr sah. Eine Klingel schrillte zweimal, eindringlich und gedehnt; in einer Viertelstunde wurde das Museum geschlossen. Rubaschow sah nach der Uhr; er hatte noch den entscheidenden Satz zu sprechen, dann war es überstanden. Richard saß immer noch unbeweglich neben ihm, die Ellbogen auf die Knie gestützt.

»Ja, darauf kann ich dir nichts antworten«, sagte er schließlich, und seine Stimme war wieder tonlos und sehr müde. »Was du sagst, ist wohl richtig. Und der Pfad im Gebirge, von dem du sprichst, das ist sehr schön. Aber ich weiß nur, daß wir verloren haben. Die noch übrig sind, gehen uns davon. Vielleicht, weil es zu kalt ist oben auf dem Pfad. Vielleicht, Genosse, ist es zu kalt bei uns. Die andern, die haben ihren Leuten fein eingeheizt. Bei denen gibt es Musik und Fahnen, und die sitzen alle um den warmen Ofen. Vielleicht haben sie deshalb gewonnen. Und wir brechen uns alle den Hals.«

Rubaschow schwieg. Er wollte hören, ob der junge Mensch noch etwas hinzuzufügen hatte, bevor er selbst den entscheidenden Satz aussprach. An dem Inhalt des Satzes konnte das nichts mehr ändern; aber er wartete dennoch.

Die schwere Figur Richards verschwamm ihm immer mehr vor den Augen. Er war noch etwas weiter auf dem runden Sofa von ihm abgerückt, so daß er Rubaschow jetzt halb den Rücken kehrte; er saß mit gekrümmtem Rücken und hatte das Gesicht fast von den Fäusten verdeckt. Rubaschow saß steif und gerade auf dem Sofa und wartete. Er fühlte einen leichten, ziehenden Schmerz in der oberen Kinnlade, es mußte wohl der schadhafte Eckzahn sein. Nach einer Weile hörte er die Stimme Richards:

»Was wird jetzt mit mir geschehen?«

Rubaschow tastete mit der Zunge nach dem schmerzenden Zahn. Er fühlte das Bedürfnis, die Stelle mit dem Finger zu berühren, bevor er den Satz aussprach, verbot es sich aber. Er sagte ruhig:

»Ich habe dir im Auftrag der Leitung mitzuteilen, Richard, daß du aus der Partei ausgeschlossen bist.«

Richard rührte sich nicht. Rubaschow wartete wieder eine Weile, bevor er sich erhob. Richard blieb sitzen. Er hob bloß ein wenig den Kopf, sah zu ihm hinauf und fragte:

»Bist du deshalb hierher gekommen?«

»Hauptsächlich«, sagte Rubaschow. Er wollte gehen, stand aber immer noch da vor dem sitzenden Richard und wartete.

»Was wird jetzt aus mir werden?« fragte Richard; Rubaschow schwieg. Nach einer Weile sagte Richard:

»Jetzt kann ich wohl auch nicht mehr bei dem Genossen in der Vorführkabine wohnen?«

Nach einem kurzen Zögern bemerkte Rubaschow: »Besser nicht.«

Er ärgerte sich gleich darauf, daß er das gesagt, und wußte nicht sicher, ob Richard die Bedeutung des Satzes verstanden hatte. Er sah auf die sitzende Gestalt hinab:

»Es ist besser, wir verlassen das Gebäude getrennt. Leb wohl.«

Richard richtete den Oberkörper aus seiner gebückten Haltung auf, blieb aber sitzen. Rubaschow sah die entzündeten, leicht hervorquellenden Augen nur noch undeutlich in dem dämmrigen Saal, und doch war es gerade dieses Bild der sitzenden Gestalt mit den verschwimmenden Umrissen vor ihm, das sich dauernd seinem Gedächtnis einprägte.

Er verließ den Saal, durchschritt den nächsten, der ebenso leer und dämmrig war, mit gleichmäßigen Schritten, die auf dem Parkett übertrieben laut knirschten. Erst als er den Ausgang erreicht hatte, fiel ihm ein, daß er vergessen hatte, sich das Bild mit der Pietà anzusehen; nun kannte er nur den Ausschnitt der gefalteten Hände und ein Stück der dünnen Arme, bis zum Ellbogen.

Auf der Treppenrampe der Auffahrt blieb er stehen. Der Zahn schmerzte ein wenig stärker, es war kühl draußen, er wickelte den verwaschenen grauen Wollschal fester um den Hals. Die Laternen brannten bereits auf dem großen stillen Platz vor dem Museum, es gingen um diese Stunde hier nur wenige Menschen; eine schmale Kleinstadttrambahn kam klingelnd die mit Ulmen gesäumte Allee heraufgefahren. Er sah sich nach einem Taxi um.

Auf dem untersten Treppenabsatz holte ihn Richard ein. Er keuchte atemlos und mußte ihm wohl im letzten Augenblick nachgelaufen sein. Rubaschow ging weiter, er ging weder rascher noch langsamer und ohne den Kopf umzuwenden. Richard war um einen halben Kopf größer als er und viel breiter, aber er ging gebückt, machte sich klein neben Rubaschow und paßte seine Schritte denen des andern an. Nach einigen Schritten sagte er:

»Sollte das eine Warnung sein, als ich dich vorhin fragte, ob ich weiter bei dem Genossen wohnen bleiben kann, und du sagtest: ›Besser nicht‹?«

Rubaschow sah ein Taxi mit hellen Lichtern die Allee entlangkommen. Er blieb am Rande des Gehsteigs stehen und wartete, daß es näher käme. Richard stand neben ihm. »Ich habe dir nichts mehr zu sagen, Richard«, sagte er. Er winkte dem Taxi.

»Genosse – ihr könnt mich doch nicht d-denunzieren, Genosse ...«, flehte Richard. Das Taxi bremste, es war nur noch zwanzig Schritte von ihnen entfernt. Richard stand gebückt vor Rubaschow, er hatte ihn am Ärmel seines Winterrocks gepackt und sprach unmittelbar in sein Gesicht hinunter, so daß Rubaschow seinen Atem und etwas gesprühte Feuchtigkeit auf der Stirn fühlte.

»Ich bin doch kein P-parteifeind«, sagte Richard. »Ihr d-dürft mich doch nicht ans M-messer liefern. G-genosse ...«

Das Taxi hielt am Trottoirrand; der Chauffeur mußte das letzte Wort gehört haben. Rubaschow überlegte rasch, daß es nichts mehr nützen würde, ihn wegzuschicken: hundert Schritte weiter stand ein Polizeiposten. Der Chauffeur, ein kleiner Alter in einer Lederjacke, sah sie mit ausdruckslosen Augen an.

»Zum Bahnhof«, sagte Rubaschow und stieg ein. Der Chauffeur langte mit der Linken nach hinten und schlug die Tür hinter ihm zu. Richard stand am Trottoirrand, die Mütze in der Hand; sein Adamsapfel bewegte sich rasch auf und ab. Das Taxi fuhr ab; auf den Polizisten zu; am Polizisten vorbei. Rubaschow wollte, des Polizisten wegen, nicht zurückschauen; er wußte aber, daß Richard immer noch am Trottoirrand stand und dem roten Schlußlicht des Taxis nachsah.

Sie fuhren einige Minuten lang durch belebte Straßen. Während der Fahrt drehte der Chauffeur mehrere Male den Kopf nach Rubaschow, als wollte er sich vergewissern, ob er noch im Wagen saß; Rubaschow kannte sich zu wenig aus in der Stadt, um festzustellen, ob sie wirklich zum Bahnhof fuhren. Die Straßen wurden wieder verlassener, am Ende einer Allee kam ein massives Gebäude in Sicht mit einer großen, beleuchteten Uhr; sie hielten vor dem Bahnhof.

Rubaschow stieg aus; die Taxis in dieser Stadt hatten noch keine Zähluhr. »Wieviel macht es?« fragte er.

»Nichts«, sagte der Chauffeur. Sein Gesicht war alt und zerknittert; er zog ein schmutziges, rotes Tuch aus der Tasche seiner Lederjacke und schneuzte sich umständlich.

Rubaschow sah ihn aufmerksam durch seinen Zwicker an. Er hatte das Gesicht bestimmt noch nirgends gesehen. Der Chauffeur steckte das Taschentuch ein. »Für solche wie Sie immer gratis, Herr«, sagte er und machte sich an der Handbremse zu schaffen, fuhr aber noch nicht los. Plötzlich hielt er Rubaschow seine Hand hin. Es war eine Greisenhand mit dicken Adern und schwarzen Fingernägeln. »Gute Fahrt, Herr«, sagte er und lächelte Rubaschow verlegen an. »Wenn Ihr Kollege, der mit Ihnen war, mal etwas braucht – mein Stand ist vor dem Museum, Sie können ihm meine Nummer schreiben, Herr.«

Rubaschow sah rechts von sich einen Gepäckträger, der an eine Säule gelehnt stand und herüberschaute. Er legte dem Chauffeur rasch eine Münze in die ausgestreckte Hand und ging grußlos in den Bahnhof hinein.

Er mußte eine Stunde auf den Abgang des Zuges warten. Er trank schlechten Kaffee im Bahnhofsbüfett; sein Zahn quälte ihn. Im Zug döste er vor Müdigkeit ein und träumte, er müsse vor der Lokomotive herlaufen. In der Lokomotive saßen Richard und der Chauffeur; sie wollten ihn überfahren, weil er sie um das Fahrgeld geprellt hatte. Die Räder ratterten immer näher, und seine Füße waren gelähmt. Er wachte mit Übelkeit und kaltem Schweiß auf der Stirn auf; die Leute im Abteil sahen ihn befremdet an. Draußen war Nacht, der Zug fuhr durch das dunkle Feindesland, die Sache mit Richard mußte noch zu Ende gebracht werden, sein Zahn schmerzte. Eine Woche später wurde er verhaftet.

10

Rubaschow lehnte die Stirn an das Fenster und sah in den Hof hinab. Er war müde in den Beinen und leicht schwindlig im Kopf vom langen Aufundabgehen. Er sah nach der Uhr: ein Viertel vor zwölf! Er war beinahe vier Stunden ununterbrochen in der Zelle hin und her gewandert, seitdem ihm die Pietà eingefallen war. Es erstaunte ihn nicht; er kannte die Tagträume der Haft zur Genüge, die Intoxikation, die von den gekalkten Wänden ausging. Er erinnerte sich, wie ihm ein jüngerer Genosse, Friseurgehilfe von Beruf, einst erzählt hatte, wie er im zweiten, schwersten Jahre seiner Einzelhaft bis zu sieben Stunden mit wachen Augen geträumt hatte; er hatte dabei in seiner Zelle, die nur fünf Schritte in der Länge maß, achtundzwanzig Kilometer zurückgelegt, und seine Füße hatten an den Sohlen Blasen gezogen, ohne daß er es gemerkt hatte ...

Immerhin ging das diesmal etwas rasch; das Laster hatte ihn bereits am ersten Tage angefallen, während es früher erst nach einigen Wochen sich einzustellen pflegte. Sonderbar war auch, daß er an die Vergangenheit gedacht hatte; die chronisch Traumsüchtigen in ihren Zellen träumten fast immer von der Zukunft – und von der Vergangenheit nur, wie sie hätte verlaufen können, niemals wie sie wirklich verlaufen war. Rubaschow überlegte, welche anderen Überraschungen sein eigener Denkapparat ihm noch vorbehielt. Er wußte aus Erfahrung, daß jede Konfrontation mit dem Tode den Denkmechanismus veränderte und die überraschendsten Reaktionen in ihm auslöste – wie die Bewegungen eines Kompasses, den man dem magnetischen Pol nähert.

Der Himmel war immer noch mit Schnee verhängt; unten im Hof gingen zwei Männer über den ausgeschaufelten Pfad ihre Spaziergangrunde ab. Einer von den beiden sah wiederholt zu Rubaschows Fenster hinauf; es war entweder Zufall, oder seine Verhaftung hatte sich bereits herumgesprochen. Es war ein magerer Mensch mit gelblicher Gesichtshaut und einer Hasenscharte, die seine Oberlippe spaltete. Er trug einen dünnen Regenmantel, den er frierend um seine Schultern zusammenzog. Der andere war älter und hatte sich gegen die Kälte eine Bettdecke um die Schultern gewickelt. Sie sprachen während des Rundgangs nicht miteinander und wurden nach zehn Minuten von einem uniformierten Beamten mit Gummiknüppel und Revolvertasche in das Gebäude zurückgeholt. Die Tür, in der der Beamte auf sie wartete, lag Rubaschows Fenster genau gegenüber; bevor sich die Tür hinter dem Manne mit der Hasenscharte schloß, blickte er nochmals zu Rubaschow hinauf. Er konnte Rubaschow bestimmt nicht sehen, dessen Fenster vom Hof aus dunkel erscheinen mußte, dennoch verweilten seine Augen wie suchend auf dem Fenster. Ich sehe dich und kenne dich nicht; du aber siehst mich nicht und kennst mich doch offenbar, dachte Rubaschow. Er setzte sich auf die Pritsche, nahm den Zwicker ab und klopfte zu No. 402 hinüber:

SPAZIERGÄNGER – WER?

Er dachte, daß No. 402 wahrscheinlich beleidigt war und

nicht antworten werde. Aber der Offizier mit dem Einglas schien nicht nachtragend zu sein; er klopfte gleich zurück:

POLITISCHE.

Rubaschow wunderte sich; er hatte den Mageren mit der Hasenscharte für einen Kriminellen gehalten.

VON IHRER ART? fragte er zurück.

NEIN, VON IHRER, klopfte No. 402 und grinste wohl mit einer gewissen Genugtuung. Der nächste Satz kam härter, jetzt klopfte er wohl wieder mit dem Monokel:

HASENSCHARTE, MEIN NACHBAR, WOHNT NO. 400, WURDE GESTERN GEFOLTERT.

Rubaschow schwieg einige Sekunden lang und rieb den Zwicker gegen seinen Ärmel, obgleich er ihn nur zum Klopfen benutzte. Er wollte zuerst »warum?« fragen, klopfte aber statt dessen:

WIE?

402 klopfte trocken:

DAMPFBAD, GESCHLAGEN WIRD MAN HIER NICHT.

Rubaschow war in jenem andern Lande wiederholt geschlagen worden, aber diese Methode kannte er nur vom Hörensagen. Er wußte, daß jeder bekannte physische Schmerz erträglich war; wenn man vorher genau wußte, was mit einem geschah, nahm man es hin wie einen chirurgischen Eingriff – zum Beispiel eine Zahnextraktion. Wirklich schlimm war nur das Unbekannte, das keinen Maßstab bot, um die eigene Widerstandskraft abzuschätzen, und nicht voraussehen ließ, wie man reagieren werde. Und das Schlimmste war die Angst, daß man dann etwas tun und sagen werde, was nachher nicht mehr gutzumachen war.

WARUM? fragte Rubaschow.

POLITISCHE DIFFERENZEN, klopfte ironisch No. 402.

Rubaschow setzte seinen Zwicker auf und tastete nach seinem Zigarettenetui in der Tasche. Er hatte nur noch zwei Zigaretten. Dann klopfte er:

UND WIE STEHT'S MIT IHNEN?

DANKE, AUSGEZEICHNET... klopfte No. 402 und ließ sich nicht weiter vernehmen.

Rubaschow zuckte die Achseln; er steckte die vorletzte Zigarette an und nahm seine Wanderung wieder auf. Seltsamerweise stimmte ihn die Erwartung dessen, was ihm bevorstand, beinahe froh. Er fühlte, wie die schale Melancholie von ihm wich, sein Kopf frischer wurde, die Nerven sich gleichsam strafften. Er wusch sich mit dem kalten Wasser des Waschbeckens Gesicht, Arme und Brust, spülte den Mund, trocknete sich an seinem Taschentuch ab. Er pfiff einige Takte des Stierkämpferliedes aus der bekannten Oper und mußte über sich selbst lächeln – er pfiff seit jeher hoffnungslos falsch. Es fiel ihm ein, daß jemand vor ein paar Tagen zu ihm gesagt hatte: »Wenn Nummer Eins musikalisch wäre, hätte er längst den Vorwand gefunden, dich erschießen zu lassen.« – »Er wird ihn auch so finden«, hatte Rubaschow geantwortet, aber ohne ernsthaft daran zu glauben.

Er zündete die letzte Zigarette an und begann mit klarem Kopf seine Taktik auszuarbeiten. Er empfand dabei das gleiche ruhige und freudige Kraftbewußtsein, das ihn als Studenten vor einer besonders schweren Prüfung durchströmt hatte. Er rief sich alle Einzelheiten ins Gedächtnis, die er über das Thema »Dampfbad« wußte. Er stellte sich die Situation im einzelnen vor, versuchte die zu erwartenden körperlichen Empfindungen fachlich zu analysieren, um ihnen die Unheimlichkeit zu nehmen. Das Entscheidende war, sich nicht überrumpeln zu lassen. Er hatte jetzt die Gewißheit, daß ihnen dies nicht gelingen werde, so wenig wie es drüben den andern gelungen war; er wußte, daß er nichts Unwiderrufliches sagen werde; er wünschte nur mit Ungeduld, daß es bald beginnen sollte.

Sein Traum von vorhin fiel ihm ein: Richard und der alte Chauffeur, die ihn verfolgten, weil sie sich von ihm betrogen fühlten.

Ich werde den Fahrpreis bezahlen, dachte er mit einem erregten Lächeln.

Die letzte Zigarette war zu Ende geraucht, sie brannte

schon leicht an seinem Fingernagel, er ließ sie rasch fallen. Er wollte sie austreten, überlegte aber, bückte sich, hob sie auf und drückte den brennenden Stumpf langsam auf seinem Handrücken aus, zwischen den bläulich sich schlängelnden Venen. Er dehnte die Prozedur über eine halbe Minute aus und beobachtete dabei den Sekundenzeiger der Uhr. Er war mit sich zufrieden: seine Hand hatte während der dreißig Sekunden nicht gezuckt. Dann nahm er seinen Spaziergang wieder auf.

Das Auge, das ihn seit einigen Minuten durch den Spion beobachtet hatte, verschwand.

11

Kurz darauf zog die Prozession mit dem Mittagessen auf dem Korridor vorbei; Rubaschows Zelle wurde wieder übergangen. Er trat nicht an den Spion, um sich nichts zu vergeben. Er erfuhr daher nicht, was es zu Mittag gab; aber es roch bis in die Zelle hinein, und es roch gut.

Er hatte ein heftiges Bedürfnis nach einer Zigarette. Zigaretten mußte er sich unbedingt beschaffen, um sich konzentrieren zu können; sie waren wichtiger als Essen. Er wartete eine halbe Stunde nach der Essensverteilung ab, dann begann er gegen die Tür zu hämmern. Es dauerte eine weitere Viertelstunde, bis der alte Wärter angeschlurft kam. »Was wollen Sie?« fragte er unfreundlich.

»Daß man mir Zigaretten aus der Kantine holt«, sagte Rubaschow.

»Haben Sie Gefängnisgeld?«

»Mein Geld wurde mir bei der Einlieferung abgenommen.«

»Dann müssen Sie warten, bis man es Ihnen gegen Gefängnisbons umwechselt.«

»Wie lange dauert das in eurem Musterbetrieb?« fragte Rubaschow.

»Sie können einen Beschwerdebrief schreiben«, sagte der Alte.

»Sie wissen doch, daß ich weder Papier noch einen Bleistift habe«, erwiderte Rubaschow.

»Um Schreibzeug zu kaufen, müssen Sie Geld haben«, sagte der Alte.

Rubaschow fühlte genau, wie der Jähzorn in ihm hochstieg: den pressenden Druck im Brustkorb, das Würgen im Hals, das Pulsen der Adern im Gesicht. Er beherrschte sich. Der Alte sah die Pupillen Rubaschows scharf durch den Zwicker funkeln, es erinnerte ihn an die Öldrucke Rubaschows in Uniform, die man früher überall gesehen hatte, er lächelte hämisch und trat einen halben Schritt zurück.

»Du Häuflein Mist«, sagte Rubaschow langsam und deutlich, kehrte ihm den Rücken und ging an sein Fenster zurück.

»Ich werde melden, daß Sie mich beschimpft haben«, sagte die Stimme des Alten in seinem Rücken, dann schlug die Tür zu.

Rubaschow rieb den Zwicker an seinem Ärmel, er wartete, bis sein Atem wieder ruhiger ging. Er mußte unbedingt Zigaretten haben, das war die unerläßliche Voraussetzung dafür, den Kampf durchzustehen. Er gebot sich, zehn Minuten zu warten, dann klopfte er zu No. 402.

HABEN SIE TABAK?

Die Antwort ließ ein wenig auf sich warten. Dann kam sie, präzise und gedehnt:

NICHT FÜR DICH.

Rubaschow ging langsam ans Fenster zurück. Er sah den jungen Offizier mit dem kleinen Schnurrbart deutlich vor sich, er hatte das Monokel eingeklemmt und starrte mit einem stupiden Grinsen die Wand an, die sie trennte; das Auge hinter der Linse war glasig, das rötliche Innere des Lides aufgestülpt. Was ging in seinem Kopf vor? Er dachte wohl: Dir haben wir es gegeben. Er dachte wohl auch: Kanaille, wieviel der Meinigen hast du erschießen lassen? Rubaschow sah die gekalkte Wand an, er fühlte, daß der andere mit dem Gesicht zu ihm gekehrt hinter dieser Wand stand, er glaubte, seinen erregten, schnaufenden Atem zu hören. Ja, wieviel der Deinigen habe ich wohl erschießen lassen? Er konnte sich wirklich nicht genau erinnern, es war lange, lange her, während des Bürgerkriegs, es mochten zwischen siebzig und hundert gewesen sein. Was weiter? Das war in Ordnung, das lag auf einer anderen Ebene als der Fall Richard, er würde es heute nochmals tun. Auch wenn er vorher wüßte, daß die Revolution schließlich einen Nummer Eins in den Sattel heben würde? Auch dann.

Mit dir, dachte Rubaschow und sah die gekalkte Wand an, hinter der der andere stand – wahrscheinlich hatte er inzwischen eine Zigarette angezündet und blies den Rauch gegen die Wand –, mit dir habe ich keine Rechnungen zu begleichen. Dir bin ich keinen Fahrpreis schuldig. Zwischen euch und uns gibt es keine gemeinsame Währung und keine gemeinsame Sprache ... Was willst du eigentlich noch?

Denn No. 402 hatte wieder zu klopfen begonnen. Rubaschow ging näher an die Wand heran ... SCHICKE IHNEN TABAK, hörte er. Gleich darauf vernahm er, gedämpfter, wie 402 an seine Zellentür hämmerte, um den Wärter herbeizurufen.

Rubaschow horchte mit angespanntem Atem; nach einigen Minuten hörte er die schlurfenden Schritte des Alten sich nähern. Er schloß die Tür von No. 402 nicht auf, sondern fragte durch den Spion:

»Was wollen Sie?«

Von der Antwort vernahm Rubaschow nichts, obwohl er gerne die Stimme von No. 402 gehört hätte. Dann sagte der Alte laut, damit Rubaschow es hörte:

»Ist nicht erlaubt. Gegen das Reglement.«

Wieder hörte Rubaschow die Replik nicht. Dann sagte der Alte:

»Ich werde melden, daß Sie mich beschimpft haben.« Seine Schritte schlurften auf den Steinfliesen, verloren sich im Korridor.

Eine Weile war es still. Dann klopfte No. 402:

MAN HAT ES SCHARF AUF SIE.

Rubaschow antwortete nicht. Er ging auf und ab. Der Rauchdurst kratzte ihn in den trockenen Schleimhäuten des Rachens und der Stirnhöhle. Er dachte an No. 402. Ich würde es dennoch wieder tun, sagte er sich und wußte, daß es die Wahrheit war. Es war notwendig und richtig. Und bin ich vielleicht trotzdem auch dir den Fahrpreis schuldig? Muß man auch für Taten, die notwendig und richtig waren, bezahlen?

Der Druck in seiner Stirn verstärkte sich, er ging rastlos auf und ab und begann beim Denken die Lippen zu bewegen.

Mußte man auch für gerechte Taten bezahlen? Gab es noch ein anderes Maß als das der Vernunft?

Lud vielleicht der Gerechte, mit diesem anderen Maß gemessen, die schwerste Schuld auf sich? Gerade er, gerade der Gerechte – denn die anderen wußten ja nicht, was sie taten ...

Rubaschow blieb stehen, auf der dritten schwarzen Fliese vom Fenster.

Was war das? Ein Hauch von religiösem Wahn? Er wurde sich bewußt, daß er seit Minuten halblaut mit sich selbst gesprochen hatte. Und noch während er sich beobachtete, unabhängig von seinem Willen, bewegten sich seine Lippen und sagten: »Ich werde bezahlen.«

Zum erstenmal seit seiner Verhaftung erschrak Rubaschow. Er tastete automatisch nach seinen Zigaretten. Aber er hatte keine.

Dann hörte er wieder das feine Ticken in der Wand, über der Pritsche. No. 402 hatte eine Botschaft für ihn:

HASENSCHARTE LÄSST SIE GRÜSSEN.

Er sah das gelbe, zu seinem Fenster emporgewandte Gesicht des Spaziergängers vor sich; die Botschaft berührte ihn unbehaglich. Er klopfte:

WIE HEISST ER?

No. 402 antwortete:

WILL ER NICHT SAGEN, ABER ER LÄSST SIE GRÜSSEN.

12

Im Laufe des Nachmittags wurde die Sache noch schlimmer. Rubaschow bekam einen leichten Schüttelfrost. Auch sein Zahn begann wieder zu schmerzen – der rechte obere Eckzahn, an dem der Orbitalis, der Augennerv, vorbeiführt. Er hatte seit seiner Verhaftung nichts zu essen bekommen, fühlte aber keinen Hunger. Er versuchte, gesammelt zu denken, aber die Kälteschauer, die ihn überliefen, und der kratzende, juckende Rauchreiz in der Kehle zwangen seine Gedanken, unablässig um zwei Pole zu kreisen: um den verzweifelten Durst nach einer Zigarette und um den Satz: Ich werde bezahlen.

Die Erinnerung senkte sich über ihn wie ein Glockensturz: es summte und rauschte leise in seinen Ohren. Gesichter und Stimmen tauchten auf und versanken; wo er sie festhalten wollte, schmerzte es. Seine ganze Vergangenheit war wund, sie eiterte bei jeder Berührung. Die Vergangenheit, das war die Bewegung, die Partei; auch Gegenwart und Zukunft gehörten der Partei; waren untrennbar mit ihrem Schicksal verflochten; aber die Vergangenheit war mit der Partei identisch. Und diese Vergangenheit war plötzlich in Frage gestellt. Der heiße, atmende Leib der Partei erschien ihm von Geschwüren überzogen, eiternden Geschwüren, blutenden Stigmen, aus denen die rostigen Nägel hervorragten. Wann und wo in der Geschichte hatte es jemals so defekte Heilige gegeben? Wann war eine gute Sache schlechter vertreten worden? Wenn die Partei den Willen der Geschichte verkörperte, dann war die Geschichte selbst defekt.

Rubaschow sah die feuchten Flecken an den Wänden seiner Zelle an. Er riß die Wolldecke von der Pritsche und wikkelte sie sich um die Schultern, er ging schneller auf und ab, mit kleinen, raschen Schritten und plötzlichen Kehrtwendungen an Tür und Fenster, aber der Schüttelfrost lief weiter über seinen Rücken. Das Summen in seinen Ohren hielt an, mitunter mischten sich weiche und verschwommene Stimmen mit hinein, er konnte nicht unterscheiden, ob sie vom Korridor kamen oder ob er halluzinierte. Es ist der Orbitalis, sagte er sich, es kommt vom abgebrochenen Wurzelrest des Eckzahns. Ich werde es morgen dem Arzt sagen, aber vorher gibt es noch viel zu tun. Man muß die Ursache des Defektes in der Partei finden. Unsere Prinzipien waren alle richtig, aber unsere Resultate waren alle falsch. Das ist ein krankes Jahrhundert. Wir erkannten die Krankheit und ihre Struktur mit mikroskopischer Schärfe, aber wo wir das Messer ansetzten, um zu heilen, entstand bloß ein neues Geschwür. Unser Wollen war hart und rein, die Menschen sollten uns lieben. Aber sie hassen uns. Warum sind wir hassenswert?

Wir brachten euch die Wahrheit, und sie klang in unserem Mund wie die Lüge. Wir bringen euch die Freiheit, und sie sieht in unseren Händen wie die Peitsche aus. Wir bringen euch das lebendige Leben, und wo unser Wort ertönt, da verdorren die Bäume und es raschelt wie welkes Laub. Wir künden euch die wunderbare Zukunft, und unsere Verkündigung klingt wie fades Gestotter und rohes Gebell.

Ein Bild tauchte vor seinen Augen auf, eine große Fotografie in einem hölzernen Rahmen: »Die Delegierten zum ersten Parteikongreß«. Sie saßen um einen langen hölzernen Tisch, die Ellbogen aufgestützt oder die Hände im Schoß, und blickten bärtig und ernst in die Linse des Fotografen hinein. Über jedem Kopf war ein kleiner Kreis mit einer Nummer eingezeichnet, und unten standen alle Namen. Nur der Alte, der den Vorsitz führte, blinzelte schlau und belustigt aus seinen geschlitzten Tatarenaugen. Rubaschow saß ihm zur Rechten, mit dem Zwicker auf der Nase. Nummer Eins saß irgendwo am unteren Ende, vierschrötig und plump. Sie sahen aus wie die Jahresversammlung eines kleinstädtischen Notarvereins und bereiteten doch die größte Revolution in der Geschichte der Menschheit vor. Sie waren damals eine Handvoll Männer in Europa, die Elite des Geistes und die Elite der Tat, ein Novum in der Geschichte: handelnde Philosophen. Sie kannten die Zuchthäuser in den Städten Europas wie Geschäftsreisende die Hotels. Sie träumten von der Macht mit dem Ziel, die

Macht abzuschaffen; über Menschen zu herrschen, um ihnen das Beherrschtwerden abzugewöhnen. Alle ihre Gedanken wurden zur Tat, und alle Träume erfüllten sich. Wo waren sie? Ihre Gehirne hatten das Schicksal der Welt verändert; dann bekam jedes seine Ladung Blei. Die einen in die Stirne und die andern ins Genick. Übrig waren noch zwei oder drei, über die Welt verstreut, verbraucht. Und er selbst. Und Nummer Eins …

Er fror sehr. Er sehnte sich nach einer Zigarette. Er sah sich wieder in der alten belgischen Hafenstadt, in Begleitung des kleinen lustigen Löwy, der leicht verwachsen war und eine Matrosenpfeife rauchte. Er roch den Geruch des Hafenbassins, ein Gemisch von faulendem Seetang, Märzwind und Petroleum, er hörte die Spieluhr auf dem Turm des alten Hauses der Schützengilde, er sah die langen, schmalen Erker über den engen Straßen, auf deren Gitter die Hafendirnen tagsüber ihre Wäsche zum Trocknen aufhängten. Es war zwei Jahre nach der Affäre mit Richard, kurz nach seiner Entlassung aus dem Zuchthaus. Man hatte ihm nichts beweisen können. Er hatte geschwiegen, als man ihn prügelte, geschwiegen, als man ihm die Zähne aus dem Munde schlug, sein Gehör beschädigte, seinen Zwicker zerbrach. Er hatte geschwiegen und geleugnet und kalt und umsichtig gelogen. Er war in seiner Zelle auf und ab marschiert oder über die Steinfliesen des Bunkers gekrochen und hatte sich gefürchtet und an seiner Verteidigung gearbeitet, und wenn man ihn mit kaltem Wasser aus seiner Ohnmacht weckte, hatte er nach seinen Zigaretten getastet und weitergelogen. Damals staunte er noch nicht über den Haß jener, die ihn folterten, und dachte nicht darüber nach, warum er ihnen so hassenswert erschien. Der Justizapparat der Diktatur knirschte mit den Zähnen; man konnte ihm nichts beweisen. Nach seiner Freilassung holte ihn ein Flugzeug ab, brachte ihn hierher – in das Land, das seine Heimat war und die Heimat der Revolution. Es gab Empfänge, jubelnde Volksversammlungen und militärische Feiern.

Er war seit Jahren nicht mehr in der Heimat gewesen, und er fand vieles verändert. Nummer Eins zeigte sich wiederholt öffentlich bei Versammlungen mit ihm. Die Hälfte der bärtigen Männer von der alten Fotografie lebte nicht mehr. Ihre Namen durften nicht genannt, ihr Gedächtnis nur mit Flüchen beschworen werden. Eine Ausnahme bildete nur der Alte mit den Tatarenaugen, der Führer von einst, der rechtzeitig gestorben war. Er wurde als Gottvater verehrt, und Nummer Eins als der Sohn; dabei wurde überall gemunkelt, daß Nummer Eins das Testament des Alten gefälscht habe, um seine Nachfolge anzutreten. Der übriggebliebene Rest der bärtigen Männer von der Fotografie war nicht mehr zu erkennen. Sie waren glattrasiert, verbraucht, enttäuscht, voll zynischer Melancholie. Von Zeit zu Zeit langte sich Nummer Eins ein neues Opfer unter ihnen. Dann schlugen sich die andern schallend vor die Brust, bereuten ihre Sünden und bekannten sich im Chor zu Gottvater, Sohn und dem Heiligen Geist der dogmatisch versteinerten Lehre. Nach einer Woche, als er noch nicht ohne Krücken gehen konnte, bat Rubaschow um eine neue Mission ins Ausland. »Sie scheinen es eilig zu haben«, sagte Nummer Eins und sah ihn hinter einer Tabakwolke hervor an. Sie waren beide seit zwanzig Jahren in der Leitung der Partei und sagten immer noch Sie zueinander. Über dem Kopf von Nummer Eins hing das Bild des Alten; daneben hatte früher die Fotografie mit den numerierten Köpfen gehangen, aber sie war fort. Die Unterredung war kalt und dauerte nur einige Minuten, aber beim Abschied drückte ihm Nummer Eins mit besonderem Nachdruck die Hand. Rubaschow hatte sich lange über den Sinn dieses Händedruckes den Kopf zerbrochen, und über den Blick sonderbar wissender Ironie, mit dem ihn Nummer Eins hinter seinen Rauchwolken hervor angesehen hatte. Übrigens hatte Nummer Eins gute, männliche Hände. Dann humpelte Rubaschow auf seinen Krücken aus dem Zimmer; Nummer Eins begleitete ihn nicht zur Tür. Am nächsten Tag reiste er nach Belgien ab.

Auf dem Schiff erholte er sich ein wenig und dachte über seine Aufgabe nach. Bei der Ankunft holte ihn der kleine Löwy mit der Matrosenpfeife ab. Er war der lokale Leiter der Dockarbeitersektion der Partei und gefiel Rubaschow von Anfang an gut. Er führte Rubaschow durch die Docks und durch die gewundenen Hafenstraßen mit einem Stolz, als hätte er alles gemacht. In jeder Kneipe hatte er Bekannte – Dockarbeiter, Matrosen und Dirnen; er wurde überall zu einem Schnaps eingeladen und erwiderte alle Grüße, indem er mit seiner Pfeife am Ohr salutierte. Sogar ein Verkehrspolizist auf dem Marktplatz zwinkerte dem kleinen Löwy vertraulich zu, und die Matrosengenossen von den ausländischen Schiffen, die sich mit ihm nicht verständigen konnten, schlugen ihm derb und zärtlich auf die verwachsene Schulter. Rubaschow sah sich das alles mit an und wunderte sich ein wenig. Nein, der kleine Löwy war nicht hassenswert. Die Dockarbeitersektion in dieser Stadt war eine der bestorganisierten Sektionen der Partei in der Welt.

Abends saßen Rubaschow, der kleine Löwy und noch ein paar andere in einer Hafenwirtschaft. Ein gewisser Paul war unter ihnen, der Organisationssekretär der Sektion. Er war ein ehemaliger Ringkämpfer, glatzköpfig, pockennarbig, mit großen, abstehenden Ohren. Er trug einen schwarzen Matrosensweater unter der Jacke und eine schwarze Melone auf dem Kopf. Er konnte die Ohren bewegen und damit die schwarze Melone heben und senken. Dann war mit ihnen noch ein gewisser Bill, ein ehemaliger Leichtmatrose, der einen Roman über das Seemannsleben geschrieben hatte, ein Jahr lang berühmt gewesen und dann rasch wieder vergessen worden war; jetzt schrieb er Artikel für die Parteiblätter, trank und war bisweilen, wie viele ehemalige Seeleute, homosexuellen Rückfällen ausgesetzt, die den Gegenstand gutmütiger Anekdoten bildeten. Die anderen waren Hafenarbeiter, schwere und trinkfeste Männer. Es kamen immer neue Leute, setzten oder stellten sich an den Tisch, zahlten eine Runde und schlenderten wieder hinaus. Der dicke Wirt setzte sich, wenn er einen Moment Zeit hatte, gleichfalls an den Tisch. Der Wirt konnte auf der Harmonika blasen. Man trank ziemlich viel.

Rubaschow war von dem kleinen Löwy als ein »Genosse von drüben« vorgestellt worden, ohne weitere Kommentare. Der kleine Löwy war der einzige, der seine Identität kannte. Da man merkte, daß Rubaschow nicht gesprächig war oder sein wollte, fragte man ihn nicht viel, und was man ihn fragte, bezog sich auf die Verhältnisse »drüben«, auf die Löhne, die Bauernfragen, die Entwicklung der Industrie. Alle Fragen verrieten eine erstaunliche Fachkenntnis im Detail, gepaart mit einer ebenso erstaunlichen Ahnungslosigkeit über die Gesamtsituation und die politische Atmosphäre von »drüben«. Sie erkundigten sich nach der Entwicklung der Produktion in der Leichtmetallindustrie mit dem Interesse von Kindern, die nach der Größe der Trauben von Kanaan fragen. Ein alter Dockarbeiter, der an der Theke herumstand, ohne etwas zu bestellen, bis ihm der kleine Löwy ein Glas geben ließ, sagte zu Rubaschow, nachdem er ihm die Hand geschüttelt hatte: »Du siehst beinahe aus wie der alte Rubaschow.« »Das hat man mir schon oft gesagt«, erwiderte Rubaschow. »Der Rubaschow, das ist ein Kerl«, sagte der Alte und leerte sein Glas. Es war noch keine zehn Tage her, daß sich Rubaschow in Freiheit befand, und noch keine vierzehn, seitdem er wußte, daß er weiterleben würde. Der Wirt blies auf der Mundharmonika. Rubaschow zündete eine Zigarette an und bestellte eine Runde für alle. Man trank ihm zu, und man trank auf »drüben«, und der Organisationssekretär Paul bewegte mit den Ohren seine schwarze Melone auf und ab.

Nachher saßen Rubaschow und der kleine Löwy noch eine Weile zu zweit in einem Hafenkaffeehaus. Der Patron hatte die Rollbalken heruntergelassen und die Stühle auf die Tische gestellt; er schlief an die Theke gelehnt, und der kleine Löwy erzählte Rubaschow seine Lebensgeschichte. Rubaschow hatte ihn dazu nicht aufgefordert und sah gleich Verwicklungen für den nächsten Tag voraus; er konnte nichts dafür, daß alle Genossen einen Drang verspürten, ihm ihre Lebensgeschichte zu erzählen. Er wollte eigentlich davongehen, aber er war plötzlich sehr müde, er hatte seine Kräfte doch überschätzt, und er blieb sitzen.

Es stellte sich heraus, daß der kleine Löwy gar kein hiesiger Mann war, obwohl er die Sprache wie die Einheimischen sprach und alle Welt ihn kannte. Er stammte vielmehr aus einer süddeutschen Stadt, hatte das Tischlerhandwerk gelernt und bei den Sonntagsausflügen des revolutionären Jugendverbandes Gitarre gespielt und Vorträge über den Darwinismus gehalten. In den unruhigen Monaten kurz vor dem Ausbruch der Diktatur, als die Partei Waffen brauchte und keine hatte, wurde in jener Stadt ein tollkühner Streich verübt: aus dem Polizeirevier des belebtesten Stadtviertels wurden an einem Sonntagnachmittag fünfzig Gewehre, zwanzig Revolver und zwei leichte Maschinengewehre nebst Munition in einem Möbelwagen abgeholt. Die Leute in dem Möbelwagen hatten irgendeinen Schein vorgewiesen, und sie hatten auch zwei angebliche Polizisten in Uniform mit, die den Transport begleiten sollten. Die Waffen wurden später in einer anderen Stadt, bei einer Durchsuchung in der Garage eines Parteimitglieds gefunden. Völlig aufgeklärt wurde der Fall niemals, aber tags darauf verschwand der kleine Löwy aus der Stadt. Die Partei hatte ihm einen Paß und Papiere versprochen, aber das Arrangement klappte nicht, das heißt, der Genosse »von oben«, der die Papiere und das Reisegeld hätte mitbringen sollen, erschien nicht beim festgesetzten Treffen.

»So ist das immer bei uns«, fügte der kleine Löwy philosophisch hinzu. Rubaschow überhörte diese Bemerkung.

Er schlug sich dennoch durch und kam schließlich über die Grenze. Da er steckbrieflich gesucht wurde und seine Fotografie mit der verwachsenen Schulter in allen Polizeirevieren hing, dauerte seine Wanderung mehrere Monate. Als er auszog, um den Genossen »von oben« zu treffen, hatte er gerade Geld für drei Tage im Besitz. »Ich habe immer geglaubt, daß die Leute nur in Büchern an Baumrinden nagen«, bemerkte er. »Junge Platanen schmecken am besten.« Unter dem Eindruck der Erinnerung stand er auf und holte zwei Knackwürste von der Theke. Rubaschow erinnerte sich an Gefängnissuppen und Hungerstreiks und aß mit.

Trotz allem kam der kleine Löwy über die französische Grenze und fand sogar Gelegenheitsarbeit. Leider wurde er nach einigen Tagen verhaftet, weil er keinen Paß hatte, und angewiesen, sich in ein anderes Land zu begeben. »Ebensogut hätte man mich verurteilen können, auf den Mond zu klettern«, bemerkte er. Er wandte sich um Hilfe an die Partei. Aber die Partei dort kannte ihn nicht und sagte, sie müsse erst in seiner Heimat Auskünfte über ihn einholen. Er wanderte weiter. Nach einigen Tagen wurde er wieder verhaftet und zu drei Monaten Arrest verurteilt. Er saß sie ab und hielt seinem Zellengenossen, einem Walzbruder, einen Vortragskursus über die Beschlüsse des letzten Parteikongresses. Als Gegenleistung brachte ihm dieser bei, wie man Geld verdienen konnte, indem man Katzen fing und ihre Felle verkaufte. Als die drei Monate um waren, führten ihn die Gendarmen nachts in einen Wald an der belgischen Grenze. Sie gaben ihm Brot, Käse und ein Päckchen französischer Zigaretten. »Geh immer geradeaus«, sagten sie zu ihm, »in einer halben Stunde bist du in Belgien. Wenn wir dich noch einmal bei uns erwischen, hauen wir dir die Fresse ein.«

Einige Wochen lang trieb sich der kleine Löwy in Belgien herum. Er wandte sich an die Partei, bekam aber die gleiche Auskunft wie in Frankreich. Da er von den Platanen genug hatte, versuchte er es mit dem Katzengeschäft. Es war verhältnismäßig leicht, Katzen zu fangen, und man bekam für das Fell, wenn es jung und nicht räudig war, den Gegenwert von einem halben Brot und von einem halben Paket Pfeifentabak. Zwischen dem Einfangen und dem Verkauf lag allerdings eine peinliche Operation. Am schnellsten ging es, wenn man die Katze mit der einen Hand an den Ohren, mit der andern am Schwanz packte und ihr über dem Knie das Rückgrat brach. Die ersten Male wurde einem übel dabei, nachher gewöhnte man sich daran. Leider wurde er nach einigen Wochen wieder verhaftet, weil er keine Papiere hatte. Es folgte, wie es sich geziemte, Ausweisung, neuerliche Verhaftung, Arrest. Dann brachten ihn eines Nachts zwei belgische Gendarmen in einen Wald an der französischen Grenze. Sie gaben ihm Brot, Käse und ein Päckchen belgischer Zigaretten. »Geh immer geradeaus«, sagten sie zu ihm, »in einer halben Stunde bist du in Frankreich. Wenn wir dich noch einmal bei uns erwischen, hauen wir dir die Fresse ein.«

Im Laufe des nächsten Jahres wurde der kleine Löwy noch insgesamt dreimal, mit der Komplizität der französischen beziehungsweise der belgischen Behörden, ungesetzlich in das Nachbarland geschmuggelt. Er erfuhr dabei, daß dieses Spiel seit Jahren mit einigen hundert seinesgleichen getrieben wurde. Er wandte sich immer wieder an die Partei, denn seine Hauptsorge während der ganzen Zeit war, den Kontakt mit der Bewegung nicht zu verlieren. »Du bist uns von deiner Organisation nicht überwiesen«, sagte die Partei zu ihm. »Wir müssen die Antwort auf unsere Rückfrage abwarten. Wenn du ein Genosse bist, dann halte Disziplin.« Inzwischen durfte sich der kleine Löwy weiter mit seinen Katzen beschäftigen und über die Grenze schieben lassen. Inzwischen brach auch in seiner Heimat die Diktatur aus. Ein weiteres Jahr verging, und der kleine Löwy, etwas mitgenommen von seinen Wanderungen, begann Blut zu spucken und von Katzen zu träumen. Er litt unter der Vorstellung, daß alles nach Katzen rieche, das Essen, die Pfeife, die Dirnen, die ihn manchmal aus Mitleid bei sich schlafen ließen, und er selbst. »Es ist noch keine Antwort auf unsere Rückfrage gekommen«, sagte die Partei. Nach einem weiteren Jahr stellte sich heraus, daß alle Genossen, die über die Vergangenheit des kleinen Löwy hätten Auskunft geben können, teils erschlagen, teils eingesperrt, teils verschollen waren. »Da kann man nichts machen«, sagte die Partei. »Du hättest eben nicht ohne vorherige Überweisung abreisen sollen. Vielleicht bist du überhaupt ohne Genehmigung der Partei abgereist. Woher sollen wir das wissen? Es gibt eine Menge Spitzel und Provokateure, die sich in unsere Reihen einschleichen wollen. Die Partei muß wachsam sein.«

»Wozu erzählst du mir das?« fragte Rubaschow. Er wünschte, er wäre beizeiten fortgegangen. Der kleine Löwy holte sich ein Bier am Zapfen und salutierte mit seiner Pfeife. »Weil es lehrreich ist«, sagte er. »Weil das nur ein Beispiel ist. Ich könnte dir Hunderte andere erzählen. So werden seit Jahren die besten von uns zermürbt. Weil alles bei uns verknöchert und verkalkt ist. Die Partei hat die Gicht und Krampfadern an allen Gliedern. So kann man keine Revolution machen ...«

Ich könnte dir noch mehr erzählen, dachte Rubaschow, sagte aber nichts.

Übrigens führte die Geschichte des kleinen Löwy zu einem unerwartet gedeihlichen Abschluß. Während er eine seiner ungezählten Arreststrafen absaß, bekam er den glatzköpfigen Paul zum Zellengenossen. Paul war damals bereits Dockarbeiter und saß, weil er während eines Streikkrawalls sich an seine Ringkämpfervergangenheit erinnert und an einem Polizisten den Griff, genannt Doppelnelson, in Anwendung gebracht hatte. Der Griff bestand darin, daß man seine Arme von hinten dem Gegner durch die Achselhöhlen schob, die Hände hinter seinem Nacken faltete und den Kopf hinunterpreßte, bis die Halswirbel zu krachen begannen. Im Ring hatte er damit stets großen Beifall geerntet, aber im Klassenkampf war, wie er bedauernd bemerkte, der Doppelnelson verboten. Der kleine Löwy und der glatzköpfige Paul freundeten sich an. Es stellte sich heraus, daß Paul der Organisationsleiter der Hafensektion der Partei war; als sie herauskamen, verschaffte er dem kleinen Löwy Papiere und Arbeit und legitimierte ihn der Partei gegenüber. Der kleine Löwy hielt also wieder Vorträge über den Darwinismus und über den letzten Parteikongreß für die Hafenarbeiter, als wäre nichts geschehen. Er war glücklich und vergaß die Katzen und seinen Zorn gegen die Parteibürokraten. Nach einem halben Jahr wurde er politischer Leiter der Sektion. Ende gut, alles gut.

Und Rubaschow wünschte damals von ganzem Herzen, alt und müde wie er sich fühlte, daß es gut enden möge. Aber er wußte, weshalb er hierhergeschickt worden war; und es gab nur eine einzige Tugend des Revolutionärs, die er nie erlernt hatte: er konnte sich nicht belügen. Er sah den kleinen Löwy still durch seinen Zwicker an; und während der kleine Löwy, da er den Blick nicht zu deuten wußte, lächelnd und etwas verlegen mit seiner Pfeife salutierte, dachte Rubaschow an die Katzen. Er merkte mit Abscheu, daß seine Nerven nicht richtig funktionierten und daß er vielleicht zuviel getrunken hatte, denn er konnte sich von der verrückten Vorstellung nicht befreien, daß er den kleinen Löwy bei den Ohren und Beinen packen und mit der verwachsenen Schulter über sein Knie legen mußte. Er merkte, daß ihm übel wurde, und stand auf. Der kleine Löwy begleitete ihn nach Hause, er sah, daß Rubaschow plötzlich verstimmt war, und schwieg respektvoll. Eine Woche später hatte sich der kleine Löwy erhängt.

Zwischen diesem Abend und dem Tod des kleinen Löwy lag eine Reihe von sachlichen und undramatischen Sitzungen. Der Tatbestand war einfach.

Vor zwei Jahren hatte die Partei die Arbeiter der Welt zum Kampf gegen die neuerrichtete Diktatur im Herzen Europas, zum politischen und ökonomischen Boykott des Reiches der Tyrannei aufgefordert. Keine Waren, die aus dem Lande des Feindes kamen, sollten gekauft, keine Transporte für seine gewaltige Kriegsindustrie durchgelassen werden. Die Sektionen der Partei nahmen diese Weisung mit Begeisterung auf. Die Dockarbeiter in der kleinen Hafenstadt weigerten sich, Frachten zu löschen, die aus dem Feindesland kamen oder dahin bestimmt waren. Andere Gewerkschaften solidarisierten sich mit ihnen. Der Streikkampf war ernst und schwer, es gab Zusammenstöße mit der Polizei, es gab Verwundete und Tote. Der Ausgang des Kampfes war noch ungewiß, als eine kleine Flottille von fünf altmodischen, schwarzen, kuriosen Frachtdampfern in den Hafen einfuhr. Die Kähne trugen die Namen der großen Führer der Revolution, in den fremden Lettern von »drüben«. Auf ihrem Bug wehte die Fahne der Revolution. Sie wurden von den streikenden Dockarbeitern mit Begeisterung begrüßt. Man begann die Fracht zu löschen. Es dauerte mehrere Stunden, bis man dahinterkam, daß sie aus bestimmten, in Europa seltenen Edelerzen bestand und als Transitgut für die Kriegsindustrie des Reiches der Tyrannei bestimmt war.

Es kam zu heftigen Auseinandersetzungen in der Hafensektion, die bald auf die gesamte Landespartei übergriffen.

Die reaktionäre Presse griff den Fall mit Spott und Hohn auf. Die Polizei, die sonst mit Streikbrechertrupps operiert hatte, verhielt sich neutral und überließ es den Hafenarbeitern, ob sie die Fracht der schwarzen, kuriosen Flotte löschen wollten oder nicht. Die Parteileitung befahl, den Streik abzubrechen und die Ladung zu löschen. Sie gab sachliche Erklärungen und pfiffige Gründe für die Handlungsweise des Vaterlandes der Revolution und seiner Führer an, die aber nur wenige überzeugten. Die Sektion spaltete sich; die Mehrzahl der alten Mitglieder ging davon; Monate hindurch führte die Leitung mit dem Restbestand ihrer Mitglieder ein Schattendasein. Allmählich, da die wirtschaftliche Not im Lande immer mehr zunahm, bekam sie neuen Zulauf und erstarkte wieder.

Zwei Jahre vergingen. Ein anderer, südlicher Diktaturstaat, mit dem Hauptfeind verbündet, begann einen Raub- und Eroberungskrieg in Afrika. Wieder rief die Partei zum Boykott auf. Sie fand um so größeren Widerhall, als diesmal die Regierungen selbst, in fast allen Ländern der Welt, beschlossen hatten, dem Angreifer und Friedensstörer keine Rohstoffe für die Kriegsführung zu liefern. Ohne Rohstoffe aber, und besonders ohne Treibstoff, mußte der Angreifer zugrunde gehen. So standen die Dinge, als sich die kleine, schwarze, kuriose Flottille wieder in Bewegung setzte. Das größte der Schiffe trug den Namen jenes Mannes, der im Weltkrieg als einziger die Stimme gegen den Krieg erhoben hatte und erschlagen worden war; auf ihren Masten flatterten die Fahnen der Revolution, und ihre Frachträume enthielten das Öl für die Angreifer. Sie waren nur noch eine Tagesreise von dem Hafen entfernt, und der kleine Löwy und seine Freunde wußten noch nichts von ihrem Kommen. Es war die Aufgabe Rubaschows, sie darauf vorzubereiten. Am ersten Tag hatte er noch nichts gesagt, nur das Terrain sondiert. Am Morgen des zweiten Tages, im Versammlungsraum des Parteilokals, begann die Diskussion.

Das Zimmer war groß, kahl, unordentlich und mit jener Lieblosigkeit eingerichtet, die alle Parteilokale in allen Städten der Welt einander ähnlich sehen ließ. Es lag zum

Teil am Geldmangel, zum größeren Teil an einer puritanischen und lebensfeindlichen Tradition. Die Wände waren mit alten Wahlplakaten, politischen Losungen und mit getippten Zetteln beklebt. In einer Ecke stand eine verstaubte Vervielfältigungsmaschine, in einer anderen lagen alte Kleider aufgestapelt, die an die Familien von Streikenden verteilt werden sollten, daneben Stöße von vergilbten Broschüren und Flugblättern. Der lange Tisch bestand aus zwei parallelen Brettern, die man über zwei Böcke gelegt hatte. Die Fenster waren mit Farbe verschmiert, wie bei einem Neubau. Über dem Tisch hing an einer Schnur eine elektrische Birne ohne Schirm von der Decke herunter und daneben ein geleimtes Papierband als Fliegenfänger. Um den Tisch herum saßen der verwachsene Löwy, der glatzköpfige Paul, der Redakteur Bill und noch drei andere.

Rubaschow sprach ziemlich lange. Die Umgebung war ihm vertraut; ihre gewohnte Häßlichkeit flößte ihm Heimatgefühle ein. In dieser Umgebung leuchteten ihm die Richtigkeit und Zweckmäßigkeit seiner Mission vollständig ein, und er verstand nicht, warum er gestern abend, in der geräuschvollen Hafenkneipe, jenes Unbehagen verspürt hatte. Er erklärte sachlich, umsichtig und nicht ohne Wärme, wie die Dinge in Wirklichkeit lagen, ohne zunächst den praktischen Zweck seines Kommens zu erwähnen. Der Weltboykott gegen den Angreifer war an der Heuchelei und Profitgier der europäischen Regierungen faktisch gescheitert. Einige hielten sich nur dem Schein nach an die Boykottbeschlüsse, die andern nicht einmal zum Schein. Der Angreifer brauchte Treibstoff. Bisher hatte das Land der Revolution einen beträchtlichen Teil seines Bedarfes gedeckt. Wenn es jetzt seine Lieferungen einstellte, sprangen andere Länder gierig in die Bresche – sie lauerten ja darauf, das Land der Revolution vom Weltmarkt zu verdrängen. Solche romantischen Gesten würden die Aufbauarbeit »drüben« und somit die revolutionäre Bewegung in der ganzen Welt nur schädigen. Die Folgerungen seien somit klar.

Paul und die Dockarbeiter nickten mit ihren Köpfen. Sie dachten langsam; was der »Genosse von drüben« ihnen da erklärt hatte, leuchtete ihnen ein; es war eine theoretische Erörterung, die sie nicht unmittelbar anging. Worauf er praktisch hinauswollte, verstanden sie nicht; keiner von ihnen dachte an die schwarze Flottille, die sich ihrem Hafen näherte. Nur der kleine Löwy und der Redakteur mit dem verkniffenen Gesicht wechselten einen raschen Blick.

Rubaschow merkte es. Er schloß etwas trockener, ohne Wärme in der Stimme: »Das ist eigentlich alles, was ich euch prinzipiell zu sagen hatte. Man erwartet drüben, daß ihr die Beschlüsse der Zentrale durchführt und den politisch weniger reifen Genossen, falls bei ihnen Zweifel auftauchen sollten, die Zusammenhänge erklärt. Ich bin vorläufig zu Ende.«

Eine Pause trat ein. Rubaschow nahm den Zwicker ab und zündete eine Zigarette an. Der kleine Löwy sagte in beiläufigem Ton:

»Wir danken dem Referenten. Wer wünscht das Wort?«

Niemand meldete sich. Dann begann einer von den drei Dockarbeitern bedächtig:

»Dazu ist nicht viel zu sagen. Die Genossen drüben werden schon wissen, was sie machen. Wir hier müssen natürlich weiter für den Boykott arbeiten. Ihr könnt euch auf uns verlassen. Hier kommt keine Fracht durch für die Schweinehunde.«

Seine beiden Kollegen nickten. Der glatzköpfige Paul sagte bekräftigend: »Bei uns nicht«, schnitt eine kriegerische Grimasse und bewegte zum Spaß die Ohren.

Rubaschow glaubte im ersten Augenblick, sich einer oppositionellen Verschwörung gegenüber zu befinden, und begriff erst allmählich, daß ihn die andern wirklich nicht verstanden hatten. Er sah den kleinen Löwy an, ob der das Mißverständnis aufklären würde. Aber der kleine Löwy hielt die Augen gesenkt und schwieg. Plötzlich sagte der Redakteur mit einer nervösen Grimasse:

»Muß sich diese Transaktion ausgerechnet wieder in unserem Hafen abspielen?«

Die Docker sahen ihn erstaunt an; sie wußten nicht, was er mit »Transaktion« meinte; die schwarze Flotte mit den

Fahnen, die sich in Nebel und Rauchschleiern ihrer Küste näherte, war ihrer Vorstellung ferner als je. Aber Rubaschow war auf diese Frage vorbereitet gewesen, er sagte:

»Es ist geographisch und auch politisch am günstigsten so. Die Fracht geht von hier als Transitgut auf dem Landwege weiter. Wir haben zwar keinen Grund, etwas zu verheimlichen; es ist aber klüger, ein Aufsehen zu vermeiden, aus dem die reaktionäre Demagogie politisches Kapital schlagen könnte.«

Der Redakteur wechselte wieder einen Blick mit dem kleinen Löwy. Die Dockarbeiter sahen Rubaschow verständnislos an; man sah beinahe, wie es in ihren Köpfen arbeitete. Plötzlich sagte Paul mit heiserer, veränderter Stimme:

»Worüber wird hier eigentlich geredet?«

Alle sahen ihn an. Sein Nacken hatte sich gerötet, und er sah Rubaschow mit glotzenden Augen an. Der kleine Löwy sagte verhalten:

»Das merkst du jetzt erst?«

Rubaschow sah von einem zum andern und sagte ruhig:

»Ich habe die Einzelheiten mitzuteilen vergessen. Das Eintreffen der fünf Frachtschiffe des Außenhandelskommissariats ist bei günstigem Wetter für morgen avisiert.«

Auch jetzt dauerte es noch einige Sekunden, bis alle begriffen hatten. Keiner sprach ein Wort. Sie sahen Rubaschow an. Dann stand der glatzköpfige Paul langsam auf, schleuderte seine Mütze zu Boden und verließ das Zimmer. Zwei seiner Kollegen drehten die Köpfe und sahen ihm nach. Keiner sprach. Dann räusperte sich der kleine Löwy und sagte:

»Der Referent hat uns soeben die Gründe für die Sache erklärt. Wenn die drüben nicht liefern, dann liefern eben die andern. – Wer wünscht das Wort?«

Der Docker, der schon einmal gesprochen hatte, meldete sich: »Das Lied kennen wir. In einem Streik gibt es immer welche, die sagen: Wenn ich die Arbeit nicht nehme, nimmt sie ein anderer mir weg. Davon haben wir genug gehört. So reden Streikbrecher.«

Wieder trat eine Pause ein. Man hörte, wie Paul draußen die Eingangstür zuschlug. Dann sagte Rubaschow:

»Genossen, die Interessen der Aufbauarbeit drüben sind allen anderen Interessen übergeordnet. Mit Sentimentalitäten kommen wir nicht weiter. Überlegt euch das.«

Der Docker schob den Kopf vor und sagte:

»Wir haben es uns schon überlegt. Davon haben wir genug gehört. Ihr drüben müßt allen das Beispiel geben. Die ganze Welt schaut auf euch. Ihr redet von Solidarität und Opfern und Disziplin, und in Wirklichkeit benutzt ihr eure Flotte zum Streikbrechen.«

Und da hob der kleine Löwy plötzlich den Kopf, er war blaß, er salutierte mit seiner Pfeife zu Rubaschow hinüber und sagte leise und sehr schnell:

»Was der Genosse soeben gesagt hat, ist auch meine Meinung. Wünscht noch jemand das Wort? Ich schließe die Sitzung.«

Rubaschow humpelte auf seinen Krücken aus dem Zimmer. Die Ereignisse gingen ihren vorgeschriebenen und unabwendbaren Gang. Während die kleine, altmodische Flotte in den Hafen einlief, wechselte Rubaschow einige Telegramme mit den zuständigen Instanzen drüben. Drei Tage später war die Leitung der Hafensektion durch Beschluß der zuständigen Instanz abgesetzt, ihre Mitglieder waren aus der Partei ausgeschlossen, der kleine Löwy im offiziellen Parteiorgan als Agent provocateur denunziert. Weitere drei Tage später hatte sich der kleine Löwy erhängt.

13

Die Nacht wurde noch schlimmer. Rubaschow konnte bis zur Morgendämmerung nicht einschlafen. Der Schüttelfrost überlief ihn in regelmäßigen Abständen, in seinem Zahn pulste es. Er hatte die Empfindung, daß alle Assoziationsbahnen in seinem Gehirn schmerzten und entzündet waren; dennoch unterlag er dem peinlichen Zwang, unablässig Bilder beschwören, Stimmen rekonstruieren zu müssen. Er dachte an den jungen Richard im schwarzen Sonntagsanzug, mit den entzündeten Augen. »Ihr könnt mich doch nicht ans Messer liefern, Genosse ...« Er dachte an den kleinen, verwachsenen Löwy: »Wer wünscht noch das Wort?« Ach, es gab viele, die sich noch zu Wort meldeten. Die Bewegung kannte keine Rücksichten, unbeirrbar wälzte sie sich ihrem Ziele zu und lagerte die Leichen der Ertrunkenen an den Krümmungen ab, so verlangte es ihr Gesetz. Und wer ihrer gekrümmten Bahn nicht zu folgen vermochte, mußte ans Ufer gespült werden, so verlangte es das Gesetz. Die Gründe des einzelnen interessierten sie nicht. Die Moral des einzelnen interessierte sie nicht, was in seinem Kopf und Herzen vorging, war ihr gleichgültig. Sie kannte nur ein Verbrechen: vom Kurs abzuweichen, und nur eine Strafe: den Tod. Der Tod in der Bewegung war kein Mysterium, er hatte keine erhabenen Aspekte; er war die logische Folge politischer Divergenzen.

Erst in den ersten Morgenstunden schlief Rubaschow erschöpft auf seiner Pritsche ein. Er wurde wieder durch den Posaunenstoß geweckt, der den Beginn des neuen Tages ankündigte; kurz darauf holte ihn der Aufseher, in Begleitung zweier uniformierter Beamter, um ihn dem Arzt vorzuführen.

Rubaschow hatte gehofft, die Namenskarten an den Türen von Hasenscharte und No. 402 im Vorübergehen lesen zu können, aber er wurde in die entgegengesetzte Richtung geführt; die Nachbarzelle zu seiner Rechten, No. 406, war leer. Sie war eine der letzten Zellen an diesem Ende des Korridors; der Isoliertrakt selbst war durch eine schwere Betontür abgeschlossen, die der Alte umständlich aufschloß. Sie bewegten sich jetzt durch eine lange Galerie, voran Rubaschow mit dem Alten, dahinter die beiden Uniformierten. Die Karten an den Zellentüren trugen hier alle mehrere Namen; aus allen Zellen drangen Geräusche – Sprechen, Gelächter, sogar Gesang; Rubaschow wußte sogleich, daß sie sich hier in der Abteilung für Kriminelle befanden. Sie gingen an der Barbierstube vorbei, die Tür stand offen, ein Gefangener mit dem scharfen Vogelgesicht des alten Zuchthäuslers wurde gerade rasiert, zwei Bauern wurden die Haare geschoren. Alle drehten neugierig die Köpfe, als Rubaschow mit seinen Begleitern vorbeimarschierte. Sie kamen an eine Tür, die mit einem roten Kreuz markiert war. Der Alte klopfte respektvoll, er und Rubaschow traten ein, die beiden Uniformierten warteten draußen.

Das Sanitätszimmer war klein und ungelüftet; es roch nach Karbol und Tabak. Ein Kübel und zwei Schüsseln waren bis zum Rand mit Wattebauschen und schmutzigem Verbandszeug gefüllt. Der Arzt saß mit dem Rücken zu ihnen vor dem Tisch, las Zeitung und kaute an einem Butterbrot. Die Zeitung lag über einem Haufen von Instrumenten, Pinzetten und Spritzen. Er wandte sich erst um, als der Alte die Tür hinter sich schloß. Er war kahlköpfig und hatte einen ungewöhnlich kleinen, mit weißem Flaum bewachsenen Schädel, der Rubaschow an einen Straußenschädel erinnerte.

»Er behauptet, Zahnschmerzen zu haben«, sagte der Alte.

»Zahnschmerzen?« wiederholte der Arzt und sah an Rubaschow vorbei. »Zeig mal her. Mund auf.«

Rubaschow musterte ihn durch seinen Zwicker. »Ich mache Sie darauf aufmerksam«, sagte er, »daß ich Untersuchungsgefangener bin und auf eine höfliche Behandlung Anspruch habe.«

Der Arzt wandte sich an den Wärter: »Wer ist der Vogel?«

Der Alte nannte Rubaschows Namen.

Eine Sekunde lang fühlte Rubaschow den Blick der runden Straußenaugen auf sich ruhen. Dann sagte der Arzt: »Die Backe ist geschwollen. Machen Sie den Mund auf.«

Rubaschows Zahn schmerzte in diesem Augenblick nicht. Er öffnete den Mund.

»Sie haben oben links überhaupt keine Zähne mehr«, sagte der Arzt und tastete mit seinem Finger in Rubaschows Mund herum.

Plötzlich wurde Rubaschow blaß und mußte sich mit der Schulter gegen die Wand lehnen.

»Da sitzt es«, sagte der Arzt. »Die Wurzel vom oberen Eckzahn ist abgebrochen und drinnen geblieben.«

Rubaschow holte einige Male tief Atem. Der Schmerz pulste vom Kiefer am Auge vorbei bis in seinen Hinterkopf. Er fühlte die einzelnen Blutstöße in gleichmäßigen Intervallen aufzucken.

Der Arzt hatte sich wieder hingesetzt und seine Zeitung ausgebreitet.

»Wenn Sie wollen, kann ich die Wurzel extrahieren«, sagte er und biß von seinem Butterbrot ab. »Betäubungsmittel haben wir hier nicht. Die Operation dauert, je nachdem, von einer halben Stunde bis zu einer Stunde.«

Rubaschow hörte die Stimme des Arztes durch einen Schleier von Nebel. Er lehnte an der Wand und atmete tief und gleichmäßig. »Ich danke«, sagte er mühsam, »jetzt nicht.« Er dachte an die Hasenscharte und »Dampfbad« und an die lächerliche Geste, mit der er gestern die Zigarette auf seinem Handrücken ausgedrückt hatte. Es wird schlimm werden, dachte er.

Er wandte sich zur Tür und setzte vorsichtig einen Fuß vor den andern, bemüht, sein Gleichgewicht zu wahren. Als er wieder draußen auf dem Korridor stand, glaubte er im Gesicht des einen Uniformierten die Züge Richards zu erkennen.

Auf dem Rückweg zur Zelle hatte er das Gefühl, daß die Steinfliesen unter seinen Füßen nachgaben. Er stützte sich einige Augenblicke lang auf die Schulter des alten Schließers, der sich ihm sogleich entzog. »Machen Sie keine Geschichten«, sagte der Alte.

Rubaschow gelang es, sich noch bis zu seiner Zelle zu beherrschen. Als die Tür hinter ihm zuschlug, erbrach er sich in den Kübel, ließ sich auf die Pritsche fallen und schlief sogleich ein.

Mittags bei der Suppenausteilung wurde Rubaschow nicht mehr übergangen; von nun an erhielt er regelmäßig seine Eßration. Der Zahnschmerz flaute ab und hielt sich in erträglichen Grenzen. Rubaschow hoffte, daß die Fistel an der Wurzel sich von selbst geöffnet hätte, nahm seine

Märsche durch die Zelle wieder auf, verbot sich das Tagträumen und arbeitete an seiner Verteidigung.

Drei Tage später wurde er zum erstenmal verhört.

14

Es war 11 Uhr vormittags, als sie ihn holen kamen. Rubaschow erriet sogleich aus der mürrisch-feierlichen Miene des Schließers, wohin es ging. Er war ruhig – es herrschte jene heitere Windstille in ihm, die, als er noch Student war, in den letzten Minuten vor dem Rigorosum, und später, in den Sekunden unmittelbar vor einer zu bestehenden Gefahr, immer wieder als ein Geschenk der Gnade sich eingestellt hatte.

Sie gingen den gleichen Weg, den sie drei Tage vorher zum Arzt gegangen waren. Die Betontür öffnete sich wieder und schloß sich knarrend; seltsam, dachte Rubaschow, wie rasch man sich an ein intensives Milieu gewöhnt; ihm war, als atmete er die Luft dieser Korridore seit Jahren ein, als hätte sich die Atmosphäre aller Gefängnisse, die er in seinem Leben gekannt hatte, hier gestaut. Sie kamen an der Barbierstube und an der Tür des Arztes vorbei, sie war geschlossen; drei Häftlinge warteten draußen unter der Aufsicht des Schließers.

Jenseits des Arztzimmers begann Neuland für Rubaschow. Sie kamen an einer Wendeltreppe vorbei, die in die Tiefe führte – Magazine, Dunkelzellen oder was sonst? Rubaschow versuchte, es mit dem Interesse des Fachmanns zu erraten. Sie durchquerten einen engen Hof, in den keine Fenster mündeten. Es war ein blinder, ziemlich dunkler Schacht, aber darüber hing der freie Himmel. Jenseits des Hofes wurden die Korridore etwas heller, und die Türen waren nicht mehr aus Beton, sondern aus billigem, gestrichenem Holz mit Messingklinken; geschäftige Beamte kreuzten ihren Weg, hinter einer der Türen spielte Radiomusik, hinter einer anderen wurde auf einer Maschine getippt; sie befanden sich im Verwaltungstrakt.

Sie hielten vor der letzten Tür am Ende des Korridors; der Alte klopfte. Drinnen wurde telefoniert; eine ruhige Stimme rief »gleich« und fuhr fort, in Abständen geduldig »ja« und »jawohl« in die Muschel zu sprechen. Rubaschow kam die Stimme bekannt vor, er konnte sich aber nicht erinnern, woher. Es war eine angenehm männliche Stimme, leicht verschleiert; er hatte sie bestimmt schon irgendwo gehört. »Herein«, sagte die Stimme; der Alte öffnete die Tür und schloß sie gleich wieder hinter Rubaschow. Rubaschow sah einen Schreibtisch; dahinter saß sein Universitätskollege und späterer Bataillonskommandeur Iwanoff; er sah ihm lächelnd entgegen, während er den Hörer auf die Gabel zurücklegte. »Man sieht sich wieder«, sagte Iwanoff.

Rubaschow stand noch an der Tür. »Gestatte«, sagte er, »daß ich mich von der Überraschung erhole.«

»Setz dich«, sagte Iwanoff mit einer einladenden Geste. Er hatte sich erhoben und überragte Rubaschow um einen halben Kopf. Er betrachtete Rubaschow unverwandt und lächelnd. Sie setzten sich beide – Iwanoff hinter, Rubaschow vor dem Schreibtisch. Sie musterten einander lange und ungeniert – Iwanoff mit seinem fast zärtlichen Lächeln, Rubaschow abwartend und aufmerksam. Sein Blick glitt zu Iwanoffs rechtem Bein unter dem Schreibtisch. »Das ist in Ordnung«, sagte Iwanoff. »Prothese mit automatischen Gelenken, rostfrei verchromt, ich kann schwimmen, reiten, Auto fahren und tanzen. – Willst du eine Zigarette?«

Er hielt Rubaschow seine hölzerne Tabatiere hin.

Rubaschow sah die Zigaretten an und dachte an seinen ersten Besuch im Lazarett, nachdem man Iwanoff das Bein amputiert hatte. Iwanoff hatte von ihm verlangt, daß er ihm Veronal verschaffte, und in einer Diskussion, die den ganzen Nachmittag dauerte, das Recht des Revolutionärs auf Selbstmord zu beweisen versucht. Rubaschow hatte sich schließlich Bedenkzeit ausbedungen, war in der gleichen Nacht an einen anderen Frontabschnitt kommandiert worden und hatte Iwanoff erst Jahre später flüchtig wiedergesehen. – Er betrachtete die Zigaretten in der hölzernen

Schachtel. Sie waren handgestopft, mit lockerem, blondem englischen Tabak gefüllt.

»Ist das noch inoffizielles Vorspiel, oder sind die Feindseligkeiten bereits eröffnet?« fragte Rubaschow. »Im letzteren Falle lehne ich nämlich ab. Du kennst die Etikette.«

»Quatsch«, sagte Iwanoff.

»Also Quatsch«, sagte Rubaschow und zündete eine von Iwanoffs Zigaretten an. Er rauchte mit tiefen, trinkenden Zügen, bemüht, sich den Genuß nicht anmerken zu lassen. »Und was macht das Rheuma in der Schulter?« fragte er.

»Danke«, sagte Iwanoff. »Und was macht deine Brandblase?«

Er lächelte und deutete harmlos auf Rubaschows linke Hand. Auf dem Handrücken, zwischen den bläulichen Venen, wo er vor drei Tagen die Zigarette ausgedrückt hatte, befand sich eine Brandblase in der Größe einer Kupfermünze. Einen Augenblick lang betrachteten beide Rubaschows Hand, die in seinem Schoße lag. Woher weiß er das? dachte Rubaschow. Er hat mich bespitzeln lassen. Er fühlte mehr Scham als Zorn, nahm einen letzten, tiefen Zug und warf die Zigarette fort.

»Was mich anbelangt, ist der inoffizielle Teil beendet«, sagte er.

Iwanoff blies Rauchringe und beobachtete ihn mit seinem unverändert zärtlichen Lächeln. »Mach keine Geschichten«, sagte er.

»Wenn mich nicht alles täuscht«, sagte Rubaschow, »macht *ihr* die Geschichten. Habe ich dich verhaften lassen oder ihr mich?«

»Wir dich«, sagte Iwanoff. Er drückte seine Zigarette aus, zündete eine neue an und hielt die Schachtel Rubaschow hin, der sich nicht rührte. »Hol dich der Teufel«, sagte Iwanoff. »Erinnerst du dich an die Geschichte mit dem Veronal?« Er beugte sich vor und blies Rubaschow den Rauch seiner Zigarette ins Gesicht.

»Ich will nicht, daß du erschossen wirst«, sagte er langsam. Er lehnte sich wieder in seinen Sessel zurück. »Hol dich der Teufel«, wiederholte er und lächelte wieder.

»Rührend von dir«, sagte Rubaschow. »Weshalb eigentlich, genau genommen, wollt ihr mich erschießen?«

Iwanoff ließ einige Sekunden verstreichen. Er rauchte und zeichnete mit einem Bleistift Figuren auf sein Löschblatt. Er schien nach einem präzisen Ausdruck zu suchen.

»Rubaschow«, begann er schließlich, »ich möchte dich auf etwas aufmerksam machen. Du sagtest wiederholt: ›ihr‹ – das ist der Staat und die Partei, im Gegensatz zu ›ich‹ – das ist Nicolas Salmanowitsch Rubaschow. Für die Öffentlichkeit braucht man natürlich einen Prozeß und juristische Begründungen. Für mich, und auch für dich, mein Lieber, müßte, was ich eben gesagt habe, genügen.«

Rubaschow überlegte sich das; er war etwas verblüfft. Einige Augenblicke lang war ihm, als spräche aus Iwanoff seine eigene Stimme; als hätte Iwanoff eine Stimmgabel angeschlagen, die sein Denken unwiderstehlich mitschwingen ließ. Alles, was er in dem halben Jahrhundert seines bewußten Daseins geglaubt, verkündet, zur alleinigen Richtschnur seines Handelns gemacht hatte, schwemmte wie eine Welle über ihn weg. Es gab kein »Ich« außerhalb des »Wir« der Partei; das Individuum war nichts, die Partei alles; der Ast, der sich vom Baume brach, mußte verdorren ... Rubaschow rieb seinen Zwicker am Ärmel. Iwanoff saß rauchend in seinen Stuhl zurückgelehnt; er lächelte nicht mehr. Plötzlich fiel Rubaschows Blick auf einen rechteckigen Fleck an der Wand, der sich hell von der Tapete abhob. Er wußte sofort, daß dort das Bild mit den bärtigen Köpfen und den numerierten Namen gehangen hatte – Iwanoff folgte seinem Blick, sein Gesichtsausdruck veränderte sich nicht.

»Dein Argument«, sagte Rubaschow, »ist etwas anachronistisch. Wie du ganz richtig bemerkt hast, sprach unseresgleichen früher in der ›Wir‹-Form und vermied die erste Person Einzahl nach Möglichkeit. Ich bin von dieser Sprachform abgekommen, du hältst weiter an ihr fest. Wer aber ist dieses ›Wir‹, in dessen Namen du heute sprichst? Man wird es wohl neu definieren müssen. Das ist der entscheidende Punkt.«

»Ganz meine Meinung«, sagte Iwanoff. »Ich freue mich,

daß wir so rasch zum Kern der Sache gekommen sind. Mit anderen Worten: Du bist der Überzeugung, daß ›wir‹ – das heißt die Partei, der Staatsapparat, und die Massen dahinter – nicht mehr die Interessen der Revolution verkörpern.«

»Die Massen läßt du besser aus dem Spiel«, sagte Rubaschow.

»Seit wann hast du diese souveräne Verachtung für die Plebs?« fragte Iwanoff. »Hängt das auch mit dem Übergang zur Grammatik der ersten Person Einzahl zusammen?«

Er beugte sich über seinen Schreibtisch vor und sah Rubaschow wohlwollend-spöttisch an. Sein Kopf verdeckte jetzt den hellen Fleck an der Wand, und plötzlich fiel Rubaschow wieder die Szene in der Gemäldegalerie ein, wo sich Richards Kopf zwischen ihn und die gefalteten Hände der Pietà geschoben hatte. Im gleichen Augenblick zuckte der Schmerz mit unerhörter Gewalt aus seiner Kinnlade zu Stirn und Ohren hinauf. Er schloß für eine Sekunde die Augen. Jetzt wird bezahlt, dachte er und wußte gleich darauf nicht, ob er laut gesprochen hatte.

»Wie meinst du das?« fragte die Stimme Iwanoffs. Sie klang nahe an seinem Ohr, spöttisch und leicht befremdet.

Der Schmerz flaute ab; eine stille, friedliche Klarheit nahm von ihm Besitz. »Laß die Massen aus dem Spiel«, wiederholte er ruhig. »Du verstehst nichts von den Massen. Ich wohl auch nicht mehr. Früher, als es das große ›Wir‹ noch gab – damals kannten wir sie, wie niemals Menschen sie gekannt haben. Wir waren in ihre Tiefe gedrungen, wir arbeiteten im anonymen Urgestein der Geschichte selbst ...«

Er hatte sich, ohne es zu merken, eine Zigarette aus Iwanoffs Etui genommen, das immer noch offen auf dem Tisch lag. Iwanoff beugte sich vor und gab ihm Feuer.

»Damals«, fuhr Rubaschow fort, »nannte man uns die Partei des Pöbels; weil wir im Urgestein der Geschichte arbeiteten und die andern nur ihre Oberfläche pflügten. Was wußten sie von der Geschichte? Oberflächengekräusel, kleine Wirbel und Wellenschläge. Sie wunderten sich über den Wechsel der Formen und wußten sie nicht zu deuten. Wir aber waren in die Tiefen hinabgestiegen, in die formlose, anonyme Masse, die zu allen Zeiten die Substanz der Geschichte darstellt; und wir hatten als erste ihre Bewegungsgesetze erforscht. Das Gesetz ihrer Trägheit, ihrer langsamen Molekularumschichtungen, ihrer plötzlichen Eruptionen. Das war die große Erkenntnis, die unsere Doktrin enthielt. Die Jakobiner waren Moralisten, wir waren Empiriker. Wir wühlten uns in den Urschlamm der Geschichte hinein, und dort fanden wir das Gesetz ihrer Struktur. Wir wußten mehr, als jemals Menschen über die Menschheit gewußt haben, deshalb gelang uns ihre größte Revolution. Und jetzt habt ihr alles wieder zugeschüttet ...«

Iwanoff saß zurückgelehnt, streckte sein Holzbein vor und hörte zu, während er Figuren auf das Löschblatt zeichnete. »Fahr fort«, sagte er, »ich bin gespannt, worauf du hinauswillst.« Rubaschow rauchte tief und mit Genuß. Er fühlte, wie ihn das Nikotin, nach der langen Abstinenz, in einen leichten Rauschzustand versetzte.

»Wie du merkst, rede ich mich um den Kopf«, sagte er und sah lächelnd zu dem hellen Fleck an der Wand empor, an dessen Stelle früher das Bild gehangen hatte. Iwanoff folgte seinem Blick diesmal nicht. »Nun«, sagte Rubaschow, »auf einen mehr kommt es nicht mehr an. Alles liegt verschüttet, die Menschen, die Erkenntnisse, die Hoffnungen. Ihr habt das ›Wir‹ getötet, ihr habt es ausgerottet. Du behauptest, die Massen stünden noch hinter euch? Das behaupten auch noch einige andere Staatenlenker in Europa. Die Diktatoren berufen sich auf die Massen wie die Feldpfarrer im Kriege auf die Stigmen Jesu Christi ...«

Er nahm eine neue Zigarette und zündete sie selbst an, denn Iwanoff rührte sich diesmal nicht.

»Entschuldige die sentimentale Ausdrucksweise«, fuhr er fort, »schließlich hat man nicht alle Tage Gelegenheit, sich einem alten Genossen gegenüber um den Kopf zu reden. Glaubst du wirklich, das Volk stünde heute noch hinter euch? Die Massen tragen euch, stumm und ergeben, so wie sie in anderen Ländern andere tragen, aber ihr schwingt nicht mehr mit in ihrer Tiefe. Die Massen sind wieder stumm und taub geworden, das große schweigende X der

Geschichte, gleichgültig wie das Meer, das die Schiffe trägt. Jeder flüchtige Glanz kann sich in seiner Oberfläche spiegeln, aber unten ist Schweigen und Finsternis. Vor langer Zeit haben wir es einmal bis hinunter aufgewühlt, aber das ist vorbei ... Mit anderen Worten« – er machte eine kleine Pause und setzte seinen Zwicker wieder auf – »damals haben wir Geschichte gemacht, heute macht ihr Politik. Das ist der Unterschied.«

Iwanoff saß in seinen Stuhl zurückgelehnt und blies Rauchringe. »Entschuldige«, sagte er, »der Unterschied ist mir nicht ganz klar. Vielleicht hast du die Güte, ihn mir zu erklären.«

»Gerne«, sagte Rubaschow. »Ein Mathematiker hat einmal gesagt, die Algebra sei die Wissenschaft der faulen Leute – man rechnet das X nicht aus, sondern operiert damit, als ob man es kennen würde. Das X in unserem Falle sind die anonymen Massen, das Volk. Politik treiben heißt, mit diesem X operieren, ohne sich um seine Beschaffenheit zu kümmern. Geschichte machen heißt erkennen, wofür es in der Gleichung steht.«

»Hübsch«, sagte Iwanoff. »Nur leider etwas abstrakt. – Um zu greifbaren Dingen zurückzukommen: du meinst also, daß ›wir‹, nämlich Partei und Staat, nicht mehr die Interessen der Revolution, der Massen oder, wenn du willst, die Geschichte repräsentieren.«

»Diesmal hast du es richtig«, sagte Rubaschow lächelnd. Iwanoff erwiderte das Lächeln nicht.

»Seit wann hat sich diese Meinung bei dir herausgebildet?« fragte er.

»Ziemlich allmählich; im Laufe der letzten Jahre.«

»Kannst du den Zeitpunkt nicht etwas genauer bestimmen? Ein Jahr? Zwei Jahre? Drei Jahre?«

»Das ist doch eine alberne Art zu fragen«, sagte Rubaschow. »Mit wieviel Jahren wurdest du erwachsen? Mit siebzehn? Mit sechzehneinhalb? Mit neunzehn?«

»Du bist es, der sich dumm stellt«, sagte Iwanoff. »Jede Etappe der geistigen Entwicklung ist an bestimmte Erlebnisse gebunden. Wenn du es wirklich wissen willst: erwachsen wurde ich mit siebzehn, als ich zum erstenmal in die Verbannung geschickt wurde.«

»Damals warst du ein prächtiger Kerl«, sagte Rubaschow. »Schwamm drüber.« Er sah wieder nach dem hellen Fleck an der Wand und warf seine Zigarette fort.

»Ich wiederhole meine Frage«, sagte Iwanoff und beugte sich etwas vor, »seit wann gehörst du der organisierten Opposition an?«

Das Telefon klingelte. Iwanoff nahm mit einer raschen Bewegung den Hörer ab, sagte »Ich bin nicht zu sprechen« und hängte, ohne eine Antwort abzuwarten, ein. Er lehnte sich wieder zurück, das Bein ausgestreckt, und wartete stumm auf Rubaschows Erklärung.

»Du weißt so gut wie ich«, sagte Rubaschow, »daß ich mich niemals einer organisierten Oppositionsgruppe angeschlossen habe.«

»Wie du willst«, meinte Iwanoff. »Du bringst uns beide in die peinliche Lage, daß ich dir gegenüber den Bürokraten spielen muß ...« Er griff in seine Schublade und holte ein Bündel Akten hervor.

»Fangen wir mit 1933 an«, fuhr er fort und breitete die Akten vor sich aus. »Ausbruch der Diktatur und Zerschlagung unserer Partei in Deutschland – in dem Lande, wo sie dem Siege am nächsten schien. Du wirst im Auftrag der Leitung illegal hinübergeschickt, um eine Reinigung und Neuordnung der Kader durchzuführen ...«

Rubaschow hatte sich zurückgelehnt und hörte zu. Er dachte an Richard und an die Allee im Dämmerlicht vor dem Museum, wo das Taxi angehalten hatte.

»... Drei Monate später: Verhaftung. Zwei Jahre Haft. Haltung beispielhaft, keine Aussagen, man kann dir nichts nachweisen. Entlassung und triumphale Heimkehr ...

Du wurdest sehr gefeiert. Wir trafen uns damals nicht; du warst wohl zu beschäftigt ... Ich nahm es dir, nebenbei, nicht übel. Schließlich konntest du ja nicht alle Freunde von früher besuchen. Übrigens sah ich dich damals in zwei Versammlungen, oben auf der Tribüne. Du gingst noch auf Krücken und sahst sehr mitgenommen aus. Das Logische wäre gewesen, daß du dich einige Monate lang in einem Sanatorium erholt und dann eine Funktion im Staatsapparat eingenommen hättest, nachdem du vier Jahre lang auf Auslandsposten gelebt hattest. Statt dessen bewarbst du dich bereits nach ein paar Tagen um eine neue Mission ...«

Er beugte sich plötzlich vor, näherte sein Gesicht dem Rubaschows:

»Warum ...?« fragte er, und seine Stimme klang zum ersten Male scharf. »Es litt dich wohl nicht hier? Es waren während deiner Abwesenheit gewisse Veränderungen im Lande vorgegangen; mit denen warst du offenbar nicht einverstanden?«

Er wartete, ob Rubaschow etwas sagen würde; aber Rubaschow saß still auf seinem Sessel, rieb sich die Brille am Ärmel und antwortete nicht.

»Es war kurz nachdem die erste Garnitur der Opposition überführt und liquidiert wurde. Du hattest intime Freunde unter ihnen. Als öffentlich bekannt wurde, welchen Grad der Entartung die Opposition erreicht hatte, kam es im ganzen Lande zu einem Aufschrei der Empörung. Du schwiegst. Nach acht Tagen reistest du ins Ausland, obwohl du immer noch nicht ohne Krücken gehen konntest ...«

Rubaschow war, als streife ihn wieder der Geruch der Docks in der kleinen Hafenstadt, Seetang und Petroleum. Der glatzköpfige Paul wackelte mit den Ohren, der kleine Löwy salutierte mit seiner Pfeife. Er hatte sich an einem Balken in seiner Mansarde erhängt. Das baufällige Haus hatte gezittert, sooft ein Lastwagen vorüberfuhr; man hatte Rubaschow erzählt, daß der kleine Löwy sich langsam um die eigene Achse gedreht hatte, als man ihn morgens fand, so daß man zuerst geglaubt hatte, er bewege sich noch.

»Die Mission mit gutem Resultat beendet, wirst du zum Leiter unserer Handelsvertretung in B. ernannt. Auch diesmal ist dienstlich alles in Ordnung. Der neue Handelsvertrag mit B. ist ein entschiedener Erfolg. Nach außen bleibt deine Tätigkeit weiter vorbildlich und makellos. Aber sechs Monate, nachdem du den Posten bezogen hast, müssen deine beiden engsten Mitarbeiter, darunter deine Sekretärin Arlowa, unter dem Verdacht oppositionell konspirativer Tätigkeit zurückberufen werden. Der Verdacht bestätigt sich in der Untersuchung. Man erwartet von dir, daß du öffentlich von ihnen abrückst. Du schweigst …

Weitere sechs Monate später wirst du selbst zurückberufen. Die Vorbereitungen zum zweiten Prozeß gegen die Opposition sind im Gange. Dein Name fällt wiederholt bei den Verhören; die Arlowa beruft sich auf dich zu ihrer Entlastung. Wenn du weiter schwiegest, käme das einem Geständnis gleich. Du weißt das, und dennoch weigerst du dich, eine öffentliche Erklärung abzugeben, bis die Leitung ein Ultimatum stellt. Dann erst, da es um deinen Kopf geht, bequemst du dich zu einer Loyalitätserklärung, die zugleich die Arlowa erledigt. Ihr Schicksal ist dir bekannt.«

Rubaschow schwieg und stellte fest, daß sein Zahn wieder zu schmerzen begann. Ihr Schicksal war ihm bekannt. Das Richards auch, das des kleinen Löwy auch. Sein eigenes auch. Er sah den hellen Fleck an der Wand an, die einzige Spur, die die Fotografie der Männer mit den numerierten Köpfen hinterlassen hatte. Ihr Schicksal war gleichfalls bekannt. Die Geschichte hatte einen Anlauf genommen, der endlich eine Wendung zum Sinnvollen verhieß; jetzt war Schluß. Wozu noch das Gerede, die ganze Zeremonie? Wenn etwas im Menschen die Vernichtung überdauern würde, dann läge die dicke Arlowa irgendwo in der großen Leere und staunte immer noch mit ihren guten Kuhaugen über den Genossen Rubaschow, der ihr Abgott gewesen, und der sie in den Tod geschickt hatte … Sein Zahn schmerzte immer ärger.

»Soll ich dir deine damalige Erklärung vorlesen?« fragte Iwanoff.

»Nein, danke«, sagte Rubaschow und merkte, daß seine Stimme heiser klang.

»Wie du dich erinnerst, schloß deine Erklärung, die man auch als Reuebekenntnis bezeichnen konnte, mit einer scharfen Verurteilung der Opposition und mit einem unbedingten Credo zur Politik der Leitung und zur Person von Nummer Eins.«

»Mach Schluß«, sagte Rubaschow heiser. »Du weißt, wie solche Erklärungen zustande kamen. Wenn nicht, um so besser für dich. Mach Schluß mit diesem Theater.«

»Wir sind bald am Ende«, sagte Iwanoff. »Wir sind nur noch zwei Jahre von der Gegenwart entfernt. Du warst in diesen zwei Jahren als Leiter des staatlichen Aluminiumtrusts tätig. Vor einem Jahr, anläßlich des dritten Prozesses gegen die Opposition, nennen die Hauptangeklagten, in etwas dunklen Wendungen, wiederholt deinen Namen. Es wird nichts Konkretes nachgewiesen, aber das Mißtrauen in den Reihen der Partei gegen dich wächst. Du gibst eine neue Erklärung ab, in der du dich noch hingebungsvoller zur Politik der Leitung bekennst und jede Opposition noch schärfer als verbrecherisch bezeichnest ... Das war vor sechs Monaten. Und heute gestehst du, daß du bereits seit Jahren die Politik der Leitung für falsch und schädlich gehalten hast ...«

Er machte eine Pause, lehnte sich bequem in seinem Stuhl zurück und rückte seine Prothese zurecht.

»Deine früheren Loyalitätserklärungen«, fuhr Iwanoff fort, »waren somit lediglich Mittel zu einem bestimmten Ziel. Ich bitte dich zu beachten, daß ich nicht moralisiere. Wir sind beide in der gleichen Tradition aufgewachsen und haben in diesem Punkt die gleichen Anschauungen. Du hattest die Überzeugung, daß unsere Politik falsch, die deine richtig war. Dies damals auszusprechen, hätte deinen Ausschluß aus der Partei bedeutet, und somit die Unmöglichkeit, im Sinne deiner Konzeption weiterzuarbeiten. Also mußtest du Ballast abwerfen, um für die Ideen, die nach deiner Meinung die einzig objektiv richtigen waren, zunächst auf konspirativer Basis weiterarbeiten zu können. An deiner Stelle hätte ich natürlich ebenso gehandelt. Soweit ist alles in Ordnung.«

»Und was weiter?« fragte Rubaschow.

Iwanoff hatte wieder sein früheres, wohlwollendes Lächeln.

»Was ich nicht verstehe«, sagte Iwanoff, »ist, daß du heute offen zugibst, seit Jahren die Überzeugung zu hegen, daß wir die Revolution verderben, und im gleichen Atemzug leugnest, der Opposition organisatorisch angehört und gegen uns konspiriert zu haben. Willst du mich wirklich glauben machen, du hättest mit den Händen im Schoß zugesehen, wie wir, deiner Überzeugung nach, das Land und die Partei zugrunde richten?«

Rubaschow zuckte die Achseln. »Vielleicht war ich zu alt und verbraucht ... Übrigens glaub, was du willst«, sagte er.

Iwanoff beugte sich wieder vor. Er sprach jetzt leise und sehr eindringlich:

»Willst du mich wirklich glauben machen, du hättest die Arlowa geopfert und diese dort verleugnet« – er nickte mit dem Kinn nach dem hellen Fleck an der Wand – »bloß um deinen Kopf zu retten?«

Rubaschow schwieg. Eine ziemlich lange Zeit verging. Iwanoffs Kopf kam immer näher über dem Schreibtisch heran. »Ich begreife dich nicht«, sagte er. »Vor einer halben Stunde hast du die leidenschaftlichste Anklagerede gegen uns gehalten – ein Bruchteil von dem, was du aus freien Stücken mir sagtest, hätte genügt, um dich zu erledigen. Und jetzt leugnest du eine so simple logische Konsequenz wie die Zugehörigkeit zu einer oppositionellen Gruppe ... Dabei haben wir natürlich alle Beweise in der Hand.«

»So«, sagte Rubaschow, »wenn ihr alle Beweise habt, wozu brauchst du dann noch mein Geständnis? Beweise wofür, übrigens?«

»Unter anderem«, sagte Iwanoff langsam, »Beweise für das geplante Attentat gegen Nummer Eins.«

Wieder verstrichen einige Sekunden. Rubaschow setzte seinen Zwicker auf.

»Gestatte«, entgegnete er ruhig, »daß ich nun meinerseits dich etwas frage. Glaubst du an diesen Blödsinn, oder tust du nur so?«

In Iwanoffs Augenwinkeln spielte das frühere, fast zärtliche Lächeln: »Ich sage dir doch, wir haben Beweise. Genauer: Geständnisse. Noch genauer: das Geständnis des Mannes, der in deinem Auftrag das Attentat durchführen sollte.«

»Vorzüglich«, sagte Rubaschow. »Wie heißt er?«

Iwanoff lächelte: »Eine indiskrete Frage.«

»Kann ich das Geständnis lesen oder mit dem Mann konfrontiert werden?«

Iwanoff lächelte unentwegt. Er blies wieder, mit freundlichem Hohn, den Rauch seiner Zigarette Rubaschow ins Gesicht. Rubaschow war das unangenehm, er wich aber mit dem Kopf nicht zurück.

»Erinnerst du dich an die Geschichte mit dem Veronal?« sagte Iwanoff langsam. »Ich habe dich schon zu Anfang danach gefragt. Jetzt sind die Rollen vertauscht: heute bist du es, der im Begriffe ist, sich kopfüber in die Leere zu stürzen. Aber nicht mit meiner Hilfe, mein Lieber. Du hattest mich damals überzeugt, daß Selbstmord kleinbürgerliche Romantik ist. Ich werde dafür sorgen, daß du keinen begehst. Dann werden wir endlich quitt sein.«

Rubaschow schwieg. Sein Kopf war jetzt völlig klar, er überlegte, ob Iwanoff log oder ehrlich war – aber gleichzeitig fühlte er, wie einen körperlichen Impuls, den Wunsch, den hellen Fleck an der Wand mit den Fingern zu berühren. Die Nerven, dachte er, Zwangsvorstellungen. Immer auf die schwarzen Fliesen treten, sinnlose Sätze murmeln, den Zwicker am Ärmel reiben – gerade tue ich es schon wieder ...

»Ich bin neugierig«, sagte er laut, »wie du dir diese Rettungsaktion denkst. Deine bisherige Art des Verhörs scheint mir gerade das gegenteilige Ziel zu verfolgen.«

Iwanoffs Lächeln wurde breit und strahlend. »Du alter Idiot«, sagte er und faßte, über den Schreibtisch hinweg, Rubaschow am Jackenknopf, um ihn näher heranzuziehen. »Ich mußte dich doch zunächst einmal explodieren lassen – sonst wärst du mir an der falschen Stelle explodiert. Hast du denn nicht bemerkt, daß nicht protokolliert wurde?« Er nahm eine Zigarette aus dem Etui und steckte sie Rubaschow gewaltsam in den Mund, ohne seinen Jackenknopf loszulassen. »Du benimmst dich wie ein Säugling. Wie ein romantischer Säugling«, fügte er hinzu. »Jetzt wollen wir ein schönes Protokoll fabrizieren, und dann Schluß für heute.«

Rubaschow gelang es endlich, sich aus dem Griff Iwanoffs zu befreien. Er beobachtete ihn durch seinen Zwicker. »Und was soll in dem Protokoll drinstehen?« fragte er.

Iwanoff lächelte ihn unentwegt freundlich an. »In dem Protokoll soll drinstehen«, sagte er, »daß du gestehst, seit dem Jahr soundso der Gruppe soundso der Opposition angehört zu haben, aber entschieden leugnest, das Attentat organisiert oder geplant zu haben; daß du dich vielmehr von der Gruppe losgesagt hast, als du von den kriminell-terroristischen Plänen der Opposition erfuhrst.«

Zum erstenmal während der ganzen Unterhaltung lächelte nun auch Rubaschow.

»Wenn das ganze Gerede *darauf* hinausging«, sagte er, »dann können wir gleich Schluß machen.«

»Laß mich doch zu Ende reden«, sagte Iwanoff, ohne eine Spur von Ungeduld. »Ich wußte gleich, daß du bocken würdest. Zunächst die moralisch-sentimentale Seite der Angelegenheit. Durch das, was du gestehst, legst du niemanden herein. Erstens ist die ganze Gesellschaft längst vor dir verhaftet, zum Teil bereits physisch liquidiert; das weißt du selbst. Von dem Rest können wir ganz andere Geständnisse haben als diesen harmlosen Wisch – jedes Geständnis, das wir wollen ... Ich nehme an, daß du mich verstehst, und daß dich meine Offenheit überzeugt ...«

»Mit anderen Worten: du glaubst selbst nicht an die Geschichte mit dem Attentat«, sagte Rubaschow. »Warum konfrontierst du mich dann nicht mit dem geheimnisvollen X, der angeblich ein Geständnis abgelegt hat?«

»Überlege einmal«, sagte Iwanoff, »versetz dich an meine Stelle – schließlich, die Situation könnte ja ebensogut umgekehrt sein – und finde selbst die Antwort.«

Rubaschow dachte kurz nach. »Du hast, für die Behandlung meines Falles, eine gebundene Marschroute von oben«, sagte er.

Iwanoff lächelte. »Das ist etwas zu scharf ausgedrückt. Die Sache liegt so, daß noch nicht entschieden ist, ob du zur Kategorie ›A‹ oder zur Kategorie ›P‹ gehören sollst. Du kennst die Bezeichnungen?«

Rubaschow nickte; er kannte die Bezeichnungen.

»Du beginnst also, mich zu verstehen«, sagte Iwanoff. Er fuhr fort:

»›A‹ bedeutet ›administrativer‹, ›P‹ ›prozessualer‹ Fall. Die große Mehrzahl der politischen Fälle – diejenigen, mit denen öffentlich nichts anzufangen ist – wird administrativ erledigt. Wenn du zur Kategorie ›A‹ kommst, bist du meiner Kompetenz entzogen. Die Verhandlung vor dem Administrativkollegium ist geheim und, wie du weißt, etwas summarisch. Für Konfrontationen und ähnliche Geschichten ist keine Gelegenheit. Denk an …« Er nannte langsam drei, vier Namen und blickte flüchtig nach dem hellen Fleck an der Wand. Als er sich Rubaschow wieder zuwandte, fiel diesem zum erstenmal ein gequälter Zug in Iwanoffs Gesicht auf, eine leichte Starrheit des Blickes, als fixiere er nicht ihn, Rubaschow, sondern einen Punkt in einiger Distanz hinter ihm.

Iwanoff wiederholte nochmals, etwas leiser, die Namen ihrer ehemaligen Freunde. »Ich habe sie ebensogut gekannt wie du«, fuhr er fort: »Nur mußt du mir gefälligst das Recht zubilligen, ebenso überzeugt zu sein, daß *ihr* die Revolution zugrunde richten würdet, wie du vom Umgekehrten. Das ist das Entscheidende; die Methoden ergeben sich dann durch logische Deduktion. Wir können es uns nicht leisten, uns auf Rechtsfuchsereien und juristische Schikanen einzulassen. Hast du es früher getan?«

Rubaschow schwieg.

»Es kommt also alles darauf an«, fuhr Iwanoff fort, »daß du der Kategorie ›P‹ zugeteilt wirst: das heißt, öffentlicher Prozeß; und daß ich die Untersuchung weiterführe. Du weißt, nach welchen Gesichtspunkten man die Selektion der Fälle vornimmt, denen ein öffentlicher Prozeß gemacht wird. Ich muß oben etwas vorweisen können, das die prozessuale Behandlung deines Falles rechtfertigt. Dazu brauche ich das Protokoll mit dem Teilgeständnis. Wenn du den Helden spielst und es auf den Eindruck anlegst, daß mit dir überhaupt nichts anzufangen ist, bist du auf Grund der Aussage von X erledigt. Wenn du das Teilgeständnis machst, ist die Basis für eine gründliche Untersuchung gegeben.

Dann erzwinge ich die Konfrontation, wir widerlegen die gröbsten Punkte der Anklage und geben einen genau umgrenzten Tatbestand zu. Billiger als zwanzig Jahre werden wir es auch so nicht machen können; das heißt also zwei, drei Jahre; nachher Amnestie; und in fünf Jahren bist du wieder in der Politik. – Jetzt habe die Güte, die Sache gelassen zu überdenken, bevor du antwortest.«

»Ich habe es mir bereits überlegt«, sagte Rubaschow. »Ich lehne deinen Vorschlag ab. Rein logisch magst du recht haben. Aber ich habe genug von dieser Logik. Ich bin müde, ich spiele nicht mehr mit. Habe die Güte, mich jetzt in meine Zelle abführen zu lassen.«

»Wie du willst«, sagte Iwanoff. »Ich habe auch nicht erwartet, daß du gleich zustimmst. Solche Gespräche wirken sich gewöhnlich erst nachträglich aus. Du hast vierzehn Tage Zeit. Verlange, daß du mir wieder vorgeführt wirst, wenn du es dir überlegt hast, oder schicke mir deine Erklärung schriftlich. Ich zweifle nämlich nicht daran, daß du sie schicken wirst.«

Rubaschow erhob sich; Iwanoff stand gleichfalls auf; er überragte Rubaschow wieder um einen halben Kopf. Er drückte auf eine elektrische Klingel neben seinem Schreibtisch. Während sie warteten, daß man Rubaschow holen kam, sagte Iwanoff:

»Du schriebst in deinem letzten Artikel, vor einigen Monaten, daß das kommende Jahrzehnt über das Schicksal der Welt in unserer Epoche entscheiden werde. Und bei dieser Entscheidung willst du nicht dabeigewesen sein?«

Er lächelte ironisch zu Rubaschow herab. Auf dem Korridor näherten sich Schritte; die Tür wurde geöffnet. Zwei uniformierte Beamte traten ein und salutierten. Rubaschow ging wortlos zwischen ihnen durch und trat den Rückmarsch zu seiner Zelle an. Die Korridore waren jetzt ausgestorben, aus einigen Zellen drang gedämpftes Schnarchen, das wie Stöhnen klang; überall im Gebäude brannte das gelbliche, fahle elektrische Licht.

Das zweite Verhör

»Wird die Existenz der Kirche bedroht, so ist diese sogar von den Moralgesetzen dispensiert. Der Zweck der Einheit heiligt jedes Mittel, List, Trug, Gewalt, Geldspenden, Kerker, Tod. Denn alle Ordnung ist um der Gesamtheit willen da, und der einzelne muß dem allgemeinen Wohle weichen.«

Dietrich von Nieheim: *Über die Art, auf einem allgemeinen Konzil die Kirche zu einigen und zu reformieren,* A. D. 1411

1

Auszug aus dem Tagebuch von N. S. Rubaschow, am fünften Tag der Haft:

... Wer letzten Endes recht behält, muß vorletzten Endes immer unrecht haben und unrecht tun. Aber wer letzten Endes recht behält, stellt sich erst später heraus. Inzwischen müssen wir auf Kredit handeln und unsere Seele dem Teufel verkaufen in der Hoffnung, daß uns die Geschichte die Absolution erteilt.

Es wird erzählt, daß Nummer Eins den ›Fürsten‹ des Machiavelli ständig auf seinem Nachttisch liegen hat. Und mit Recht: seit damals wurde nichts wesentlich Neues über die Regeln politischer Ethik gesagt. Wir waren die ersten, die die liberale Ethik des neunzehnten Jahrhunderts, die Ethik des Fair Play, durch die revolutionäre Ethik des zwanzigsten Jahrhunderts ersetzten. Auch damit hatten wir recht: eine Revolution, die nach den Regeln des Tennisspiels geführt wird, ist eine Absurdität. In den Atempausen der Geschichte kann man relativ faire Methoden der Politik gebrauchen; an ihren kritischen Wendepunkten ist keine andere als die alte Regel möglich, daß der Zweck die Mittel heilige. Wir haben den Neo-Machiavellismus in dieses Jahrhundert eingeführt;

die anderen, die konterrevolutionären Diktaturen, sind plumpe Kopien. Wir waren Neo-Machiavellisten im Namen der universalen Vernunft – das war unsere Größe; die anderen im Namen nationaler Romantik – das war ihr Anachronismus. Deshalb werden wir letzten Endes von der Geschichte absolviert werden, sie nicht …

Aber im Augenblick denken und handeln wir auf Kredit. Da wir alle Konventionen und Regeln der Tennismoral über Bord geworfen haben, ist unsere einzige Richtlinie die der logischen Konsequenz. Wir stehen unter dem furchtbaren Zwang, unsere Gedanken bis in ihre letzte Konsequenz zu Ende zu denken und zu Ende zu handeln. Wir segeln ohne Ballast; daher ist jede kleinste Drehung am Steuerrad eine Frage von Leben und Tod.

Vor kurzem wurde unser führender Agrarchemiker B. mit dreißig seiner Mitarbeiter erschossen, weil er die Meinung verfocht, daß Stickstoffdünger dem Kalidünger überlegen sei. Nummer Eins war für Kali; daher mußten B. und die dreißig als Saboteure liquidiert werden. In einer staatlich zentralisierten Landwirtschaft ist die Alternative Stickstoff oder Kali von ungeheurer Bedeutung; sie kann den Ausgang des nächsten Krieges entscheiden. Wenn Nummer Eins recht behält, wird ihm die Geschichte die Absolution erteilen und die Hinrichtung von 31 Menschen eine bloße Bagatelle sein. Wenn er unrecht hat …

Darauf allein kommt es an: wer objektiv recht hat. Aber die Tennismoralisten regen sich über ein ganz anderes Problem auf; nämlich ob B. subjektiv in gutem Glauben handelte, als er Stickstoff empfahl. Handelte er in gutem Glauben, dann muß er nach ihrer *Ethik freigesprochen werden und damit die Möglichkeit haben, weiter Stickstoff zu propagieren, auch wenn das Land daran zugrunde geht …*

All dies ist natürlich kompletter Unsinn. Für uns existiert die Frage des subjektiven guten Glaubens nicht. Wer unrecht hat, muß bezahlen; wer recht behält, wird freigesprochen. Dies ist das Gesetz des historischen Kredits; dies war unser Gesetz.

Die Geschichte hat uns gelehrt, daß man ihr mit einer Lüge oft besser als mit einer Wahrheit dient; denn der Mensch ist träge und muß jedesmal vierzig Jahre lang durch die Wüste geführt werden, ehe er die nächsthöhere Stufe seiner Entwicklung erreicht. Er muß durch die Wüste getrieben werden mit Drohungen und Lockungen, mit erfundenen Schrecken und erfundenen Tröstungen, auf daß er sich nicht vorzeitig zur Ruhe setzt und sich mit der Anbetung goldener Kälber vergnügt.

Wir haben die Geschichte gründlicher als die anderen gelernt. Was uns von allen anderen unterscheidet ist unsere logische Konsequenz. Wir wissen, daß die Geschichte Tugend nicht belohnt und Verbrechen ungestraft läßt; daß jedoch jeder Mißgriff Konsequenzen trägt und sich bis ins siebente Glied rächt. Wir haben daher unsere Kräfte darauf konzentriert, Mißgriffe zu vermeiden und im Keim zu ersticken. Niemals in der Geschichte war so viel Macht über die Zukunft der Menschheit in so wenigen Händen konzentriert wie hier. Jede falsche Idee, die zur Tat wird, ist hier ein Verbrechen an den kommenden Generationen. Daher strafen wir falsche Ideen, so wie andere Verbrechen strafen: mit dem Tode. Man hielt uns für verrückt, weil wir jeden Gedanken zu Ende dachten und zu Ende handelten. Wir wurden mit der heiligen Inquisition verglichen, weil wir, wie die Inquisitoren, uns ständig der Bürde der Verantwortung für die überindividuelle Zukunft bewußt waren. Wir glichen den großen Inquisitoren, indem wir dem Keim des Übels nicht nur in den Taten, sondern in den Gedanken unserer Mitmenschen nachspürten. Wir erkannten dem Individuum keine private Sphäre zu, nicht einmal im Innern seines Schädelraums. Wir lebten unter dem Zwang, alles logisch zu Ende zu denken. Unser Denken war mit solcher Hochspannung geladen, daß die geringste Reibung zu tödlichen Kurzschlüssen führte. Daher mußten wir aneinander verbrennen.

Ich war einer von ihnen. Ich habe gedacht und gehandelt, wie ich mußte; ich habe Menschen zerstört, die mir nahestanden, und anderen Macht verliehen, die ich nicht mochte. Die Geschichte hat mich auf meinen Platz gestellt; ich habe den Kredit, den sie mir einräumte, erschöpft; wenn ich recht be-

halte, habe ich nichts zu bereuen, wenn ich unrecht habe, werde ich bezahlen.

Aber wie kann man in der Gegenwart entscheiden, wem die Zukunft recht geben wird? Wir versehen das Amt von Propheten ohne deren Gabe. Anstelle von Visionen bedienten wir uns der logischen Deduktion; aber wenngleich wir alle von denselben Prämissen ausgingen, sind wir jeder zu andern Resultaten gelangt. Beweis stand gegen Beweis, und schließlich mußten wir denn doch beim Glauben unsere Zuflucht suchen – beim axiomatischen Glauben an die Richtigkeit der eigenen Beweisführung. Dies ist der entscheidende Punkt. Wir haben allen Ballast über Bord geworfen; nur ein einziger Anker hält uns fest: der Glaube an uns selbst. Geometrie ist die reine Verkörperung der menschlichen Vernunft; aber die Axiome Euklids können nicht bewiesen werden. Wer an sie nicht glaubt, dem stürzt das ganze Gebäude zusammen.

Nummer Eins glaubt an sich selbst, mit einem zähen, trägen, finstern, unerschütterlichen Glauben. Er hat die solideste Ankerkette von allen. Meine wurde in diesen letzten Jahren dünn gerieben ...

Tatsache ist, daß ich nicht länger an meine eigene Unfehlbarkeit glaube. Daher bin ich verloren ...

2

Am Tag nach dem ersten Verhör saß der Untersuchungsrichter Iwanoff mit seinem Kollegen Gletkin nach dem Abendbrot in der Beamtenkantine des Gefängnisses. Iwanoff war müde, er hatte das Bein mit der Prothese auf den Nebenstuhl gestützt und den Kragen seiner Uniform geöffnet. Er schenkte von dem billigen Wein ein, den die Kantine lieferte, und wunderte sich im stillen über Gletkin, der in seiner gesteiften Uniform, die bei jeder Bewegung knirschte, aufrecht auf seinem Sessel saß und nicht einmal seinen Revolvergurt abgelegt hatte, obwohl er ebenso müde sein mußte wie Iwanoff. Gletkin trank; die auffallende Narbe auf seinem kahlrasierten Schädel hatte sich leicht gerötet. Außer den beiden saßen nur noch drei Offiziere an einem entfernten Tisch in der Kantine; zwei spielten Schach, der dritte sah zu.

»Was ist mit Rubaschow?« fragte Gletkin.

»Er ist ziemlich mitgenommen«, antwortete Iwanoff. »Aber er ist immer noch der alte Logiker. Daher wird er kapitulieren.«

»Das halte ich für falsch«, bemerkte Gletkin.

»Doch«, sagte Iwanoff. »Wenn er alles logisch zu Ende gedacht hat, wird er kapitulieren. Es kommt jetzt darauf an, daß man ihn in Ruhe läßt. Ich habe ihm Papier, Bleistift und Zigaretten bewilligen lassen, damit es mit dem Denken rascher vorwärts geht.«

»Das halte ich für falsch«, wiederholte Gletkin.

»Du magst ihn nicht«, sagte Iwanoff, »du hast vor ein paar Tagen einen Auftritt mit ihm gehabt?«

Gletkin dachte an die Szene, als Rubaschow auf der Pritsche gesessen und sich in seiner Gegenwart den Schuh über die löchrige Socke gezogen hatte. »Das ist gleichgültig«, sagte er, »die Person ist gleichgültig. Ich halte die Methode für falsch. So wird er nie zu Kreuze kriechen.«

»Wenn Rubaschow kapituliert«, sagte Iwanoff, »tut er es nicht aus Feigheit, sondern aus Logik. Mit der harten Methode ist bei ihm nichts auszurichten. Der ist aus einem gewissen Material, das immer spröder wird, je mehr man darauf herumhämmert.«

»Das ist Gerede«, sagte Gletkin. »Menschen, die jedem physischen Druck gewachsen sind, gibt es nicht. Ich habe noch keinen gesehen. Die Erfahrung lehrt, daß die Widerstandskraft des menschlichen Nervensystems von Natur begrenzt ist.«

»Dir möchte ich auch nicht in die Hände geraten«, sagte Iwanoff lächelnd, aber mit einer Spur von Unbehagen. »Übrigens bist du die lebende Widerlegung deiner Theorie.«

Sein lächelnder Blick streifte die Narbe auf Gletkins Schädel. Die Geschichte der Narbe war allgemein bekannt. Als Gletkin während des Bürgerkriegs der Gegenseite in die Hände gefallen war, hatten sie einen glimmenden Kerzendocht auf seinem kahlrasierten Schädel festgebunden, um eine bestimmte Information von ihm zu erpressen. Die Seinen, die einige Stunden später die Stellung zurückeroberten, fanden ihn bewußtlos. Der Docht war bis zum Ende gebrannt; Gletkin hatte geschwiegen.

Er sah mit seinen ausdruckslosen Augen Iwanoff an: »Das ist auch Gerede«, sagte er. »Ich kroch nicht zu Kreuze, weil ich ohnmächtig wurde. Wäre ich noch eine Minute bei Bewußtsein geblieben, hätte ich gesprochen. Es ist eine Frage der Konstitution.«

Er trank sein Glas mit einer abgemessenen Bewegung aus; seine Manschetten knirschten, als er es wieder auf den Tisch stellte. »Als ich damals aufwachte, glaubte ich zuerst, *daß* ich gesprochen hätte. Erst die beiden Unteroffiziere, die mit mir befreit wurden, bestätigten das Gegenteil. Daraufhin bekam ich den Orden. Es ist eine Frage der Konstitution; alles andere sind Legenden.«

Iwanoff trank gleichfalls. Er hatte schon ziemlich viel von dem billigen Wein getrunken. Er zuckte die Achseln:

»Seit wann hast du deine berühmte Konstitutionstheorie? Schließlich, in den ersten Jahren gab es diese Methoden noch nicht. Damals waren wir noch voller Illusionen. Wir wollten die Straf- und Vergeltungstheorie abschaffen und Sanatorien mit Blumengärten für die asozialen Elemente errichten. Alles blauer Dunst.«

»Das glaube ich nicht«, widersprach Gletkin. »Du bist ein Zyniker. In hundert Jahren werden wir das alles haben. Jetzt müssen wir erst durch. Je schneller, um so besser. Illusion war nur, zu glauben, daß der Zeitpunkt bereits gekommen ist. Als ich hierher versetzt wurde, lebte ich auch in diesem Irrtum. Die meisten von uns, der ganze Apparat, bis hinauf. Wir wollten gleich mit den Blumengärten anfangen. Das war falsch. In hundert Jahren werden wir an die Vernunft und an den Gemeinschaftssinn des Häftlings appellieren können. Heute müssen wir uns noch an seine Konstitution halten und ihn, wenn es nötig ist, moralisch und physisch zerbrechen.«

Iwanoff fragte sich, ob Gletkin im Trunke sprach. Aber

an seinem ruhigen und ausdruckslosen Blick merkte er, daß Gletkin nicht betrunken war. Iwanoff lächelte ihn etwas vage an. »Mit einem Wort«, sagte er, »ich bin der Zyniker und du bist der Moralist.«

Gletkin schwieg. Er saß steif auf seinem Stuhl, in seiner gestärkten Uniform; sein Revolvergurt roch nach neuem Leder.

»Vor mehreren Jahren«, sagte Gletkin nach einer Weile, »wurde mir ein kleiner Bauer zum Verhör vorgeführt. Das war in der Provinz, noch zur Zeit der Blumengartentheorie, wie du sagst. Es ging bei den Verhören sehr vornehm zu. Der Bauer hatte sein Getreide vergraben; es war zu Beginn der Sozialisierung des Bodens. Ich hielt mich streng an die vorgeschriebene Etikette. Ich setzte ihm freundlich auseinander, daß wir das Getreide für die Ernährung der wachsenden Stadtbevölkerung und für den Export brauchten, um die Industrie aufzubauen; also sollte er mir sagen, wo er das Getreide versteckt hatte. Der Bauer hatte, als man ihn in mein Zimmer führte, den Kopf zwischen die Schultern gezogen, weil er Prügel erwartete. Ich kannte die Sorte, ich bin selbst vom Dorfe. Als ich, statt ihn zu prügeln, auf ihn einzureden begann, mit ›Sie‹ und ›Bürger‹, hielt er mich für schwachsinnig. Ich sah es seinen Augen an. Ich redete eine halbe Stunde auf ihn ein. Er machte den Mund nicht auf und bohrte abwechselnd in der Nase und im Ohr. Ich redete weiter, obwohl ich sah, daß er das Ganze für einen herrlichen Spaß hielt und überhaupt nicht zuhörte. Sein Gehör war für Argumente taub. Es war verstopft vom Ohrenschmalz vieler Jahrhunderte patriarchalisch-feudaler Verblödung. Ich hielt mich streng an die Etikette; es kam mir nicht einmal der Gedanke, daß es auch andere Methoden gibt …

Ich hatte damals täglich zwanzig bis dreißig solcher Fälle. Meine Kollegen gleichfalls. Die Revolution war in Gefahr, an diesen kleinen, fetten Bauern zugrunde zu gehen. Die Arbeiter waren unterernährt; in ganzen Distrikten mit armen Bauern herrschte Hungertyphus; wir hatten keine Devisen für den Aufbau der Kriegsindustrie und erwarteten von Monat zu Monat den Überfall. Zweihundert Millionen in Gold staken in den Wollstrümpfen dieser Kerle, und die halbe Ernte lag unter der Erde vergraben. Und bei den Verhören sagten wir ›Bürger‹ und ›Sie‹ zu ihnen, während sie uns mit ihren dumm-listigen Augen anblinzelten, das Ganze für einen herrlichen Spaß hielten und in ihren Nasen bohrten.

Das dritte Verhör meines Männchens fand um zwei Uhr nachts statt; ich hatte vorher achtzehn Stunden durchgearbeitet. Man hatte ihn geweckt; er war schlaftrunken und verängstigt und verriet sich. Von da an nahm ich meine Leute vorwiegend nachts dran … Einmal beklagte sich eine Frau, daß man sie vor meinem Zimmer die ganze Nacht lang hatte stehend warten lassen. Sie zitterte in den Beinen und war physisch fertig; mitten im Verhör schlief sie ein. Ich weckte sie, sie redete weiter, mit einer schlaftrunken-lallenden Stimme, ohne recht zu wissen, was sie sagte, und schlief wieder ein. Ich weckte sie wieder, und sie gestand alles und unterschrieb ungelesen das Protokoll, damit ich sie bloß schlafen ließ. Ihr Mann hatte zwei Maschinengewehre auf dem Heuboden versteckt und die Bauern in seinem Dorfe überredet, das Getreide zu verbrennen, weil ihm im Traum der Antichrist erschienen sei. Daß die Frau die ganze Nacht aufrecht hatte stehen müssen, war eine Schlamperei meines Sergeanten; von da an begünstigte ich Schlampereien; hartnäckige Fälle mußten bis achtundvierzig Stunden aufrecht an einem Fleck stehen bleiben; nachher war das Ohrenschmalz weg, und man konnte mit ihnen reden …«

Die beiden Schachspieler in der anderen Ecke des Saales warfen ihre Figuren um und begannen eine neue Partie. Der dritte von ihrem Tisch war bereits gegangen. Iwanoff beobachtete Gletkin; er sprach so gleichgültig und ausdruckslos wie immer.

»Die Kollegen machten ähnliche Erfahrungen. Es war die einzige Möglichkeit, Resultate zu erzielen. Man hielt sich an die Etikette: kein Häftling wurde mit dem Finger angerührt. Aber es wurde nicht verhindert, daß sie zufällig zusahen, wie ihre Mitgefangenen erschossen wurden. Die Wirkung davon ist teils psychisch, teils physisch. Die Haftordung sieht aus Gründen der Hygiene Duschen und Bäder vor. Daß der Warmwasserhahn manchmal gar nicht, manchmal allzugut funktionierte, lag an den Schwierigkeiten des Aufbaus; die Temperatur der Bäder bestimmte das Gefängnispersonal. Es waren alte Genossen, man brauchte ihnen keine Instruktionen zu erteilen, sie verstanden, um was es ging: genau um Sein oder Nichtsein der Revolution ...«

»Hör schon auf«, sagte Iwanoff.

»Du hast gefragt, wie ich zu meiner Konstitutionstheorie gekommen bin, und ich erkläre es dir«, sagte Gletkin. »Es kommt darauf an, daß man sich die zwingende Logik der Entwicklung stets vor Augen hält, sonst ist man ein Zyniker, wie du. – Es ist spät, und ich muß jetzt gehen.«

Iwanoff trank sein Glas aus und schob die Prothese auf dem Nachbarstuhl zurecht; er hatte wieder rheumatische Schmerzen im Stumpf. Er ärgerte sich, daß er das Gespräch begonnen hatte.

Gletkin bezahlte. Als der Kantinenkellner gegangen war, fragte er, im Begriffe, sich zu erheben: »Was ist also mit Rubaschow?«

»Ich habe dir meine Meinung gesagt«, antwortete Iwanoff. »Man soll ihn in Ruhe lassen.«

Gletkin stand auf. Seine Stiefel knarrten. Er stand vor dem Stuhl, auf dem Iwanoffs Bein ruhte. »Ich bezweifle nicht seine vergangenen Verdienste«, sagte er. »Heute ist er ebenso schädlich geworden wie mein fetter Bauer von damals; nur noch gefährlicher.«

Iwanoff sah von unten in Gletkins ausdruckslose Augen.

»Ich habe ihm vierzehn Tage Bedenkzeit gegeben«, sagte er. »Bis zum Ablauf dieser Frist wird er in Ruhe gelassen.«

Iwanoff hatte im dienstlichen Ton gesprochen. Gletkin war ihm unterstellt. Er salutierte und verließ mit knarrenden Schritten die Kantine.

Iwanoff blieb sitzen. Er trank noch ein Glas, zündete eine Zigarette an und blies den Rauch vor sich hin. Nach einer Weile stand er auf und humpelte zu den beiden Offizieren hinüber, um ihnen beim Schachspiel zuzusehen.

3

Seit seinem ersten Verhör hatten sich Rubaschows Lebensumstände erstaunlich verbessert. Bereits am nächsten Morgen hatte ihm der Schließer Papier, einen Bleistift, Seife und ein Handtuch gebracht. Gleichzeitig hatte er Rubaschow Gefängnisbons in Höhe seiner Barschaft im Augenblick seiner Verhaftung ausgefolgt und ihm erklärt, daß er von nun an das Recht habe, sich Tabakwaren und Zusatznahrung aus der Kantine besorgen zu lassen.

Rubaschow ließ sich Zigaretten und etwas Lebensmittel holen. Der Alte war ebenso mürrisch und einsilbig wie vorher, aber er kam prompt mit den bestellten Waren angeschlurft. Rubaschow dachte flüchtig daran, einen Arzt von auswärts zu verlangen, wozu er als Untersuchungsgefangener formal berechtigt war, vergaß es aber dann. Sein Zahn schmerzte nicht, und nachdem er sich gewaschen und etwas gegessen hatte, fühlte er sich körperlich wieder frisch.

Man hatte den Hof schneefrei gefegt, und die Gruppenpromenaden der Gefangenen hatten wieder begonnen. Sie waren offenbar des Schnees wegen unterbrochen gewesen; nur Hasenscharte und seinen Gefährten hatte man, vielleicht aufgrund einer ärztlichen Spezialverordnung, täglich zehn Minuten lang spazierengeführt, und Hasenscharte hatte jedesmal, beim Betreten und beim Verlassen des Hofes, zu Rubaschows Fenster hinaufgeblickt; die Geste war so präzise, daß sie eine Täuschung ausschloß.

Wenn Rubaschow nicht an seinen Aufzeichnungen arbeitete oder in der Zelle auf und ab ging, stand er am Fenster, die Stirn an die Scheibe gelehnt, und sah dem Spaziergang der Gefangenen zu. Er spielte sich in Gruppen von zwölf Personen ab, die paarweise, in Abständen von je zehn Schritten, im Kreise um den Hof gingen. In der Mitte des Hofes standen vier uniformierte Beamte, die darüber wachten, daß die Spaziergänger nicht miteinander sprachen; sie bildeten gleichsam die Achse des Karussells, das sich langsam und gleichmäßig im Kreise bewegte, genau zwanzig

Minuten lang; dann wurden die Häftlinge paarweise durch die Tür rechts ins Gebäude geführt, durch die Tür links marschierte fast gleichzeitig eine neue Gruppe in den Hof, und das Karussell begann wieder sein monotones Kreisen, bis zur nächsten Ablösung.

In den ersten Tagen hatte Rubaschow nach bekannten Gesichtern gesucht, aber keine gefunden. Das beruhigte ihn; er wollte jetzt keine Verbindung mit der Außenwelt, nichts, was ihn von seiner Aufgabe ablenken konnte. Seine Aufgabe war, alles zu Ende zu denken und ins reine zu kommen mit Vergangenheit und Zukunft, mit den Lebenden und den Toten. Von der Frist, die Iwanoff ihm gestellt hatte, blieben ihm noch zehn Tage.

Er konnte seine Gedanken nur konzentrieren, wenn er sie niederschrieb; aber das Schreiben erschöpfte ihn, er konnte sich täglich höchstens ein bis zwei Stunden dazu zwingen. Den Rest der Zeit arbeitete sein Gehirn auf eigene Rechnung.

Rubaschow hatte immer geglaubt, ziemlich genau über sich Bescheid zu wissen; da er keine moralischen Wertungen kannte, hatte er sich keine Illusionen über die Erscheinung gemacht, die sich die erste Person Einzahl nannte, und sich auch Regungen, die man ungern in Worte faßt, ohne Scham und Rührung eingestanden. Jetzt, wenn er mit der Stirn ans Fenster gelehnt stand oder auf der dritten schwarzen Fliese vom Fenster plötzlich stehenblieb, machte er überraschende Erfahrungen. Er machte die Entdeckung, daß jene Vorgänge, die man fälschlich als »Selbstgespräche« bezeichnet, in Wirklichkeit Dialoge von einer besonderen Art sind; indem nämlich der eine Partner des Dialogs stumm bleibt und der andere ihn, entgegen den Regeln der Grammatik, mit »ich« anstatt mit »du« anredet, um sein Vertrauen zu erschleichen und seine Absichten zu ergründen; aber der Angeredete bleibt eben stumm und entzieht sich der Betrachtung und selbst der Lokalisierung in Zeit und Raum.

Jetzt aber glaubte Rubaschow, daß der sonst stumme Partner, ohne angeredet zu werden und ohne sichtbaren Anlaß, zu sprechen begann; seine Stimme klang Rubaschow völlig fremd, er lauschte ihr mit ehrlicher Verwunderung und konstatierte, daß seine Lippen sich bewegten. Diese Erfahrungen hatten nichts Mystisches und Geheimnisvolles, sie waren durchaus handgreiflicher Art; und so wurde Rubaschow durch seine Beobachtungen allmählich zu der Überzeugung geführt, daß es eine durchaus handgreifliche Komponente in jener ersten Person Einzahl gab, die all die Jahre hindurch geschwiegen und nunmehr zu sprechen begonnen hatte.

Diese Entdeckung beschäftigte Rubaschow viel intensiver als die Einzelheiten seiner Unterredung mit Iwanoff. Er hielt es für abgemacht, daß er auf Iwanoffs Vorschläge nicht eingehen und das Spiel nicht mehr mitspielen würde; folglich hatte er nur noch eine abgemessene Spanne zu leben, und diese Überzeugung bildete das eigentliche Fundament seiner Reflexionen.

An die alberne Geschichte mit dem Attentat auf Nummer Eins dachte er überhaupt nicht; vielmehr beschäftigte ihn die Person Iwanoffs selbst. Iwanoff hatte gesagt, daß die Rollen ebensogut umgekehrt hätten liegen können; damit hatte er zweifellos recht. Er selbst und Iwanoff waren ihrer Entwicklung nach Zwillinge; sie kamen nicht aus dem gleichen Mutterei, aber sie hatten sich am Nabelstrang der gleichen Überzeugung genährt; das gleiche intensive Milieu der Partei hatte in den entscheidenden Jahren ihren Charakter geätzt und geformt; sie hatten die gleiche Moral und die gleiche Philosophie, sie dachten in den gleichen Begriffen. Die Rollen hätten ebensogut vertauscht sein können. Dann hätte er, Rubaschow, hinter dem Schreibtisch gesessen und Iwanoff davor; und er hätte von jenem Platz aus vermutlich die gleichen Argumente gebraucht, die Iwanoff gebraucht hatte; die Spielregeln standen fest, und sie ließen nur im Detail Varianten zu.

Der alte Zwang, durch das Hirn anderer zu denken, hatte sich Rubaschows wieder bemächtigt; er saß auf Iwanoffs Platz und sah sich, durch Iwanoffs Augen, als Angeklagten gegenübersitzen – so wie ihm einst Richard und der kleine Löwy gegenübergesessen hatten. Er sah diesen degradierten Rubaschow, den Schatten des einstigen Regimentskameraden, und er verstand die Mischung aus Zärtlichkeit und Verachtung, mit der Iwanoff ihn behandelt hatte. Während des Verhörs hatte er sich wiederholt gefragt, ob Iwanoffs Teilnahme ehrlich oder geheuchelt war; ob er ihm Fallen stellte oder wirklich den Ausweg zeigen wollte. Jetzt, wenn er sich mit Iwanoff identifizierte, verstand er, daß Iwanoff ehrlich war – ebensosehr oder ebensowenig ehrlich wie er selbst, Rubaschow, Richard oder dem kleinen Löwy gegenüber ...

Auch diese Überlegungen waren eine Form des Selbstgesprächs, aber eines in den üblichen und längst gewohnten Bahnen. Es wurde auf »du« geführt: jener neuentdeckte eigentliche Adressat der Selbstansprachen beteiligte sich nicht daran, und seine Existenz beschränkte sich auf eine grammatikalische Abstraktion. Durch indirekte Fragen und logische Meditationen konnte man ihn überhaupt nicht zum Sprechen bringen; seine Äußerungen erfolgten ohne ersichtlichen Anlaß, blitzartig, und merkwürdigerweise stets von einer heftigen Schmerzattacke des kranken Zahnes begleitet. Seine Vorstellungswelt schien sich aus so verschiedenartigen Bestandteilen zusammenzusetzen wie die gefalteten Hände der Pietà, die Katzen des kleinen Löwy, die Melodie des Liedes »Komm, süßer Tod« oder ein bestimmter Satz, den die Arlowa in einer bestimmten Situation gesprochen hatte. Seine materiellen Äußerungen waren ebenso zusammenhanglos: zum Beispiel der Zwang, die Brille am Ärmel zu reiben, der Impuls, den hellen Fleck an der Wand in Iwanoffs Zimmer zu berühren, die unkontrollierbare Bewegung der Lippen, die Sätze wie »ich werde bezahlen« murmelten, und der Dämmerzustand der Tagträume über vergangene Episoden seines Lebens.

Rubaschow beschäftigte sich auf seinen Wanderungen durch die Zelle sehr eingehend mit dieser neuentdeckten Entität; er hatte sie, aus jener in der Bewegung üblichen Scheu heraus, die erste Person Einzahl zu betonen, die »grammatikalische Fiktion« getauft. Er hatte wohl nur noch einige Wochen Frist, und er fühlte daher das dringende Bedürfnis, bis dahin mit dieser Sache ins reine zu kommen, sie zu Ende zu denken. Aber der Daseinsbereich der »grammatikalischen Fiktion« schien gerade dort zu beginnen, wo das Zu-Ende-Denken aufhörte. Es gehörte offenbar zu ihrem Wesen, daß sie sich dem Zugriff des geordneten Denkens entzog, um ihn dann unversehens, gleichsam aus dem Hinterhalt, mit Tagträumen und Zahnschmerzen zu überfallen. So verbrachte Rubaschow den siebenten Tag seiner Haft, den dritten nach dem Verhör, fast ausschließlich mit dem Wiedererleben einer vergangenen Periode seiner Existenz, nämlich seiner Beziehung zur erschossenen Arlowa.

Der Augenblick, in dem er, entgegen seinem Vorsatz, in den Tagtraum hineingeglitten war, ließ sich nachträglich ebensowenig fixieren wie der Augenblick, in dem man einschläft. Er hatte am Morgen dieses siebenten Tages an seinen Aufzeichnungen gearbeitet, war dann wohl aufgestanden, um sich die Beine etwas zu vertreten, und merkte erst beim Rasseln der Schlüssel in der Zellentür, daß es bereits Mittag war, daß er seit Stunden ununterbrochen in der Zelle auf und ab marschiert war und daß er sich die Bettdecke um die Schultern gehängt hatte, weil er, auch das wahrscheinlich bereits seit Stunden, unter rhythmischen Kälteschauern erzitterte und den Zahnnerv bis in die Schläfe hinein pulsen fühlte. Er löffelte zerstreut seinen Eßnapf aus, den ihm die Kalfaktoren mit ihren Kellen gefüllt hatten, und setzte seine Wanderung fort. Der Schließer, der ihn von Zeit zu Zeit durch den Spion beobachtete, sah, daß er die Schultern fröstelnd hochgezogen hatte und daß seine Lippen sich bewegten. Die Erinnerung war so intensiv, daß sie mehr einem Nochmalsdurchleben des Damaligen glich; Rubaschow atmete die Luft seines einstigen Arbeitszimmers in der Handelsvertretung, die vom eigentümlich familiären Dunst des wohlgeformten, großen und trägen Leibes der Arlowa gesättigt war; er sah die Kurve ihres gebeugten Nackens, wenn sie beim Diktat den Oberkörper in der weißen Bluse über den Stenogrammblock neigte und in den Pausen zwischen den Sätzen mit ihrem runden Blick seiner Wanderung durch das Zimmer folgte. Sie trug immer weiße Blusen, mit kleinen gestickten Blumen am hochgeschlossenen Kragen, wie sie die Schwestern Rubaschows zu Hause getragen hatten, und immer die gleichen, billigen Ohrgehänge, die, wenn sie sich über den Stenogrammblock neigte, etwas von den Wangen abstanden. Sie war in ihrer trägen, passiven Art wie geschaffen für das Diktieren und wirkte ungemein beruhigend auf Rubaschows Nerven, wenn er überarbeitet war. Er hatte seinen neuen Posten als Leiter der Handelsvertretung in B. unmittelbar nach der Begebenheit mit dem kleinen Löwy angetreten und sich kopfüber in die Arbeit gestürzt; er war der Leitung dankbar, daß sie ihm diese bürokratische Arbeit übertrug. Es gehörte zu den größten Seltenheiten, daß führende Leute aus der Internationale in den diplomatischen Staatsapparat übernommen wurden; Nummer Eins verfolgte wohl bestimmte Absichten mit ihm, denn die beiden Hierarchien waren sonst streng getrennt, durften keine Berührung miteinander haben und verfolgten häufig sogar eine entgegengesetzte Politik; nur von der höheren Warte der Sphären um Nummer Eins gesehen, lösten sich die scheinbaren Widersprüche auf und wurden die Zusammenhänge verständlich.

Rubaschow brauchte einige Zeit, bis er sich an seine neue Lebensweise gewöhnte; es belustigte ihn, daß er jetzt einen Diplomatenpaß hatte, der echt war und auf seinen richtigen Namen lautete; daß er, in Gesellschaftskleidung, an Empfängen teilnahm, Polizisten vor ihm strammstanden und daß die unauffällig gekleideten Männer mit den schwarzen Melonen, die er mitunter seinen Schritten folgen sah, dies aus Besorgnis für seine Sicherheit taten.

Die Atmosphäre in den Räumen der Handelsvertretung, die der Gesandtschaft angegliedert war, befremdete ihn anfangs ein wenig. Er verstand, daß man in der bürgerlichen Welt repräsentieren und das Spiel mitspielen mußte, aber er fand, daß hier etwas zu gut gespielt wurde, so daß Schein vom Sein kaum noch zu unterscheiden war. Als ihn der Erste Gesandtschaftssekretär auf gewisse notwendige Änderungen in Rubaschows Kleidung und persönlichem Lebensstil aufmerksam machte – der Erste Sekretär hatte vor der Revolution im Auftrag der Partei Falschgeld fabriziert –, geschah das nicht in kameradschaftlich-humorvoller Weise, sondern in einem so unterstrichenen, behutsam-taktvollen Ton, daß die Szene peinlich wurde und Rubaschow auf die Nerven ging. Sein Personal bestand aus zwölf Leuten, die alle einen genau bezeichneten Rang einnahmen; es gab Erste und Zweite Assistenten, Erste und Zweite Buchhalter, Sekretärinnen und Hilfssekretärinnen. Rubaschow hatte das Gefühl, daß diese ganze Gesellschaft in ihm etwas wie eine Mischung zwischen einem Nationalhelden und einem Räuberhauptmann sah. Sie behandelten ihn mit übertriebenem Respekt und nachsichtig-überlegener Duldsamkeit. Wenn ihm der Gesandtschaftssekretär über ein Aktenstück zu referieren hatte, bemühte er sich sichtlich, in möglichst einfachen Ausdrücken zu sprechen, wie man Kindern oder Wilden etwas erklärt. Am wenigsten ging ihm noch seine Privatsekretärin auf die Nerven, die Arlowa. Er verstand bloß nicht, warum sie zu ihren netten einfachen Blusen und Röcken lächerlich spitze Stöckelschuhe trug.

Es dauerte fast einen Monat, bis Rubaschow den ersten persönlichen Satz zu ihr sprach. Er war müde vom Diktieren und vom Aufundabgehen, und es fiel ihm plötzlich auf, wie still es in dem Zimmer war. »Warum sagen Sie eigentlich nie etwas, Bürgerin Arlowa?« fragte er und ließ sich in dem bequemen Armstuhl hinter seinem Schreibtisch nieder. »Wenn Sie wollen«, antwortete sie mit ihrer schläfrigen Stimme, »werde ich immer das letzte Wort des Satzes wiederholen.«

Tag für Tag saß sie auf dem Sessel vor dem Schreibtisch, in ihrer bestickten Bluse, die schwere, wohlgeformte Büste über den Stenogrammblock geneigt, mit gebeugtem Kopf und den parallel zu den Wangen abstehenden Ohrgehängen. Das einzig Störende waren die Lackschuhe mit den spitzen Absätzen, aber sie schlug ihre Beine niemals übereinander, wie es die meisten Frauen taten, die Rubaschow kannte. Da er beim Diktieren immer auf und ab ging, sah er sie gewöhnlich von hinten oder im Halbprofil, und am meisten prägte sich ihm die geneigte Kurve ihres Nackens ein. Ihr Nacken war weder beflaumt noch rasiert; er bestand aus weißer Haut, die sich leicht über den Halswirbeln spannte.

Rubaschow hatte in seiner Jugend mit nicht sehr vielen Frauen zu tun gehabt, fast immer mit Genossinnen, und fast immer hatte die Affäre damit begonnen, daß sie so lange miteinander diskutiert hatten, entweder in seinem oder in ihrem Zimmer, bis es für den jeweiligen Gast zu spät wurde, nach Hause zu gehen.

Nach jenem mißglückten Ansatz zu einem Gespräch vergingen weitere vierzehn Tage. Anfangs hatte die Arlowa wirklich immer das letzte Wort des diktierten Satzes mit ihrer schläfrigen Stimme wiederholt, dann hatte sie es aufgegeben, und wenn Rubaschow eine Pause machte, war das Zimmer wieder still und gesättigt von dem eigentümlich schwesterlichen Wohlgeruch ihres Körpers. Eines Nachmittags blieb Rubaschow zu seiner eigenen Überraschung hinter ihrem Sessel stehen, legte seine Hände leicht auf ihre Schultern und fragte sie, ohne daß seine Stimme belegt klang, ob sie abends mit ihm ausgehen wollte. Sie zuckte nicht zurück, ihre Schultern hielten still unter seiner Berührung, sie nickte stumm und wandte nicht einmal den Kopf. Rubaschow verstand sich nicht auf frivole Späße, aber er konnte sich nicht enthalten, später in der gleichen Nacht zu ihr zu sagen – sie sagten Sie zueinander bis zum Schluß –: »Sie tun auch jetzt, als ob Sie ein Diktat aufnehmen würden.« Ihre große, warme Büste hob sich in einer so vertrauten Linie vom Dämmerlicht des Schlafzimmers ab, als hätte sie immer dazu gehört. Nur die Ohrgehänge lagen jetzt flach auf dem Kissen. Ihre Augen hatten den gleichen Ausdruck wie immer, als sie als Antwort jenen Satz aussprach, der Rubaschows Erinnerung so wenig verlassen sollte wie der Geruch des Seetangs in den Hafendocks und wie die gefalteten Hände der Pietà.

»Sie werden mit mir immer tun können, was Sie wollen.«

»Warum eigentlich?« fragte Rubaschow erstaunt und mit einer leichten Scheu.

Sie antwortete nicht mehr. Wahrscheinlich schlief sie schon. Sie atmete im Schlaf ebenso unhörbar wie im Wachen; Rubaschow war noch nie aufgefallen, daß sie überhaupt atmete. Er hatte sie auch noch nie mit geschlossenen Augen gesehen. Ihr Gesicht wurde ihm fremd dadurch; es war mit geschlossenen Augen viel ausdrucksvoller als mit offenen. Fremd waren ihm auch die dunklen Schatten um ihre Achseln, und daß sie das sonst zur Brust geneigte Kinn im Schlafe steil erhoben hielt wie eine Tote. Aber der leichte, schwesterliche Dunst ihres Körpers war ihm auch im Schlafe vertraut.

Am nächsten Tag und an allen folgenden Tagen saß sie wieder in ihrer Bluse, vornübergeneigt, vor ihrem Schreibtisch; in der nächsten Nacht und in allen folgenden Nächten hob sich die hellere Silhouette ihrer Brust von dem dunklen Schlafzimmervorhang ab. Rubaschow lebte am Tage und bei Nacht im Dunstkreis ihres großen, trägen Leibes. Ihr Benehmen bei der Arbeit blieb unverändert, ihre Stimme und der Ausdruck ihrer Augen wie zuvor, es lag niemals eine Anspielung in ihnen. Mitunter, wenn er beim Diktieren ermüdete, blieb Rubaschow hinter dem Sessel stehen und stützte seine Hände auf ihre Schultern; er schwieg, und ihre warmen Schultern unter der Bluse regten sich nicht; dann fiel ihm die Wendung ein, die er gesucht hatte, er setzte seine Wanderung fort und diktierte weiter.

Manchmal knüpfte er sarkastische Kommentare an das, was er diktierte; dann hörte sie zu schreiben auf und wartete, den Bleistift in der Hand, bis er zu Ende war; aber sie lächelte niemals über seine Sarkasmen, und Rubaschow erfuhr nie, was sie sich dabei dachte. Ein einziges Mal, anläßlich eines politisch besonders gewagten Scherzes von Rubaschow, der sich auf gewisse Gepflogenheiten von Nummer Eins bezog, sagte sie plötzlich mit ihrer schläfrigen Stimme: »So etwas sollten Sie vor anderen Leuten nicht aussprechen. Sie sollten überhaupt etwas vorsichtiger sein …« Aber von Zeit zu Zeit, besonders wenn Instruktionen und Zirkulare »von oben« kamen, war es ihm dennoch ein Bedürfnis, seinen ketzerischen Sarkasmen laut Ausdruck zu geben.

Es war die Zeit der Vorbereitung des zweiten großen Prozesses gegen die Opposition. Die Luft in der Gesandtschaft war merkwürdig dünn geworden. Es verschwanden über Nacht Fotografien und Porträts von den Wänden; sie hatten seit Jahren dort gehangen, keiner hatte sie angesehen, aber jetzt fielen die hellen Flecke in die Augen. Die Angestellten sprachen nur dienstlich einer zum andern, mit einer ausgesuchten, hinterhältigen Höflichkeit. Bei Tisch in der Gesandtschaftskantine, wenn Unterhaltungen unvermeidlich waren, bedienten sie sich offiziös-papierener Wendungen, die sich in der familiären Atmosphäre grotesk und ein wenig unheimlich ausnahmen; es war, als riefen sie sich, zwischen Salzfaß und Senfbehälter, die Stichworte von Leitartikeln zu. Besonders häufig passierte es auch, daß einer gegen eine vermeintlich falsche Interpretation seines soeben ausgesprochenen Satzes protestierte und mit einem bestürzten »Das habe ich nicht gesagt« oder »So war es nicht gemeint« seine Nachbarn zu Zeugen rief. Auf Rubaschow machte das Ganze den Eindruck eines sonderbar feierlichen Puppentheaters, mit Figuren, die sich an Drähten bewegten und mit verteilten Rollen einen vereinbarten Text hersagten. Nur der Arlowa, mit ihrer trägen und schweigsamen Art, war keine Veränderung anzumerken.

Nicht nur die Porträts an den Wänden, auch die Reihen der Bibliothek lichteten sich. Das Verschwinden bestimmter Bücher und Broschüren von den Regalen erfolgte unauffällig, gewöhnlich am Tage nach dem Eintreffen eines neuen Rundschreibens »von oben«. Rubaschow machte beim Diktieren seine sarkastischen Kommentare darüber, die von der Arlowa schweigend aufgenommen wurden. Es verschwanden von den Regalen fast sämtliche Schriften über Außenhandels- und Währungsfragen – ihr Verfasser, der Volksbeauftragte für Finanzwesen, war soeben verhaftet worden; fast alle einschlägigen Fachreferate von den alten Parteikongressen; die meisten Bücher und Nachschlagewerke über die Geschichte und Vorgeschichte der Revolution; alle rechtswissenschaftlichen und philosophischen Werke noch lebender Autoren; die Broschüren über Bevölkerungspolitik und Geburtenkontrolle; die Handbücher über die Struktur der Volksarmee; die Abhandlungen über Gewerkschaftswesen und Streikrecht im Volksstaat; fast alle Untersuchungen über staatstheoretische Probleme, sofern sie älter als zwei Jahre waren, und schließlich sogar die bis dahin erschienenen Bände der von der Akademie der Wissenschaften herausgegebenen Enzyklopädie, für die eine revidierte Neuauflage in Aussicht gestellt wurde.

Es trafen auch neue Bücher ein: die Klassiker der Gesellschaftslehre kamen mit neuen Fußnoten und Kommentaren heraus, die alten Geschichtswerke wurden durch neue Geschichtswerke, die alten Memoiren verstorbener Führer der Revolution durch neue Memoiren der gleichen Verstorbenen ersetzt. Einmal bemerkte Rubaschow im Scherz zur Arlowa, es werde nunmehr wohl nichts anderes übrigbleiben, als von den alten Jahrgängen der Tageszeitungen gleichfalls eine verbesserte Neuauflage zu drucken.

Übrigens hatte vor einigen Wochen ein Zirkular »von oben« die Ernennung eines Bibliothekars angeordnet, der für den Inhalt der Gesandtschaftsbibliothek die politische Verantwortung tragen sollte. Man hatte die Arlowa ernannt. Rubaschow hatte damals etwas von »Kindergarten« gemurmelt und hielt das Ganze zunächst für eine Albernheit – bis zu jenem Abend, an dem, im Verlauf der offiziellen wöchentlichen Zusammenkunft der Gesandtschaftsparteizelle, die Arlowa von mehreren Seiten zugleich scharf angegriffen wurde. Mehrere Redner, darunter der Erste Sekretär, erhoben sich der Reihe nach und bemängelten, daß in der Bibliothek die wichtigsten, richtunggebenden Reden von Nummer Eins nicht aufzufinden seien, daß sie dagegen immer noch voll von oppositionellen Schriften sei, und daß besonders die Bücher von Politikern, die seither als Spione, Verräter und Agenten fremder Mächte entlarvt und ausgetilgt worden seien, noch kürzlich an auffallender Stelle in den Regalen sichtbar gewesen seien, so daß man sich der Vermutung einer gewissen demonstrativen Absicht kaum verschließen könne. Die Redner sprachen leidenschaftslos, mit schneidender Sachlichkeit und in genau abgezirkelten

Wendungen; es war wieder, als gäben sie sich gegenseitig die Stichworte für einen vorher festgelegten Text. Alle Reden endeten mit der Feststellung, daß die Partei die oberste Pflicht habe, wachsam zu sein, Mißstände erbarmungslos zu denunzieren, und daß, wer diese Pflicht vernachlässige, selbst zum Mitschuldigen der Schädlinge werde. – Die Arlowa, zu einer Äußerung aufgefordert, sagte mit ihrem gewohnten Gleichmut, daß ihr jede böse Absicht ferngelegen habe und daß sie allen Anweisungen in den Zirkularen nachgekommen sei; sie ließ aber, während sie mit ihrer tiefen, verschleierten Stimme sprach, ihren Blick lange auf Rubaschow ruhen, was sie sonst in Gegenwart anderer nicht tat. Die Sitzung endete mit dem Beschluß, der Arlowa eine »ernste Warnung« zu erteilen.

Rubaschow, der die Methoden, die neuerdings in der Bewegung angewendet wurden, zur Genüge kannte, war beunruhigt. Er erriet, daß etwas gegen die Arlowa im Zuge war, und fühlte sich zum erstenmal in seiner politischen Laufbahn wehrlos, weil es nichts Greifbares gab, gegen das er kämpfen konnte.

Die Luft in der Gesandtschaft wurde noch dünner. Rubaschow stellte seine persönlichen Kommentare beim Diktieren ein und empfand deswegen ein sonderbares Schuldgefühl. Scheinbar änderte sich in seinen Beziehungen zur Arlowa nichts, aber dieses seltsame Schuldgefühl, das einzig darauf zurückging, daß er nicht mehr fähig war, witzige Bemerkungen beim Diktieren zu machen, bewirkte, daß er auch nicht mehr hinter ihrem Sessel stehenblieb, um seine Hände auf ihre Schultern zu legen, wie er es früher getan. Nach einer Woche blieb die Arlowa eines Abends von seinem Zimmer aus und kam auch an den folgenden Abenden nicht. Es dauerte drei Tage, bis Rubaschow sich entschloß, sie nach dem Grund zu fragen. Sie sagte mit ihrer schläfrigen Stimme etwas von Unpäßlichkeit, und Rubaschow drang nicht weiter in sie. Von da an kam sie überhaupt nicht mehr, mit einer einzigen Ausnahme.

Das war drei Wochen nach jener Abendversammlung; vierzehn Tage, nachdem sie ihre Besuche bei ihm eingestellt hatte. Ihr Benehmen wich kaum von ihrem früheren ab, aber Rubaschow hatte den ganzen Abend lang das Gefühl, daß sie darauf wartete, er werde etwas Entscheidendes sagen. Er sagte aber nichts Entscheidendes, er sagte nur, daß er sich freue, daß sie wieder da war, und daß er überarbeitet und müde sei, was auch tatsächlich stimmte. In der Nacht merkte er wiederholt, daß sie nicht schlief und mit ihren offenen runden Augen in die Dunkelheit sah. Er wurde das peinigende Schuldgefühl nicht los, auch die unangenehmen Zahnschmerzen stellten sich wieder ein. Das war ihr letzter Besuch bei ihm.

Am nächsten Morgen, noch bevor die Arlowa zum Diktieren in seinem Arbeitszimmer erschien, erzählte der Sekretär Rubaschow in einem Ton, der vertraulich klingen sollte, aber die genaue Formulierung jedes einzelnen Satzes verriet, daß der Bruder und die Schwägerin der Arlowa seit einer Woche »drüben« verhaftet waren. Der Bruder der Arlowa war mit einer Ausländerin verheiratet; beide wurden beschuldigt, mit der betreffenden ausländischen Macht hochverräterische Beziehungen unterhalten zu haben, und zwar im Auftrag der inneren Opposition.

Einige Minuten später erschien die Arlowa zum Diktat. Sie saß wie gewöhnlich auf dem Sessel vor dem Schreibtisch, in ihrer bestickten Bluse, schweigend, den Oberkörper leicht vorgeneigt. Rubaschow ging hinter ihrem Rücken auf und ab und hatte die ganze Zeit ihren gebeugten Nacken vor dem Auge, mit der Haut, die sich über ihrem Halswirbel leicht spannte. Er konnte die Augen nicht von diesem Stück Haut abwenden und fühlte ein bis zur körperlichen Übelkeit gesteigertes Unbehagen dabei. Er mußte fortwährend daran denken, daß man »drüben« die Verurteilten durch eine Kugel in den Nacken erschoß.

In der nächsten abendlichen Sitzung der Parteizelle wurde die Arlowa, auf Antrag des Sekretärs, wegen »politischer Unzuverlässigkeit« ohne Kommentar und Diskussion als Bibliothekar abgesetzt. Rubaschow, der an fast unerträglichen Zahnschmerzen litt, hatte sich entschuldigt und der Sitzung nicht beigewohnt. Einige Tage darauf wurde die

Arlowa, zusammen mit einem anderen Angestellten, in die Heimat zurückberufen. Ihr Name wurde von ihren früheren Kollegen niemals erwähnt; aber während der Monate, die Rubaschow, bis er selbst zurückberufen wurde, noch in der Gesandtschaft verbrachte, blieb der schwesterliche Dunst ihres großen, trägen Leibes an den Tapeten seines Arbeitszimmers haften, ohne sich jemals zu verflüchtigen.

4

BÜRDER ZUR SONNE ZUR FREIHEIT ...

Seit dem Morgen des zehnten Tages nach Rubaschows Verhaftung klopfte sein neuer Nachbar zur Linken, der Insasse von No. 406, in Abständen immer den gleichen Vers, mit immer dem gleichen orthographischen Fehler, »BÜRDER« anstatt »BRÜDER«. Rubaschow hatte wiederholt ein Gespräch mit ihm anzuknüpfen versucht. Solange Rubaschow klopfte, verhielt sich der Neue lauschend und still, aber als Antwort kamen bloß unzusammenhängende Reihen von Buchstaben, und als Abschluß immer der gleiche verstümmelte Vers: »Bürder, zur Sonne, zur Freiheit.«

Man hatte den Neuen in der Nacht vorher eingeliefert. Rubaschow war zwar aufgewacht, hatte aber nur gedämpfte Geräusche und das Schließen der Zellentür von No. 406 gehört. Morgens, nach dem ersten Posaunenstoß, hatte dann 406 gleich zu klopfen begonnen: BÜRDER ZUR SONNE ZUR FREIHEIT. Er klopfte rasch und gewandt, mit einer geradezu virtuosen Technik, so daß der Sprachfehler und die Ungereimtheit seiner übrigen Botschaften nicht technische, sondern psychische Ursachen haben mußten. Wahrscheinlich war der Neue geistesgestört.

Nach dem Frühstück meldete sich wieder der Offizier von 402 zum Gespräch. Zwischen Rubaschow und No. 402 hatte sich eine Art von Freundschaft angebahnt. Der Offizier mit dem Einglas und dem gezwirbelten Schnurrbärtchen mußte sich wohl fürchterlich langweilen, denn er war Rubaschow für jeden Gesprächsbrocken dankbar. Fünf-, sechsmal am

Tag begann er zu klopfen und flehte Rubaschow unterwürfig an:

UNTERHALTEN SIE SICH DOCH EIN BISSCHEN MIT MIR ...

Rubaschow war selten in der Laune dazu; er wußte auch nicht recht, worüber er sich mit ihm unterhalten sollte. Gewöhnlich klopfte 402 Anekdoten aus dem Offizierskasino von einst. Wenn die Pointe verklungen war, trat eine peinliche Stille ein. Es waren verstaubte Anekdoten, von einer patriarchalisch-altväterlichen Zotigkeit; wenn 402 sie zu Ende geklopft hatte, wartete er wohl auf ein dröhnendes Gelächter und starrte hoffnungslos die stumme, gekalkte Wand an. Aus Mitleid und Höflichkeit klopfte Rubaschow mitunter mit dem Zwicker ein möglichst lautes HA-HA, als Gelächtersurrogat. Dann war No. 402 nicht zu halten; er mimte einen Heiterkeitsausbruch, indem er mit Fäusten und Stiefel HA-HA – HA-HA! gegen die Wand trommelte. Zwischendurch unterbrach er sich sekundenlang, um zu kontrollieren, ob Rubaschow mitmachte. Blieb Rubaschow stumm, so machte er ihm Vorwürfe: SIE HABEN NICHT MITGELACHT ...; machte auch Rubaschow, um seine Ruhe zu haben, einige Male HA-HA, so teilte ihm No. 402 nachher mit: WIR HABEN UNS KÖSTLICH AMÜSIERT.

Manchmal beschimpfte er Rubaschow. Mitunter, wenn er keine Antwort erhielt, klopfte er ganze Soldatenlieder, mit vielen Strophen. Es kam vor, daß Rubaschow auf seinen Wanderungen durch die Zelle, mitten in einem Tagtraum oder in einem langen und intensiven Gedankengang, plötzlich den Refrain eines alten Marschliedes zu summen begann, dessen Klopfzeichen sein Ohr unbewußt registriert hatte.

Und dennoch war No. 402 auch nützlich. Er saß bereits seit mehr als zwei Jahren, er kannte den Betrieb, stand mit mehreren Nachbarn in Verbindung, erfuhr jeden Klatsch und schien überhaupt alles zu wissen, was in dem Bau vorging.

Als sich, am Morgen nach der Einlieferung des Neuen,

der Offizier wieder »zur Unterhaltung« meldete, fragte ihn Rubaschow, ob er wüßte, wer der neue Nachbar auf No. 406 sei. Darauf antwortete No. 402:

RIP VAN WINKLE.

No. 402 liebte es, sich in Scharaden auszudrücken, um die Spannung des Gesprächs zu erhöhen. Rubaschow suchte die Brocken seiner Schulbildung zusammen; die alte Sage von dem Bauern fiel ihm ein, der fünfundzwanzig Jahre lang geschlafen hatte und sich in der veränderten Welt nicht mehr zurechtfand.

HAT ER SEIN GEDÄCHTNIS VERLOREN? fragte Rubaschow.

No. 402, offenbar befriedigt durch den erzielten Effekt, teilte jetzt mit, was er über den Fall wußte. No. 406 war einst Dozent für Soziologie in einem kleinen südosteuropäischen Staat gewesen und hatte sich bei Kriegsende, also vor rund zwei Jahrzehnten, an einer revolutionären Erhebung, wie sie damals an verschiedenen Punkten Europas aufgeflammt waren, beteiligt. Es kam zur Ausrufung einer Kommune, deren romantisches Dasein kaum einige Wochen dauerte, um dann das übliche blutige Ende zu finden. Die Führer der Revolution waren Dilettanten gewesen, aber die Repression war nach fachmännischen Methoden erfolgt; No. 406, dem die Kommune den klangvollen Titel »Staatssekretär für Volksaufklärung« verliehen hatte, wurde zum Tod durch den Strang verurteilt. Er wartete ein Jahr lang auf die Hinrichtung, dann wurde das Urteil in lebenslängliches Zuchthaus umgewandelt. Er saß zwanzig Jahre ab.

Er saß zwanzig Jahre ab, die meiste Zeit in Einzelhaft, ohne Verbindung mit der Außenwelt und ohne Zeitungen. Man hatte ihn vergessen; der Strafvollzug in jenem südosteuropäischen Ländchen trug noch einen etwas patriarchalischen Charakter. Vor einem Monat wurde er plötzlich amnestiert.

Er fuhr sofort nach seiner Freilassung hierher – Rip van Winkle, der sich nach zwanzig Jahren Schlaf und Dunkelheit auf der Erde wiederfindet. Aber, wie No. 402 ironisch bemerkte, es war dem armen Teufel offenbar nicht gelungen, sich in der Welt im allgemeinen und im »Vaterland der Revolution« im besonderen zurechtzufinden, denn er wurde bereits vierzehn Tage nach seiner Ankunft verhaftet. Jetzt saß er wieder, diesmal im Land seiner Sehnsucht. Vielleicht war er nach zwanzig Jahren des Schweigens zu redselig gewesen. Vielleicht hatte er den Leuten erzählt, was er sich in den Tagen und Nächten seiner Einzelhaft über das Leben hier zurechtgeträumt hatte. Vielleicht hatte er sich nach den Adressen von alten Freunden erkundigt, den Helden von Anno Domini 1917, ohne zu wissen, daß sie lauter Verräter und Spione gewesen. Vielleicht hatte er einen Kranz am falschen Grab niedergelegt oder dem verehrten Nachbarn, Genossen Rubaschow, einen Besuch abstatten wollen. Jetzt zerbrach er sich wohl den Kopf, was besser war: zwei Jahrzehnte Träume auf dem Strohsack in der Dunkelzelle oder zwei Wochen Wirklichkeit im Tageslicht. Vielleicht war er nicht mehr ganz bei Verstand. Das war also die Geschichte Rip van Winkles ...

Einige Zeit, nachdem No. 402 seinen langen Bericht durchgeklopft hatte, meldete sich Rip van Winkle wieder an der Wand; er wiederholte fünf-, sechsmal seinen verstümmelten Vers, BÜRDER ZUR SONNE ZUR FREIHEIT, und verstummte dann. Rubaschow legte sich auf die Pritsche und schloß die Augen. Die »grammatikalische Fiktion« meldete sich wieder; sie sprach nicht in Worten, nur in einer vagen, quälenden Empfindung; in Worte übersetzt lautete die Empfindung etwa: »Auch dafür mußt du bezahlen, auch dafür bist du mitverantwortlich – denn du hast gehandelt, während er träumte.«

Am gleichen Nachmittag wurde Rubaschow zum Rasieren in die Barbierstube geführt.

Diesmal bestand die Prozession nur aus dem alten Schließer und einem Wachsoldaten; der Alte schlurfte zwei Schritte voran, der Soldat ging zwei Schritte hinter ihm. Der Weg führte an No. 406 vorbei, aber es hing noch keine Namenskarte draußen. Im Barbierzimmer befand sich diesmal nur einer von den beiden Häftlingen, die das Friseurgeschäft versahen; man sorgte offenbar dafür, daß Rubaschow nicht mit zu vielen Menschen Kontakt bekam.

Er setzte sich in den Armstuhl. Die Einrichtung war verhältnismäßig sauber, es war sogar ein Spiegel da. Rubaschow nahm den Zwicker ab und betrachtete sich flüchtig. Er fand sein Gesicht unverändert, abgesehen von den Stoppeln auf den Wangen.

Der Barbier arbeitete schweigsam, rasch und präzise. Die Tür des Zimmers blieb offen, der Schließer war davongeschlurft, der Gendarm stand an den Pfosten gelehnt und überwachte die Prozedur. Der laue Seifenschaum im Gesicht erfüllte Rubaschow mit Behagen; er verspürte eine kleine Versuchung, den Annehmlichkeiten des Lebens nachzutrauern. Er hätte gern ein wenig mit dem Barbier geplaudert, aber der alte Schließer hatte ihm bereits beim Verlassen seiner Zelle mitgeteilt, daß dies verboten war, und Rubaschow wollte dem Barbier, dessen breites, offenes Gesicht ihm gefiel – er hätte ihn, der Physiognomie nach, eher für einen Schlosser oder Elektrotechniker gehalten –, keine Unannehmlichkeiten bereiten. Als das Einseifen beendet war, fragte der Barbier nach den ersten Messerstrichen, ob die Klinge nicht kratze, und beendete die Frage mit der Ansprache »Bürger Rubaschow«.

Es war der erste Satz, der seit dem Betreten der Stube gesprochen worden war, und er nahm, trotz des sachlichen Tones, eine eigentümliche Bedeutung an. Dann wurde wieder geschwiegen, der Gendarm am Türpfosten hatte eine Zigarette angezündet, der Barbier stutzte mit raschen, präzisen Bewegungen Rubaschows Spitzbart und Kopfhaar. Während er über Rubaschow gebeugt stand, begegnete dieser flüchtig seinem Blick; in der gleichen Sekunde schob der Barbier zwei Finger unter Rubaschows Kragen, wie um mit der Schere besser an sein Nackenhaar heranzugelangen; als er die Finger zurückzog, spürte Rubaschow das Kratzen eines kleinen Papierknäuels im Genick. Kurz darauf war die Prozedur beendet, und Rubaschow wurde von dem Gendarmen und dem Schließer in seine Zelle zurückgeführt. Er setzte sich auf die Pritsche, den Blick auf den Spion geheftet, um sich zu vergewissern, daß er nicht beobachtet wurde, holte den Papierknäuel aus dem Kragen, glättete ihn und las. Er bestand nur aus einem Satz, der offenbar in großer Hast niedergekritzelt worden war:

»Alle haben sich selbst bespien – Du aber stirb und schweige.«

Rubaschow warf den Zettel in den Kübel und nahm seine Wanderung durch die Zelle wieder auf. Es war die erste Botschaft, die von draußen zu ihm gedrungen war. Drüben, im Feindesland, hatte er öfter eingeschmuggelte Botschaften im Kerker erhalten; sie hatten ihn aufgefordert, die Stimme zu erheben, aus dem Gerichtssaal den Ruf der Empörung in die Welt erschallen zu lassen. Gab es auch Stunden in der Geschichte, die dem Revolutionär geboten, daß er schweige? Gab es Wendepunkte der Geschichte, die nur eines von ihm forderten, in denen nur eines richtig war: zu sterben und zu schweigen?

Rubaschows Gedanken wurden von No. 402 unterbrochen, der gleich nach seiner Rückkehr in die Zelle zu klopfen begonnen hatte; 402 hielt es nicht aus vor Neugier und wollte erfahren, wohin man Rubaschow geführt hatte.

RASIEREN, erklärte ihm Rubaschow.

ICH BEFÜRCHTETE SCHON DAS SCHLIMMSTE, klopfte No. 402 gefühlvoll.

NACH IHNEN, klopfte Rubaschow zurück.

No. 402 war, wie immer, ein dankbares Publikum.

HA-HA, äußerte er; IHR SEID DOCH TOLLE KERLE.

Merkwürdigerweise erfüllte dieses billige Kompliment Rubaschow mit einer Art Genugtuung. Er beneidete No. 402, dessen Kaste über einen unverrückbaren Ehrenkodex für Leben und Sterben verfügte. Daran konnte man sich klammern. Für seinesgleichen dagegen gab es kein Manual, sie mußten selbst alles zu Ende denken.

Nicht einmal für das Sterben gab es eine Etikette. Was war ehrenvoller, schweigend zu sterben oder sich öffentlich selbst zu bespeien, um weiterwirken zu können? Er hatte die Arlowa geopfert, weil seine eigene Existenz für die

Revolution sachlich wertvoller war. Das war das entscheidende Argument gewesen, mit dem seine Freunde ihn damals überzeugt hatten: daß die Pflicht, sich für später aufzusparen, wichtiger sei als die Gebote der bürgerlichen Moral. Für seinesgleichen, die einmal schon ins Urgestein hinabgestiegen, der Geschichte ein neues Bett gegraben hatten, gab es keine andere Pflicht, als hierzubleiben und bereit zu sein. »Sie können mit mir tun, was Sie wollen«, hatte die Arlowa gesagt; er hatte alles mit ihr getan, was er wollte – und mit sich selbst sollte er schonender umgehen? »Das kommende Jahrzehnt wird über das Schicksal unserer Epoche entscheiden« – hatte Iwanoff ihn zitiert; und da sollte man sich vorher drücken, aus privatem Ekel, aus privater Müdigkeit, aus privater Eitelkeit, um mit einer romantischen Geste abzutreten? Und wenn Nummer Eins vielleicht dennoch recht behielt – das Grauenhafte an Nummer Eins war ja, daß er möglicherweise recht hatte, daß hier, in Dreck und Blut und Lüge, dennoch das grandiose Fundament der Zukunft gelegt wurde! Fast immer hatte die Geschichte, ein Baumeister ohne Moral, ihren Mörtel aus Lüge, Blut und Kot gemischt …

Stirb und schweige – das war auch leicht gesagt … Rubaschow blieb plötzlich stehen, auf der dritten schwarzen Fliese vom Fenster: er ertappte sich dabei, daß er die Worte »stirb und schweige« mehrmals laut wiederholt hatte, in ironisch-abfälliger Betonung, gleichsam um ihre völlige Absurdität zu unterstreichen.

Und jetzt erst wurde ihm bewußt, daß sein Entschluß, Iwanoffs Angebot abzulehnen, durchaus nicht so fest stand, wie er geglaubt hatte. Es erschien ihm jetzt, nachträglich, sogar fraglich, ob er überhaupt jemals daran geglaubt hatte, daß er das Angebot ablehnen und schweigend von der Bühne abtreten werde …

5

Die Besserung in Rubaschows materiellem Lebensniveau hielt an. Am Vormittag des elften Tages nach seiner Verhaftung wurde er zum ersten Mal zum Spaziergang im Hof zugelassen.

Der alte Schließer holte ihn gleich nach dem Frühstück in Begleitung des Gendarmen, der auch die Expedition zum Friseur mitgemacht hatte. Der Schließer teilte Rubaschow mürrisch mit, daß ihm ab heute erlaubt sei, täglich zwanzig Minuten lang »aus gesundheitlichen Rücksichten« im Hof spazierenzugehen. Er sei dem »ersten Karussell« zugeteilt, dessen Promenade gleich nach dem Frühstück beginne. Dann leierte er die Vorschriften herunter: jede Unterhaltung mit dem Nachbarn oder anderen Häftlingen während der Promenade sei verboten; desgleichen, sich Zeichen zu geben, schriftliche Mitteilungen auszutauschen oder aus der Reihe zu treten; jede Nichtbeachtung der Vorschrift werde mit sofortigem Entzug des Promenadenrechts, schwere Verstöße mit Disziplinarstrafen bis zu vier Wochen Dunkelhaft bestraft. Dann schlug der Alte Rubaschows Zellentür von außen zu, und sie setzten sich zu dritt über den Korridor in Bewegung. Nach einigen Schritten hielt der Schließer und schloß die Tür von No. 406 auf.

Rubaschow, der neben dem Unteroffizier in einiger Distanz von der Tür entfernt stehengeblieben war, sah das Innere seiner Nachbarzelle und die Beine Rip van Winkles, der auf seiner Pritsche lag. Er trug schwarze Knöpfelschuhe und karierte Jacketthosen, die unten zerfranst waren, aber einen peinlich saubergebürsteten Eindruck machten. Der Schließer leierte seine Vorschriften her, die karierten Hosenbeine rutschten etwas zögernd von der Pritsche herunter, und ein altes Männchen erschien blinzelnd in der Tür. Sein Gesicht war mit grauen Bartstoppeln bewachsen, er trug zu den karierten Hosen eine schwarze Weste mit einer metallenen Uhrkette und eine schwarze Tuchjacke. Er blieb in der Tür stehen und musterte Rubaschow mit ernster Neugier; dann nickte er ihm kurz und freundlich zu, und sie setzten sich zu viert wieder in Bewegung. Rubaschow hatte erwartet, einen Geistesgestörten zu Gesicht zu bekommen, jetzt änderte er seine Meinung. Trotz des ständigen nervösen Zuckens seiner Augenbrauen, das von den Jahren der Dunkelhaft herrühren mochte, waren die Augen Rip van Winkles klar und von fast kindlicher Freundlichkeit. Er ging etwas mühsam, aber mit kurzen, entschlossenen Schritten und warf Rubaschow von Zeit zu Zeit einen raschen Blick zu. Sie stiegen eine Treppe hinab, der Alte stolperte plötzlich und wäre wohl hingefallen, wenn ihn der Gendarm nicht rechtzeitig am Arm gepackt hätte. Rip van Winkle murmelte ein paar Worte, die Rubaschow nicht verstand, weil sie zu leise gesprochen waren, die aber sicher einen höflichen Dank aussprechen sollten; der Gendarm grinste stupide. Dann betraten sie durch eine offene Gittertür den Hof, wo die anderen Spaziergänger bereits paarweise aufgestellt warteten. Von der Mitte des Hofes, wo die Überwachungsbeamten standen, ertönten zwei kurze Pfiffe, und das Karussell setzte sich langsam in Bewegung.

Der Himmel war klar, von einem seltenen, blassen Blau, und die Luft getränkt von der kristallinischen Würze des Schnees. Rubaschow hatte seine Bettdecke nicht mitgebracht und fröstelte; Rip van Winkle hatte sich eine graue, zerschlissene Decke, die ihm der Schließer beim Betreten des Hofes ausgehändigt hatte, um die Schultern geschlungen. Er ging schweigsam, mit kleinen, festen Schritten neben Rubaschow, blinzelte mitunter in das helle Blau über ihren Köpfen, die graue Decke umgab ihn bis zu den Knien wie eine Glocke. Rubaschow rechnete sich aus, welches Fenster zu seiner eigenen Zelle gehörte; es war dunkel und schmutzig wie alle andern Fenster, man sah nichts dahinter. Er beobachtete eine Weile das Fenster von No. 402, sah aber gleichfalls nur die blinde, vergitterte Scheibe. No. 402 wurde wohl nicht spazierengeführt, auch nicht zum Rasieren oder zum Verhör; Rubaschow hatte noch niemals gehört, daß er aus der Zelle geholt wurde.

Sie gingen schweigend, langsam im Kreis um den Hof. Die Lippen Rip van Winkels zwischen den grauen Bartstoppeln bewegten sich kaum merklich; er murmelte etwas vor sich hin, das Rubaschow zuerst nicht verstand; dann merkte er, daß der Alte leise und unaufhörlich die Melodie des Liedes »Brüder, zur Sonne, zur Freiheit« vor sich hinsummte. Verrückt war Rip van Winkle sicher nicht, aber in den siebentausend Tagen und Nächten seiner Haft wohl etwas sonderlich geworden. Rubaschow beobachtete ihn von der Seite und versuchte sich vorzustellen, was es bedeutete, zwei Jahrzehnte lang von der Welt abgeschnitten zu sein. Vor zwanzig Jahren hatte es nur wenig und sonderbar geformte Automobile gegeben, kein Radio, und die Namen der Staatenführer von heute waren unbekannt. Die neuen Massenbewegungen, die großen Erdrutsche in der Politik ahnte niemand voraus; ebensowenig die gewundenen Wege, die qualvollen und verwirrenden Etappen, die der revolutionäre Staat zu durchlaufen hatte – damals glaubte man, die Tore zur Utopie stünden offen, und man stehe an der Schwelle einer blendenden Menschheitszukunft ...

Rubaschow gestand sich, daß seine Phantasie nicht ausreichte, um sich die innere Verfassung seines Nachbarn auszumalen, trotz seiner Übung in der Kunst, durch das Hirn anderer zu denken. Bei Iwanoff, bei Nummer Eins, selbst bei dem Offizier mit dem Einglas gelang ihm dies ohne Anstrengung; bei Rip van Winkle versagte er. Er beobachtete ihn von der Seite; der Alte hatte ihm gerade seinen Kopf zugedreht, er lächelte ihm zu, hielt die graue Decke mit beiden Händen an den Schultern fest, ging mit kleinen, festen Schritten neben ihm her und summte kaum hörbar die Melodie von »Brüder, zur Sonne, zur Freiheit«.

Als sie in das Gebäude zurückgeführt wurden, drehte sich der Alte noch einmal in der Tür seiner Zelle um und nickte Rubaschow zu; seine Augen blinzelten mit einem plötzlich veränderten Ausdruck, voll Angst und Hoffnungslosigkeit; Rubaschow hatte den Eindruck, daß er ihm etwas zurufen wollte, aber der Schließer hatte die Zellentür bereits zugeschlagen. Als Rubaschow in seine eigene Zelle eingeschlossen war, stellte er sich sogleich an die Wand, die ihn von No. 406 trennte; aber Rip van Winkle schwieg und gab auf sein

Klopfen keine Antwort. Dagegen wollte No. 402, der ihnen vom Fenster aus zugesehen hatte, alle Einzelheiten des Spaziergangs haargenau erzählt haben; er barst vor Neugier, und Rubaschow mußte ihm mitteilen, wie die Luft gerochen habe, ob es kalt oder nur kühl gewesen, ob er auf dem Korridor anderen Häftlingen begegnet sei und ob er mit Rip van Winkle nicht doch einige Worte hätte wechseln können. Rubaschow gab geduldig auf alle Fragen Auskunft; er kam sich No. 402 gegenüber, der niemals spazierengeführt wurde, privilegiert vor, hatte Mitleid mit ihm und beinahe ein schlechtes Gewissen.

Am nächsten Tage und am übernächsten wurde Rubaschow, immer zur gleichen Stunde, nach Beendigung der Frühstücksausteilung, zur Promenade geholt; Rip van Winkle blieb weiter sein Begleiter im Karussell. Sie gingen langsam nebeneinander im Kreise, jeder mit seiner Bettdecke um die Schultern, beide schweigend – Rubaschow in Gedanken versunken, von Zeit zu Zeit die anderen Häftlinge und die Fenster des Gebäudes mit aufmerksamem Blick durch den Zwicker musternd, der Alte, mit seinen immer länger werdenden Bartstoppeln und seinem kindlich-sanften Lächeln, sein ewiges Lied summend.

Bis zu der dritten gemeinsamen Promenade hatten sie noch kein Wort miteinander gewechselt, obgleich Rubaschow wohl sah, daß es die Beamten mit dem Schweigegebot nicht allzu ernst nahmen, und daß die anderen Paare sich fast ständig unterhielten; sie wandten einander beim Sprechen allerdings die Köpfe nicht zu, blickten starr geradeaus und sprachen mit der Rubaschow bekannten Zuchthaustechnik: mit fast unbeweglichen Lippen.

Am dritten Tage hatte Rubaschow seinen Notizblock und seinen Bleistift mitgenommen; der Block stak in der rechten Außentasche seiner Jacke. Nach etwa zehn Minuten fiel der Blick des Alten zufällig auf den Block, der ein wenig aus der Tasche herausragte; seine Augen leuchteten auf. Er warf einen verstohlenen Blick nach den Aufsichtsbeamten, die im Mittelpunkt des Karussells standen, sich angeregt miteinander unterhielten und sich für die Gefangenen nicht zu interessieren schienen; dann zog er mit einem raschen Griff Block und Bleistift aus Rubaschows Tasche und begann, unter dem Schutz seiner Glockendecke, etwas zu schreiben. Er war rasch fertig damit, riß das Blatt ab und drückte es Rubaschow in die Hand, behielt aber Block und Bleistift und schrieb weiter. Rubaschow vergewisserte sich, daß sich die Beamten wirklich nicht um sie kümmerten, und sah sich das Blatt an. Es enthielt nichts Geschriebenes, sondern eine Zeichnung: die mit erstaunlicher Präzision ausgeführte geographische Karte des Landes, in dem sie sich befanden, mit der Andeutung der wichtigsten Städte, Gebirge und Flüsse und mit einer Fahne in der Mitte, die, groß und deutlich, das offizielle Symbol der Revolution trug.

Nach einem halben Rundgang riß No. 406 ein neues Blatt ab und drückte es Rubaschow in die Hand. Es enthielt noch einmal die gleiche Zeichnung, die exakt identisch ausgeführte Landkarte des Vaterlandes der Revolution. No. 406 sah ihn an und wartete lächelnd auf die Wirkung. Rubaschow wurde unter seinem Blick leicht verlegen und murmelte etwas, was seine Anerkennung ausdrücken sollte. Der Alte nickte und zwinkerte ihm zu:

»Ich kann es auch mit geschlossenen Augen«, sagte er. Rubaschow nickte. »Sie glauben es mir nicht«, sagte der Alte lächelnd, »aber ich habe es zwanzig Jahre geübt.«

Er sah rasch nach den Beamten hinüber, schloß die Augen und begann, ohne seine Schrittweise zu ändern, unter seiner Glocke ein neues Blatt zu zeichnen. Er hielt die Augen fest zugekniffen und das Kinn mit den weißlichen Stoppeln wie ein Blinder beim Gehen steif erhoben. Rubaschow drehte sich besorgt nach dem Aufsichtspersonal um; er befürchtete, daß No. 406 stolpern oder aus der Reihe fallen würde. Aber nach einem halben Rundgang war die Zeichnung fertig, etwas zittriger als die andern, aber ebenso exakt; nur das Symbol auf der Fahne war etwas zu groß geraten.

»Glauben Sie mir jetzt?« flüsterte No. 406 und lächelte ihn glücklich an. Rubaschow nickte. Gleich darauf verfinsterte sich das Gesicht des Alten; Rubaschow erkannte die

Angst wieder, die ihn jedesmal vor dem Eingeschlossenwerden in die Zelle befiel.

»Es hilft nichts«, flüsterte er Rubaschow zu. »Ich werde das Land wohl nie sehen. Man hat mich in den falschen Zug gesetzt.«

»Wieso?« fragte Rubaschow.

Rip van Winkle lächelte ihm sanft und traurig zu. »Sie haben mich bei der Abfahrt auf den falschen Bahnhof gebracht«, sagte er, »und sie glauben, ich hätte nichts gemerkt. Erzählen Sie niemandem, daß ich es weiß«, flüsterte er und zwinkerte schlau nach den Beamten hinüber.

Rubaschow nickte. Gleich darauf ertönte der Pfiff, der den Schluß des Spazierganges verkündete.

Beim Passieren des Eingangstores hatten sie noch einen unbeobachteten Augenblick. Die Augen von No. 406 blickten wieder klar und freundlich drein:

»Ihnen ist vielleicht dasselbe passiert?« fragte er Rubaschow teilnahmsvoll.

Rubaschow nickte.

»Man darf die Hoffnung nicht verlieren – einmal kommen wir doch noch dahin ...«, sagte Rip van Winkle und wies auf die zerknüllte Landkarte in Rubaschows Hand.

Dann schob er Bleistift und Notizblock in Rubaschows Tasche zurück. Auf der Treppe summte er bereits wieder sein ewiges Lied vor sich hin.

6

Drei Tage, bevor die von Iwanoff gestellte Frist ablief, hatte Rubaschow bei der Austeilung der Abendsuppe das Gefühl, daß etwas Ungewöhnliches in der Luft lag. Er konnte diese Empfindung nicht begründen; die Austeilung des Essens spielte sich routinemäßig ab, die melancholische Melodie des Zapfenstreiches ertönte pünktlich zur vorgeschriebenen Zeit; dennoch schien es Rubaschow, daß eine Spannung in der Luft lag. Vielleicht hatte ihn einer der Suppen-Kalfaktoren anders angesehen als sonst – um eine Nuance bedeutungsvoller; vielleicht hatte die Stimme des alten Schließers einen besonderen Unterton gehabt. Rubaschow konnte es nicht entscheiden, aber er war unfähig zu arbeiten; er spürte die Spannung in den Nerven wie ein Rheumatiker das nahende Gewitter.

Nach dem zweiten Zapfenstreich spähte er auf den Korridor hinaus; die elektrischen Birnen, die zu wenig Strom hatten und nur mit halber Intensität brannten, außerdem von Fliegenschmutz verdunkelt waren, gossen, wie immer, ihr trübes Licht über die Steinfliesen, und die Stille des Korridors schien heute noch absoluter und hoffnungsloser als sonst. Rubaschow legte sich auf die Pritsche, stand wieder auf, zwang sich, einige Zeilen zu schreiben, drückte seine Zigarette aus und zündete eine neue an. Er sah in den Hof hinab; es war Tauwetter, der Schnee war schmutzig und weich geworden, der Himmel war verhängt, auf der Mauerrampe gegenüber ging der Wachsoldat mit Gewehr und Bajonett seine hundert Schritte ab. Er spähte nochmals durch den Spion auf den Korridor hinaus: Stille, Verlassenheit und elektrisches Licht.

Gegen seine Gewohnheit und trotz der späten Stunde begann Rubaschow ein Gespräch mit No. 402.

SCHLAFEN SIE? klopfte er.

Eine Weile blieb es still, und Rubaschow wartete mit einem Gefühl der Enttäuschung, über das er sich schämte. Dann kam die Antwort – leiser und langsamer, als er es von No. 402 gewohnt war:

NEIN – SPÜREN SIE ES AUCH?

SPÜREN – WAS? fragte Rubaschow. Sein Atem ging schwer, er hatte sich auf die Pritsche gelegt und klopfte mit dem Zwicker.

Wieder zögerte No. 402 eine Weile. Dann klopfte er – so gedämpft, daß es klang, als wollte er mit besonders weicher Stimme sprechen:

ES IST BESSER, WENN SIE SCHLAFEN.

Rubaschow lag still auf seiner Pritsche und schämte sich darüber, daß No. 402 plötzlich in einem so überlegenen Ton mit ihm sprechen konnte. Er lag auf dem Rücken in der

Dunkelheit und sah den Zwicker an, den er in der halb erhobenen Hand gegen die Wand hielt. Die Stille draußen auf dem Korridor war so dicht, daß er vermeinte, sie brause in seinen Ohren.

Plötzlich tickte es wieder an der Wand.

WAS SPÜREN? – REDEN SIE! klopfte Rubaschow und setzte sich auf der Pritsche auf.

KOMISCH – DASS SIE ES GLEICH GESPÜRT HABEN ...

No. 402 schien zu überlegen ... Nach kurzem Zögern tickte er:

HEUTE NACHT WERDEN POLITISCHE DIFFERENZEN AUSGETRAGEN ...

Rubaschow hatte verstanden. Er saß, an die Wand gelehnt, im Finstern, und wartete, ob noch etwas kam. Aber No. 402 sagte nichts mehr. Nach einer Weile klopfte Rubaschow:

EXEKUTIONEN?

JA, antwortete No. 402 lakonisch.

WOHER WISSEN SIE ES? fragte Rubaschow.

VON HASENSCHARTE.

UM WIEVIEL UHR? fragte Rubaschow.

WEISS NICHT. Und, nach einer Pause: BALD.

WISSEN SIE NAMEN? fragte Rubaschow.

NEIN, antwortete No. 402. Aber nach einer neuerlichen Pause fügte er hinzu:

IHRESGLEICHEN, POLITISCHE DIFFERENZEN.

Rubaschow legte sich wieder hin und wartete. Nach einer Weile setzte er sich den Zwicker auf, dann lag er weiter still, die Arme unter dem Nacken verschränkt. Von draußen war kein Laut zu hören. Jede Regung im Gebäude war erstickt, in der Dunkelheit eingefroren.

Rubaschow hatte noch niemals einer Exekution beigewohnt – außer, beinahe, seiner eigenen; aber das war damals noch mitten im Bürgerkrieg. Er konnte sich nicht recht vorstellen, wie sich dergleichen unter geregelten Verhältnissen, in der normalen Routine abspielte. Er wußte ungefähr, daß man die Erschießungen des Nachts, im Keller, vornahm und daß der Delinquent durch einen Schuß in den Nacken getötet wurde; aber wie das im einzelnen vor sich ging, wußte er nicht. In der Bewegung war der Tod kein Mysterium, er hatte keine romantischen Aspekte. Er war eine logische Konsequenz, ein Faktor, mit dem man rechnete und der einen ziemlich abstrakten Charakter trug. Man sprach auch selten vom Tode und gebrauchte fast niemals die Worte »Erschießung« oder »Hinrichtung«; der gebräuchliche Ausdruck war: »physische Liquidation«. Der Ausdruck »physische Liquidation« erweckte seinerseits nur eine einzige konkrete Vorstellung: das Aufhören der politischen Aktivität. Der Akt des Sterbens an sich war eine technische Einzelheit, die keinen Anspruch auf Interesse erheben konnte; der Tod als Faktor des logischen Kalküls hatte jeden intim-körperlichen Charakter eingebüßt.

Rubaschow blickte durch seinen Zwicker in die Dunkelheit. War die Prozedur bereits im Gange oder kam sie erst? Er hatte sich Schuhe und Socken ausgezogen; seine nackten Füße, am anderen Ende der Decke, ragten weißlich in der Finsternis empor. Die Stille wurde immer unnatürlicher. Sie bestand nicht aus der beruhigenden Abwesenheit von Geräuschen; es war eine Stille, die alle Geräusche verschluckt und erstickt hatte, prall und vibrierend, wie ein gespanntes Fell. Rubaschow sah seine nackten Füße an und bewegte langsam die Zehen. Es sah grotesk und unheimlich aus, als führten die weißlichen Füße ein eigenes Leben. Er war sich mit einer seltenen Intensität seines Körpers bewußt, fühlte die lauwarme Berührung der Decke an seinen Beinen und den Druck seiner verschränkten Handflächen im Genick. Wo geschah die physische Liquidation? Er hatte die vage Vorstellung, daß es unten, unter der Treppe, die von der Barbierstube hinunterführte, geschah. Er roch das Leder von Gletkins Revolvergurt und hörte seine steife Uniform knirschen. Was sagte er vorher zu seinem Opfer? »Stellen Sie sich mit dem Gesicht zur Wand«? Duzte er ihn? Oder sagte er: »Fürchten Sie nichts, es wird nicht schmerzen«? Vielleicht schoß er ohne Warnung, im Gehen, von hinten – aber das Opfer wandte sicher immerzu den Kopf nach ihm.

Vielleicht verbarg er den Revolver im Ärmel, wie der Zahnarzt die Zange. Vielleicht waren noch andere dabei. Was für Augen machten sie? Fiel der Mann nach vorn oder nach hinten? Rief er etwas? Vielleicht mußte man noch eine zweite Gnadenkugel in ihn hineinschießen.

Rubaschow rauchte und betrachtete seine Zehen. Es war so still, daß er das Knistern des brennenden Zigarettenpapiers hörte. Er nahm einen tiefen Zug. Unsinn, sagte er sich. Unsinn, Feuilleton, Hintertreppenphantasie. Eigentlich hatte er niemals an die technische Realität der »physischen Liquidation« geglaubt. Der Tod war eine Abstraktion – besonders der eigene. Wahrscheinlich war jetzt schon alles vorbei, und was vorbei ist, hat keine Realität. Es war dunkel und still, auch No. 402 klopfte nicht mehr.

Er wünschte sich, daß draußen jemand schreien möge, um diese unnatürliche Stille zu zerreißen. Er schnüffelte und merkte, daß er schon lange den Geruch der Arlowa in der Nase hatte. Auch die Zigaretten rochen nach ihr; sie hatte ein ledernes Etui in ihrer Handtasche getragen, und alle Zigaretten aus diesem Etui hatten nach Puder und nach ihrem Körper gerochen. – Es war immer noch still. Nur die Pritsche ächzte leise, wenn er sich bewegte.

Rubaschow wollte gerade aufstehen und eine neue Zigarette anzünden, als es an der Wand neben ihm zu ticken begann.

JETZT KOMMEN SIE, tickte es.

Rubaschow lauschte. Er hörte das Hämmern in seinen Pulsadern, sonst nichts. Er wartete. Die Stille wurde noch praller, gespannter. Er nahm den Zwicker ab und klopfte:

ICH HÖRE NICHTS ...

Eine ganze Weile antwortete No. 402 nicht. Plötzlich klopfte er, laut und hart:

NO. 380. WEITERGEBEN.

Rubaschow setzte sich rasch auf. Er verstand: die Nachricht war von den Nachbarn von No. 380 durch elf Zellen weitergeklopft worden. Die Insassen der Zellen von 382 bis 402 bildeten, durch Schweigen und Finsternis, eine akustische Stafette. Sie waren wehrlos, eingeschlossen in ihren vier Wänden; das war ihre Form von Solidarität. Rubaschow sprang von der Pritsche, tappte mit seinen nackten Füßen zur anderen Wand, stellte sich neben den Kübel und klopfte zu No. 406 hinüber:

ACHTUNG. NO. 380 WIRD JETZT ERSCHOSSEN. WEITERGEBEN.

Er lauschte; der Kübel stank; seine Ausdünstung hatte den Geruch der Arlowa abgelöst. Es kam keine Antwort. Rubaschow tappte hastig zu seiner Pritsche zurück. Er klopfte diesmal nicht mit dem Zwicker, nur mit dem Knöchel:

WER IST 380?

Es kam wieder keine Antwort. Rubaschow verstand, daß No. 402, so wie er selbst soeben, einen Pendeldienst zwischen den Wänden seiner Zelle versah. In den elf Zellen, links von ihm, eilten die Insassen ebenso lautlos, mit nackten Füßen, zwischen den Wänden hin und her. Jetzt war No. 402 an seine Wand zurückgekehrt, er teilte mit:

SIE VERLESEN IHM DAS URTEIL. WEITERGEBEN.

Rubaschow wiederholte seine Frage von vorhin:

WER IST 380?

Aber No. 402 war schon wieder fort. Es war sinnlos, zu Rip van Winkle hinüberzuklopfen, aber Rubaschow tappte dennoch an die Kübelwand und entledigte sich seiner Botschaft; es trieb ihn ein dunkles Pflichtgefühl, die Empfindung, daß die Kette nicht abreißen durfte. Die Nachbarschaft des Kübels verursachte ihm Brechreiz. Er tappte zur Pritsche zurück und wartete. Von draußen war immer noch nicht der leiseste Laut zu hören. Nur an der Wand tickte es wieder:

ER SCHREIT UM HILFE.

ER SCHREIT UM HILFE, tickte Rubaschow zu No. 406.

Er lauschte. Man hörte nichts. Rubaschow fürchtete, daß er bei der nächsten Annäherung an den Kübel sich erbrechen müßte.

SIE BRINGEN IHN. SCHREIT UND SCHLÄGT UM SICH. WEITERGEBEN ... klopfte No. 402.

WIE HEISST ER? klopfte Rubaschow rasch, noch bevor 402 seinen Satz ganz beendet hatte. Diesmal kam die Antwort:

BOGROW. OPPOSITIONELLER. WEITERGEBEN.

Rubaschows Beine wurden plötzlich schwer. Während er zur Kübelwand hinübertappte, fühlte er, daß seine Knie leicht einknickten. Er lehnte sich an die Wand und klopfte dann zu dem schwachsinnigen Alten hinüber:

MICHAEL BOGROW, EHEMALIGER MATROSE AUF PANZERKREUZER POTEMKIN, KOMMANDEUR DER ÖSTLICHEN KRIEGSFLOTTE, TRÄGER DES ERSTEN REVOLUTIONÄREN ORDENS, WIRD ZUR HINRICHTUNG GEFÜHRT.

Er wischte sich den Schweiß von der Stirn, erbrach sich hastig über den Kübel und beendete den Satz:

... WEITERGEBEN.

Es gelang ihm nicht, sich Bogrows Züge bildhaft in Erinnerung zu rufen, aber er sah die Umrisse seiner hünenhaften Gestalt, die unbeholfen schlenkernden Arme, die Sommersprossen auf dem breiten, flächigen Gesicht mit der leicht aufgestülpten Nase. Sie waren nach 1905 Zimmergenossen in der Verbannung gewesen, Rubaschow hatte ihm damals Lesen, Schreiben und die Grundzüge historischen Denkens beigebracht; seither sandte ihm Bogrow, wo immer sich Rubaschow befand, genau halbjährlich einen Brief, der immer mit den gleichen Worten endete:

»Dein bis ans Grab getreuer Genosse Bogrow.«

SIE KOMMEN VORBEI, klopfte No. 402, hastig und so laut, daß Rubaschow, der noch neben dem Kübel, mit dem Kopf an die Wand gelehnt, stand, es quer durch die Zelle hörte... AN DEN SPION STELLEN. TROMMELN. WEITERGEBEN.

Rubaschow machte sich steif. Er klopfte die Botschaft zu No. 406 durch: AN DEN SPION STELLEN. TROMMELN. WEITERGEBEN.

Er tappte durch die Finsternis zur Zellentür und wartete.

Im Korridor brannte das elektrische Licht, wie immer. Es war still, wie immer.

Nach einigen Sekunden tickte es an der Wand:

JETZT.

Den Korridor entlang kam, dumpf und leise, das Geräusch erstickten Trommelns. Es wurde nicht geklopft und nicht gehämmert; die Männer in ihren Zellen, von 380 bis 402, die die akustische Kette bildeten und jetzt hinter ihren Türen Spalier standen, brachten mit täuschender Ähnlichkeit den Klang des gedämpften, feierlichen Trommelwirbels hervor, den der Wind aus der Ferne herbeiweht. Rubaschow stand, das Auge an den Spion gepreßt, und fiel in den Chor ein, indem er mit beiden Händen rasch und rhythmisch gegen die Betontür schlug. Zu seinem Erstaunen pflanzte sich die dumpfe Welle auch nach rechts fort, über No. 406 und darüber hinaus; Rip van Winkle mußte also doch verstanden haben, er trommelte mit. Gleichzeitig hörte er von links, noch ziemlich weit jenseits der Grenze seines Blickfeldes, das Knirschen eines Eisengitters, das in seinen Schienen auseinandergeschoben wurde. Das Trommeln von links verstärkte sich um einen Ton; Rubaschow wußte, daß man die eiserne Tür, die den Isoliertrakt von den gewöhnlichen Zellen trennte, geöffnet hatte. Ein Schlüsselbund klirrte, jetzt schloß man das Gatter wieder zu, gleich darauf hörte man deutlich sich nähernde, schleppende und schleifende Geräusche auf den Steinfliesen. Das Trommeln von links kam in stetigem, gedämpftem Crescendo. Rubaschows Blickfeld, von den Zellen 401 bis 407 begrenzt, war immer noch leer. Das Schleifen und Knirschen auf den Fliesen kam rasch näher, jetzt vernahm er auch Stöhnen und Wimmern, das wie Kinderwimmern klang. Die Schritte wurden hastiger, das Trommeln links ebbte etwas ab, rechts schwoll es an.

Rubaschow trommelte. Er hatte das Gefühl für Zeit und Gegenwart verloren, hörte nur das dumpfe Tam-Tam der Trommeln des Urwalds, möglicherweise waren es Affen, die hinter den Türen ihrer Käfige standen, sich an die Brust schlugen und trommelten; Rubaschow preßte das Auge an das Guckloch und wippte beim Trommeln rhythmisch mit den Zehenspitzen. Er sah nach wie vor nur das fahle, gelbliche Licht der elektrischen Lampen im Korridor, es war nichts zu sehen als die Betontüren von No. 401 bis 407, aber das Trommeln schwoll an, und das Knirschen und Wimmern kam näher. Plötzlich schoben sich halbdunkle Formen in sein Blickfeld: sie waren da. Rubaschow stellte das Trommeln ein und starrte. Gleich darauf waren sie vorüber.

Was er in diesen wenigen Sekunden gesehen hatte, wußte Rubaschow weder während er es erlebte noch später ganz genau. Zwei halbbeleuchtete Gestalten waren vorübergeschritten, zwei Männer in Uniform, groß und verschwommen, die zwischen sich, unter den Achseln, einen dritten schleppten. Die Figur in der Mitte hing schlaff und zugleich puppenhaft steif in ihren Armen, lang ausgestreckt, das Gesicht dem Boden zugekehrt, den Bauch nach unten gewölbt. Die Beine schleiften hinten nach, die Schuhe, die mit den Kappen auf den Steinfliesen Schlitten fuhren, brachten das knirschende Geräusch hervor, das Rubaschow von weitem gehört hatte. In das den Steinfliesen zugekehrte Gesicht mit dem weit aufgerissenen Mund hingen weißliche Haarbüschel; es war von Schweißtropfen bedeckt; aus dem Mund rann ein dünnes Speichelgerinnsel das Kinn hinab. Nachdem sie ihn aus Rubaschows Blickfeld geschleift hatten und weiter nach rechts, den Korridor hinunter, schleppten, verlor sich das Stöhnen und Wimmern allmählich; es kam nur noch wie ein fernes Echo und bestand aus drei klagend gedehnten Vokalen: u-a-o. Aber bevor sie am Ende des Korridors, gegenüber der Barbierstube, um die Ecke bogen, brüllte Bogrow zweimal laut auf, und Rubaschow hörte jetzt nicht nur die Vokale, sondern das ganze Wort: es war sein Name! Er hörte es deutlich: RU-BA-SCHOW.

Dann wurde es mit einem Schlage still. Die elektrischen Lampen brannten draußen, wie immer; der Korridor war ausgestorben, wie immer. Nur in der Wand zu No. 406 tickte es:

BÜRDER ZUR SONNE ZUR FREIHEIT.

Rubaschow lag wieder auf seiner Pritsche, ohne zu wissen, wie er dahin gelangt war. Er hatte noch das Tam-Tam des Trommelwirbels im Ohr, aber die Stille war jetzt echt, leer und entspannt. No. 402 schlief wahrscheinlich schon. Bogrow, oder das, was von ihm übriggeblieben war, lebte wohl nicht mehr.

»Rubaschow – Rubaschow ...!« Er hatte sich jenen letzten Schrei mit allen Nuancen des Tonfalls eingeprägt, er war unauslöschlich in sein akustisches Gedächtnis geätzt. Das optische Bild war weniger scharf. Es fiel ihm immer noch schwer, die wachspuppenhafte Figur, die sie in wenigen Sekunden durch sein Blickfeld geschleift hatten, mit dem nassen Gesicht und den steifen, schlittenfahrenden Beinen, mit Bogrow zu identifizieren. Nachträglich erst fielen ihm die weißen Haare ein. Was hatten sie vorher mit Bogrow angestellt? Was hatten sie mit dem einstigen Matrosen, dem späteren Flottenkommandeur gemacht, bis diese wimmernden Kindertöne aus seinem Halse kamen? Hatte die Arlowa auch so gewimmert, als man sie über den Korridor schleifte?

Rubaschow setzte sich auf und lehnte die Stirn gegen die Wand, hinter der No. 402 schlief; er fürchtete, sich noch einmal übergeben zu müssen. Er hatte sich den Tod der Arlowa bisher niemals in diesen Einzelheiten vorgestellt. Es war bisher ein abstrakter Prozeß gewesen; es hatte ein Gefühl des scharfen Unbehagens hinterlassen, aber an der logischen Richtigkeit seiner Handlungsweise, an seinem Recht vom Standpunkte der revolutionären Moral, hatte er bisher nicht gezweifelt. Jetzt, in der Übelkeit, die seinen Magen hob, die Pritsche schaukeln machte und den kalten Schweiß auf seine Stirn trieb, erschien ihm seine vergangene Denkweise wie eine Geisteskrankheit. Das Wimmern Bogrows, das zugleich das Wimmern der Arlowa war, warf nachträglich jeden logischen Kalkül über den Haufen. Bisher war die Arlowa ein Faktor in diesem Kalkül gewesen, relativ gleichgültig, gemessen an dem, was auf dem Spiele stand.

Aber die Gleichung ging nicht mehr auf. Die Vorstellung, wie die Beine der Arlowa in den hohen Stöckelschuhen über den Korridor schleiften, sprengte das mathematische

Gleichgewicht. Der unbedeutende Faktor wuchs ins Unmeßbare und Absolute; das Wimmern Bogrows, der unmenschliche Klang der Stimme, die seinen Namen gerufen hatte, das dumpfe Tam-Tam der Trommeln brauste in seinen Ohren; sie erstickten die dünne Stimme des logischen Kalküls, deckten sie zu, wie die Brandung das Gurgeln des Ertrinkenden zudeckt.

Rubaschow schlief vor Erschöpfung sitzend ein, den Kopf an die Wand gelehnt, den Zwicker vor den geschlossenen Augen.

7

Er stöhnte im Schlafe. Der Traum von seiner ersten Verhaftung war zurückgekehrt. Sein Arm, der schlaff vom Bett hing, zuckte nach dem Ärmel des Schlafrocks; er wartete auf den erlösenden Schlag mit dem Revolverknauf, doch er kam nicht.

Statt dessen wachte er auf, denn jemand hatte plötzlich das elektrische Licht in seiner Zelle angedreht. Eine Gestalt stand neben dem Bett und sah auf ihn herab. Rubaschow mochte wohl kaum eine Viertelstunde geschlafen haben, doch dauerte es nach dem Traum immer einige Minuten, bis er wieder völlig bei Sinnen war. Er blinzelte in das grelle Licht, sein Geist würgte sich qualvoll durch die gewohnten Hypothesen, als ob er ein ihm auferlegtes Ritual zu erfüllen hätte. Er war in einer Zelle; aber nicht in Feindesland – das war bloß geträumt. Er war also frei – aber das Öldruckporträt von Nummer Eins war von der Wand verschwunden, und dort drüben stand der Kübel. Überdies stand Iwanoff neben dem Bett und blies Zigarettenrauch in sein Gesicht. War auch das geträumt? Nein, Iwanoff war echt, der Kübel war echt. Er war in der Heimat, doch die Heimat war Feindesland geworden; und Iwanoff, der einst sein Freund gewesen, war nun auch sein Feind; und das Wimmern der Arlowa war auch nicht geträumt. Doch nein, es war nicht die Arlowa, es war Bogrow, den sie einer Wachspuppe gleich vorbeigeschleift hatten; Genosse Bogrow, treu bis in das Grab, und er hatte seinen, Rubaschows, Namen gerufen; auch das war nicht geträumt. Die Arlowa andererseits hatte gesagt: »Sie können mit mir tun, was Sie wollen ...«

»Ist dir schlecht?« fragte Iwanoff.

Rubaschow blinzelte zu ihm empor, geblendet vom Licht. »Gib mir meinen Schlafrock«, sagte er.

Iwanoff beobachtete ihn. Rubaschows rechte Gesichtshälfte war geschwollen. »Willst du einen Schnaps?« fragte Iwanoff. Er hinkte zum Guckloch, ohne Rubaschows Antwort abzuwarten, und rief etwas in den Korridor hinaus. Rubaschow folgte ihm blinzelnd mit den Augen. Die Benommenheit wollte nicht von ihm weichen. Er war wach, aber er sah, hörte und dachte durch einen Nebelschleier.

»Haben sie dich auch verhaftet?« fragte er.

»Nein«, sagte Iwanoff mit seiner ruhigen Stimme. »Ich kam dich besuchen. Ich glaube, du hast etwas Fieber.«

»Gib mir eine Zigarette«, sagte Rubaschow. Er nahm einige tiefe Züge, und sein Blick wurde klarer. Er legte sich wieder hin, rauchte und sah zur Decke empor. Die Zellentür öffnete sich, der Wärter brachte eine Flasche Kognak und ein Glas. Diesmal war es nicht der Alte, sondern ein magerer Jüngling in Uniform, mit einer Stahlbrille. Er salutierte vor Iwanoff, überreichte ihm die Flasche und das Glas und schloß die Zellentür hinter sich. Seine Schritte verhallten im Korridor.

Iwanoff setzte sich auf den Rand von Rubaschows Pritsche und füllte das Glas. »Trink«, sagte er. Rubaschow leerte das Glas. Der Nebel in seinem Kopf lichtete sich, Personen und Ereignisse – seine erste und zweite Verhaftung, Arlowa, Bogrow, Iwanoff – ordneten sich in Zeit und Raum.

»Hast du Schmerzen?« fragte Iwanoff.

»Nein«, sagte Rubaschow. Das einzige, was er immer noch nicht verstand, war, was Iwanoff in seiner Zelle suchte.

»Deine Backe ist geschwollen. Wahrscheinlich hast du Fieber.«

Rubaschow erhob sich von der Pritsche, blickte durch das

Guckloch in den Korridor hinaus, der öde und verlassen dalag, und schritt einige Male in der Zelle auf und ab, bis sein Kopf völlig klar war. Dann blieb er vor Iwanoff stehen, der sich auf der Pritsche niedergesetzt hatte und gelassen Rauchringe blies.

»Was hast du in meiner Zelle zu suchen?« fragte Rubaschow.

»Ich kam, um mit dir zu reden«, sagte Iwanoff. »Leg dich hin und trink noch einen Schnaps.«

Rubaschow sah ihn ironisch durch seinen Zwicker an. »Bis jetzt«, sagte er, »war ich geneigt, anzunehmen, daß du in gutem Glauben handeltest. Seit heute nacht weiß ich, daß du ein Schwein bist. Verlasse meine Zelle.«

Iwanoff rührte sich nicht. »Habe die Güte, deine Behauptung zu begründen«, sagte er.

Rubaschow lehnte sich gegen die Zellenwand von No. 406 und sah auf Iwanoff hinunter. Iwanoff rauchte gleichgültig weiter.

»Punkt eins«, begann Rubaschow, »du wußtest von meiner Freundschaft mit Bogrow. Folglich sorgtest du dafür, daß Bogrow – oder was ihr von ihm übriggelassen habt – an meiner Zelle vorbeigeführt wird, als warnendes Beispiel. Um ganz sicherzugehen, daß ich das Schauspiel nicht versäume, wird die Nachricht von Bogrows bevorstehender Hinrichtung vorher unter der Hand in Umlauf gebracht, in der Annahme, daß meine Nachbarn sie zu mir durchklopfen werden, was auch tatsächlich geschieht. Als eine weitere Finesse der Regie wird Bogrow im Augenblick, da er seinen letzten Gang antritt, von meiner Anwesenheit hier unterrichtet – in der weiteren Annahme, daß dieser letzte Schock ihn zu einer hörbaren Kundgebung veranlassen werde; was gleichfalls zutrifft. Der Zweck der ganzen Übung ist, mich mürbe zu machen. Im kritischen Augenblick erscheint dann der Retter in Gestalt des Genossen Iwanoff mit einer Flasche Schnaps unter dem Arm. Rührende Versöhnung, wir fallen uns in die Arme, tauschen sentimentale Kriegserinnerungen aus und unterschreiben nebenbei das Protokoll mit meinem Geständnis. Worauf der Gefangene in einen sanften Schlaf verfällt und Genosse Iwanoff auf Zehenspitzen die Zelle verläßt, das unterschriebene Protokoll in seiner Tasche, und einige Tage später mit Glanz befördert wird... Nun habe die Güte, mich allein zu lassen.«

Iwanoff rührte sich nicht. Er blies Rauch in die Luft, lächelte, seine Goldzähne entblößend. »Glaubst du wirklich, daß meine Methoden so primitiv sind?« fragte er. »Genauer ausgedrückt, glaubst du wirklich, daß ich ein so schlechter Psychologe bin?«

Rubaschow zuckte mit den Achseln. »Deine Tricks widern mich an. Ich habe nicht die Möglichkeit, dich hinauszuschmeißen. Wenn du noch einen Funken Ehrgefühl hast, dann läßt du mich jetzt allein. Du kannst dir nicht vorstellen, wie ihr mich alle anwidert.«

Iwanoff langte nach dem Glas, füllte es und trank es in einem Schluck hinunter. »Ich mache dir den folgenden Vorschlag«, sagte er. »Du läßt mich jetzt fünf Minuten lang reden, ohne mich zu unterbrechen, und hörst dir mit klarem Kopf an, was ich zu sagen habe. Wenn du nach Ablauf dieser fünf Minuten immer noch darauf bestehst, daß ich gehen soll, werde ich gehen.«

»Ich höre«, sagte Rubaschow. Er stand Iwanoff gegenüber an die Wand gelehnt und blickte auf seine Uhr.

»Erstens«, begann Iwanoff, »um deine etwaigen Zweifel oder Illusionen zu zerstören: Bogrow ist tatsächlich erschossen worden. Zweitens, er war mehrere Monate lang im Gefängnis und wurde gegen Ende mehrere Tage lang gefoltert. Falls du diese meine Mitteilung während des öffentlichen Prozesses wiederholst oder auch nur zu deinen Nachbarn durchklopfst, bin ich erledigt. Über die Gründe, warum mit Bogrow auf diese Weise verfahren wurde, reden wir später. Drittens, er wurde absichtlich an deiner Zelle vorbeigeführt und absichtlich von deiner Anwesenheit hier informiert. Viertens, dieser schweinische Trick, um deinen Ausdruck zu gebrauchen, wurde nicht von mir, sondern von meinem Kollegen Gletkin in Szene gesetzt, ohne mein Wissen und gegen meine ausdrücklichen Anordnungen.«

Er machte eine Pause. Rubaschow stand gegen die Wand gelehnt und schwieg.

»Ich hätte diesen Fehler niemals begangen«, fuhr Iwanoff fort, »nicht um deine Gefühle zu schonen, sondern weil solche Methoden meiner Taktik und meiner Kenntnis deiner Psychologie zuwiderlaufen. Du hast in letzter Zeit Symptome von humanitären Skrupeln und ähnlichen Sentimentalitäten gezeigt. Außerdem liegt dir die Geschichte mit der Arlowa noch im Magen. Infolgedessen mußte die Szene mit Bogrow deine Depressionen und moralistischen Tendenzen bloß verstärken – das konnte man sich an den fünf Fingern abzählen; bloß ein psychologischer Trottel wie Gletkin konnte solch einen Fehler begehen. Gletkin lag mir während der letzten zehn Tage in den Ohren und verlangte, daß wir die harte Methode an dir anwenden sollen. Er kann dich nicht leiden, erstens, weil du ihm die Löcher in deinen Socken gezeigt hast, zweitens, weil er gewohnt ist, mit Bauern umzugehen ... Soweit zur Erklärung der Affäre Bogrow. Den Schnaps habe ich holen lassen, weil du nicht recht bei Sinnen warst, als ich hereinkam. Es liegt nicht in meinem Interesse, dir moralische Schocks zu verabfolgen. All dies treibt dich bloß tiefer in deine moralische Überspanntheit. Ich brauche dich nüchtern und logisch. Mein ausschließliches Interesse ist, daß du deinen Fall logisch zu Ende denkst. Und wenn du die ganze Sache zu Ende gedacht hast – dann, und nur dann wirst du kapitulieren ...«

Rubaschow zuckte mit den Schultern; aber bevor er etwas sagen konnte, fiel ihm Iwanoff ins Wort:

»Ich weiß, du bist überzeugt, daß du nicht kapitulieren wirst. Beantworte mir bloß eine Frage: *Falls* du dich von der logischen Notwendigkeit und objektiven Richtigkeit des Kapitulierens überzeugtest – würdest du es dann tun?«

Rubaschow schwieg. Er hatte das vage Gefühl, daß das Gespräch eine Wendung nahm, die er nicht hätte zulassen dürfen. Die ursprünglichen fünf Minuten waren vorbei, und er hatte Iwanoff nicht hinausgeworfen. Das allein, so schien es ihm, war ein Verrat an Bogrow – und an der Arlowa und an Richard und am kleinen Löwy.

»Laß mich allein«, sagte er. »Es hat keinen Zweck.« Er merkte plötzlich, daß er schon seit geraumer Zeit vor Iwanoff in seiner Zelle auf und ab marschierte.

Iwanoff saß still auf der Pritsche. »Ich merke am Ton deiner Stimme«, sagte er, »daß du deinen Irrtum, was meinen Anteil an der Bogrow-Affäre betrifft, eingesehen hast. Warum bestehst du dann darauf, daß ich gehen soll? Warum beantwortest du meine Frage nicht?...« Er lehnte sich etwas vor und sah Rubaschow ironisch ins Gesicht. Dann sagte er langsam, jedes Wort betonend: »*Weil du dich vor mir fürchtest*. Weil meine Art zu denken und zu diskutieren deine eigene ist und du Angst hast vor dem Echo in deinem Kopf. Es fehlte nicht viel, und du würdest mir zurufen: Weiche von mir, Satan ...«

Rubaschow antwortete nicht. Er ging vor dem Fenster auf und ab, vor den Augen Iwanoffs. Er fühlte sich hilflos und unfähig, klare Argumente zu gebrauchen. Sein Schuldgefühl, das Iwanoff moralische Überspanntheit genannt hatte, konnte nicht in logischen Formeln ausgedrückt werden – es lag im Bereiche der »grammatikalischen Fiktion«. Doch andererseits mußte er sich selbst zugeben, daß jeder Satz, den Iwanoff sprach, in der Tat ein Echo in ihm auslöste. Er fühlte, daß er sich niemals in diese Diskussion hätte einlassen dürfen. Es kam ihm vor, als wäre er auf einer schiefen Ebene, auf der man unaufhaltsam hinabglitt.

»Apage, Satanas«, wiederholte Iwanoff und goß sich ein neues Glas ein. »In vergangenen Zeiten war die Versuchung fleischlicher Natur. Heute nimmt sie die Gestalt der reinen Vernunft an. Die Werte ändern sich. Ich hätte Lust, ein Passionsspiel zu schreiben, in dem Gott und der Teufel sich um die Seele des heiligen Rubaschow streiten. Der heilige Rubaschow hat sich nach einer sündenvollen Laufbahn Gott zugewandt – einem Gott mit dem Doppelkinn des industriellen Liberalismus und der wohltätigen Heilsarmeesuppen. Satan dagegen ist dünn, asketisch und ein fanatischer Anhänger der Logik. Er liest Machiavelli, Ignatius von Loyola, Marx und Hegel; seine Kälte und Unbarmherzigkeit zur Menschheit entspringt einer Art von mathematischer Barmherzigkeit. Er ist verdammt, stets das zu tun, was er am meisten verabscheut: zum Schlächter zu werden, damit das Schlachten aufhöre; die Lämmer zu opfern, damit keine Lämmer mehr geopfert werden; das Volk mit Knuten zu peitschen, damit es lerne, sich nicht mehr peitschen zu lassen; seinem Gewissen zu entsagen, im Namen eines höheren Gewissens, und den Haß der Menschheit zu ernten, weil er die Menschheit liebt, mit einer abstrakten und geometrischen Liebe. Apage, Satanas! Genosse Rubaschow zieht es vor, ein Märtyrer zu werden. Die Leitartikler der liberalen Presse, die ihn sein Leben lang gehaßt haben, werden ihn nach seinem Tode heiligsprechen. Er hat sein Gewissen entdeckt, und ein Gewissen macht einen ebenso unbrauchbar für die Revolution wie ein Doppelkinn. Gewissen ist ein Bazillus, der sich ins Hirn hineinfrißt, bis nichts mehr von der grauen Substanz übrigbleibt. Satan ist geschlagen und zieht sich zurück – aber bilde dir beileibe nicht ein, daß er die Zähne fletscht und wütend Feuer speit. Er zuckt die Achseln; er ist dünn und asketisch; er hat viele schwach werden und sich mit hochtrabenden Ausreden aus seinen Reihen schleichen gesehen ...«

Iwanoff machte eine Pause und schenkte sich ein neues Glas ein. Rubaschow marschierte auf und ab. Nach einer Weile sagte er: »Warum habt ihr Bogrow hingerichtet?«

»Warum? Wegen der U-Boot-Frage«, sagte Iwanoff. »Es handelt sich um den alten Streit, das Tonnageproblem, an dessen Anfänge du dich erinnern wirst.

Bogrow befürwortete den Bau von Großtonnage-Unterseebooten mit weitem Aktionsradius. Die Partei war für kleine Unterseeboote mit kurzem Aktionsradius. Man kann für dasselbe Geld dreimal soviel kleine Unterseeboote wie große bauen. Beide Parteien führten gute technische Argumente ins Treffen. Die Techniker produzierten den üblichen Wust von Produktionszeichnungen und algebraischen Formeln; aber das wirkliche Problem lag auf einer anderen Ebene. Große Unterseeboote bedeuten Angriffskrieg und Weltrevolution, kleine bedeuten Küstenschutz, das heißt eine Politik der Defensive und Verschiebung der Weltrevolution. Das letztere ist der Standpunkt von Nummer Eins und der Partei.

Bogrow hatte starken Anhang in der Admiralität und unter den Offizieren der Alten Garde. Es genügte nicht, ihn aus dem Weg zu räumen; er mußte darüber hinaus diskreditiert werden. Wir planten einen Prozeß, in dem die Anhänger der Großtonnage als Saboteure und Verräter entlarvt werden sollten. Wir hatten eine Anzahl kleiner Ingenieure soweit gebracht, daß sie bereit waren, öffentlich alles zu gestehen, was wir wollten. Aber Bogrow wollte nicht mitspielen. Er deklamierte bis zum Ende über Großtonnage und Weltrevolution. Er war zwei Jahrzehnte hinter den Zeiten zurück. Er begriff nicht, daß die Konjunktur gegen uns ist, daß Europa eine Periode der Reaktion durchmacht, daß wir uns in einem Wellental befinden und abwarten müssen, bis die nächste Welle uns wieder hochhebt. In einer öffentlichen Verhandlung hätte er bloß Verwirrung in den Köpfen der Massen gestiftet. Es blieb uns nichts übrig, als ihn administrativ zu liquidieren. Hättest du an unserer Stelle nicht das gleiche getan?«

Rubaschow antwortete nicht. Er unterbrach seine Wanderung und lehnte sich wieder gegen die Wand von No. 406, neben dem Kübel. Eine Wolke übelkeiterregenden Gestanks umgab ihn. Er nahm den Zwicker ab und sah Iwanoff aus rotgeränderten, gehetzten Augen an.

»Du hast ihn nicht winseln gehört«, sagte er.

Iwanoff zündete sich eine neue Zigarette am Stummel der alten an; die übelkeiterregende Welle drang bis zu ihm.

»Nein«, sagte er. »Ich habe ihn nicht gehört. Aber ich habe Ähnliches gehört und gesehen. Was folgt daraus?«

Rubaschow schwieg. Es war zwecklos, eine Erklärung zu versuchen. Das Winseln, das gedämpfte Trommeln klang, einem Echo gleich, wieder in seinen Ohren. Es war hoffnungslos, das zu erklären – oder die Kurve von Arlowas Brust mit der warmen, steilen Spitze beschreiben zu wollen. All daß ließ sich nicht mit Worten sagen. Wie hatte die Botschaft auf dem Zettel des Barbiers gelautet? »Stirb und schweige.«

»Was folgt daraus?« wiederholte Iwanoff. Er streckte ein Bein aus und wartete. Da keine Antwort kam, fuhr er fort:

»Wenn ich einen Funken Mitleid mit dir hätte«, sagte er, »dann würde ich dich jetzt allein lassen. Aber ich habe nicht einen Funken Mitleid. Ich trinke; eine Zeitlang lebte ich, wie du weißt, von Veronal; aber vom Laster des Mitleids ist es mir bisher gelungen, mich frei zu halten. Nimm die kleinste Dosis, und du bist verloren. Du kennst die pathologische Neigung unserer Rasse – die Menschheit und sich selbst zu beweinen. Unsere größten Dichter haben sich mit diesem Rauschgift zugrunde gerichtet. Bis vierzig, fünfzig waren sie Revolutionäre – dann gaben sie sich dem Mitleid hin, und die Welt sprach sie heilig. Du scheinst den gleichen Ehrgeiz zu haben und zu glauben, daß das bei dir ein einmaliger Prozeß ist, etwas noch nicht Dagewesenes ...« Er sprach etwas lauter und blies eine Rauchwolke von sich. »Hüte dich vor den Ekstasen«, sagte er. »Jede Flasche Alkohol enthält eine meßbare Quantität von Ekstase. Unglückseligerweise merken bloß wenige, insbesondere unter unseren Landsleuten, daß die Ekstasen der Demut und des Leidens ebenso billig sind wie die chemisch erzeugten Räusche. Als ich aus der Narkose erwachte und fand, daß mein Körper bei meinem linken Knie aufhörte, erlebte ich eine Art absoluter Ekstase der Verzweiflung. Erinnerst du dich an die Vorlesungen, die du mir damals hieltest?« Er goß sich ein neues Glas ein und leerte es.

»Worauf das Ganze hinausläuft«, sagte er, »ist: Wir haben kein Recht, die Welt als eine Art metaphysisches Gefühlsbordell zu betrachten. Das ist unser erstes Gebot. Mitleid, Gewissen, Ekel, Verzweiflung, Reue, Buße sind für uns lasterhafte Ausschweifungen. Sich hinzusetzen und hypnotisiert den eigenen Nabel anzustarren oder mit demütigem Augenaufschlag sein Genick Gletkins Revolver darzubieten – welch verführerische Lösung! Die größte Versuchung für unseresgleichen ist: der Gewalt abzuschwören, Buße zu tun und Frieden mit dem eigenen Ich zu schließen. Die Mehrzahl der großen Revolutionäre verfiel dieser Versuchung, von Spartakus bis Danton und Dostojewski; es ist die klassische Formel des Verrats an der Idee. Die Versuchungen Gottes waren stets gefährlicher für die Menschheit als die Versuchungen des Satans. Solange Chaos die Welt beherrscht, ist Gott ein Anachronismus und jeder Kompromiß mit dem eigenen Gewissen Fahnenflucht. Wenn die verfluchte innere Stimme zu dir spricht, stopf dir die Finger in die Ohren ...«

Er langte mit der Hand nach der Flasche hinter seinem Rücken und füllte sich ein weiteres Glas ein. Rubaschow merkte, daß die Flasche bereits halb leer war. Du scheinst auch etwas Zuspruch nötig zu haben, dachte er.

»Die größten Verbrecher vor der Geschichte«, fuhr Iwanoff fort, »sind nicht von der Art eines Nero oder Fouché, sondern von der Art der Gandhi und Tolstoi. Gandhis innere Stimme hat die Befreiung Indiens wirksamer verhindert als die englischen Kanonen. Sich für dreißig Silberlinge zu verkaufen, ist ein ehrliches Geschäft; sich seinem eigenen Gewissen zu verkaufen, heißt die Menschheit verraten. Die Geschichte ist a priori amoralisch; sie hat kein Gewissen. Geschichte machen zu wollen im Stil einer Sonntagspredigt, heißt alles beim alten lassen; das weißt du ebensogut wie ich. Du kennst den ungeheuren Einsatz, mit dem wir spielen, und dann kommst du mir und faselst von Bogrows Gewinsel ...«

Er leerte sein Glas und fügte hinzu:

»... oder von Gewissensbissen wegen deiner dicken Arlowa.«

Rubaschow wußte aus alter Erfahrung, daß Iwanoff eine beträchtliche Menge vertrug; seinem Benehmen war nichts anzumerken, bloß seine Sprechweise war vielleicht etwas emphatischer als zuvor. Du scheinst in der Tat Zuspruch nötig zu haben, dachte Rubaschow wieder, und vielleicht sogar mehr als ich. Er setzte sich auf den Hocker Iwanoff gegenüber und lauschte. All dies war nichts Neues für ihn; er hatte den gleichen Standpunkt Jahre hindurch verteidigt, mit gleichen oder ähnlichen Worten. Der Unterschied war bloß, daß er damals jene intimen Prozesse, von denen Iwanoff so verächtlich sprach, nur theoretisch kannte; jetzt aber hatte er die »grammatikalische Fiktion« als physische Realität am eigenen Leib erfahren. Aber war das Irrationale nun plötzlich legitimiert, bloß weil er, Rubaschow, seine persönliche Bekanntschaft gemacht hatte? War es weniger notwendig, gegen den »mystischen Rausch« zu kämpfen, bloß weil er selbst davon gekostet hatte? Als er vor einem Jahr die Arlowa in den Tod schickte, war seine Vorstellungskraft so unvollkommen entwickelt gewesen, daß er unfähig gewesen war, sich die Einzelheiten ihrer Hinrichtung auszumalen. Würde er sich heute anders benehmen, nur weil er inzwischen die Einzelheiten kennengelernt hatte? Die Opferung Richards, der Arlowa und des kleinen Löwy war entweder richtig oder falsch. Aber was hatte das Stottern Richards, die Form von Arlowas Brust und der Ton von Bogrows Wimmern mit der objektiven Richtigkeit oder Falschheit der Maßnahme selbst zu tun?

Rubaschow nahm seine Wanderung in der Zelle wieder auf. Er hatte das Gefühl, daß alles, was er seit seiner Verhaftung erlebt hatte, bloß ein Vorspiel war; daß seine Grübeleien ihn in eine Sackgasse geführt hatten – an die Schwelle dessen, was Iwanoff das »metaphysische Bordell« nannte – und daß er das ganze Denken von neuem anfangen mußte. Aber wieviel Zeit blieb ihm dafür? Er blieb stehen, nahm das Glas aus Iwanoffs Hand und leerte es. Iwanoff beobachtete ihn.

»So gefällst du mir besser«, sagte er mit einem flüchtigen Lächeln. »Monologe in Dialogform sind eine nützliche Einrichtung. Ich hoffe, daß ich die Rolle des Versuchers wirksam zum Ausdruck brachte. Ein Jammer, daß die Gegenpartei nicht vertreten ist. Aber das ist gerade ihre Art, sich niemals in logische Diskussionen einzulassen, sondern ihre Opfer in deren hilflosen Augenblicken der Einsamkeit zu überfallen, und stets unter dem Schutz einer raffinierten Regie: aus brennenden Dornbüschen, zum Beispiel, oder von wolkenumhüllten Gipfeln. Mit besonderer Vorliebe wird das Opfer im Schlaf heimgesucht. Du mußt zugeben, daß die Methoden des großen Moralisten unfair und theatralisch sind ...«

Rubaschow hörte nicht mehr zu. Er ging auf und ab und überlegte, ob er die Arlowa, wäre sie noch am Leben, heute nochmals in den Tod schicken würde. Das Problem faszinierte ihn; es schien die Antwort auf alle Fragen zu enthalten ... Er blieb vor Iwanoff stehen und fragte ihn: »Erinnerst du dich an Raskolnikoff?«

Iwanoff lächelte ihn ironisch an. »Ich sah voraus, daß wir früher oder später bei Dostojewski landen würden. ›Schuld und Sühne‹ ... Du bist auf dem besten Weg, kindisch und senil zu werden ...«

»Warte mal«, sagte Rubaschow, während er in wachsender Erregung durch die Zelle marschierte. »Bisher war alles Gerede, aber jetzt beginnen wir dem Kern der Sache näherzukommen. Soweit ich mich erinnern kann, besteht das Problem darin, ob der Student Raskolnikoff das Recht hatte, die alte Wucherin zu töten. Er ist jung und begabt; er hat sozusagen einen uneingelösten Scheck auf das Leben in der Tasche; sie ist alt und absolut unnütz in dieser Welt. Aber die Gleichung geht dennoch nicht auf. Erstens bringen es die Umstände mit sich, daß er einen zweiten Mord begehen muß – das ist der unberechenbare und unlogische Schatten, den anscheinend noch so einfache und logische Aktionen werfen. Zweitens aber geht die Gleichung ohnehin nicht auf, denn Raskolnikoff entdeckt, daß zweimal zwei nicht vier ist, wenn die mathematischen Größen lebende Menschen sind.«

»So«, sagte Iwanoff. »Wenn du meine Meinung hören willst: Jedes einzelne Exemplar dieses blödsinnigen Buches sollte verbrannt werden. Überlege dir einen Augenblick, wohin uns diese humanitäre Nebelphilosophie führen würde, falls wir sie wörtlich nähmen; falls wir wirklich nach der Richtschnur handeln, daß das Individuum sakrosankt ist, und daß es uns nicht erlaubt ist, mit Menschenleben nach mathematischen Regeln zu operieren. Es würde bedeuten, daß es einem Bataillonskommandeur nicht erlaubt ist, eine Patrouille zu opfern, um ein Regiment zu retten, daß es uns nicht erlaubt ist, Narren wie Bogrow zu opfern, und daß wir statt dessen in Kauf nehmen sollen, daß unsere Hafenstädte in den nächsten zwei Jahren zu Klumpen geschossen werden ...«

Rubaschow schüttelte den Kopf: »Deine Beispiele beziehen sich auf den Krieg, das heißt auf einen Ausnahmezustand.«

»Seit der Erfindung der Dampfmaschine«, sagte Iwanoff, »befindet sich die Welt in einem permanenten Ausnahmezustand; Kriege und Revolutionen sind bloß der sichtbare Ausdruck dafür. Unabhängig von all dem ist dein Raskolnikoff natürlich ein Narr und Verbrecher; aber nicht etwa, weil er der Logik folgt und die Alte erschlägt, sondern weil er es in seinem persönlichen Interesse tut. Das Prinzip, daß der Zweck die Mittel heiligt, ist und bleibt die einzige Maxime politischer Ethik; alles andere ist sentimentales Gefasel und schmilzt einem zwischen den Fingern, wenn man es greifen will ... Hätte Raskolnikoff die Alte auf Parteibefehl umgebracht – zum Beispiel für einen Streikfonds oder um eine illegale Druckerei einzurichten –, dann würde die Gleichung aufgehen, und der Roman mit seiner irreführenden Problemstellung wäre ungeschrieben geblieben, sehr zum Nutzen der Menschheit.«

Rubaschow antwortete nicht. Er war immer noch von dem Problem fasziniert, ob er heute, nach allem, was er in den letzten Monaten und Jahren erlebt hatte, die Arlowa nochmals in den Tod schicken würde. Er war unfähig, die Frage zu beantworten. Logisch war Iwanoff im Recht mit allem, was er sagte; und die unsichtbare Gegenpartei verhielt sich schweigend und verriet ihre Anwesenheit nur durch ein dumpfes Gefühl des Unbehagens. Auch darin hatte Iwanoff recht, daß dieses Verhalten des »unsichtbaren Gegners«, der sich niemals offen zum Kampf stellte und nur wehrlose Opfer überfiel, ihn in einem sehr zweifelhaften Licht erscheinen ließ. »Ich hasse ideologische Unklarheit«, fuhr Iwanoff fort. »Im Grunde genommen gibt es nur zwei mögliche Theorien der Moral, und sie verhalten sich wie entgegengesetzte Pole. Die eine ist christlich-humanistisch, erklärt das Individuum für sakrosankt und behauptet, daß mathematische Regeln nicht auf menschliche Einheiten anwendbar sind. Die andere geht von dem Grundprinzip aus, daß das Kollektivziel alle Mittel heiligt, und erlaubt nicht nur, sondern gebietet, daß das Individuum in jeder Hinsicht der Gemeinschaft unterstellt und wenn nötig geopfert wird, als Versuchskaninchen, als Opferlamm und auf jede andere erforderliche Art. Die erste Auffassung können wir die Antivivisektionsmoral nennen, die zweite die Provivisektionsmoral. Wirrköpfe und Dilettanten versuchen stets, die beiden Auffassungen irgendwie zu vereinbaren; in praxi ist dies unmöglich. Wem Macht und Verantwortung aufgebürdet sind, der entdeckt bei der ersten Gelegenheit, wenn es eine praktische Entscheidung zu treffen gilt, daß er zu wählen hat; und die Logik der Ereignisse treibt ihn unaufhaltsam der zweiten Alternative zu. Kannst du mir ein einziges Land nennen, das seit der Etablierung des Christentums als Staatsreligion eine wirklich christliche Politik verfolgt hat? Es gibt kein Beispiel. Im Notfall – und Politik ist der Notfall in Permanenz – konnten sich die Herrscher stets auf besondere Umstände berufen, welche besondere Maßnahmen erforderten. Seitdem es Nationen und Klassen gibt, leben sie in einem chronischen Zustand der Notwehr, der sie zwingt, die praktische Anwendung des humanistischen Ideals auf bessere Zeiten zu verschieben.«

Rubaschow sah durch das Fenster. Der getaute Schnee war aufs neue gefroren, und die Kristalle in der unebenen Kruste glimmten gelblich-weiß. Auf der Rampe gegenüber ging der Wachtposten mit geschultertem Gewehr auf und ab. Der Himmel war klar; es war Neumond; über dem Maschinengewehrturm war ein Teil der Milchstraße sichtbar.

Rubaschow zuckte die Schultern. »Zugegeben«, sagte er, »daß Humanismus und Politik, Achtung vor dem Individuum und sozialer Fortschritt unvereinbar sind. Zugegeben, daß Gandhi eine Katastrophe für Indien ist und daß Keuschheit in der Wahl der Mittel zu politischer Impotenz führt. Im Negativen stimmen wir überein. Aber überlege mal, wohin uns die andere Methode geführt hat ...«

»Nun?« fragte Iwanoff, »wohin?«

Rubaschow rieb seinen Zwicker am Ärmel und blickte

ihn kurzsichtig an. »Welch eine Schweinerei«, sagte er, »welch eine Schweinerei haben wir aus unserem Goldenen Zeitalter gemacht!«

Iwanoff lächelte. »Zugegeben«, sagte er aufgeräumt. »Aber erinnere dich an die Gracchen und Saint-Just und an die Pariser Kommune. Die großen Revolutionäre der Vergangenheit waren moralisierende Dilettanten. Sie waren voller guter Vorsätze und gingen an ihrem Dilettantismus zugrunde. Wir dagegen sind konsequent.«

»Jawohl«, sagte Rubaschow. »So konsequent, daß wir im Interesse einer gerechten Landverteilung fünf Millionen Bauern und ihre Familien innerhalb eines einzigen Jahres vor Hunger krepieren ließen. So konsequent, daß wir, um die Menschheit von den Ketten der Lohnarbeit zu befreien, rund zehn Millionen als Zwangsarbeiter in die Arktis und in die Urwälder verschickten – unter Bedingungen, die denen der antiken Galeerensträflinge gleichen. So konsequent, daß wir, um einen Meinungsstreit zu schlichten, nur ein Argument kennen: den Tod – ob es sich um Unterseeboote, Kunstdünger oder die Parteilinie in Indochina handelt. Unsere Ingenieure arbeiten in dem ständigen Bewußtsein, daß ein Rechenfehler sie ins Zuchthaus oder aufs Schafott bringen kann; die höheren Beamten unserer Staatsverwaltung richten ihre Untergebenen zugrunde, denn sie wissen, daß sie für den kleinsten Mißgriff verantwortlich gemacht und selbst zugrunde gerichtet werden; unsere Dichter entscheiden Diskussionen über Fragen des Stils durch Denunziation an die Geheimpolizei, denn die Expressionisten betrachten die Naturalisten als Konterrevolutionäre und vice versa. Wir sind so konsequent im Interesse der zukünftigen Generationen, daß wir der gegenwärtigen Entbehrungen in einem Ausmaß auferlegten, das die durchschnittliche Lebensdauer um ein Viertel verkürzt hat; so konsequent, daß wir im Interesse der Landesverteidigung Ausnahmebestimmungen und Übergangsgesetze erlassen, die in jedem Punkt in direktem Gegensatz zu den Zielen der Revolution stehen. Der Lebensstandard der Massen ist niedriger, als er vor der Revolution war; die Arbeitsbedingungen sind härter, die

Disziplin unmenschlicher, die Akkordschinderei schlimmer als die von Kulis in kapitalistischen Kolonien; wir haben die Altersgrenze für die Todesstrafe auf zwölf Jahre herabgesetzt, unsere Sexualgesetzgebung ist spießiger als die Englands, unser Führerkult byzantinischer als unter konterrevolutionären Diktaturen. Unsere Presse und unsere Schulen züchten Chauvinismus, Militarismus, Dogmatismus, Konformismus und Ignoranz. Die willkürliche Macht in den Händen unserer Regierung ist unbeschränkt und beispiellos in der Geschichte; Presse-, Meinungs- und Bewegungsfreiheit sind so gründlich abgeschafft, als ob es niemals eine Erklärung der Menschenrechte gegeben hätte. Wir haben den gigantischsten Polizeiapparat der Geschichte aufgebaut, die gegenseitige Bespitzelung zu einer nationalen Institution erhoben und physische und geistige Folter zu einem wissenschaftlichen System ausgebaut. Wir peitschen die stöhnenden Massen des Landes einem theoretischen Zukunftsglück entgegen, das nur uns allein sichtbar ist. Denn die Kräfte dieser Generation sind erschöpft; sie wurden in der Revolution verausgabt; denn diese Generation hat sich weißgeblutet, und alles, was von ihr übrigblieb, ist eine stöhnende, dumpfe, apathische Masse von Opferfleisch. Dies sind die Konsequenzen unserer Konsequenz. Du nennst sie Vivisektionsmoral. Mir erscheint es manchmal, als ob die Experimentatoren die Haut vom Leibe des Opfers gerissen hätten, so daß es mit entblößten Geweben, Muskeln und Nerven vor uns steht ...«

»Nun, und was weiter?« fragte Iwanoff. Er schien frisch und aufgeräumt. »Siehst du nicht, wie großartig all das ist? Hat es jemals etwas Großartigeres in der Geschichte gegeben? Wir reißen der Menschheit die alte Haut vom Leibe und nähen sie in eine neue ein. Das ist kein Geschäft für Leute mit schwachen Nerven; aber es gab eine Zeit, da es dich mit Begeisterung erfüllte. Was ist mit dir passiert, daß du zu einer wehleidigen alten Jungfer geworden bist?«

Rubaschow wollte antworten: »Ich habe seither Bogrow meinen Namen rufen gehört.« Aber er wußte, daß diese Antwort sinnlos war. So sagte er statt dessen: »Um bei unserem Bild zu bleiben: ich sehe den geschundenen Leib dieser Generation, aber ich sehe keine Spur der neuen Haut. Wir alle waren überzeugt, daß man mit der Geschichte experimentieren kann wie im physikalischen Laboratorium. Der Unterschied ist, daß man im Laboratorium tausendmal das gleiche Experiment machen kann, aber in der Geschichte nur einmal. Danton und Saint-Just konnten nur einmal geköpft werden; und falls es sich nachträglich herausstellen sollte, daß große Unterseeboote doch das Richtige gewesen wären – Genosse Bogrow wird davon nicht wieder lebendig.«

»Und was folgt daraus?« fragte Iwanoff. »Sollen wir uns in einen Lehnstuhl setzen und Daumen drehen, weil die Konsequenzen einer Handlung niemals vollständig voraussehbar sind und infolgedessen alles Handeln von Übel ist? Wir haften für jede unserer Taten mit unserem Kopf – das ist alles, was man von uns erwarten kann. Auf der Gegenseite hat man nicht soviel Skrupel. Jeder alte Trottel von einem General kann mit Tausenden von lebenden Leibern experimentieren; alles, was er dabei riskiert, ist, pensioniert zu werden. Die Reaktion und Konterrevolution kennt weder Skrupel noch ethische Probleme. Glaubst du, die Sulla, Galliffet und Koltschak lesen ›Raskolnikoff‹? Solche sonderbaren Käuze wie du gedeihen bloß in den Bäumen der Revolution. Die andern haben es leichter ...«

Er sah nach seiner Uhr. Das Zellenfenster hatte sich mit einem schmutzigen Grau überzogen; das Zeitungsblatt auf der zerbrochenen Scheibe blähte sich und raschelte im Morgenwind; der Wachtposten auf der Rampe ging unentwegt seine hundert Schritte ab.

»Für einen Mann von deiner Vergangenheit«, fuhr Iwanoff fort, »ist diese plötzliche Auflehnung gegen Experimente etwas naiv. Jahr für Jahr sterben Millionen sinnlos als Opfer von Epidemien und Naturkatastrophen. Und da sollten wir davor zurückschrecken, einige Hunderttausend dem sinnvollsten Experiment der Geschichte zu opfern? Ganz zu schweigen von den Legionen jener, die an Unterernährung und Tuberkulose, in den Kohlengruben und Quecksilberminen, auf den Reisfeldern und Baumwollplantagen zugrunde gehen. Kein Hahn kräht nach ihnen, kein Mensch fragt, warum und wofür; aber wenn wir hier ein paar tausend objektiv schädliche Leute umlegen, steht den Humanisten in der ganzen Welt der Schaum vor dem Mund. Jawohl, wir haben den parasitären Sektor der Bauernschaft liquidiert oder verhungern lassen. Es war eine chirurgische Operation, die ein für allemal durchgeführt werden mußte; aber in den guten alten Zeiten vor der Revolution sind in Dürrejahren ebensoviele vor Hunger verreckt, bloß, daß ihr Tod sinn- und zwecklos war. Die Opfer der Überschwemmungen des Gelben Flusses in China gehen mitunter in die Hunderttausende. Die Natur ist großzügig mit ihren sinnlosen Experimenten an der Menschheit, und du wagst es, der Menschheit das Recht abzusprechen, an sich selbst zu experimentieren?«

Er machte eine Pause; Rubaschow schwieg. Iwanoff fuhr fort:

»Hast du jemals ein Antivivisektionstraktat gelesen? Es ist eine erschütternde und herzzerreißende Lektüre; wenn du liest, wie ein armer Köter, dem man die Leber herausgeschnitten hat, vor sich hin winselt und seines Peinigers Hand leckt, wird dir ebenso übel wie heute nacht. Aber wenn es nach diesen Leuten ginge, hätten wir heute kein Serum gegen Cholera, Typhus oder Diphtherie ...«

Er leerte den Rest der Flasche, gähnte, streckte sich und stand auf. Er humpelte zum Fenster hinüber, wo Rubaschow stand, und sah hinaus.

»Es ist beinahe hell«, sagte er. »Sei kein Narr, Rubaschow. Alles, was ich dir heute nacht erzählte, gehört zu unserem Abc, das du ebensogut kennst wie ich. Du warst in einem Zustand nervöser Depression, aber jetzt hast du es hinter dir!« Er stand neben Rubaschow am Fenster, legte seinen Arm um Rubaschows Schulter, seine Stimme war beinah zärtlich. »Geh und schlaf dich aus, altes Schlachtpferd; der Termin läuft morgen ab, und wir werden beide einen klaren Kopf brauchen, um dein Geständnis auszukochen. Zuck nicht mit den Schultern – du selbst bist bereits halb überzeugt, daß du unterschreiben wirst. Leugnest du es, bist du ein moralischer Feigling. Moralische Feigheit hat so manchen zum Märtyrer gemacht.«

Rubaschow sah in das dämmernde Licht hinaus. Der Wachtposten vollführte gerade eine Kehrtwendung. Der Himmel über dem Maschinengewehrturm war blaßblau mit einem Stich ins Rötliche. »Ich werde es mir überlegen«, sagte Rubaschow nach einer Weile.

Als die Tür sich hinter seinem Besucher schloß, wußte er, daß er sich bereits halb ergeben hatte. Er warf sich auf seine Pritsche, erschöpft und doch auf eine seltsame Art erleichtert. Er fühlte sich leer und ausgehöhlt, und gleichzeitig war ihm, als hätte man ein Gewicht von ihm genommen. Bogrows Hilferuf klang noch in seinen Ohren, aber er hatte an akustischer Schärfe verloren. Wer konnte es Verrat nennen, wenn man an Stelle der Toten den Lebenden die Treue hielt?

Während Rubaschow tief und traumlos schlief – auch der Zahnschmerz hatte nachgelassen –, besuchte Iwanoff auf dem Rückweg zu seinem Zimmer Gletkin. Gletkin saß in voller Uniform hinter seinem Schreibtisch, der mit Aktenstößen bedeckt war. Er hatte seit Jahren die Gewohnheit, drei- bis viermal in der Woche die Nacht durchzuarbeiten. Als Iwanoff in das Zimmer trat, stand Gletkin auf und nahm eine militärische Haltung ein.

»Alles in Ordnung«, sagte Iwanoff. »Er wird morgen unterschreiben. Aber ich habe schwitzen müssen, um deinen Blödsinn gutzumachen.«

Gletkin antwortete nicht. Er stand steif vor seinem Schreibtisch. Iwanoff, der sich an die scharfe Abfuhr erinnerte, die er Gletkin erteilt hatte, bevor er in Rubaschows Zelle ging, und wußte, daß Gletkin eine Demütigung nicht so schnell vergaß, zuckte die Schultern und blies den Rauch seiner Zigarette in Gletkins Gesicht. »Sei kein Narr«, sagte er. »Ihr alle leidet noch an persönlichen Emotionen. An seiner Stelle wärst du noch störrischer gewesen.«

»Ich habe ein Rückgrat; er nicht«, sagte Gletkin.

»Du bist ein Idiot«, versetzte Iwanoff. »Für diese Antwort müßtest du noch vor ihm erschossen werden.«

Er humpelte zur Tür und schlug sie hinter sich zu.

Gletkin setzte sich wieder an seinen Schreibtisch. Er glaubte nicht an Iwanoffs Erfolg und fürchtete ihn zugleich. Iwanoffs letzter Satz hatte wie eine Drohung geklungen. Gletkin wußte bei Iwanoff nie, ob er im Spaß oder im Ernst sprach. Vielleicht wußte Iwanoff es selbst nicht – das war so die Art dieser zynischen Intellektuellen ...

Gletkin zuckte die Achseln, rückte den steifen Kragen und die knirschenden Manschetten zurecht und wendete sich wieder seinem Aktenstoß zu.

Das dritte Verhör

»Gelegentlich müssen Worte dazu herhalten, um Tatsachen zu verschleiern. Doch muß dies in solcher Weise geschehen, daß niemand es merkt, oder falls es einer merkt, müssen Ausreden für den sofortigen Gebrauch bereit sein.«

Machiavelli: *Instruktionen für Raffaele Girolami*

»Eure Rede aber sei: ja, ja; nein, nein; was darüber ist, das ist vom Übel.«

Matt. V, 37

1

Auszug aus N. S. Rubaschows Tagebuch, zwanzigster Tag der Haft:

... Michael Bogrow ist aus der Schaukel gefallen. Vor hundertundfünfzig Jahren, am Tag der Erstürmung der Bastille, hatte die europäische Schaukel, nach langer Unbeweglichkeit, sich wieder in Bewegung gesetzt. Sie stieß sich mit Elan von der Tyrannei ab, mit anscheinend unwiderstehlichem Schwung stieg sie zum blauen Himmel der Freiheit empor. Ihr Aufstieg dauerte hundert Jahre und trug sie höher und höher in die liberal-demokratischen Sphären. Doch siehe, allmählich verlor sich ihr Schwung, die Schaukel näherte sich dem Höhe- und Wendepunkt ihrer Bahn, dann, nach einer Sekunde der Bewegungslosigkeit, begann die Rückfahrt mit zunehmender Geschwindigkeit. Mit dem gleichen Schwung wie auf dem aufsteigenden Ast trug die Schaukel ihre Passagiere von der Freiheit zur Tyrannei zurück. Wer in die blaue Höhe starrte, anstatt sich festzuhalten, wurde schwindelig und fiel heraus.

Wer nicht schwindelig werden will, muß versuchen, das Bewegungsgesetz der Schaukel zu ergründen. Anscheinend befinden wir uns in einer Pendelbewegung der Geschichte, die vom Absolutismus zur Demokratie, von der Demokratie zurück zur absoluten Diktatur führt.

Das Maß der individuellen Freiheit, das ein Volk zu erobern und zu halten vermag, hängt von dem Maß seiner politischen Reife ab. Aber die oben erwähnte Pendelbewegung scheint anzudeuten, daß der Prozeß der politischen Reifwerdung der Massen sich nicht auf einer stetig ansteigenden Kurve bewegt wie in der Entwicklung des Individuums, sondern komplizierteren Gesetzen gehorcht.

Die Reife der Massen drückt sich aus in ihrer Fähigkeit, ihr eigenes Interesse zu erkennen. Dies wiederum setzt ein gewisses Verständnis des Prozesses der Produktion und Verteilung der Güter voraus. Infolgedessen ist die Fähigkeit des Volkes, sich selbst zu regieren, proportional dem Maße seines Verständnisses der Struktur und Funktion des Gesamtorganismus.

Nun führt aber jeder technische Fortschritt zu neuen Komplikationen in der Wirtschaftsstruktur, zum Auftauchen neuer Faktoren und Prozesse, die die Massen zunächst geistig nicht zu durchschauen vermögen. Jeder sprunghafte Fortschritt der Technik läßt den geistigen Entwicklungsgrad der Massen um einen Schritt hinter sich und führt somit zu einem Sinken des politischen Reifethermometers. Es dauert manchmal Jahrzehnte, manchmal mehrere Generationen, bis das Verständnisniveau des Volkes sich allmählich der geänderten Realität anpaßt, bis das Volk das gleiche Maß der Fähigkeit zur Selbstregierung wiedererlangt, das es auf einer älteren Stufe der Zivilisation bereits besaß. Folglich kann die politische Reife der Massen nicht durch einen absoluten Zahlenwert ausgedrückt werden, sondern bloß relativ, im Verhältnis zum jeweiligen Stand der technischen Zivilisation.

Sobald das Niveau des Massenbewußtseins sich dem objektiven Stand der Dinge angepaßt hat, erfolgt zwangsläufig die Eroberung der Demokratie durch friedliche Mittel oder durch Gewalt. Dieser Zustand des Gleichgewichts hält an, bis der nächste sprunghafte technische Fortschritt – wie zum Beispiel die Erfindung des mechanischen Webstuhls – die

Massen wieder in einen Zustand der relativen Unreife zurückversetzt und die Errichtung einer absoluten Regierungsform möglich oder sogar notwendig macht.

Dieser Prozeß kann mit der Hebung eines Schiffes durch eine mehrstufige Schleuse verglichen werden. Wenn das Schiff in die erste Schleusenkammer einfährt, befindet es sich auf einem relativ tiefen Niveau im Verhältnis zur Höhe der Schleusenwände; es wird dann allmählich hochgehoben, bis der Wasserspiegel den höchsten Stand in der Kammer erreicht. Aber dieser Höhenrausch ist illusorisch, die nächste Schleusentür öffnet sich, und der Anpassungsprozeß des langsamen Hochkletterns fängt von neuem an. Die Wände der Schleusenkammern stellen den objektiven Grad der Meisterung der Naturkräfte, der Entwicklung der technischen Zivilisation dar; der Wasserstand in den Kammern drückt die relative politische Reife der Massen aus. Es ist offenbar sinnlos, den letzteren in Zahlen der absoluten Meereshöhe auszudrücken; worauf es in dem Prozeß ankommt, ist der relative Wasserstand in der jeweiligen Kammer.

Die Erfindung der Dampfmaschine leitete eine Periode stürmischen objektiven Fortschritts und infolgedessen eines ebenso stürmischen politischen Verfalls ein. Das industrielle Zeitalter ist historisch gesehen noch jung, und die Diskrepanz zwischen seiner ungemein komplizierten Wirtschaftsstruktur und dem Verständnis der Massen noch ungeheuer groß. Dadurch wird erklärlich, daß die relative politische Reife der Massen in der ersten Hälfte des 20. Jahrhunderts geringer ist als etwa um das Jahr 200 vor Christi Geburt oder am Ausgang der feudalen Epoche.

Der Irrtum der sozialistischen Theorie lag in der Annahme, daß das Massenbewußtsein, und folglich das Klassenbewußtsein, in einer stetigen Kurve emporsteigt. Daher unsere Ratlosigkeit angesichts der jüngsten Pendelschwingung, der ideologischen Selbstverstümmelung der Massen. Wir glaubten, daß die Anpassung des Massenbewußtseins an geänderte Verhältnisse ein relativ einfacher Prozeß sei, der sich in Jahren messen ließe, während die Geschichte lehrt, daß ein Maßstab von Jahrhunderten angemessener gewesen wäre. Die Völker Europas haben die Konsequenzen der Dampfmaschine bei weitem noch nicht geistig verdaut. Der Kapitalismus wird zugrunde gehen, bevor die Massen ihn begriffen haben.

Was nun das Vaterland der Revolution betrifft, so sind die Massen dort den gleichen Denkgesetzen unterworfen. Sie sind in die nächsthöhere Schleusenkammer eingetreten, befinden sich aber noch auf dem niedrigsten Wasserstand der neuen Kammer. Das neue Wirtschaftssystem ist ihnen noch unbegreiflicher, als es das alte war. Der mühselige und qualvolle Aufstieg fängt von vorn an. Es wird voraussichtlich mehrerer Generationen bedürfen, bevor das Volk den neuen Stand der Dinge geistig erfaßt, den es in der Revolution selbst geschaffen hat.

Bis dahin jedoch ist eine demokratische Regierungsform unmöglich, und das Maß der individuellen Freiheit, das dem Volke gewährt werden kann, noch geringer als in anderen Ländern. Bis dahin bleibt unseren Führern nichts übrig, als im luftleeren Raum zu regieren. An klassisch-liberalen Maßstäben gemessen, ist dies kein erfreulicher Anblick. Und doch sind die Schrecken, Falschheiten und Erniedrigungen, die einem ins Auge springen, lediglich Symptome des oben beschriebenen Entwicklungsgesetzes. Wehe den Narren und Ästheten, die nur nach dem Wie und nicht nach dem Warum fragen. Und wehe der Opposition in Perioden der relativen Unreife der Massen wie dieser.

In Perioden der Reife ist es Pflicht und Funktion der Opposition, an die Massen zu appellieren. In Perioden der geistigen Unreife berufen sich nur Demagogen auf die ›natürliche Urteilskraft des Volkes‹. In solchen Perioden hat die Opposition nur zwei Möglichkeiten: die Macht durch eine Palastrevolution an sich zu reißen, ohne sich auf die Massen stützen zu können – oder sich in stummer Verzweiflung aus der Schaukel zu stürzen: den Weg des ›stirb und schweige‹.

Es gibt jedoch eine dritte Möglichkeit, die nicht weniger konsequent ist und in unserem Land zu einem System erhoben wurde: die Möglichkeit, seine Überzeugung zu unterdrücken und zu verleugnen, wenn es keine Möglichkeit gibt, sie in die Tat umzusetzen. Da das einzige moralische Kriterium, das wir anerkennen, das der sozialen Nützlichkeit ist, ist es offenbar ehrenhafter, seiner Überzeugung öffentlich abzuschwören, damit es einem erlaubt bleibe, der Partei weiter zu dienen, als donquichottisch für eine verlorene Sache zu kämpfen.

Fragen des persönlichen Stolzes, Vorurteile, wie sie andernorts gegen bestimmte Formen der Selbsterniedrigung bestehen, persönliche Gefühle wie Müdigkeit, Ekel und Scham – sind mit der Wurzel auszurotten …

2

Rubaschow hatte seine Abhandlung über die Schaukel unmittelbar nach dem ersten Trompetensignal am Morgen nach Bogrows Hinrichtung und Iwanoffs Besuch zu schreiben begonnen. Als man ihm das Frühstück brachte, trank er einen Schluck Kaffee und ließ den Rest kalt werden. Seine Schrift, die während der letzten Tage ausladend und undeutlich geworden war, nahm wieder feste und disziplinierte Gestalt an; die Buchstaben wurden kleiner, die offenen Girlanden wichen scharfen Winkeln. Als er sein Manuskript durchlas, merkte er selbst den Unterschied.

Um elf Uhr morgens wurde er wie gewöhnlich zum Spaziergang abgeholt und mußte seine Arbeit unterbrechen. Draußen im Hof wurde ihm als Nachbar im Karussell nicht der alte Rip van Winkle, sondern ein magerer Bauer in Bastschuhen zugeteilt. Rip van Winkle war nirgends im Hof zu sehen, und Rubaschow fiel nachträglich auf, daß er beim Frühstück das übliche »Bürder, zur Sonne, zur Freiheit« vermißt hatte. Anscheinend hatte man den Alten fortgeschafft, der Himmel wußte, wohin; eine armselige Winterfliege, die wunderbarer- und nutzloserweise die ihr zugemessene Zeitspanne überlebt hatte, bloß um zur unrechten Zeit wieder aufzutauchen, ein paarmal blind umherzuflattern und schließlich in einer Ecke zu Staub zu zerfallen.

Der Bauer trottete eine Zeitlang schweigend neben Rubaschow her und beobachtete ihn von der Seite. Nach der ersten Runde räusperte er sich mehrmals, und nach einer weiteren Runde wandte er sich an ihn:

»Ich bin von der Provinz D. Bist du jemals dort gewesen, Euer Gnaden?«

Rubaschow verneinte. D. war eine entlegene Provinz im Osten, von der er nur vage Vorstellungen hatte.

»Ja, es ist ein weiter Weg zu uns«, sagte der Bauer. »Du mußt auf Kamelen reiten, um zu uns zu gelangen. Bist du auch politisch, Euer Gnaden?«

Rubaschow bejahte. Von den Bastschuhen des Bauern fehlten die halben Sohlen; er ging mit nackten Zehen auf dem festgetretenen Schnee. Sein Hals war dünn, und sein Kopf nickte ständig, während er sprach, als wiederholte er das Amen einer Litanei.

»Ich bin auch politisch«, sagte er, »nämlich Rückschrittler. Es heißt, daß alle Rückschrittler für zehn Jahre verschickt werden müssen. Glaubst du, daß sie mich für zehn Jahre verschicken werden, Euer Gnaden?«

Er nickte vor sich hin und schielte ängstlich nach den Aufsehern, die in der Mitte des Kreises in einer Gruppe herumstanden und mit den Füßen stampften, ohne auf die Gefangenen zu achten.

»Was hast du angestellt?« fragte Rubaschow.

»Ich wurde als Rückschrittler entlarvt beim Stechen der Kinder«, sagte der Bauer. »Die Regierung schickte jedes Jahr eine Kommission zu uns. Vor zwei Jahren schickte sie uns Zeitungen zum Lesen und Bilder von sich selbst zum Anschauen. Voriges Jahr schickte sie eine Dreschmaschine und Bürsten für die Zähne. In diesem Jahr schickte sie uns kleine Glasröhren mit Nadeln daran zum Stechen der Kinder. Eine Frau in Männerhosen war dabei; sie wollte alle Kinder der Reihe nach stechen. Als sie zu unserem Haus kam, haben meine Frau und ich die Tür zugesperrt und uns als Rückschrittler entlarvt. Nachher haben wir dann alle zusammen die Zeitungen und die Bilder verbrannt und die Dreschmaschine zerschlagen; und wieder einen Monat später haben sie uns alle abgeholt.«

Rubaschow murmelte etwas und dachte über die Fortsetzung seiner Abhandlung über die Selbstregierung nach. Es fiel ihm ein, daß er einmal ein Buch über die Eingeborenen Neuguineas gelesen hatte, die sich geistig auf dem gleichen Niveau mit diesem Bauern befanden und doch in vollständiger sozialer Harmonie, mit erstaunlich hochentwickelten demokratischen Institutionen lebten. Sie hatten offenbar den höchsten Wasserstand auf einer niedrigeren Stufe erreicht ...

Der Bauer neben Rubaschow faßte sein Schweigen als ein Zeichen der Mißbilligung auf und sank noch mehr in sich zusammen. Seine Zehen waren blau gefroren; er seufzte von Zeit zu Zeit und trottete, in sein Schicksal ergeben, neben Rubaschow her.

Sobald Rubaschow in seiner Zelle zurück war, fuhr er in seiner Abhandlung fort. Er fühlte, daß er in dem »Gesetz der relativen Reife« eine bemerkenswerte Entdeckung gemacht hatte, und schrieb in einem Zustand der äußersten Spannung. Als man ihm das Mittagsmahl brachte, war er gerade fertig. Er aß die Schüssel leer und legte sich zufrieden auf seine Pritsche.

Er schlief ungefähr eine Stunde lang einen friedlichen und traumlosen Schlaf und wachte erfrischt auf. No. 402 klopfte schon seit einer ganzen Weile an die Wand; er mußte sich offenbar vernachlässigt fühlen. Er erkundigte sich nach Rubaschows neuem Nachbarn im Karussell, den er vom Fenster aus gesehen hatte, aber Rubaschow unterbrach ihn. Er lächelte vor sich hin und klopfte mit dem Zwicker:

ICH KAPITULIERE.

Er wartete neugierig auf die Wirkung.

Eine ganze Weile geschah nichts; die Botschaft hatte No. 402 offenbar die Rede verschlagen. Dann, eine volle Minute später, kam seine Antwort.

EHER WÜRDE ICH MICH HÄNGEN LASSEN.

Rubaschow lächelte. Er klopfte:

JEDER NACH SEINER ART.

Er erwartete einen Wutausbruch von No. 402. Statt dessen klang sein Klopfen gedämpft, gleichsam resigniert:

ICH WAR GENEIGT, SIE ALS EINE AUSNAHME ZU BETRACHTEN. HABEN SIE KEINEN FUNKEN EHRE ÜBRIG?

Rubaschow hatte sich hingelegt, den Zwicker in der Hand. Eine friedliche Stille war über ihn gekommen. Er klopfte:

UNSERE AUFFASSUNGEN VON EHRE SIND VERSCHIEDEN.

No. 402 klopfte rasch und präzise:

EHRE IST FÜR SEINEN GLAUBEN LEBEN UND STERBEN.

Rubaschow antwortete ebenso rasch:

EHRE IST OHNE EITELKEIT NÜTZLICH SEIN.

Die Antwort von No. 402 kam diesmal lauter und schärfer:

EHRE IST ANSTAND – NICHT NÜTZLICHKEIT.

WAS IST ANSTAND? fragte Rubaschow mit behaglicher Langsamkeit. Je ruhiger er klopfte, desto wütender kam das Echo durch die Wand:

ETWAS, DAS IHRESGLEICHEN NIEMALS VERSTEHEN WIRD, antwortete No. 402.

Rubaschow zuckte die Achseln:

WIR HABEN ANSTAND DURCH VERNUNFT ERSETZT, klopfte er zurück. No. 402 gab keine weitere Antwort.

Vor dem Abendbrot las Rubaschow nochmals sein Manuskript durch. Er nahm einige Verbesserungen vor und schrieb dann den ganzen Text in der Form eines Briefes ab, den er an den Staatsanwalt der Republik adressierte. Er unterstrich die letzten Absätze, die sich auf die Alternativen oppositioneller Aktivität bezogen, und schloß das Dokument mit folgendem Satz:

»Der Unterzeichnete, N. S. Rubaschow, ehemaliges Mitglied des Zentralkomitees der Partei, ehemaliger Volkskommissar, ehemaliger Kommandeur der 2. Division der Revolutionären Armee, Träger des Revolutionären Ordens für furchtloses Verhalten vor den Feinden des Volkes, beschließt in Anbetracht der oben angeführten Gründe, seiner oppositionellen Haltung völlig und unwiderruflich abzuschwören und für seine Irrtümer öffentlich Buße zu tun.«

3

Rubaschow wartete seit drei Tagen darauf, Iwanoff vorgeführt zu werden. Er hatte ursprünglich angenommen, daß dies unverzüglich erfolgen würde, nachdem er das Dokument mit seiner Kapitulation dem alten Wärter eingehändigt hatte; überdies war dies der Tag gewesen, an dem die von Iwanoff gesetzte Frist ablief. Doch anscheinend hatte man es mit ihm nicht mehr so eilig. Möglicherweise war Iwanoff noch mit dem Studium seiner »Theorie der relativen Reife« beschäftigt; noch wahrscheinlicher war, daß er das Dokument bereits an die höheren Instanzen weitergeleitet hatte.

Rubaschow lächelte bei dem Gedanken an die Bestürzung, die es unter den »Theoretikern« des Zentralkomitees ausgelöst haben mußte. Vor der Revolution und auch nachher für eine kurze Weile, während der alte Führer noch lebte, hatte es keinen Unterschied zwischen »Theoretikern« und »Politikern« gegeben. Die in der jeweiligen Situation zu befolgende Taktik wurde in öffentlicher Diskussion direkt aus der revolutionären Theorie abgeleitet; strategische Bewegungen während des Bürgerkriegs, die Beschlagnahme der Ernte, die Landverteilung, die Einführung der neuen Währung, die Reorganisierung der Betriebe und im allgemeinen jede administrative Maßnahme stellte Akte der angewandten revolutionären Philosophie dar. Jeder einzelne der Männer mit den numerierten Köpfen auf der alten Fotografie, die einst Iwanoffs Zimmer geschmückt hatte, wußte mehr über Rechtsphilosophie, Volkswirtschaft und Staatstheorie als die Inhaber der europäischen Lehrstühle zusammengenommen. Die Diskussionen auf den Parteikongressen inmitten des Bürgerkriegs hatten sich auf einer Ebene bewegt, die niemals zuvor in der Geschichte eine politische Körperschaft erreicht hatte; sie lasen sich wie Abhandlungen aus Fachzeitschriften – mit dem Unterschied, daß vom Resultat der Diskussionen das Leben und Wohlbefinden von Millionen und die Zukunft der Revolution abhing.

Nun war die Alte Garde aufgebraucht; die Logik der Geschichte brachte es mit sich, daß, je stabiler das Regime wurde, die Führer um so starrer werden mußten, um zu verhindern, daß die ungeheuren dynamischen Kräfte, die die Revolution freigesetzt hatte, sich gegen sie selbst kehrten und sie von innen in die Luft sprengten. Die Zeit der philosophierenden Kongresse war unwiderruflich vorbei; an der Stelle der alten Fotografien befand sich ein heller Fleck auf Iwanoffs Tapete; die philosophische Brandstiftung war einer Periode respektabler Sterilität gewichen. Die revolutionäre Theorie war zu einem Dogmenkult erstarrt, mit einem vereinfachten, leicht faßlichen Katechismus und mit Nummer Eins als dem Hohenpriester, der die philosophische Messe zelebrierte. Seine Reden und Aufsätze trugen bis ins stilistische Detail den Charakter eines unfehlbaren Katechismus; sie waren in Frage und Antwort gegliedert, die mit bewundernswerter Konsequenz Tatsachen und Probleme bis zur Karikatur vereinfachten. Nummer Eins hatte wohl instinktgemäß das »Gesetz der relativen Reife der Massen« angewandt ... Dilettanten der Tyrannei zwangen ihre Untertanen, auf Befehl zu handeln; Nummer Eins hatte sie auf Befehl zu denken gelehrt.

Rubaschow amüsierte sich bei dem Gedanken, was die heutigen Theoretiker der Partei zu seinem Brief sagen würden. Unter den gegenwärtigen Bedingungen war, was er geschrieben, wüste Ketzerei; die Kirchenväter der revolutionären Theorie, deren Wort sakrosankt war, wurden darin kritisiert; Tatsachen wurden ausgesprochen, auf die man nicht einmal anspielen durfte, und sogar die unantastbare Person von Nummer Eins in einen objektiv historischen Zusammenhang gestellt. Die Theoretiker mußten sich in Krämpfen winden – sie waren daran gewöhnt, es als ihre einzige Funktion zu betrachten, die Sprünge und Kursänderungen von Nummer Eins als philosophische Offenbarungen aufzuputzen. Nummer Eins spielte seinen Kritikern mitunter seltsame Streiche. Vor einiger Zeit hatte er das Redaktionskollegium des offiziellen Wirtschaftsorgans der Partei mit der Ausarbeitung einer Analyse der amerikanischen Wirtschaftskrise beauftragt. Das Kollegium schwitzte mehrere Monate lang über der Aufgabe und gab dann endlich eine Sondernummer heraus, in der – gestützt auf die These, die Nummer Eins in seiner letzten Kongreßrede verkündet hatte – auf annähernd dreihundert gedruckten Seiten bewiesen wurde, daß die amerikanische Konjunktur eine Scheinkonjunktur war und daß sich Amerika in Wirklichkeit in tiefster Krise befinde, die erst durch die siegreiche Revolution überwunden werden könne. Am gleichen Tage, an dem die Sondernummer herauskam, empfing Nummer Eins einen amerikanischen Journalisten und verblüffte ihn und die Welt zwischen zwei Pfeifenzügen mit dem lakonischen Satz:

»Die Krise in Amerika ist vorbei, und die Geschäfte blühen wieder.«

Die Mitglieder des Redaktionskollegiums, ihrer sofortigen Entlassung und wahrscheinlichen Verhaftung gewärtig, verfaßten in der gleichen Nacht Widerrufsbriefe, in denen sie ihre »frevelhaften Übeltaten, begangen durch die Verbreitung konterrevolutionärer Theorien und irreführender Analysen«, gestanden, ihre Zerknirschung betonten und sich zur öffentlichen Buße bereit erklärten. Nur Isakowitsch – ein ehemaliger Freund Rubaschows und der einzige im Redaktionskollegium, der der alten Garde angehörte – zog es vor, sich zu erschießen. Die Eingeweihten flüsterten nachher, daß Nummer Eins die ganze Affäre ausschließlich zu dem Zweck in Szene gesetzt hatte, Isakowitsch, gegen den er ein altes Mißtrauen hegte, zu vernichten.

Ein erbärmliches Schauspiel, dachte Rubaschow; aber im Grunde genommen dienten alle die Gaukeleien mit der »revolutionären Philosophie« ja bloß dazu, die Diktatur zu stärken, die, so deprimierend der Anblick auch war, dennoch eine historische Notwendigkeit darstellte. Um so schlimmer für die, die die Komödie ernst nahmen, die nur die Vorgänge auf der Bühne sahen und nicht den Schnürboden darüber. Einst wurde die revolutionäre Politik auf öffentlichen Kongressen entschieden; heute wurden die Entscheidungen hinter den Kulissen getroffen; aber auch das war bloß eine logische Konsequenz des Gesetzes von der relativen Reife der Massen ...

Rubaschow sehnte sich danach, in einer stillen Bibliothek mit grünen Tischlampen zu arbeiten und seine neuentdeckte Theorie historisch zu dokumentieren. Die produktivsten Zeiten für die Entwicklung der revolutionären Philosophie waren von jeher die Zeiten der Emigration gewesen, die schöpferischen Pausen zwischen den Perioden der praktischen Aktivität. Er ging in seiner Zelle auf und ab und spann den Gedanken aus, wie er die beiden nächsten Jahre seiner politischen Ungnade in einer Art innerer Emigration verbringen würde; seine öffentliche Abbuße mußte ihm die notwendige Atempause erkaufen. Auf die äußere Form der Kapitulation kam es nicht an; sie konnten soviele mea culpas und Unfehlbarkeitserklärungen für Nummer Eins von ihm haben, wie sie wollten. All dies war bloß eine Frage der Etikette – ein byzantinisches Ritual, das sich aus der Notwendigkeit entwickelt hatte, jeden Satz den Massen in vergröberter Form und mit endlosen Wiederholungen in den Kopf zu hämmern; was als richtig hingestellt wurde, mußte wie Gold glänzen; was als falsch hingestellt wurde, mußte schwarz angestrichen werden; politische Erklärungen mußten bunt bemalt sein wie Lebkuchenherzen auf dem Jahrmarkt.

All dies waren Dinge, von denen No. 402 nichts verstand, überlegte Rubaschow. Sein enger Ehrbegriff stammte aus einer anderen Epoche. Was war Anstand? Eine bestimmte Form sozialer Konvention, die von den Spielregeln ritterlicher Turniere herrührte. Die geänderte Gesellschaftsform brachte einen geänderten Begriff der Ehre mit sich: der Sache zu dienen ohne Eitelkeit und bis zur letzten Konsequenz ...

Besser tot als ehrlos, hatte No. 402 verkündet und sich dann vermutlich den Schnurrbart gezwirbelt. Das war der klassische Ausdruck persönlicher Eitelkeit. No. 402 klopfte seine Sätze mit seinem Monokel; er, Rubaschow, klopfte sie mit seinem Zwicker; da lag der ganze Unterschied. Das einzige, auf das es ihm jetzt ankam, war, daß man ihm erlaubte, friedlich in einer Bibliothek zu sitzen und seine neuen Ideen auszuarbeiten. Die Arbeit würde mehrere Jahre dauern, und das Resultat würde ein dicker Wälzer sein; aber sie würde den ersten wirklichen Schlüssel zum Verständnis der Geschichte demokratischer Einrichtungen liefern und die rätselhaften Pendelbewegungen in der Psychologie der Masse erklären, vor der die orthodoxe Klassenkampftheorie versagt hatte.

Rubaschow schritt erregt in seiner Zelle auf und ab und lächelte vor sich hin. Alles war ihm gleichgültig, wenn man ihm bloß erlaubte, seine neue Theorie zu entwickeln. Sein Zahnschmerz war verschwunden; er fühlte sich voller Unternehmungslust und nervöser Ungeduld. Drei volle Tage waren seit dem nächtlichen Gespräch mit Iwanoff vergangen, und immer noch geschah nichts. Die Zeit, die während der ersten beiden Wochen seiner Haft so rasch verflogen war, begann zu kriechen. Die Stunden zerfielen in Minuten, die Minuten in Sekunden. Er arbeitete in fieberhaften Anläufen, kam aber immer wieder ins Stocken, da ihm historische Unterlagen fehlten. Er stand volle Viertelstunden lang am Guckloch in der Hoffnung, den Wärter zu erblicken, der ihn zu Iwanoff führen würde. Aber der Korridor lag wie immer verlassen im fahlen Licht der elektrischen Lampe.

Gelegentlich verstieg er sich zu der Hoffnung, daß Iwanoff selbst plötzlich auftauchen würde und daß sie den dummen Formelkram seines »Geständnisses« hier in der Zelle abwickeln würden; auf diese Art würde das Ganze viel angenehmer sein. Diesmal hätte er sogar gegen die Flasche Schnaps nichts einzuwenden gehabt. Er malte sich das Gespräch in seinen Einzelheiten aus: die schwülstigen Phrasen des »Geständnisses«, die sie zusammen ausknobelten, und die zynischen Witze, die Iwanoff dabei machte. Rubaschow lächelte, während er in seiner Zelle auf und ab ging und alle zehn Minuten nach seiner Uhr sah. Hatte Iwanoff in jener

Nacht nicht versprochen, daß er ihn am nächsten Tag holen lassen würde?

Seine Ungeduld stieg und wurde fieberhaft; in der dritten Nacht nach dem Gespräch mit Iwanoff fand er keinen Schlaf. Er lag im Dunkeln auf seiner Pritsche, den dumpfen unterdrückten Geräuschen im Gebäude lauschend, und warf sich von einer Seite auf die andere und sehnte sich das erstemal seit seiner Verhaftung nach der Gegenwart eines warmen weiblichen Körpers. Er versuchte, regelmäßig zu atmen, um leichter einzuschlafen, wurde aber immer gereizter. Er kämpfte gegen den Wunsch, ein Gespräch mit No. 402 anzufangen, der seit der Diskussion über »Was ist Anstand?« nichts mehr von sich hatte hören lassen.

Gegen Mitternacht, als er bereits seit drei Stunden wachgelegen und das Zeitungsblatt über der zerbrochenen Fensterscheibe angestarrt hatte, konnte er nicht mehr länger an sich halten und klopfte mit den Fingerknöcheln gegen die Wand. Er wartete gierig auf eine Antwort; die Wand blieb stumm. Er klopfte nochmals und wartete, und fühlte die heiße Welle der Scham in sich aufsteigen. No. 402 antwortete noch immer nicht, und dennoch lag er sicher noch wach auf der anderen Seite der Mauer und vertrieb sich die Zeit mit dem Wiederkäuen seiner einstigen Abenteuer; er hatte bei einer früheren Gelegenheit Rubaschow gestanden, daß er niemals vor ein Uhr morgens einschlafen könnte und daß er zu den Lastern seiner Knabenzeit zurückgekehrt war.

Rubaschow lag auf dem Rücken und starrte in die Dunkelheit. Der Strohsack unter ihm war flach und hartgedrückt; die Decke war zu warm und trieb ihm den Schweiß aus den Poren; aber wenn er sie abwarf, fröstelte er. Er rauchte die siebente, achte Zigarette in einer Kette; die Stummel lagen rings um die Pritsche auf dem Steinboden. Der geringste Laut war nun erstorben; die Zeit stand still; sie hatte sich in formlose Finsternis aufgelöst.

Rubaschow schloß die Augen und stellte sich vor, die Arlowa läge neben ihm, die vertraute Kurve ihrer Brust gegen die Dunkelheit erhoben. Er vergaß, daß man sie über den Korridor geschleppt hatte wie Bogrow; die Stille war so intensiv geworden, daß sie ihm in den Ohren rauschte. Was taten die zweitausend Männer, die in den Zellen dieses Zementbienenstocks eingemauert lagen? Die Stille blähte sich von ihrem unhörbaren Atmen, ihren unsichtbaren Träumen, dem erstickten Keuchen ihrer Ängste und Begierden. Wenn man Geschichte in Zahlen ausdrücken könnte, wieviel wog die Summe von zweitausend Alpträumen, der Druck zweitausendfacher ohnmächtiger Begierde? Nun war ihm, als ob er wirklich den schwesterlichen Dunst der Arlowa fühlte; sein Körper unter der wollenen Decke bedeckte sich mit Schweiß. Er folgte dem Schwellen seiner Begierde und seiner plötzlichen Erschlaffung; in dem gleichen Augenblick wurde die Zellentür aufgerissen, und das Licht vom Korridor stach ihm in die Augen.

Zwei uniformierte Beamte mit Revolvertaschen, die er vordem nicht gesehen hatte, betraten die Zelle. Einer von ihnen trat an seine Pritsche heran. Er war groß, mit einem brutalen Gesicht und einer groben Stimme, die Rubaschow übertrieben laut in den Ohren tönte. Er befahl Rubaschow, ihm zu folgen, ohne ihm zu sagen, wohin.

Rubaschow tastete nach seinem Zwicker unter der Decke, setzte ihn auf und erhob sich von der Pritsche. Er fühlte eine bleierne Müdigkeit, während er neben dem uniformierten Riesen, der ihn um einen Kopf überragte, den Korridor entlangging. Der zweite Uniformierte folgte in einem Abstand von drei Schritten hinter ihm. Rubaschow sah nach der Uhr; es war zwei Uhr morgens; er mußte also doch geschlafen haben. Sie gingen in Richtung Barbierstube – den gleichen Weg, den Bogrow gegangen war. Der zweite Beamte hielt sich immer noch drei Schritte hinter ihnen. Rubaschow fühlte den Wunsch, den Kopf nach ihm zu wenden, wie ein physisches Jucken im Genick, beherrschte sich aber. Schließlich, dachte er, können sie mich doch nicht so ohne jede Formalität abknallen, war aber nicht völlig überzeugt. Im Augenblick regte ihn der Gedanke nicht allzusehr auf; er wünschte bloß, daß es rasch ginge. Er versuchte festzustellen, ob er Furcht empfand oder nicht; aber das einzige, das er bewußt fühlte, war das physische Unbehagen im Genick, das von der Anstrengung herrührte, den Kopf nicht nach dem Mann hinter ihm zu drehen.

Als sie hinter der Barbierstube um die Ecke bogen, erblickte er die schmale Treppe, die in den Keller führte. Rubaschow beobachtete den Riesen an seiner Seite, um zu sehen, ob jener seine Schritte verlangsamen würde. Er empfand immer noch keine Furcht, bloß Neugier und Unbehagen; aber als sie die Kellertreppe hinter sich hatten, merkte er zu seinem Erstaunen, daß seine Knie zitterten, so daß er sich zusammennehmen mußte. Gleichzeitig überraschte er sich dabei, daß er seinen Zwicker mechanisch gegen den Ärmel rieb; anscheinend hatte er ihn abgenommen, als sie sich der Kellertreppe näherten, ohne es zu merken. Es ist alles Schwindel, dachte er. Oben kann man sich was vorlügen, aber weiter unten, von der Magengrube abwärts, weiß man Bescheid. Wenn sie mich jetzt foltern, unterschreibe ich alles, was sie von mir haben wollen; morgen kann ich es dann immer noch widerrufen ... Erst einige Schritte später fiel ihm das »Gesetz der relativen Reife« wieder ein, und daß er ja ohnehin bereits beschlossen hatte, zu kapitulieren und die Unterwerfung zu unterschreiben. Eine große Erleichterung überkam ihn, aber gleichzeitig fragte er sich verblüfft, wieso es möglich war, daß er während des Marsches über den Korridor den Entschluß der letzten Tage so vollständig hatte vergessen können. Der Riese blieb stehen, öffnete eine Tür und trat beiseite. Rubaschow blickte in ein Zimmer, das dem Iwanoffs ähnlich, aber von einem unangenehmen, scharfen Licht erhellt war, das ihn in den Augen blendete. Der Tür gegenüber, hinter dem Schreibtisch, saß Gletkin.

Die Tür fiel hinter Rubaschow ins Schloß, und Gletkin blickte von seinem Aktenstoß auf. »Setzen Sie sich«, sagte er in dem trockenen, farblosen Ton, der Rubaschow von jenem ersten Auftritt in seiner Zelle im Gedächtnis war. Auch die breite Narbe auf Gletkins Schädel erkannte er wieder; Gletkins Gesicht lag im Schatten, da sich das einzige Licht im Zimmer, eine hohe Metallstehlampe, hinter seinem Armstuhl befand. Das grelle weiße Licht, das der überaus starken Birne entströmte, blendete Rubaschow, so daß es mehrere Sekunden dauerte, bis er die Anwesenheit einer dritten Person im Zimmer entdeckte – einer Stenographin, die hinter einem Wandschirm an einem kleinen Tisch saß, mit ihrem Rücken zum Zimmer.

Rubaschow setzte sich Gletkin gegenüber vor den Schreibtisch, auf den einzigen Stuhl, den er erblicken konnte. Der Stuhl war unbequem, schmal und ohne Armlehne.

»Ich bin beauftragt, Sie in Abwesenheit des Kommissars Iwanoff zu verhören«, sagte Gletkin. Das Licht der Lampe schmerzte Rubaschow in den Augen; aber wenn er Gletkin sein Profil zukehrte, war die Wirkung des Lichts in den Augenwinkeln ebenso unangenehm. Überdies erschien es ihm absurd, den Kopf, während er sprach, abzuwenden.

»Ich ziehe es vor, von Iwanoff verhört zu werden«, sagte Rubaschow.

»Die Wahl des Untersuchungsrichters ist Sache der Behörde«, sagte Gletkin. »Sie haben das Recht, Aussagen zu machen oder zu verweigern. In Ihrem Fall würde die Verweigerung der Aussage einer Widerrufung Ihrer erklärten Bereitschaft zur Ablegung eines Geständnisses gleichkommen und damit die Untersuchung automatisch zum Abschluß bringen. Ich bin beauftragt, in diesem Fall Ihre Akten an die zuständige Behörde weiterzuleiten, die das Urteil auf administrativem Weg verhängen würde.«

Rubaschow überlegte rasch. Mit Iwanoff war offenbar irgend etwas schiefgegangen. Plötzlich beurlaubt oder entlassen oder verhaftet. Vielleicht, weil man sich an seine frühere Freundschaft mit Rubaschow erinnert hatte; vielleicht, weil er zu witzig und geistig überlegen war und weil seine Loyalität zu Nummer Eins auf logischen Erwägungen und nicht auf blindem Glauben beruhte. Iwanoff war zu klug; er gehörte der alten Garde an; die neue Schule, das waren Gletkin und seine Methoden ...

Gehe in Frieden, Iwanoff. Rubaschow hatte keine Zeit für Mitleid; es galt, rasch zu denken, und das Licht hinderte ihn daran. Er nahm seinen Zwicker ab und blinzelte; er wußte, daß er ohne Zwicker nackt und hilflos aussah, und daß Gletkins ausdruckslose Augen jeden Zug in seinem Gesicht registrierten. Wenn er jetzt schwieg, war er verloren; jetzt gab es kein Zurück mehr. Gletkin war ein abstoßendes Geschöpf, aber er repräsentierte die neue Generation; die alte mußte sich mit ihr stellen oder zugrunde gehen; es gab keine andere Wahl. Rubaschow fühlte sich plötzlich alt; dieses Gefühl war ihm bisher unbekannt gewesen. Er hatte der Tatsache, daß er über fünfzig war, bisher keine Bedeutung beigemessen. Er setzte den Zwicker auf und versuchte Gletkins Blick zu begegnen, aber das grelle Licht brachte seine Augen zum Tränen; er nahm ihn wieder ab.

»Ich bin bereit, auszusagen«, sagte er und versuchte, die Gereiztheit seiner Stimme zu beherrschen. »Aber unter der Bedingung, daß Sie mit Ihren Tricks aufhören. Stellen Sie die Blendlampe ab, und sparen Sie sich diese Art Methoden für Verbrecher und Konterrevolutionäre.«

»Es steht Ihnen nicht zu, Bedingungen zu stellen«, sagte Gletkin mit seiner gleichmäßigen Stimme. »Ich habe keine Ursache, die Beleuchtung in meinem Zimmer Ihretwegen zu ändern. Sie scheinen sich Ihrer Lage nicht bewußt zu sein, insbesondere nicht der Tatsache, daß Sie selbst konterrevolutionärer Handlungen angeklagt sind und daß Sie im Laufe der letzten Jahre zweimal in öffentlicher Erklärung gestanden haben. Sie irren sich, wenn Sie glauben, daß Sie auch diesmal so billig davonkommen werden.«

Du Schwein, dachte Rubaschow. Du uniformiertes Schwein. Er lief rot an und wußte, daß Gletkin es bemerkt hatte. Wie alt mochte dieser Gletkin sein? 36 oder höchstens 37; er hatte den Bürgerkrieg als Halbwüchsiger mitgemacht und den Ausbruch der Revolution als ein bloßer Knabe. Dies war die Generation, die erst nach der Sintflut zu denken begonnen hatte. Sie hatte keine Tradition und keine Erinnerungen, die sie mit der alten, versunkenen Welt verbanden. Es war eine Generation, die ohne Nabelschnur zur Welt gekommen war ... Und doch hatte sie das Recht auf ihrer Seite. Man mußte die Nabelschnur durchschneiden, das letzte Band verleugnen, das einen mit den eitlen Ehrbegriffen, mit dem verlogenen Anstand der alten Welt verknüpfte. Ehre war, ohne Eitelkeit zu dienen, ohne sich zu schonen und bis zur letzten Konsequenz.

Sein Jähzorn ebbte ab. Er hielt den Zwicker in der Hand und drehte sein Gesicht Gletkin zu. Da er seine Augen geschlossen halten mußte, fühlte er sich noch hilfloser als zuvor, aber er kehrte sich nicht daran. Hinter seinen geschlossenen Augenlidern schimmerte es rötlich. Niemals zuvor hatte er solch ein intensives Gefühl der Einsamkeit gehabt.

»Ich bin bereit, alles zu tun, um der Partei zu dienen«, sagte er. Seine Stimme klang klar, die Heiserkeit war aus ihr gewichen, er sprach mit geschlossenen Augen. »Ich ersuche Sie, mir mitzuteilen, wessen ich im einzelnen angeklagt bin. Bisher ist dies nicht geschehen.«

Er hörte, mehr als daß er durch seine blinzelnden Augen sah, daß eine ruckartige Bewegung durch Gletkins steife Figur ging. Seine gestärkten Manschetten knirschten gegen die Armlehne seines Stuhls, er atmete etwas tiefer, für einen Augenblick schien sich sein ganzer Körper zu entspannen. Rubaschow erriet, daß Gletkin in diesem Moment den größten Triumph seiner Laufbahn erlebte. Einen Rubaschow zur Strecke gebracht zu haben, bedeutete den Beginn einer großen Karriere, und bis vor einigen Minuten hatte für Gletkin noch alles an einem Faden gehangen – mit Iwanoffs Schicksal als warnendem Beispiel vor seinen Augen.

Rubaschow begriff plötzlich, daß er ebensoviel Macht über Gletkin hatte wie Gletkin über ihn. Ich halte dich an der Gurgel, mein Junge, dachte er, mit einer spöttischen Grimasse; wir halten uns gegenseitig an der Gurgel, und wenn ich mich aus der Schaukel stürze, reiße ich dich mit. Einen Augenblick lang spielte er mit dieser Idee, während Gletkin blätterte; dann überwand er die Versuchung und schloß seine schmerzenden Augen. Man muß sich die letzten Reste seiner Eitelkeit aus dem Leib brennen – und war nicht Selbstmord eine verkappte Form der Eitelkeit? Dieser Gletkin glaubte natürlich, daß es seine groben Tricks waren und nicht Iwanoffs Argumente, die seine Kapitulation bewirkt hatten; vermutlich hatte Gletkin dies auch seinen vorgesetzten Behörden eingeredet und dadurch Iwanoffs Fall herbeigeführt. Du Schwein, dachte Rubaschow, aber diesmal ohne Zorn. Du konsequente Bestie in der Uniform, die wir geschaffen haben – du Barbar des neuen Zeitalters, das jetzt beginnt. Du verstehst nicht, worum es hier geht; aber verstündest du es, so wärst du nutzlos für uns... Er bemerkte, daß das Licht der Lampe um einen weiteren Grad greller geworden war – Rubaschow wußte, daß es eine Vorrichtung gab, die Intensität dieser Scheinwerferlampen während eines Kreuzverhörs zu erhöhen oder herabzusetzen. Er war gezwungen, seinen Kopf völlig abzuwenden und sich über die tränenden Augen zu streichen. Du Bestie, dachte er nochmals. Aber was wir jetzt brauchen, ist gerade eine Generation von Bestien wie du...

Gletkin hatte die Anklageschrift vorzulesen begonnen. Seine monotone Stimme klang aufreizender als je; Rubaschow lauschte mit abgewandtem Kopf. Er betrachtete sein »Geständnis« als eine Formalität, eine absurde, aber notwendige Komödie, deren gewundenen Sinn nur die Eingeweihten verstehen würden; aber der Text, den Gletkin jetzt vorlas, übertraf an Absurdität seine schlimmsten Erwartungen. Glaubte Gletkin wirklich, daß er, Rubaschow, diese kindischen Anschläge geplant hatte? Daß er jahrelang nach nichts anderem gestrebt hatte, als den Bau zu zerstören, dessen Fundament er selbst mit der alten Garde gelegt hatte? Und die alte Garde selbst, die Männer mit den numerierten Köpfen, die Heroen aus Gletkins Knabenjahren – glaubte Gletkin wirklich, daß sie alle plötzlich Opfer einer Epidemie geworden waren, die sie über Nacht in käufliche und korrupte Subjekte verwandelt hatte, von dem einzigen Wunsch besessen, die Revolution, ihr eigenes Werk, zu zerstören? Und dies mit Methoden, die diese Meister der politischen Taktik einem billigen Detektivroman entnommen zu haben schienen?

Gletkin las gleichmäßig, ohne Betonung, mit der farblosen, ausdruckslosen Stimme eines Mannes, der das Alphabet erst als Erwachsener gelernt hat. Er kam gerade zu den angeblichen Verhandlungen mit dem Vertreter einer ausländischen Macht, die Rubaschow während seines Aufenthaltes in B. geführt haben sollte, mit dem Ziel der gewaltsamen Wiedereinsetzung des alten Regimes. Der Name des ausländischen Diplomaten wurde genannt, auch Zeit und Ort ihrer Zusammenkunft. Rubaschow hörte jetzt aufmerksamer zu. Eine unbedeutende Episode tauchte plötzlich in seinem Gedächtnis auf, die er unmittelbar nachher vergessen und an die er nie wieder gedacht hatte. Er rechnete rasch das ungefähre Datum aus; es schien zu stimmen. Das war es also, woraus man ihm den Strick drehen wollte? Er lächelte und rieb sich die tränenden Augen mit dem Taschentuch …

Gletkin las weiter, steif, mit tödlicher Monotonie. Glaubte er wirklich an das, was er las? War er sich der grotesken Absurdität des Textes nicht bewußt? Jetzt kam er zu der Periode von Rubaschows Tätigkeit an der Spitze des Aluminiumtrusts. Er las Statistiken vor, die die erschrekkende Desorganisation in dieser hastig entwickelten Industrie enthüllten; die Zahl der Arbeitsunfälle, der Flugzeuge, die infolge defekten Materials abgestürzt waren. Dies alles war die Folge seiner, Rubaschows, teuflischen Sabotage. Das Wort »teuflisch« kam tatsächlich wiederholt im Text vor, inmitten von technischen Fachausdrücken und Zahlenkolonnen. Einige Sekunden lang glaubte Rubaschow, daß Gletkin verrückt geworden sei; diese Mischung von Logik und Absurdität erinnerte einen an den methodischen Wahnsinn eines Schizophrenen. Aber die Anklageschrift war nicht von Gletkin verfaßt; er las sie bloß vor – und schien tatsächlich entweder an sie zu glauben oder sie zumindest für glaubhaft zu halten …

Rubaschow wandte den Kopf nach der Stenographin in ihrer halbdunklen Ecke. Sie war klein, dünn und trug Augengläser. Sie spitzte gleichmütig ihren Bleistift und hatte bisher kein einziges Mal den Kopf nach ihm gewandt. Offenbar hielt auch sie die Ungeheuerlichkeiten, die Gletkin vorlas, für durchaus überzeugend. Sie war noch jung, an die fünf- oder sechsundzwanzig; auch sie war nach der Sintflut aufgewachsen. Was bedeutete der Name Rubaschow für diese Generation der neuen Neandertaler? Da saß er in dem brennenden Scheinwerferlicht, unfähig, seine tränenden Augen offenzuhalten, und sie lasen ihm vor mit ihren farblosen Stimmen und blickten ihn an mit ihren farblosen Augen, sachlich, gleichgültig, als läge er auf dem Seziertisch.

Gletkin verlas den letzten Abschnitt der Anklage. Er enthielt die Krönung des Ganzen: das geplante Attentat gegen Nummer Eins. Der geheimnisvolle X, den Iwanoff während des ersten Verhörs erwähnt hatte, tauchte wieder auf. Es stellte sich heraus, daß dieser X der stellvertretende Betriebsleiter des staatlichen Restaurants war, aus dem sich Nummer Eins gelegentlich einen kalten Imbiß zum Mittagessen holen ließ. Dieser kalte Imbiß war ein von der Propaganda sorgsam gepflegter Zug in Nummer Eins' spartanischem Lebenswandel; mit Hilfe gerade dieses populären kalten Imbisses sollte nun X, auf Anstiftung Rubaschows, das vorzeitige Ende von Nummer Eins geplant haben. Rubaschow lächelte mit geschlossenen Augen; als er sie öffnete, hatte Gletkin sein Vorlesen beendet und sah ihn an. Eine Pause von mehreren Sekunden verstrich; dann sagte Gletkin in dem gleichen farblosen Ton, mehr in der Art einer Feststellung denn als Frage: »Sie haben die Anklage gehört und bekennen sich schuldig.«

Rubaschow versuchte, Gletkin ins Gesicht zu sehen. Es war unmöglich, und er mußte wieder die Augen schließen. Er hatte eine beißende Antwort auf der Zunge gehabt; statt dessen sagte er, so leise, daß die dünne Sekretärin ihren Hals recken mußte, um zu hören:

»Ich bekenne mich schuldig, den fatalen Zwang, der die Politik der Regierung bedingt, nicht erkannt und infolgedessen oppositionelle Anschauungen gehegt zu haben. Ich bekenne mich ferner schuldig, sentimentalen Impulsen gefolgt und damit in Widerspruch mit der historischen Notwendigkeit geraten zu sein. Ich habe dem Stöhnen der Geopferten mein Ohr geliehen und wurde dadurch taub für die

Argumente, die die Notwendigkeit ihrer Opferung bewiesen. Ich bekenne mich schuldig, die Frage von Schuld und Unschuld höher bewertet zu haben als jene der Nützlichkeit und Schädlichkeit. Schließlich bekenne ich mich schuldig, den Begriff des Menschen über den der Menschheit gestellt zu haben ...«

Rubaschow machte eine Pause und blickte blinzelnd in die Richtung, wo die Sekretärin saß. Sie hatte gerade die Niederschrift seiner letzten Worte beendet; er glaubte ein ironisches Lächeln auf ihrem spitzen Profil wahrzunehmen.

»Ich bin mir bewußt«, fuhr Rubaschow fort, »daß meine Verirrung, in praktische Politik umgesetzt, eine tödliche Gefahr für die Revolution dargestellt hätte. An den kritischen Wendepunkten der Geschichte trägt jede Opposition den Bazillus der Parteispaltung in sich und somit den Bazillus des Bürgerkriegs. Humanistische Schwäche und liberale Demokratie in Zeiten der Unreife der Massen bedeuten den Selbstmord der Revolution. Trotzdem entsprang meine oppositionelle Haltung einer Sehnsucht nach gerade diesen, scheinbar so wünschenswerten, in Wirklichkeit so tödlichen Methoden. Der Sehnsucht nach einer Liberalisierung der Diktatur; nach einer breiteren demokratischen Massenbasis, nach Abschaffung des Terrors, der Lockerung der starren Parteistruktur. Ich gestehe, daß all dies in der gegenwärtigen Lage objektiv schädlich und daher konterrevolutionär ist ...«

Er machte eine abermalige Pause; seine Kehle war ausgetrocknet und seine Stimme heiser geworden. Es war so still, daß er das Kratzen des Bleistifts der Stenographin hörte; er hob ein wenig den Kopf mit den geschlossenen Augen und fuhr fort:

»In diesem Sinne, und nur in diesem Sinne, sind Sie berechtigt, mich einen Konterrevolutionär zu nennen. Mit den absurden Verbrechen, die die Anklageschrift erwähnt, habe ich nichts zu tun.«

»Sind Sie fertig?« fragte Gletkin.

Seine Stimme klang so brutal, daß Rubaschow ihn überrascht ansah. Gletkins grell erleuchtete Silhouette zeichnete sich in der gewohnten korrekten Haltung hinter dem Schreibtisch ab. Rubaschow hatte lange nach einer einfachen Formel für Gletkin gesucht: »Korrekte Brutalität« – das war es.

»Was Sie sagten, ist nicht neu«, fuhr Gletkin trocken fort. »In Ihren beiden vorhergehenden Geständnissen – das erstemal vor zwei Jahren und das zweitemal vor zwölf Monaten – haben Sie bereits öffentlich bekannt, daß Ihre Haltung ›objektiv konterrevolutionär und den Interessen des Volkes zuwiderlaufend‹ gewesen war. Beide Male haben Sie demütig die Partei um Verzeihung gebeten und Loyalität zur Politik der Führung geschworen. Sie hoffen jetzt, zum drittenmal das gleiche Spiel mit uns zu spielen. Ihre Erklärung von vorhin ist Augenauswischerei. Sie gestehen Ihre ›oppositionelle Haltung‹, leugnen aber die Handlungen, die die logische Konsequenz dieser Haltung darstellen. Ich sagte Ihnen bereits, daß Sie diesmal nicht so billig davonkommen werden.«

Gletkin brach so plötzlich ab, wie er begonnen hatte. In der Stille, die eintrat, hörte Rubaschow das leise Summen des elektrischen Stroms in der Lampe. Gleichzeitig wurde das Licht noch um einen Grad schärfer.

»Die Erklärungen, die ich damals abgab«, sagte Rubaschow leise, »dienten einer taktischen Absicht. Sie wissen genausogut wie ich, daß eine ganze Reihe von Oppositionellen gezwungen wurde, mit ähnlichen Erklärungen ihren Verbleib in der Partei zu erkaufen. Aber diesmal meine ich es anders ...«

»Das heißt, diesmal meinen Sie es ehrlich?« fragte Gletkin. Die Frage kam rasch, und seine korrekte Stimme war ohne Ironie.

»Ja«, sagte Rubaschow leise.

»Und damals haben Sie gelogen?«

»Meinetwegen nennen Sie es so«, sagte Rubaschow.

»Um Ihren Kopf zu retten?«

»Um weiter wirken zu dürfen.«

»Ohne Kopf kann man nicht wirken; folglich um Ihren Kopf zu retten.«

»Meinetwegen.«

In den kurzen Pausen zwischen dem Trommelfeuer der Fragen Gletkins und seinen eigenen Antworten hörte Rubaschow nur das Kratzen des Bleistifts der Stenographin und das Surren der Lampe. Die Lampe strömte Kaskaden von weißem Licht aus und eine stetige Hitze, die Rubaschow zwang, sich den Schweiß von der Stirn zu wischen. Er bemühte sich, seine tränenden Augen zu öffnen, aber die Abstände, in denen ihm das gelang, wurden immer länger und länger; er fühlte eine zunehmende Schläfrigkeit, und als Gletkin nach der letzten seiner rasch hervorgestoßenen Fragen eine Pause eintreten ließ, fühlte Rubaschow mit einer Art von gleichgültiger Neugier, wie sein Kopf immer schwerer wurde und schließlich langsam sank, bis sein Kinn die Brust berührte. Als Gletkins nächste Frage ihn wieder hochfahren ließ, hatte er das Gefühl, für eine unbestimmte Zeit geschlafen zu haben.

»Ich wiederhole«, tönte die Stimme Gletkins. »Ihre früheren Reuebeteuerungen verfolgten den Zweck, die Partei irrezuführen und Ihren Kopf zu retten.«

»Ich habe das bereits zugegeben«, sagte Rubaschow.

»Und Ihr öffentliches Abrücken von Ihrer Sekretärin verfolgte den gleichen Zweck?«

Rubaschow nickte. Der Druck in seinen Augäpfeln strahlte in alle Nerven seiner rechten Gesichtshälfte über. Er wurde gewahr, daß das dumpfe Pulsen in seinem Zahn wieder begonnen hatte.

»Es ist Ihnen bekannt, daß die Bürgerin Arlowa sich ständig auf Sie als ihren Entlastungszeugen berief?«

»Es wurde mir mitgeteilt«, sagte Rubaschow. Das Pulsen in seinem Zahn nahm zu.

»Es ist Ihnen gleichfalls bekannt, daß die öffentliche Erklärung, die Sie damals abgaben und die Sie soeben als lügenhaft bezeichneten, ausschlaggebend war für das Todesurteil gegen die Arlowa?«

»Es wurde mir mitgeteilt.«

Rubaschow hatte das Gefühl, daß seine rechte Gesichtshälfte sich in einem Krampf zusammenzog. Sein Kopf wurde immer dumpfer und schwerer; er mußte sich anstrengen, um zu verhindern, daß er wieder auf seine Brust sank. Aber Gletkins Stimme bohrte sich unerbittlich weiter in sein Gehirn:

»Es ist somit möglich, daß die Bürgerin Arlowa unschuldig war?«

»Es ist durchaus möglich«, sagte Rubaschow mit einem letzten Rest von Ironie, der ihm wie ein Geschmack von Blut und Galle auf der Zunge lag.

»... Und dennoch hingerichtet wurde infolge Ihrer lügenhaften Erklärung, die Sie abgaben, um Ihren Kopf zu retten.«

»So wird es wohl gewesen sein«, sagte Rubaschow. Du Schuft, dachte er mit einer schlaffen, impotenten Wut. Natürlich ist alles, was er sagt, die nackte Wahrheit. Ich möchte wissen, wer von uns beiden der größere Schuft ist. Aber er hat mich bei der Gurgel, und ich kann mich nicht verteidigen, weil es nicht erlaubt ist, sich aus der Schaukel zu stürzen. Wenn er mich bloß schlafen ließe! Wenn er mich noch lange weiter quält, nehme ich alles zurück und verweigere die Aussage – und dann ist es aus mit mir und mit ihm auch.

»... Und nach all dem erwarten Sie noch, rücksichtsvoll behandelt zu werden«, fuhr Gletkin im gleichen Ton brutaler Korrektheit fort. »Sie wagen es, Ihre verbrecherische Handlungsweise zu leugnen, und Sie erheben Anspruch darauf, daß wir Ihnen glauben sollen?«

Rubaschow gab die Bemühung auf, seinen Kopf steif zu halten. Natürlich hatte Gletkin recht, ihm nicht zu glauben. Er selbst begann ja bereits, sich in dem Labyrinth der Zwecklügen und dialektischen Abwege, dem künstlichen Zwielicht zwischen Schein und Sein zu verlieren. Man glaubte, schlauer zu sein und die anderen zu täuschen, und täuschte sich selbst etwas vor. Die letzte Wahrheit wich stets um einen Schritt zurück; sichtbar blieb nur die vorletzte Lüge, mit der man ihr zu dienen vermeinte. Und welch jämmerliche Verrenkungen und Veitstänze erlegte sie einem auf! Wie konnte er Gletkin davon überzeugen, daß er es diesmal wirklich ehrlich meinte, daß er an der letzten Station seiner Fahrt angelangt war? Mußte man immer überzeugen, reden, argumentieren – wo man doch nur den einen Wunsch hatte, zu schlafen und zu verlöschen?...

»Ich verlange gar nichts«, sagte Rubaschow und wandte unter Qualen seinen Kopf in die Richtung, aus der Gletkins Stimme kam, »außer der Partei ein letztes Mal meine Ergebenheit zu beweisen.«

»Es gibt nur eine Möglichkeit des Beweises für Sie«, tönte Gletkins Stimme, »ein vollständiges Geständnis. Wir haben genug von Ihrer ›oppositionellen Haltung‹ und von Ihren erhabenen Motiven gehört. Was wir brauchen, ist ein vollständiges öffentliches Geständnis jener kriminellen Handlungen, die die logische Konsequenz dieser Ihrer Haltung waren. Die einzige Art, auf die Sie der Partei noch dienen können, ist, daß Sie sich als warnendes Beispiel hinstellen – indem Sie den Massen an Ihrer eigenen Person demonstrieren, in welchen Abgrund der Verworfenheit Opposition gegen die Parteilinie unvermeidlich führt.«

Rubaschow dachte an den kalten Imbiß von Nummer Eins. Seine entzündeten Gesichtsmuskeln pulsten mit voller Stärke, aber der Schmerz war nicht mehr scharf und brennend; er kam jetzt in dumpfen, betäubenden Hammerschlägen. Er dachte an den kalten Imbiß von Nummer Eins, und die Muskeln seines Gesichts verkrampften sich in einer Grimasse.

»Ich kann keine Verbrechen gestehen, die ich nicht begangen habe«, sagte er.

»Nein«, tönte Gletkins Stimme. »Nein, das können Sie gewiß nicht« – und es schien Rubaschow, daß er zum erstenmal etwas wie Spott in Gletkins Stimme vernahm.

Von diesem Augenblick an war Rubaschows spätere Erinnerung an das Verhör etwas verschwommen. Nach dem Satz »Nein, das können Sie gewiß nicht«, der ihm wegen seiner eigentümlichen Betonung im Ohr verblieben war, erstreckte sich eine Lücke von unbestimmbarer Länge. Nachträglich erschien es ihm, daß er wieder eingeschlafen war, und er erinnerte sich sogar an einen merkwürdig angenehmen Traum. Er konnte wohl nur einige Sekunden lang gedauert haben – eine lose, zeitlose Folge von leuchtenden Landschaftsbildern, die vertraute Allee von Pappeln, die die Auffahrt zum väterlichen Haus säumte, und eine besondere Form von weißen Wolken, die er einst als Knabe im Gras liegend gesehen.

Das nächste, an das er sich erinnerte, war die Anwesenheit eines dritten Mannes im Zimmer und Gletkins Stimme, die von irgendwo hinter seinem Kopf herunterdröhnte – Gletkin mußte wohl aufgestanden sein und sich über den Schreibtisch zu ihm herübergebeugt haben:

»Ich ersuche Sie, dem Verfahren mit voller Aufmerksamkeit zu folgen ... Erkennen Sie diese Person?«

Rubaschow nickte. Er hatte Hasenscharte sogleich erkannt, obwohl er jetzt nicht den Regenmantel trug, in den er sich während des Spazierganges im Hof mit frierend hochgezogenen Schultern einzuhüllen pflegte. Eine vertraute Zahlenfolge blitzte in seinem Gedächtnis auf: 2–3; 1–1; 4–3; 1–5; 3–3 ... »Hasenscharte läßt Sie grüßen«. Bei welcher Gelegenheit hatte ihm No. 402 jene Botschaft übermittelt?

»Wann und wo sind Sie ihm begegnet?«

Es kostete Rubaschow Mühe, zu sprechen; jener gallige Geschmack wollte nicht von seiner Zunge weichen.

»Ich habe ihn wiederholt von meinem Fenster aus während des Spaziergangs im Hof gesehen.«

»Und in früheren Jahren sind Sie ihm nicht begegnet?«

Hasenscharte stand neben der Tür, einige Schritte hinter Rubaschows Stuhl; das Licht des Scheinwerfers fiel voll auf ihn. Sein sonst gelbliches Gesicht war kreideweiß, die Nase spitz, die gespaltene Oberlippe mit dem roten Fleischwulst zitterte über dem entblößten Gaumen. Seine Hände hingen schlaff zu seinen Knien herab; Rubaschow, der jetzt mit dem Rücken zur Lampe saß, erschien er wie eine Spukgestalt im scharfen Rampenlicht auf der Bühne. Eine neue Zahlenfolge zuckte durch sein Gedächtnis: 5–2; 4–5; 4–2 ... »wurde gestern gefoltert«. Gleichzeitig damit tauchte der vage Schatten einer Erinnerung in seinem Geist auf – der Erinnerung, daß er dem lebenden Vorbild dieses Wracks bereits einmal begegnet war, lange bevor er die Zelle 404 betrat.

»Ich erinnere mich nicht genau«, antwortete er zögernd. »Jetzt, da ich ihn aus der Nähe sehe, scheint es mir, daß ich ihm bereits irgendwo begegnet bin.«

Noch bevor er den Satz beendet hatte, fühlte Rubaschow, daß er besser ungesprochen geblieben wäre. Er wünschte inbrünstig, Gletkin möge ihn einige Minuten lang in Ruhe lassen, um seine Gedanken zu sammeln. Gletkins Art, seine Fragen in rascher, pausenloser Folge hervorzustoßen, gemahnte ihn an einen Raubvogel, der mit seinem harten Schnabel auf sein Opfer loshackt.

»Wo sind Sie diesem Individuum das letztemal begegnet? Die Schärfe Ihres Gedächtnisses war einst sprichwörtlich in der Partei.«

Rubaschow schwieg. Er quälte sein Gedächtnis ab, konnte aber die Erscheinung im Scheinwerferlicht mit den zitternden Lippen nirgends unterbringen. Hasenscharte stand regungslos. Er leckte mit der Zunge über den roten Wulst auf der Oberlippe; sein Blick wanderte von Rubaschow zu Gletkin und zurück.

Die Sekretärin hatte zu schreiben aufgehört; man hörte nur das gleichmäßige Surren der Lampe und das Knirschen von Gletkins Manschetten; er hatte sich vorgebeugt und lehnte mit den Ellenbogen auf den Armstützen seines Stuhls, während er die nächste Frage stellte:

»Sie verweigern also die Antwort?«

»Ich erinnere mich nicht«, sagte Rubaschow.

»Schön«, versetzte Gletkin. Er lehnte sich weiter in seinem Sessel vor, als ob er Hasenscharte mit dem drohenden Gewicht seines Körpers erdrücken wollte:

»Wollen Sie dem Gedächtnis des Bürgers Rubaschow nachhelfen? Wann sind Sie ihm das letztemal begegnet?«

Hasenschartes Gesicht wurde womöglich noch weißer. Seine Augen verweilten einige Sekunden lang auf der Sekretärin, deren Anwesenheit er anscheinend jetzt erst entdeckt hatte, irrten aber sogleich durchs Zimmer weiter, als ob sein gehetzter Blick nach einem Zufluchtsort suchte.

Seine Zunge leckte wieder über den Wulst; dann stieß er hastig und in einem Atem hervor: »Ich wurde von Bürger Rubaschow angestiftet, den Führer der Partei durch Verabreichung von Gift physisch zu vernichten.«

Im ersten Augenblick verspürte Rubaschow nur Verblüffung über die sanfte, fast melodische Stimme, die unerwartet aus dem Wrack tönte. Die Stimme schien das einzige an ihm, das heil geblieben war; sie kontrastierte unheimlich mit seiner Erscheinung. Den Sinn seiner Worte erfaßte Rubaschow erst einige Sekunden später. Er hatte seit dem Erscheinen Hasenschartes etwas Derartiges erwartet und die Gefahr gespürt; jetzt war er sich der Groteskheit der Anklage bewußt. Einen Augenblick später hörte er wieder Gletkins Stimme – sie kam diesmal von hinten, da Rubaschow Hasenscharte zugewandt saß. Gletkins Stimme klang gereizt:

»Danach habe ich Sie noch nicht gefragt. Ich habe Sie gefragt, wo Sie dem Bürger Rubaschow das letztemal begegnet sind.«

Falsch, dachte Rubaschow. Gletkin hätte nicht betonen dürfen, daß die Antwort nicht zur Frage paßte. Ich hätte es nicht bemerkt. Es schien ihm, daß sein Kopf nun vollständig klar war, in einem Zustand fiebriger Überwachheit. Er suchte nach einem Vergleich. Dieser Zeuge ist wie eine Drehorgel, der man irrtümlich die falsche Walze eingelegt hat... Die nächste Antwort Hasenschartes tönte noch melodischer:

»Ich bin dem Bürger Rubaschow nach einem Empfang der Handelsdelegation in B. begegnet. Bei dieser Gelegenheit stiftete er mich zu einem terroristischen Anschlag auf das Leben des Führers der Partei an.«

Während er sprach, hatte sein gehetzter Blick Rubaschow gestreift und war an ihm haften geblieben. Rubaschow setzte seinen Zwicker auf und begegnete seinem Blick mit scharfer Neugier. Doch er las in den Augen des jungen Mannes keine Bitte um Verzeihung, nur ein brüderliches Vertrauen und den dumpfen Vorwurf der gefolterten Kreatur. Es war Rubaschow, der zuerst den Blick abwandte.

Hinter seinem Rücken tönte Gletkins Stimme, beherrscht und brutal: »Können Sie sich an das Datum der Begegnung erinnern?«

»Ich erinnere mich genau«, sagte Hasenscharte mit seiner unnatürlich wohlklingenden Stimme. »Es war nach dem Empfang am zwanzigsten Jahrestag der Revolution.«

Sein Blick haftete immer noch nackt und schutzlos auf Rubaschows Augen, als läge dort eine letzte verzweifelte Hoffnung auf Hilfe. Eine Erinnerung stieg in Rubaschow auf, zuerst nebelhaft, dann klarer. Jetzt endlich wußte er, wer Hasenscharte war. Aber seine Entdeckung verursachte ihm keine Erregung, nur schmerzliches Erstaunen. Er wandte den Kopf nach Gletkin und sagte ruhig, mit blinzelnden Augen:

»Das Datum ist korrekt. Ich habe den Sohn Professor Kieffers nicht sogleich erkannt, da ich ihm nur einmal begegnet bin – bevor er Ihnen in die Hände fiel. Sie können sich zu dem Resultat Ihrer Arbeit beglückwünschen.«

»Sie geben somit zu, daß Sie ihn gekannt haben und daß Sie ihm zur genannten Zeit und am genannten Ort begegnet sind.«

»Das habe ich Ihnen doch bereits gesagt«, antwortete Rubaschow müde. Die fiebrige Wachheit war verschwunden, und das dumpfe Hämmern in seinem Kopf hatte wieder begonnen. »Hätten Sie mir gleich gesagt, daß er der Sohn meines unglücklichen Freundes Kieffer ist, hätte ich ihn früher erkannt.«

»In der Anklageschrift ist er mit vollem Namen genannt«, sagte Gletkin.

»Wenn ich an Kieffer dachte, dachte ich, wie alle Welt, in erster Linie an sein Schriftstellerpseudonym«, bemerkte Rubaschow.

»Das Detail ist unwesentlich«, sagte Gletkin. Er beugte sich wieder mit dem ganzen Körper gegen Hasenscharte, als wolle er ihn über den sie trennenden Zwischenraum hinweg mit seinem Gewicht erdrücken. »Fahren Sie mit Ihrem Bericht fort. Erzählen Sie uns, wie es zu jener Begegnung kam.«

Wieder falsch, dachte Rubaschow, trotz seiner Schläfrigkeit. Das Detail ist durchaus nicht unwesentlich. Hätte ich diesen Menschen wirklich zu dem idiotischen Attentat angestiftet, so hätte ich mich bei der ersten Anspielung in der Anklageschrift an ihn erinnern müssen, ob sein Name nun genannt wurde oder nicht. Aber er war zu müde, um sich auf lange Debatten einzulassen; überdies hätte er dann wieder sein Gesicht der Lampe zuwenden müssen. So konnte er wenigstens Gletkin den Rücken kehren.

Während man über seine Identität verhandelte, hatte Hasenscharte mit gesenktem Kopf und zitternder Oberlippe im Scheinwerferlicht gestanden. Rubaschow dachte an seinen alten Freund und Kampfgenossen Kieffer, den großen Historiker der Revolution. Auf der berühmten Fotografie der Kongreßversammlung, auf der alle Männer Bärte und numerierte Kreise wie Heiligenscheine um die Köpfe trugen, saß er zur Linken des alten Führers. Er war des Alten historischer Fachberater gewesen; außerdem sein Schachpartner und vielleicht einziger persönlicher Freund. Nach dem Tode des Alten wurde Kieffer, der ihn am intimsten gekannt hatte, beauftragt, seine Biographie zu schreiben. Er hatte zehn Jahre an jener Biographie gearbeitet, die niemals veröffentlicht wurde. Während dieser zehn Jahre hatte die offizielle Version der Ereignisse während der Revolution tiefgehende Wandlungen durchgemacht; die Rollen der Hauptakteure mußten neu geschrieben, alle Werte umgewertet werden; aber der alte Kieffer war ein Dickschädel, der nichts von der inneren Dialektik des neuen Regimes unter Nummer Eins verstand ...

»Mein Vater und ich«, tönte Hasenschartes unnatürlich wohllautende Stimme, »hatten auf unserer Rückfahrt vom internationalen ethnologischen Kongreß, zu dem ich ihn begleitet hatte, den Umweg über B. genommen, da es meinem Vater am Herzen lag, seinen alten Freund, den Bürger Rubaschow, zu besuchen ...«

Rubaschow lauschte mit einer seltsamen Mischung von Neugierde und Ergriffenheit. Soweit stimmte der Bericht; der alte Kieffer war ihn besuchen gekommen, getrieben von dem Bedürfnis, sein Herz auszuschütten und ihn um Rat zu fragen. Der Abend, den sie zusammen verbrachten, war vielleicht der letzte Lichtblick in des Alten Leben gewesen.

»Wir konnten nur einen Tag lang bleiben«, fuhr Hasenscharte fort, während sein Blick sich an Rubaschows Gesicht festsaugte, als suche er dort Kraft und Ermutigung. »Es war gerade der Tag der Jahresfeier der Revolution; deshalb erinnere ich mich genau an das Datum. Bürger Rubaschow war den ganzen Tag über mit den offiziellen Empfängen beschäftigt und konnte meinen Vater nur einige Minuten lang sehen. Aber abends, als der Empfang in der Gesandtschaft vorüber war, lud er meinen Vater auf sein Zimmer ein, und mein Vater erlaubte mir mitzukommen. Bürger Rubaschow war sehr müde und hatte sich seinen Schlafrock angezogen, aber er empfing uns mit großer Wärme. Er hatte Wein, Kognak und Kuchen für uns vorbereitet und begrüßte meinen Vater, nachdem er ihn umarmt hatte, mit den Worten: ›Die Abschiedsfeier der letzten Mohikaner‹ ...«

Hinter Rubaschows Rücken unterbrach die Stimme Gletkins: »Haben Sie die Absicht Rubaschows, Sie durch Verabreichung von Alkohol gefügig zu machen, sogleich erkannt?«

Es schien Rubaschow, als ob die Spur eines Lächelns über das verwüstete Gesicht von Hasenscharte zöge; zum erstenmal wurde er einer schwachen Ähnlichkeit mit dem Jüngling, den er an jenem Abend getroffen, gewahr. Aber dies dauerte bloß eine Sekunde lang. Hasenscharte blinzelte und leckte seine gespaltene Lippe:

»Er kam mir verdächtig vor, aber ich vermochte seine Pläne nicht sogleich zu durchschauen.«

Du armer Hund, dachte Rubaschow, was haben sie aus dir gemacht?

»Fahren Sie fort«, dröhnte die Stimme Gletkins.

Es dauerte einige Sekunden lang, ehe Hasenscharte sich nach der Unterbrechung wieder in der Gewalt hatte. Dazwischen hörte man, wie die Stenographin ihren Bleistift spitzte.

»Rubaschow und mein Vater tauschten Erinnerungen aus. Sie hatten sich seit mehreren Jahren nicht gesehen. Sie sprachen über die Zeit vor der Revolution, über Personen der älteren Generation, deren Namen ich nur vom Hörensagen kannte, und über den Bürgerkrieg. Sie gebrauchten Anspielungen, denen ich nicht folgen konnte, und lachten über Erinnerungen, die ich nicht verstand.«

»Wurde viel getrunken?« fragte Gletkin.

Hasenscharte blinzelte hilflos in das Licht. Rubaschow bemerkte, daß er beim Sprechen leicht schwankte, als ob er sich nur mit Schwierigkeit auf den Füßen halten könnte.

»Ich glaube, sie tranken eine ganze Menge«, fuhr Hasenscharte fort. »Niemals während der letzten Jahre hatte ich meinen Vater in so fröhlicher Laune gesehen.«

Hasenscharte benetzte seine Lippen, blickte stumpf in das Licht und schwieg. Rubaschow hatte sich, einem plötzlichen Impuls folgend, Gletkin zugewandt; aber er mußte geblendet die Augen schließen und wandte den Kopf langsam wieder ab. Der Bleistift der Sekretärin kratzte über das Papier und kam zum Stillstand. Dann hörte man wieder Gletkins Stimme:

»Waren Sie zur Zeit jener Begegnung bereits in die konterrevolutionäre Aktivität Ihres Vaters eingeweiht?«

Hasenscharte leckte sich die Lippen.

»Jawohl«, sagte er.

»Und es war Ihnen bekannt, daß Rubaschow die Meinung Ihres Vaters teilte.«

»Jawohl.«

»Beschränken Sie sich auf die wesentlichsten Punkte des Gesprächs, und übergehen Sie unwesentliche Einzelheiten!«

Hasenscharte hatte die Hände hinter dem Rücken gefaltet und stützte sich mit den Schultern gegen die Wand.

»Nach einer Weile ging das Gespräch zwischen meinem Vater und Rubaschow zur Gegenwart über. Sie sprachen in abschätzigen Wendungen über den gegenwärtigen Stand der Dinge in der Partei und über die Methoden der Führung. Mein Vater und Rubaschow sprachen über den

Führer der Partei stets als Nummer Eins. Rubaschow sagte, daß man, seitdem Nummer Eins mit seinem breiten Hintern auf der Partei saß, die Luft unter ihm nicht mehr atmen könne. Dies, sagte er, war der Grund, weshalb er Missionen im Ausland vorzog.«

Gletkin wandte sich an Rubaschow: »Dies war kurz vor der ersten Loyalitätserklärung zum Führer der Partei?«

Rubaschow drehte sich halb dem Schreibtisch zu. »Das wird wohl stimmen«, sagte er.

Gletkin wandte sich wieder an Hasenscharte: »Wurde während des Gesprächs die Absicht Rubaschows, eine solche Erklärung abzugeben, erwähnt?«

»Jawohl. Mein Vater machte Rubaschow Vorwürfe deswegen und sagte, daß Rubaschow ihm eine schwere Enttäuschung bereitet habe. Rubaschow lachte und nannte meinen Vater einen alten Narren und Don Quichotte. Er sagte, worauf es ankomme, sei, den längeren Atem zu haben und die geeignete Stunde abzuwarten.«

»Was meinte er mit dem Ausdruck ›die geeignete Stunde abzuwarten‹?«

Der Blick des jungen Mannes tastete sich wieder zu Rubaschows Gesicht empor; seine Augen hatten einen verlorenen, fast zärtlichen Ausdruck. Rubaschow hatte die absurde Idee, daß Hasenscharte im Begriff war, von der Wand auf ihn zuzukommen und ihn auf die Stirn zu küssen. Er lächelte bei diesem Gedanken, während er die wohllautende Stimme sagen hörte:

»Gemeint war die Stunde, in der der Führer der Partei von seinem Posten entfernt würde.«

Gletkin, dem das Lächeln Rubaschows nicht entgangen war, bemerkte trocken:

»Diese Erinnerungen scheinen Sie zu amüsieren?«

»Vielleicht«, sagte Rubaschow und schloß die Augen.

Gletkin rückte seine Manschette zurecht und fuhr mit dem Verhör Hasenschartes fort.

»Rubaschow sprach also von der Stunde, in der der Führer der Partei von seinem Posten entfernt würde. Auf welche Art sollte dieses Ereignis herbeigeführt werden?«

»Mein Vater war der Meinung, daß früher oder später das Maß überlaufen würde und daß die Partei ihn seines Postens entheben oder zum Abdanken zwingen würde; und daß es die Aufgabe der Opposition wäre, diese Idee zu propagieren.«

»Und Rubaschow?«

»Rubaschow lachte meinen Vater aus und wiederholte, daß er ein Narr und Don Quichotte sei. Dann erklärte er uns, daß Nummer Eins keine individuelle Zufallserscheinung sei, sondern die Verkörperung einer allgemeinen Tendenz – nämlich des absoluten Glaubens an die eigene Unfehlbarkeit, der die Kraftquelle seiner totalen Skrupellosigkeit sei. Folglich würde er niemals aus eigenen Stücken auf die Macht verzichten und könne nur durch Gewalt dazu gezwungen werden. Von der Partei selbst könne man gleichfalls nichts erhoffen, denn Nummer Eins halte alle Fäden in der Hand und habe die Parteibürokratie zu seinem Komplicen gemacht, die wisse, daß sie mit ihm stehen und fallen würde.«

Trotz seiner Schläfrigkeit fiel es Rubaschow auf, wie genau der junge Mensch seine Worte im Gedächtnis behalten hatte. Er selbst erinnerte sich nicht mehr an die Einzelheiten des Gesprächs, zweifelte aber nicht daran, daß der Bericht Hasenschartes stimmte. Er beobachtete den jungen Kieffer mit neuerwachtem Interesse durch seinen Zwicker.

Gletkins Stimme tönte wieder: »Rubaschow betonte also die Notwendigkeit der Gewaltanwendung gegen Nummer Eins – das heißt gegen den Führer der Partei?«

Hasenscharte nickte.

»Und seine Argumente, die durch den reichlichen Genuß von Alkohol verstärkt wurden, hatten einen starken Eindruck auf Sie gemacht?«

Der junge Kieffer antwortete nicht sogleich. Dann sagte er, etwas leiser als zuvor:

»Ich hatte fast nichts getrunken. Aber alles, was er sagte, machte einen tiefen Eindruck auf mich.«

Rubaschow senkte den Kopf. Ein Verdacht war plötzlich in ihm aufgestiegen, der ihn mit der Intensität einer körperlichen Qual erfüllte und alles andere vergessen ließ. War es möglich, daß dieser unglückselige Jüngling in der Tat die Konsequenz aus seinem, Rubaschows, Gedankengang gezogen hatte und daß er als die verkörperte Schlußfolgerung seiner eigenen Logik im Strahlenkegel des Scheinwerfers vor ihm stand?

Gletkin ließ ihn den Gedanken nicht zu Ende führen. Seine Stimme schnarrte:

»... Und anschließend an diese theoretische Vorbereitung kam die direkte Anstiftung zum Attentat?«

Hasenscharte schwieg. Er blinzelte ins Licht.

Gletkin wartete einige Sekunden lang auf die Antwort. Auch Rubaschow hob gegen seinen Willen den Kopf. Eine Anzahl von Sekunden verstrich, während deren man nur das Surren der Lampe hörte; dann kam wieder Gletkins Stimme, noch korrekter und farbloser als zuvor:

»Wollen Sie, daß Ihrem Gedächtnis nachgeholfen wird?«

Er sprach den Satz mit unterstrichener Beiläufigkeit, aber Hasenscharte zuckte zusammen wie unter einem Peitschenhieb. Er leckte sich die Lippen, und seine Augen flatterten in nackter tierischer Angst. Dann sagte er mit heiserer Stimme:

»Die Anstiftung erfolgte nicht am gleichen Abend, sondern erst am nächsten Morgen, in einem Gespräch unter vier Augen zwischen dem Bürger Rubaschow und mir.«

Rubaschow lächelte. Die Verlegung des fiktiven Gesprächs auf den nächsten Morgen war offenbar eine Finesse von Gletkins Regie; daß der alte Kiefer vergnügt dabei sitzen sollte, während sein Sohn zum Giftmord angestiftet wurde, klang sogar für die Psychologie der Neandertaler zu unglaubhaft ... Rubaschow vergaß den Schock, den er eben erlitten hatte; er wandte sich Gletkin zu und fragte, in das Licht blinzelnd:

»Ich nehme an, daß mir als Angeklagtem das Recht zusteht, Fragen an den Belastungszeugen zu stellen?«

»Fragen Sie«, sagte Gletkin.

Rubaschow drehte sich dem jungen Mann zu. »Soweit ich mich erinnere«, begann er, während er ihn durch den

Zwicker ansah, »hatten Sie, als Sie und Ihr Vater mich damals besuchen kamen, gerade Ihr Studium an der Universität beendet?«

Es war das erstemal, daß er direkt zu Hasenscharte sprach, und sogleich erschien ein Ausdruck hoffnungsvollen Vertrauens in dessen Gesicht. Er nickte.

»Das stimmt also«, sagte Rubaschow. »Wenn ich mich weiter recht erinnere, bestand damals die Absicht, daß Sie unter Ihrem Vater einen Posten im Institut für Geschichtsforschung antreten sollten. Ist dies geschehen?«

»Jawohl«, sagte Hasenscharte und fügte nach kurzem Zögern hinzu: »Ich hatte diesen Posten bis zu meines Vaters Verhaftung.«

»Ich verstehe«, sagte Rubaschow. »Dieses Ereignis machte Ihr weiteres Verbleiben am Institut unmöglich, und Sie mußten sich einen neuen Broterwerb suchen ...« Er machte eine Pause, wandte sich Gletkin zu und fuhr fort:

»... Wodurch bewiesen ist, daß zur Zeit meiner Unterredung mit diesem jungen Menschen weder er noch ich seinen zukünftigen Posten im Restaurant voraussehen konnten und die angebliche Anstiftung zum Giftmord logisch unmöglich ist.«

Der Bleistift der Sekretärin kam zu einem plötzlichen Stillstand. Rubaschow erriet, ohne hinzuschauen, daß sie aufgehört hatte zu protokollieren und daß ihr spitzes Mäusegesicht fragend zu Gletkin hinüberblickte. Auch Hasenscharte starrte Gletkin an und leckte an seiner Oberlippe; aber in seinen Augen stand keine Erleichterung, nur Verblüffung und Furcht zu lesen. Rubaschows momentanes Gefühl des Triumphs verflog; er hatte die sonderbare Empfindung, den glatten Ablauf einer feierlichen Zeremonie unterbrochen zu haben. Gletkins Stimme klang in der Tat noch kälter und korrekter als zuvor:

»Haben Sie weitere Fragen zu stellen?«

»Das ist für den Augenblick alles«, sagte Rubaschow.

»Niemand hat behauptet, daß Ihre Anweisungen den Mörder auf den Gebrauch von Gift beschränkten«, sagte

Gletkin ruhig. »Sie gaben die Anweisung zum Mord; die Wahl der Mittel überließen Sie Ihrem Werkzeug.« Er wandte sich an Hasenscharte: »Ist das korrekt?«

»Jawohl«, sagte Hasenscharte, und seine Stimme verriet eine Art von Erleichterung.

Rubaschow erinnerte sich, daß die Anklage ausdrücklich von »Anstiftung zum Giftmord« gesprochen hatte; aber die ganze Angelegenheit war ihm plötzlich gleichgültig geworden. Ob der junge Mensch den wahnwitzigen Anschlag wirklich versucht oder bloß etwas in dieser Art geplant hatte, ob ihm das ganze Geständnis eingetrichtert worden oder nur ein Teil davon, all dies erschien jetzt Rubaschow als bloße juristische Spitzfindigkeit; seine Schuld blieb dadurch unberührt. Der entscheidende Punkt war, daß diese Jammergestalt die fleischgewordene Verkörperung seiner eigenen Logik darstellte. Die Rollen waren plötzlich vertauscht: nicht Gletkin, sondern er, Rubaschow, hatte einen klaren Tatbestand durch Haarspaltereien zu verwirren versucht. Die Anklage, die ihm bisher so absurd erschienen war, ersetzte bloß – wenn auch in plumper und ungeschickter Art – die fehlenden Glieder in einer vollständig logischen Kette.

Nur in einem einzigen Punkt erschien es Rubaschow, daß ihm dennoch Unrecht geschah. Aber er war vorläufig zu erschöpft, um ihn zu formulieren.

»Haben Sie noch weitere Fragen?« begann Gletkin wieder.

Rubaschow schüttelte den Kopf.

»Dann bin ich mit Ihnen fertig«, sagte Gletkin zu Hasenscharte. Er drückte eine Klingel; ein uniformierter Wärter trat ein und legte dem jungen Kieffer Handschellen an. Bevor er abgeführt wurde, an der Türschwelle, drehte Hasenscharte den Kopf noch einmal Rubaschow zu, in der gleichen Art, wie er es am Ende des Spazierganges im Hof zu tun gewohnt war. Rubaschow empfand seinen Blick als eine Last; er nahm den Zwicker ab, rieb ihn am Ärmel und wandte seine Augen ab.

Als Hasenscharte abgeführt worden war, beneidete er ihn

fast. Gletkins Stimme vibrierte in seinen Ohren, unbeirrbar, präzise und voll brutaler Frische:

»Geben Sie nunmehr zu, daß Kieffers Geständnis in den wesentlichen Punkten den Tatsachen entspricht?«

Rubaschow mußte sich nunmehr wieder der Lampe zuwenden. Es rauschte in seinen Ohren, und das Licht flammte heiß und rot durch die dünne Haut seiner Augenlider. Dennoch war ihm die Wendung »in den wesentlichen Punkten« nicht entgangen. Dieser Ausdruck sollte es Gletkin ermöglichen, den Bruch in der Anklageschrift zu überbrücken und »Anstiftung zum Giftmord« einfach in »Anstiftung zum Mord« zu verwandeln.

»In den wesentlichen Punkten gebe ich dies zu«, sagte Rubaschow.

Ein merkbarer Ruck ging durch Gletkin, und sogar die Stenographin bewegte sich in ihrem Stuhl. Rubaschow wurde sich bewußt, daß er jetzt erst den entscheidenden Satz ausgesprochen und sein Geständnis besiegelt hatte. Wie konnten diese Neandertaler jemals begreifen, nach welchen Schuldbegriffen er seine eigenen Handlungen beurteilte, nach welchen Maßstäben er bemaß, was er die Wahrheit nannte?

»Stört Sie das Licht?« fragte Gletkin plötzlich.

Rubaschow lächelte. Dieser Gletkin zahlte in bar. So war die Psychologie der Neandertaler. Und dennoch fühlte Rubaschow, als das blendende Licht der Lampe um einen Grad milder wurde, eine Erleichterung, die an Dankbarkeit grenzte.

Er konnte nun, wenn auch blinzelnd, Gletkin wieder ins Gesicht sehen. Die breite, rote Narbe auf dem glattrasierten Schädel war wieder erkennbar.

»... ausgenommen einen Punkt, den ich für wesentlich halte«, sagte Rubaschow.

»Nämlich?« fragte Gletkin, wieder steif und korrekt.

Jetzt meint er natürlich, dachte Rubaschow, meine angebliche zweite Begegnung mit dem Jungen, die niemals stattgefunden hat. Das ist es, worauf es *ihm* ankommt: die Punkte auf die i zu setzen – wenn sich die Punkte auch eher wie Kleckse ausnehmen. Aber von seinem Standpunkt aus gesehen hat er möglicherweise recht ...

»Der Punkt, den ich meine«, sagte er laut, »ist der folgende: Es stimmt, daß ich auf Grund meiner damaligen Überzeugungen von der Notwendigkeit der Gewaltanwendung sprach. Aber ich verstand darunter politische Massenaktionen und nicht individuellen Terror.«

»Sie zogen also einen Bürgerkrieg vor?«

»Nein, ich sprach von Massenaktion«, sagte Rubaschow.

»... die, wie Sie genau wissen, unvermeidlich zum Bürgerkrieg geführt hätte. Ist das der Unterschied, auf den Sie so großen Wert legen?«

Rubaschow antwortete nicht. Dies war wirklich der Punkt, der ihm vor einer Minute noch so wichtig erschienen war – nun war auch dies ihm gleichgültig geworden. In der Tat, wenn die Opposition die Parteibürokratie und ihren immensen Apparat nur um den Preis eines Bürgerkriegs beseitigen konnte – inwiefern war dieser Weg besser als eine Dosis Rattengift im kalten Imbiß von Nummer Eins, dessen Verschwinden wahrscheinlich zu einem rascheren und weniger blutigen Zusammenbruch des Regimes geführt hätte? Inwiefern war der politische Mord weniger ehrenhaft als der politische Massenmord? Jener unglückselige Junge hatte ihn damals offenbar mißverstanden – aber war sein Mißverstehen nicht im Grunde genommen logisch konsequenter als sein, Rubaschows, Verhalten während dieser letzten Jahre?

»Wer eine Diktatur stürzen will, muß den Bürgerkrieg als Mittel akzeptieren. Wer vor dem Bürgerkrieg zurückschreckt, muß seine Opposition aufgeben und die Diktatur akzeptieren.«

Diese klaren Sätze, die er selbst vor fast einer Generation in einer Polemik gegen die Gemäßigten geschrieben hatte, enthielten sein eigenes Todesurteil. Er war nicht in der Lage, mit Gletkin zu rechten. Das Bewußtsein seiner vollständigen Niederlage erfüllte ihn mit einer Art Erleichterung; die Verpflichtung, den Kampf fortzusetzen, die Last der Verantwortung waren ihm abgenommen; die Schläfrigkeit von vorhin kehrte zurück. Das Dröhnen in seinem Kopf tönte jetzt wie aus weiter Ferne, und einige Sekunden lang schien es ihm, daß nicht Gletkin, sondern Nummer Eins selbst ihm hinter dem Schreibtisch gegenübersaß und ihn mit der gleichen, seltsam verständnisvollen Ironie ansah wie damals, als sie sich zum Abschied die Hände schüttelten. Eine Aufschrift tauchte in seinem Gedächtnis auf, die er einst auf dem Tor des Friedhofs von Errancis gelesen, wo Saint-Just, Robespierre und ihre sechzehn geköpften Gefährten begraben lagen. Sie bestand aus einem einzigen Wort:

Dormir – Schlafen.

Von diesem Augenblick an wurde Rubaschows Erinnerung wieder verschwommen. Möglicherweise war er zum zweitenmal eingeschlafen – für einige Minuten oder Sekunden; doch diesmal erinnerte er sich nicht, geträumt zu haben. Er mußte wohl von Gletkin geweckt worden sein, als dieser ihm das Protokoll zur Unterschrift herüberreichte. Gletkin reichte ihm auch eine Füllfeder, die, wie Rubaschow mit leichtem Ekel wahrnahm, Gletkins Körperwärme trug. Die Stenographin hatte zu schreiben aufgehört; das Zimmer war still. Auch die Lampe surrte nicht mehr und verbreitete ein normales, sogar etwas blasses Licht, denn vor dem Fenster hatte es zu dämmern begonnen.

Rubaschow unterschrieb.

Das Gefühl der Erleichterung und Verantwortungslosigkeit hielt an, obgleich er seinen Grund vergessen hatte; schlaftrunken las er das Protokoll, in dem er gestand, den jungen Michael Kieffer zur Ermordung des Führers der Partei angestiftet zu haben. Einige Sekunden lang hatte er die Empfindung, daß dies alles auf einem grotesken Mißverständnis beruhte; die Versuchung streifte ihn, seine Unterschrift auszustreichen und das Dokument zu zerreißen; dann kehrte die Erkenntnis der Wirklichkeit zu ihm zurück; er reichte das Dokument über den Schreibtisch hinüber zu Gletkin.

Das nächste, an das er sich erinnerte, war, daß er wieder

über den Korridor ging, neben dem uniformierten Riesen, der ihn vor einer unmeßbar langen Zeit in Gletkins Zimmer geführt hatte. Barbierstube und Kellertreppe zogen im Halbschlaf vorbei; er erinnerte sich an die Angst, die ihn auf dem Hinweg angefallen hatte, wunderte sich ein wenig über sich selbst und lächelte vage vor sich hin. Dann hörte er, wie die Zellentür hinter ihm ins Schloß fiel, und sank mit einem Gefühl physischer Beglückung auf die Pritsche; er sah das graue Dämmerlicht in der Fensterscheibe, an der das vertraute Zeitungsblatt klebte, und schlief gleich darauf ein.

Als sich die Zellentür wieder öffnete, war es noch nicht ganz hell, er konnte kaum eine Stunde geschlafen haben. Er dachte zuerst, daß man ihm das Frühstück bringe; aber draußen stand der uniformierte Riese. Rubaschow verstand, daß er zu Gletkin zurückkehren mußte und daß das Kreuzverhör weiterging.

Er rieb sich am Waschstand Stirn und Gesicht mit kaltem Wasser, setzte den Zwicker auf und begann aufs neue den Marsch über den Korridor, an Barbierstube und Kellertreppe vorbei; seine Schritte taumelten, ohne daß er es merkte.

4

Von da an wurde der Nebelschleier über Rubaschows Erinnerung noch dichter. Er konnte sich später nur noch an einzelne Fragmente seines Dialogs mit Gletkin erinnern; ein Dialog, der sich mit kurzen Pausen von ein bis zwei Stunden über mehrere Tage und Nächte ausdehnte. Er konnte nicht einmal genau sagen, wie viele Tage und Nächte es gewesen waren; sie mußten sich wohl über eine Woche erstreckt haben. Rubaschow hatte in der Vergangenheit über diese Methode der vollständigen physischen Zermürbung des Angeklagten gehört, wobei gewöhnlich zwei bis drei Untersuchungsrichter sich im Kreuzverhör ablösten. Aber der Unterschied in Gletkins Methode war, daß er sich niemals ablösen ließ und die gleichen Anforderungen an sich selbst stellte wie an Rubaschow. Auf diese Art entzog er Rubaschow dessen letzten psychologischen Rückhalt: das Pathos des Mißhandelten, die moralische Überlegenheit des Opfers.

Nach achtundvierzig Stunden war Rubaschow unfähig geworden, zwischen Tag und Nacht zu unterscheiden. Wenn ihn nach einer Stunde Schlaf der Riese wachrüttelte, war es ihm unmöglich zu entscheiden, ob das graue Licht im Fenster das Dämmern des Abends oder das Grauen des Morgens bedeutete. Der Korridor mit Barbierstube, Kellertreppe und Gittertür lag zu jeder Zeit in dem gleichen fahlen Licht der elektrischen Birne. Wenn während des Verhörs das Fenster allmählich heller wurde, wußte Rubaschow, daß es Tag war. Wenn es immer dunkler wurde, dann war es Abend.

Wenn Rubaschow während des Verhörs hungrig wurde, ließ ihm Gletkin Tee und belegte Brote holen. Aber er hatte selten das Bedürfnis zu essen; das heißt, er bekam Anfälle von Heißhunger, aber wenn das Brot dann vor ihm stand, fiel ihn Übelkeit an. Gletkin aß niemals in seiner Gegenwart, und aus irgendeinem Grund fand es Rubaschow erniedrigend, ihn um Nahrung anzugehen. Alles, was mit physischen Funktionen zusammenhing, wurde zu einer Erniedrigung Rubaschows in der Gegenwart Gletkins, der niemals Zeichen von Müdigkeit gab, niemals gähnte, niemals rauchte, weder zu essen noch zu trinken schien und immer in der gleichen, unwandelbaren Haltung hinter dem Schreibtisch saß, korrekt, in seiner gestärkten Uniform und in den knirschenden Manschetten. Die schlimmste Demütigung für Rubaschow war, wenn er um Erlaubnis ansuchen mußte, sich zu erleichtern. Gletkin ließ ihn von dem diensthabenden Wärter, gewöhnlich dem Riesen, zum Abort geleiten, vor dessen Tür dieser dann auf ihn wartete. Einmal schlief Rubaschow hinter der geschlossenen Tür ein. Von da an mußte er die Aborttür offenlassen.

Sein Zustand während der Verhöre wechselte zwischen Apathie und einer unnatürlichen, gläsernen Hellwachheit. Ohnmächtig wurde er nur einmal; er fühlte sich oft am

Rande der Bewußtlosigkeit, aber ein Gefühl des Stolzes riß ihn immer im letzten Augenblick zurück. Dann zündete er eine Zigarette an, blinzelte, und das Verhör ging weiter.

Mitunter staunte er selbst, daß er es aushielt. Aber er wußte, daß landläufige Anschauungen die Widerstandsfähigkeit der menschlichen Konstitution viel zu eng bemaßen, daß sie der verblüffenden Elastizität des Organismus keine Rechnung trugen. Er hatte von Fällen gehört, in denen Gefangenen fünfzehn bis zwanzig Nächte lang der Schlaf entzogen wurde, und die es ausgehalten hatten.

Am Ende des ersten Verhörs mit Gletkin, als er das Protokoll unterschrieb, hatte er geglaubt, daß das Ganze nun überstanden wäre. Beim zweiten Verhör wurde ihm klar, daß es nun erst richtig begann. Die Anklage bestand aus sieben Punkten, und bisher hatte er nur einen gestanden. Er hatte geglaubt, den Kelch der Erniedrigung bis zum letzten Tropfen geleert zu haben. Nun mußte er erkennen, daß Machtlosigkeit ebenso viele Abstufungen hat wie Macht, daß die Niederlage die gleichen schwindelnden Ausmaße annehmen kann wie der Sieg; und daß ihr Abgrund bodenlos ist. Und Stufe um Stufe zwang ihn Gletkin die Leiter hinab.

Er hätte es sich natürlich leichter machen können. Er brauchte bloß alles in Bausch und Bogen zu unterschreiben oder in Bausch und Bogen zu leugnen – und er hatte Frieden gehabt. Ein sonderbares, kompliziertes Pflichtgefühl hinderte ihn daran, dieser Versuchung nachzugeben. Rubaschows Leben war so sehr von einer absoluten Idee erfüllt gewesen, daß er den Begriff der Versuchung nur theoretisch kannte. Jetzt begleitete ihn die Versuchung durch die ununterscheidbaren Tage und Nächte, während seiner taumelnden Märsche über den Korridor, im weißen Licht von Gletkins Scheinwerfer: die Versuchung, die aus einem einzigen Wort bestand, der Inschrift vom Friedhof der Besiegten: *Schlafen.*

Es war schwer, zu widerstehen, denn es war eine stille und friedliche Versuchung, farblos und fleischlos. Sie war stumm; sie bediente sich keiner Argumente. Die Argumente waren alle auf Gletkins Seite; die Versuchung wiederholte lediglich die Worte, die auf der Botschaft des Barbiers gestanden hatten: »Stirb und schweige.«

Ab und zu, in den Momenten der Apathie, die mit jenen durchsichtiger Hellwachheit abwechselten, bewegten sich Rubaschows Lippen, aber Gletkin konnte nichts hören. Dann räusperte sich Gletkin und schob seine Manschetten zurecht; und Rubaschow rieb den Zwicker am Ärmel und nickte schläfrig und verwundert vor sich hin; denn er hatte den Versucher mit jenem stummen Partner verwechselt, den er bereits vergessen zu haben wähnte und der in diesem Zimmer am wenigsten etwas zu suchen hatte; er war bloß eine grammatikalische Fiktion ...

»Sie leugnen also, im Namen der Opposition mit Vertretern einer ausländischen Macht verhandelt zu haben, um mit deren Hilfe das gegenwärtige Regime zu stürzen? Sie leugnen, daß Sie bereit waren, die direkte oder indirekte Unterstützung Ihrer Pläne mit territorialen Konzessionen zu bezahlen, das heißt mit der Preisgabe bestimmter Provinzen unseres Landes?«

Ja, das leugnete Rubaschow; und Gletkin wiederholte ihm Tag und Stunde seines Gesprächs mit dem in Frage stehenden ausländischen Diplomaten – und Rubaschow besann sich aufs neue jener flüchtigen Episode, die in seinem Gedächtnis aufgetaucht war, als Gletkin ihm die Anklageschrift vorlas. Er blickte Gletkin schläfrig und verwirrt an und wußte, daß es hoffnungslos war, ihm jene Szene erklären zu wollen.

Sie hatte sich nach einem offiziellen Frühstück in der Gesandtschaft zu B. abgespielt. Rubaschow hatte neben dem beleibten Herrn von Z. gesessen, dem Zweiten Attaché der Botschaft des gleichen Staates, in dem man, einige Monate vorher, Rubaschow die Zähne ausgeschlagen hatte – und hatte mit ihm ein höchst unterhaltsames Gespräch über eine bestimmte seltene Rasse von Meerschweinchen geführt, die sowohl auf dem Gut des Herrn von Z. wie auf dem von Rubaschows Vater gezüchtet wurden; aller Wahrscheinlichkeit nach hatten seinerzeit

Rubaschows Vater und der Vater des Herrn von Z. einige Exemplare ausgetauscht.

»Und was ist nun aus den Meerschweinchen Ihres Herrn Vaters geworden?« fragte Herr von Z.

»Sie wurden während der Revolution geschlachtet und aufgegessen«, sagte Rubaschow.

»Aus den unseren macht man jetzt Ersatzfett«, bemerkte Herr von Z. melancholisch. Er machte kein Hehl aus seiner Verachtung für das neue Regime in seinem Land, das bisher wohl durch Zufall vergessen hatte, ihn von seinem Posten abzusetzen.

»Sie und ich sind in der gleichen Lage«, sagte er behaglich, während er sein Likörglas leerte. »Wir haben beide unsere Zeit überlebt. Mit der Meerschweinchenzucht ist es aus; wir leben im Jahrhundert des Pöbels.«

»Vergessen Sie nicht, daß ich auf der Seite des Pöbels stehe«, bemerkte Rubaschow lächelnd.

»So habe ich es nicht gemeint«, sagte Herr von Z. »Wenn es darauf ankommt, stimme ich ja auch mit dem Programm unseres Männekens mit dem schwarzen Schnurrbart überein – wenn er bloß nicht so kreischen würde. Letzten Endes wird man immer bloß im Namen seines eigenen Glaubens gekreuzigt.« Sie saßen noch eine Weile beisammen und tranken ihren Kaffee; bei der zweiten Tasse bemerkte Herr von Z.: »Falls Sie wieder Revolution in Ihrem Land machen und Ihre Nummer Eins absetzen sollten, Herr Rubaschow, dann passen Sie diesmal besser auf die Meerschweinchen auf.«

»Höchst unwahrscheinlich«, erwiderte Rubaschow und fügte nach einer Pause hinzu: »... obgleich man im Kreise Ihrer Freunde mit einer solchen Möglichkeit zu rechnen scheint?«

»Durchaus«, hatte Herr von Z. in dem gleichen Konversationston erwidert. »Nach dem, was man während Ihrer letzten Monsterprozesse zu hören bekam, müssen seltsame Dinge in Ihrem Land vorgehen.«

»In diesem Fall müssen im Kreis Ihrer Freunde wohl bestimmte Vorstellungen über die Haltung bestehen, die Sie im Fall eines solchen höchst unwahrscheinlichen Geschehnisses einnehmen würden?« hatte Rubaschow gefragt.

Worauf Herr von Z. eine sehr präzise Antwort gegeben hatte, fast als hätte er die Frage erwartet: »Zuschauen und stillhalten. Aber es kostet etwas.«

Sie standen nebeneinander an dem Tisch, ihre Kaffeetassen in den Händen. »Und über den Preis sind Sie sich wohl auch bereits im klaren?« hatte Rubaschow gefragt, während er fühlte, daß sein leichter Ton etwas gekünstelt klang.

»Gewiß«, hatte Herr von Z. geantwortet, und er hatte den Namen einer bestimmten kornreichen Provinz genannt, die von einer nationalen Minderheit bewohnt war. Dann hatten sie Abschied genommen ...

Rubaschow hatte seit Jahren nicht mehr an die Szene gedacht – oder wenigstens nicht bewußt an sie gedacht. Ein müßiges Tischgeplauder bei Kaffee und Kognak – wie konnte man Gletkin seine völlige Harmlosigkeit erklären? Rubaschow blinzelte schläfrig zu Gletkin hinüber, der ihm steif und ausdruckslos wie immer gegenübersaß. Nein, es war unmöglich, ihm mit den Meerschweinchen zu kommen. Dieser Gletkin verstand nichts von Meerschweinchen. Er hatte niemals mit Leuten vom Schlage Herrn von Z.s Kaffee getrunken. Rubaschow erinnerte sich, wie stockend Gletkin vorgelesen hatte, und wie häufig er Worte falsch betonte. Er war als Proletarier aufgewachsen und hatte erst als Erwachsener lesen und schreiben gelernt. Er würde niemals verstehen, daß ein Gespräch, das mit Meerschweinchen anfing, Gott weiß wo enden konnte.

»Sie geben also zu, daß das Gespräch stattgefunden hat?« sagte Gletkin.

»Es war vollständig harmlos«, sagte Rubaschow müde und wußte, daß Gletkin ihn eine weitere Stufe die Leiter hinuntergedrängt hatte.

»Ebenso harmlos wie Ihre rein theoretischen Disputationen mit dem jungen Kieffer über die Notwendigkeit der gewaltsamen Entfernung des Führer der Partei?«

Rubaschow rieb den Zwicker am Ärmel. War das Gespräch wirklich so harmlos gewesen, wie er es sich glauben machen wollte? Gewiß, er hatte weder »verhandelt« noch irgendein Abkommen getroffen; und der joviale Herr von Z. hatte keinerlei offizielle Vollmachten dazu gehabt. Das Ganze konnte höchstens als das bezeichnet werden, was man in der diplomatischen Sprache »eine Sondierung des Terrains« nannte. Aber diese Art der Sondierung hatte in der Logik seiner damaligen Ideen gelegen; überdies stimmte sie mit gewissen Traditionen der Partei überein. Hatte nicht der Alte unmittelbar vor der Revolution sich der Hilfe des Generalstabs des gleichen Landes bedient, um aus dem Exil zurückzukehren und die Revolution zum Sieg führen zu können? Und hatte er nicht später, im ersten Friedensvertrag, gewisse Gebiete abgetreten, um dadurch das Stillhalten des Gegners zu erkaufen? »Der Alte opfert Raum, um Zeit zu gewinnen«, hatte ein witziger Freund Rubaschows damals bemerkt. Das vergessene »harmlose« Gespräch fügte sich so präzise in die logische Kette ein, daß es Rubaschow bereits schwerfiel, es anders als durch Gletkins Augen zu sehen. Jenes selben Gletkins, der schwerfällig las, dessen Hirn ebenso schwerfällig arbeitete und dennoch so einfache, handgreifliche Folgerungen produzierte – vielleicht gerade, weil es nichts von Meerschweinchen verstand... Auf welche Art hatte übrigens Gletkin von dem Gespräch erfahren? Es mußte wohl entweder belauscht worden sein, was unter den Umständen ziemlich unwahrscheinlich war; oder der behagliche Herr von Z. hatte die Rolle eines Agent provocateur gespielt – der Himmel wußte, aus welchen komplizierten Gründen. Dergleichen war oft genug vorgekommen. Man hatte Rubaschow eine Falle gestellt – eine grobe Falle, entsprechend der primitiven Mentalität von Gletkin und Nummer Eins; und er, Rubaschow, war prompt hineingefallen...

»Da Sie so genau über mein Gespräch mit Herrn von Z. unterrichtet sind«, bemerkte Rubaschow, »muß Ihnen auch bekannt sein, daß es keinerlei Konsequenzen hatte.«

»Gewiß nicht«, sagte Gletkin, »dank dem Umstand, daß wir Sie rechtzeitig verhaftet und die Opposition im ganzen Land zerschlagen haben. Die Resultate Ihres versuchten

Verrats hätten bloß in Erscheinung treten können, falls wir müßig zugesehen hätten.«

Was konnte er darauf antworten? Daß es niemals zu ernsten Konsequenzen gekommen wäre, wenn auch nur, weil er, Rubaschow, zu alt und verbraucht war, um so konsequent zu handeln, wie es die Parteitradition erforderte und wie Gletkin an seiner Stelle gehandelt hätte? Daß die ganze Aktivität der sogenannten Opposition seniles Gerede gewesen, weil die gesamte alte Garde ebenso verbraucht war wie er selbst? Verbraucht durch die Jahre des illegalen Kampfes, morsch von der Feuchtigkeit der Gefängniswände, zwischen denen sie ihre halbe Jugend verbracht; geistig ausgetrocknet von der ständigen Anspannung, die physische Angst niederzuhalten, von der man niemals sprach, mit der man allein fertig werden mußte – jahre-, jahrzehntelang. Ausgehöhlt von den Jahren des Exils, der ätzenden Lauge der Fraktionskämpfe in der Partei, der Skrupellosigkeit, mit der sie ausgefochten wurden; verbraucht von den endlosen Niederlagen und von der Demoralisierung des schließlichen Sieges? Sollte er antworten, daß es eine organisierte Opposition zur Diktatur von Nummer Eins in Wirklichkeit niemals gegeben hatte; daß alles Gerede gewesen war, ein impotentes Spiel mit dem Feuer, weil diese Generation der alten Garde ihr Letztes hergegeben, weil man ihr den letzten Tropfen, die letzte geistige Kalorie ausgepreßt hatte; und daß ihr, wie den Toten auf dem Friedhof von Errancis, nur noch die eine Hoffnung blieb: zu schlafen und zu warten, bis ihr die Nachwelt das Urteil sprach.

Was konnte man diesem fühllosen Neandertaler antworten? Daß er in allem recht hatte und nur *einen* Irrtum beging: zu glauben, daß ihm immer noch der alte Rubaschow gegenübersaß, während es sich bloß um seinen Schatten handelte? Daß das Ganze schließlich darauf hinauslief, ihn zu bestrafen, aber nicht für das, was er getan, sondern für das, was er unterlassen hatte? »Man wird immer nur im Namen des eigenen Glaubens gekreuzigt«, hatte der joviale Herr von Z. gesagt …

Bevor Rubaschow das Protokoll unterschrieb und in seine

Zelle zurückgeführt wurde, um bewußtlos auf seiner Pritsche zu liegen, bis die Folter von neuem begann, stellte er eine Frage an Gletkin. Sie hatte nichts mit dem Gegenstand der Diskussion zu tun, aber Rubaschow wußte, daß Gletkin im Augenblick der Unterschrift seines Protokolls immer etwas zugänglicher wurde – Gletkin zahlte bar. Die Frage, die Rubaschow stellte, bezog sich auf das Schicksal Iwanoffs.

»Der Bürger Iwanoff ist verhaftet«, sagte Gletkin.

»Kann man den Grund erfahren?« fragte Rubaschow.

»Der Bürger Iwanoff hat die Untersuchung Ihres Falles nachlässig geführt und hat im Laufe eines privaten Gesprächs zynische Zweifel an der Stichhaltigkeit der Anklageschrift geäußert.«

»Vielleicht glaubte er nicht daran«, sagte Rubaschow. »Vielleicht hatte er eine zu gute Meinung von mir.«

»In diesem Falle«, versetzte Gletkin, »wäre es seine Pflicht gewesen, das Verfahren einzustellen und die zuständigen Behörden offiziell von seiner Überzeugung in Kenntnis zu setzen, daß Sie unschuldig seien.«

Wollte Gletkin ihn verhöhnen? Er sah korrekt und ausdruckslos drein wie immer.

Das nächste Mal, als Rubaschow über das Protokoll seiner Aussagen gebeugt stand, mit Gletkins warmer Füllfeder in seiner Hand – die Stenographin hatte bereits das Zimmer verlassen –, fragte er: »Gestatten Sie, daß ich Ihnen eine weitere Frage stelle?«

Er sah, während er sprach, die breite Narbe auf Gletkins Schädel an. »Es wurde mir gesagt, daß Sie ein Anhänger gewisser drastischer Verhörmethoden, des sogenannten harten Verfahrens, seien. Warum haben Sie niemals direkte physische Mittel gegen mich angewandt?«

»Sie meinen physische Folter«, sagte Gletkin gleichmütig. »Wie Ihnen bekannt ist, ist die Folter in unserem Strafgesetz verboten.«

Er machte eine Pause. Rubaschow hatte gerade die Unterschrift des Protokolls beendet.

»Überdies«, fuhr Gletkin fort, »gibt es einen bestimmten Typ von Angeklagten, die unter Druck gestehen, aber im öffentlichen Prozeß dann widerrufen. Sie gehören zu diesem zähen Typus. Der politische Nutzen Ihres öffentlichen Geständnisses wird in seinem freiwilligen Charakter liegen.«

Es war das erstemal, daß Gletkin von einer öffentlichen Verhandlung gesprochen hatte. Aber auf dem Weg über den Korridor, während er mit kurzen, müden Schritten neben dem Riesen einherging, war es nicht diese Perspektive, die Rubaschow beschäftigte, sondern der Satz: »Sie gehören zu diesem zähen Typus.« Sosehr er sich dagegen wehrte, erfüllte ihn dieses Lob mit einer angenehmen Befriedigung.

Ich werde senil und kindisch, dachte er, während er sich auf die Pritsche fallen ließ. Aber das angenehme Gefühl hielt an, bis er in Schlaf fiel.

Jedesmal, wenn Rubaschow nach hartnäckigen Debatten ein neues Geständnis unterschrieb und sich erschöpft und dennoch auf eine seltsame Art befriedigt auf seine Pritsche geworfen hatte, in dem Bewußtsein, daß er in einer, höchstens zwei Stunden wieder geweckt wurde – jedesmal hatte Rubaschow nur den einen Wunsch, daß Gletkin ihn nur ein einziges Mal ausschlafen und zur Besinnung kommen lassen möge. Er wußte, daß dieser Wunsch nicht in Erfüllung gehen würde, bevor der Kampf bis zum bitteren Ende ausgefochten und der letzte Punkt auf das letzte i gesetzt war – und er wußte auch, daß der immer erneute Kampf in immer erneuten Niederlagen enden würde und daß es über den schließlichen Ausgang keinen Zweifel gab. Warum fuhr er trotzdem fort, sich zu quälen und quälen zu lassen, anstatt den verlorenen Kampf aufzugeben, um nicht mehr geweckt zu werden? Der Begriff des Todes hatte für ihn längst seinen metaphysischen Charakter verloren und eine warme, verführerische körperliche Bedeutung angenommen, die des Schlafs. Und dennoch zwang ihn ein sonderbares, umwegiges Pflichtgefühl, wach zu bleiben und die verlorene

Schlacht zu Ende zu kämpfen – selbst wenn es bloß eine Schlacht gegen Windmühlen war. Weiterzukämpfen bis zur Stunde, da Gletkin ihn die letzte Sprosse der Leiter hinabgedrängt haben würde und in seinen blinzelnden Augen der letzte plumpe Klecks in der Anklage sich in einen logischen I-Punkt verwandelt hatte. Man mußte den Weg zu Ende gehen. Erst dann, wenn er die Finsternis mit offenen Augen betrat, hatte er sich das Recht erkämpft, zu schlafen und nicht mehr geweckt zu werden.

Auch in Gletkin ging während dieser ununterbrochenen Kette von Tagen und Nächten eine gewisse Veränderung vor. Es war nichts Auffälliges, aber Rubaschows überwachen Augen entging es nicht. Gletkin saß bis zum Ende steif, mit unbewegtem Gesicht und knirschenden Manschetten im Schatten der Lampe hinter seinem Schreibtisch; aber nach und nach wich die Brutalität aus seiner Stimme, so wie er Stufe um Stufe das grelle Licht der Lampe herabgedreht hatte, bis die Beleuchtung fast normal geworden war. Er lächelte niemals, und Rubaschow fragte sich, ob die Neandertaler überhaupt zum Lächeln fähig wären; auch hatte seine Stimme nicht die Geschmeidigkeit, Nuancen und Empfindungen auszudrücken. Aber als nach einem mehrstündigen Dialog Rubaschow einmal die Zigaretten ausgingen, holte Gletkin, der selbst nicht rauchte, ein Paket aus seiner Tasche hervor und reichte es Rubaschow über den Schreibtisch.

In einem Punkt gelang es Rubaschow sogar, einen Teilsieg davonzutragen: es war der Punkt der Anklage, der seine angebliche Sabotage im Aluminiumtrust betraf. Es war ein relativ geringfügiger Punkt im Verhältnis zur Gesamtsumme der Verbrechen, die er bereits gestanden hatte, aber Rubaschow wehrte sich mit der gleichen Zähigkeit wie gegen die entscheidenden Behauptungen der Anklageschrift. Sie saßen einander fast die ganze Nacht lang gegenüber. Rubaschow hatte Punkt für Punkt des Belastungsmaterials und die tendenziöse Interpretation von Produktionsstatistiken widerlegt; er hatte mit vor Erschöpfung heiserer Stimme Zahlen und Daten zitiert, die wie durch ein

Wunder zur richtigen Zeit in seinem dumpfen Kopf auftauchten; und während dieser Stunden war es Gletkin nicht gelungen, das Ansatzglied für seine logische Kette zu finden. Denn in der Tat hatte sich, schon von ihrem zweiten Dialog angefangen, eine stillschweigende Übereinkunft zwischen ihnen herausgebildet: Falls es Gletkin zu beweisen gelang, daß ein gegebener Punkt der Anklage einen Kern von Wahrheit enthielt, dann stand ihm das Recht zu – selbst wenn dieser Kern einen bloß formal-logischen Charakter hatte –, die fehlenden Daten frei zu ergänzen; die Punkte auf die i zu setzen, wie Rubaschow es nannte. Der Nachweis der Absicht oder auch nur die logisch nachweisbare Tendenz zu einer Absicht genügte. Sie hatten sich, ohne es selbst zu merken, an diese Spielregeln gewöhnt, und nach einer Zeit unterschied keiner von ihnen mehr zwischen Handlungen, die Rubaschow tatsächlich begangen hatte, und solchen, die er in der logischen Konsequenz seiner Meinungen lediglich hätte begehen können; die Fähigkeit, zwischen Schein und Sein, Realität und logischer Abstraktion zu unterscheiden, kam ihnen allmählich abhanden. Dann und wann, wenn der Nebelschleier, der ihn umgab, momentan riß, wurde sich Rubaschow dieser Wandlung für einen Augenblick bewußt, und es war ihm dann, als erwachte er aus einem seltsamen Rausch; aber was Gletkin betraf, schien der Unterschied für ihn tatsächlich nicht zu bestehen.

Gegen Morgen, als Rubaschow in der Frage der Sabotage im Aluminiumtrust immer noch nicht nachgegeben hatte, nahm Gletkins Stimme einen Unterton von Gereiztheit an – genau wie damals zu Anfang, als Hasenscharte die falsche Antwort gegeben hatte. Er drehte die Lampe um einen Grad schärfer, was er seit langem nicht mehr getan hatte; aber als er Rubaschows ironisches Lächeln sah, drehte er sie wieder zurück. Er stellte eine weitere Anzahl von Fragen, die gleichfalls ohne Erfolg blieben, und sagte dann abschließend: »Sie beharren also auf Ihrer Leugnung, in dem Ihnen anvertrauten Industriezweig Sabotage und Schädlingsarbeit durchgeführt – oder solche Akte auch nur geplant zu haben?«

Rubaschow nickte mit einer schläfrigen Neugier, was nun folgen würde. Gletkin wandte sich der Stenographin zu:

»Schreiben Sie: Der Untersuchungsrichter empfiehlt, diesen Punkt der Anklage wegen Mangels an Beweisen fallen zu lassen.«

Rubaschow zündete sich rasch eine Zigarette an, um sein Gefühl des kindischen Triumphs zu verbergen. Zum ersten Mal hatte er einen Sieg über Gletkin davongetragen. Gewiß, es war bloß ein armseliger Teilsieg im Rahmen der verlorenen Schlacht, aber dennoch ein Sieg; und es war so viele Monate, so viele Jahre her, seitdem er das letztemal dieses Gefühl gekostet ... Gletkin nahm das Protokoll des Tages von der Sekretärin in Empfang und schickte sie dann weg, entsprechend dem Ritual, das sich neuerdings zwischen ihnen herausgebildet hatte.

Als sie allein waren und Rubaschow aufstand, um das Protokoll zu unterzeichnen, sagte Gletkin, ihm seine Füllfeder reichend:

»Die Erfahrung lehrt, daß industrielle Sabotage das wirkungsvollste Mittel der Opposition ist, um der Regierung Schwierigkeiten zu bereiten und Unzufriedenheit in der Arbeiterschaft hervorzurufen. Warum behaupten Sie so hartnäckig, daß Sie sich dieser wirksamen Methode nicht bedient – oder zu bedienen geplant haben?«

»Weil das eine technische Absurdität ist«, sagte Rubaschow, »und weil dieses ständige Gefasel von Saboteuren, diesem modernen Bauernschreck, eine Epidemie von Denunziationen hervorgerufen hat, die mich anwidert.«

Das langentbehrte Gefühl des Triumphs bewirkte, daß Rubaschow sich frischer fühlte und daß er lauter als gewöhnlich sprach.

»Wenn Sie überzeugt sind, daß Sabotage eine Legende ist, was sind dann Ihrer Meinung nach die wahren Ursachen des unbefriedigenden Zustandes unserer Industrie?«

»Niedrige Tariflöhne, Antreiberei und barbarische Disziplinarmethoden«, sagte Rubaschow. »Ich weiß von mehreren Fällen in meinem Trust, wo Arbeiter, auf Grund irgendeiner geringfügigen, durch Überarbeitung hervorgerufenen

Nachlässigkeit, als Saboteure erschossen wurden. Arbeiter, die zwei Minuten zu spät kommen, werden entlassen und bekommen einen Stempel in ihr Arbeitsbuch, der es ihnen unmöglich macht, anderswo Arbeit zu finden.«

Gletkin sah Rubaschow mit seinem gewohnten ausdruckslosen Blick an und sagte mit seiner gewohnten ausdruckslosen Stimme: »Hat man Ihnen als Knabe eine Uhr geschenkt?«

Rubaschow sah ihn verblüfft an. Das auffälligste Merkmal im Charakter der Neandertaler war ihr vollkommener Mangel an Humor, genauer gesagt, ihr Mangel an Frivolität.

»Wollen Sie meine Frage nicht beantworten?« sagte Gletkin.

»Gewiß«, sagte Rubaschow mit wachsendem Erstaunen.

»Wie alt waren Sie, als man Ihnen die Uhr gab?«

»Ich erinnere mich nicht genau«, sagte Rubaschow. »Ungefähr acht oder neun.«

»Ich«, sagte Gletkin mit seiner gewohnten korrekten Stimme, »war sechzehn Jahre alt, als ich lernte, daß die Stunde in Minuten eingeteilt ist. Wenn ein Bauer in meinem Dorf zur Stadt fahren mußte, ging er bei Sonnenaufgang zur Station und legte sich im Wartesaal schlafen, bis der Zug kam, was gewöhnlich gegen Mittag war; manchmal kam er erst am Abend oder am nächsten Morgen. Das sind die Bauern, die jetzt in unseren Fabriken arbeiten. In meinem Dorf zum Beispiel steht heute die größte Stahlschienenfabrik der Welt. Im ersten Jahr pflegten sich die Aufseher zwischen zwei Abstichen schlafen zu legen, bis sie erschossen wurden. In allen anderen Ländern hatten die Bauern ein- bis zweihundert Jahre lang Zeit, sich an die industrielle Präzision und an die Handhabung von Maschinen zu gewöhnen. In unserem Land hatten sie bloß zehn Jahre Zeit. Wenn wir sie nicht für jede Kleinigkeit entlassen und erschießen würden, käme unser ganzes Land zum Stillstand; die Bauern würden sich in den Fabrikhöfen schlafen legen, bis das Gras aus den Schornsteinen wächst und alles wieder wird wie einst.

Im Vorjahr besuchte uns eine Frauendelegation aus Manchester in England. Sie wurden überall herumgeführt, und nachher schrieben sie empörte Zeitungsartikel, in denen sie sagten, daß die Textilarbeiter in Manchester sich niemals eine solche Behandlung gefallen lassen würden. Ich habe gelesen, daß die Textilindustrie in Manchester über zweihundert Jahre alt ist. Ich habe gleichfalls gelesen, wie die Arbeiter dort vor zweihundert Jahren behandelt wurden, als sie anfing. Sie, Bürger Rubaschow, haben soeben die gleichen Argumente gebraucht wie jene Frauendelegation aus Manchester. Sie wissen natürlich besser Bescheid als jene Frauen. Man sollte sich demnach wundern, daß Sie die gleichen Argumente gebrauchen. Aber Sie haben eines gemeinsam mit ihnen: man hat Ihnen als Kind eine Uhr geschenkt …«

Rubaschow sah Gletkin mit neuerwachtem Interesse an. Was war das? Kroch der Neandertaler aus seiner Höhle hervor? Aber Gletkin saß steif in seinem Stuhl, und sein Gesicht war ausdruckslos wie immer.

»Sie mögen in vielem recht haben«, sagte Rubaschow schließlich. »Aber Sie waren es, der mich um meine Meinung in dieser Sache fragte. Wozu Sündenböcke zur Erklärung von Schwierigkeiten erfinden, deren wirkliche Gründe Sie gerade so überzeugend beschrieben?«

»Die Erfahrung lehrt«, sagte Gletkin, »daß man den Massen für schwierige und komplizierte Prozesse einfache und handgreifliche Erklärungen geben muß. Soweit mir die Geschichte bekannt ist, sehe ich, daß die Menschheit niemals ohne Sündenböcke auskam. Meine Annahme ist, daß Sündenböcke zu allen Zeiten eine unentbehrliche Institution waren; Ihr Freund Iwanoff erklärte mir, daß diese Institution religiösen Ursprungs ist. Wenn mich meine Erinnerung nicht täuscht, erklärte er mir, daß das Wort selbst von einem Brauch der alten Hebräer herrührt, die ihrem Gott alljährlich ein Opfer in der Gestalt eines Bockes darbrachten, auf den sie alle ihre Sünden abluden.« Gletkin machte eine Pause und rückte seine Manschetten zurecht. »Überdies gibt es auch Beispiele von freiwilligen Sündenböcken in der Geschichte. In dem gleichen Alter, in dem man Ihnen eine Uhr schenkte, lehrte mich der Dorfpope, daß Jesus Christus sich als ein Lamm bezeichnete, das alle Sünden auf sich nahm. Es war mir niemals möglich, zu verstehen, auf welche Art es der Menschheit nützte, wenn ein Mann erklärte, daß er sich ihr zum Opfer darbringe. Aber anscheinend haben dies die Massen zweitausend Jahre lang durchaus natürlich gefunden.«

Rubaschow sah Gletkin an. Worauf wollte er hinaus? In welches Labyrinth hatte sich der Neandertaler verirrt?

»Wie immer dem sein mag«, sagte Rubaschow, »es würde unseren Ideen mehr entsprechen, wenn wir dem Volk die Wahrheit sagten, anstatt die Welt mit Schädlingen und Teufeln zu bevölkern.«

»Wenn Sie den Leuten in meinem Dorf sagten«, erwiderte Gletkin, »daß sie trotz der Revolution und trotz der neuen Fabriken immer noch faul und rückständig sind, so würden Sie keine Wirkung bei ihnen erzielen. Wenn man ihnen sagt, daß sie Helden der Arbeit sind, tüchtiger als die Amerikaner, und daß alles Böse bloß von Teufeln und Saboteuren herrührt, dann erreichen Sie wenigstens *etwas*. Wahrheit ist, was der Menschheit nützt; Lüge ist, was ihr schadet. In dem Abriß der Geschichte, den die Partei zum Unterricht in den Abendkursen für Erwachsene herausgab, wird betont, daß die christliche Religion in ihren ersten Jahrhunderten einen objektiven Fortschritt für die Menschheit darstellte. Ob Jesus Christus die Wahrheit sprach oder log, wenn er behauptete, der Sohn Gottes und einer Jungfrau zu sein, interessiert keinen vernünftigen Menschen. Wir haben das gleiche Recht, uns nützlicher Symbole zu bedienen, die die Bauern wörtlich nehmen.«

»Ihre Art zu argumentieren«, sagte Rubaschow, »erinnert mich manchmal an die Iwanoffs.«

»Der Bürger Iwanoff«, sagte Gletkin, »gehörte wie Sie der alten Intelligenz an. In Gesprächen mit ihm konnte man sich etwas von jenem historischen Wissen aneignen, das man durch Mangel an Schulbildung entbehrt. Der Unterschied ist, daß ich bemüht bin, mein solcherart erworbenes Wissen im Dienste der Partei zu verwerten, während der Bürger Iwanoff ein Zyniker war.«

»War?« fragte Rubaschow und nahm seinen Zwicker ab.

»Der Bürger Iwanoff«, sagte Gletkin, während er ihn mit ausdruckslosen Augen ansah, »wurde gestern nacht in Vollzug einer administrativen Entscheidung erschossen.«

Nach diesem Gespräch ließ Gletkin Rubaschow für zwei volle Stunden schlafen. Auf dem Rückweg zu seiner Zelle wunderte sich Rubaschow, daß die Nachricht von Iwanoffs Tod keinen tieferen Eindruck auf ihn gemacht hatte. Ihre einzige Wirkung war, daß der aufmunternde Effekt seines kleinen Sieges verschwand und daß er wieder müde und schläfrig war. Er hatte anscheinend einen Zustand erreicht, der jede tiefere Gemütsbewegung ausschloß. Wie immer dem war, jenes eitle Gefühl des Triumphes war bereits vor der Nachricht von Iwanoffs Tod einem Gefühl der Beschämung gewichen. Gletkins Persönlichkeit hatte solche Macht über ihn erlangt, daß sogar seine Triumphe sich in Niederlagen verwandelten. Massiv und ausdruckslos, stellte er die brutale Verkörperung des Staates dar, der seine Existenz den Rubaschows und Iwanoffs verdankte. Fleisch von ihrem Fleisch, das selbständig und fühllos geworden war. Hatte nicht Gletkin selbst sich zur geistigen Erbschaft Iwanoffs und der alten Intelligenz bekannt? Rubaschow wiederholte sich zum hundertsten Mal, daß Gletkin und die neuen Neandertaler lediglich die Vollender des Werkes waren, das die Generation mit den numerierten Köpfen begonnen hatte. Daß die gleiche Theorie in ihrem Munde so unmenschlich klang, hatte sozusagen bloß klimatische Gründe. Wenn Iwanoff die gleichen Argumente gebraucht hatte, hatte in seiner Stimme dennoch eine Erinnerung an die vergangene, versunkene Welt mitgeklungen. Man kann seine Kindheit verleugnen, aber nicht auslöschen. Iwanoff hatte seine Vergangenheit bis zum Ende mit sich geschleppt; daher der Unterton frivoler Melancholie in allem, was er sagte; das war der Grund, warum Gletkin ihn einen Zyniker nannte. Die Gletkin brauchten nichts auszulöschen; sie brauchten ihre Vergangenheit nicht zu verleugnen, denn sie hatten keine. Sie waren ohne Nabelschnur geboren, ohne Frivolität, ohne Melancholie.

5

Fragment aus dem Tagebuch von N. S. Rubaschow:

... Mit welchem Recht blicken wir, die von der Bühne abtreten, mit solchem Hochmut auf die Gletkin herab? Es muß ein großes Gelächter unter den Affen gegeben haben, als der Neandertaler zum ersten Male auf der Erde erschien. Die hochzivilisierten Affen schwangen sich graziös von Ast zu Ast; der Neandertaler war plump und klebte am Boden. Die Affen, satt und zufrieden, lebten in raffinierter Verspieltheit; sie fingen Flöhe und gaben sich philosophischen Betrachtungen hin; der Neandertaler trampelte düster durch die Welt und schlug mit Keulen um sich. Die Affen blickten interessiert von ihren Wipfeln herab und warfen Nüsse nach ihm. Manchmal wurden sie von Panik erfaßt; sie aßen Früchte und zarte Pflanzen mit feinen Manieren; der Neandertaler verschlang rohes Fleisch, er schlachtete Tiere und seinesgleichen. Er fällte Bäume, die immer dagestanden hatten, rückte Felsen von ihren geheiligten Plätzen, versündigte sich gegen jedes Gesetz und gegen jede Tradition des Dschungels. Er war plump, grausam, ohne tierische Würde – vom Standpunkt der hochkultivierten Affen ein barbarischer Rückfall der Geschichte. Die letzten überlebenden Schimpansen rümpfen immer noch die Nase, wenn sie einen Menschen sehen ...

6

Nach fünf oder sechs Tagen ereignete sich ein Zwischenfall: Rubaschow wurde während des Verhörs ohnmächtig. Sie waren gerade beim abschließenden Teil der Anklage angelangt: der Frage nach den Motiven von Rubaschows Handlungen. Die Anklageschrift definierte das Motiv schlicht als »konterrevolutionäre Gesinnung« und erwähnte bloß nebenbei, als ob es sich von selbst verstünde, daß er auch im Dienst einer feindlichen ausländischen Macht gestanden habe. Rubaschow kämpfte sein letztes Gefecht gegen diese Formulierung. Die Diskussion hatte bereits vom Morgengrauen bis zum Mittag gedauert, als Rubaschow plötzlich von seinem Stuhl glitt und regungslos liegenblieb.

Als er einige Minuten später wieder zu sich kam, sah er über sich gebeugt den flaumigen Schädel des Gefängnisarztes, der aus einer Flasche Wasser in sein Gesicht goß und ihm die Schläfen rieb. Rubaschow spürte des Doktors Atem, der nach Pfefferminz und Schmalzbrot roch, und erbrach sich. Der Doktor schimpfte mit seiner schrillen Stimme und riet, daß man Rubaschow für einige Minuten an die frische Luft führen sollte. Gletkin hatte die Szene mit ausdruckslosen Augen beobachtet. Er läutete und gab Befehl, den Teppich zu säubern. Dann ließ er Rubaschow in seine Zelle zurückbringen. Kurz darauf kam der alte Wärter, um ihn in den Hof hinauszuführen.

Während der ersten Runde des Spazierganges war Rubaschow von der beißenden Frische der Luft völlig berauscht. Er entdeckte, daß er Lungen besaß, die den Sauerstoff in sich hineintranken wie der Gaumen einen süßen, erfrischenden Trank. Die Sonne schien blaß und klar; es war gerade elf Uhr, die Stunde, zu der er früher immer zum Spaziergang angetreten war – vor einer unmeßbar langen Zeit, am andern Ende des Tunnels der ununterscheidbaren Tage und Nächte. Welch ein Narr war er gewesen, daß er diesen Segen niemals voll gewürdigt hatte! Warum konnte man nicht bloß leben und atmen und durch den Schnee wandern und die blasse Wärme der Sonne im Gesicht fühlen? Den Alpdruck von Gletkins Zimmer abschütteln, das blendende Licht der Lampe, die ganze schauerliche Inszenierung – und leben, wie andere Leute lebten?

Da es die übliche Stunde für den Spaziergang war, bekam er wieder den mageren Bauern mit den Bastschuhen zum Nachbarn im Karussell. Der Bauer beobachtete von der Seite, wie Rubaschow mit leicht taumelnden Schritten neben ihm herging, räusperte sich mehrmals und sagte dann mit einem ängstlichen Seitenblick auf die Wärter:

»Ich habe dich lange nicht gesehen, Herr. Du siehst krank

aus, als ob du es nicht mehr lange machen würdest. Es heißt, daß es bald Krieg geben wird.«

Rubaschow antwortete nicht. Er kämpfte gegen die Versuchung an, die Hand in den Schnee zu wühlen und die kühle, weiche Masse zwischen den Ballen zu kneten. Das Karussell bewegte sich langsam um den Hof herum. Zwanzig Schritte vor ihm stampfte das nächste Paar zwischen den niedrigen Schneemauern – zwei ungefähr gleich große Männer in grauen Mänteln.

»Bald ist Saatzeit«, sagte der Bauer. »Nach der Schneeschmelze treiben wir die Schafe auf die Berge. Es dauert drei Tage, bis sie oben ankommen. Früher haben alle Dörfer in unserem Distrikt ihre Schafe am gleichen Tag auf die Reise geschickt. Bei Sonnenaufgang begann es, Schafe überall, auf allen Feldern und Pfaden, das ganze Dorf ging mit den Schafen auf ihrer ersten Tagereise mit. Die Frauen trugen Körbe mit Melonen und Wein, und in der Nacht feierte man den Abschied von den Schafen. Du hast vielleicht dein Lebtag nicht soviele Schafe gesehen, Herr, und dann die vielen Hunde und der Staub und das Bellen und das Bähen ... Heilige Mutter Gottes, das war eine Fröhlichkeit ...«

Rubaschow hielt sein Gesicht der Sonne zugewendet; sie war noch blaß, gab der Luft aber bereits eine laue Weichheit. Hoch über dem Maschinengewehrturm kreisten Vögel durch die Luft.

Der Bauer fuhr in seiner weinerlichen Stimme fort:

»An so einem Tag wie heute, wenn man die Schneeschmelze in der Luft fühlt, dann packt es mich. Wir werden es beide nicht mehr lange machen, Herr. Man hat uns zertreten, weil wir Rückschrittler sind, und damit die alte Zeit, als wir alle zufrieden waren, nicht zurückkehren soll ...«

»Warst du wirklich so zufrieden in der alten Zeit?« fragte Rubaschow. Aber der Bauer murmelte bloß etwas Unverständliches, während sein Adamsapfel sich mehrmals unter der dünnen Haut der Kehle auf und ab bewegte. Rubaschow beobachtete ihn von der Seite. Nach einer Weile sagte er:

»Erinnerst du dich an die Stelle in der Bibel, wo das Volk in der Wüste zu schreien beginnt: ›Laßt uns einen Führer wählen und zurückkehren zu den Fleischtöpfen Ägyptens‹?«

Der Bauer nickte beflissen und verständnislos. Dann wurden sie in das Gebäude zurückgeführt.

Die Wirkung der frischen Luft verschwand, und bleierne Schläfrigkeit, Schwindel und Übelkeit kehrten zurück. Am Eingang ins Gebäude bückte sich Rubaschow, hob eine Handvoll Schnee auf und rieb sich die Schläfen und die brennenden Augen.

Er wurde nicht, wie er gehofft hatte, in seine Zelle zurückgeführt, sondern direkt in Gletkins Zimmer. Gletkin saß in der gleichen Haltung hinter dem Schreibtisch, in der ihn Rubaschow verlassen hatte – wie lange war es her? Er sah aus, als ob er sich während Rubaschows Abwesenheit nicht bewegt hätte. Die Vorhänge waren zugezogen, die Lampe brannte; die Zeit stand still in diesem Zimmer wie in einem faulen Tümpel.

Während er Gletkin gegenüber Platz nahm, fiel Rubaschows Blick auf eine feuchte Stelle auf dem Teppich. Er erinnerte sich an sein Unwohlsein. Es konnte demnach nicht mehr als eine Stunde vergangen sein, seitdem er das Zimmer verlassen hatte.

»Ich nehme an, daß Sie sich jetzt besser fühlen«, sagte Gletkin. »Wir standen bei der abschließenden Frage nach dem Motiv Ihrer konterrevolutionären Tätigkeit.«

Er blickte in leichter Verwunderung auf Rubaschows rechte Hand, die immer noch einen Klumpen von Schnee hielt. Rubaschow folgte seinem Blick, er lächelte und näherte seine Hand der Lampe. Sie beobachteten beide stumm, wie der kleine Klumpen unter der Hitze der Glühbirne schmolz.

»Die Frage nach dem Motiv ist die letzte«, sagte Gletkin. »Wenn Sie das diesbezügliche Protokoll unterzeichnet haben, werden wir miteinander fertig sein.«

Schon lange hatte die Lampe nicht ein so scharfes Licht ausgestrahlt. Rubaschow mußte wieder blinzeln.

»... Und dann werden Sie die Möglichkeit haben, zu ruhen«, sagte Gletkin.

Rubaschow strich sich mit der Hand über die Schläfen, aber die Kühle des Schnees war fort. Das Wort »ruhen«, mit dem Gletkin seinen Satz beendet hatte, schwang in der Stille nach. Zu ruhen und zu schlafen. Laßt uns einen Führer wählen und zurückkehren zu den Fleischtöpfen Ägyptens ... Er blinzelte durch seinen Zwicker Gletkin scharf an:

»Sie kennen meine Motive ebensogut wie ich«, sagte er. »Sie wissen, daß ich weder aus ›konterrevolutionärer‹ Gesinnung gehandelt habe noch im Dienst einer ausländischen Macht stand. Was ich dachte und was ich tat, wurde von meiner Überzeugung und meinem Gewissen diktiert.«

Gletkin holte ein Aktenstück aus seiner Schublade. Er blätterte in den Papieren, zog ein Blatt heraus und las vor:

»›... Für uns ist die Frage der subjektiven bona fides ohne Interesse. Wer unrecht hat, muß bezahlen; wer recht behält, dem wird die Schuld erlassen. Dies ist unser Gesetz‹ ... Sie schrieben das kurz nach Ihrer Verhaftung in Ihr Tagebuch.«

Rubaschow fühlte das wohlbekannte Flimmern des Lichts hinter seinen Augenlidern. Der Satz, den er gedacht und geschrieben hatte, nahm in Gletkins Mund einen eigentümlich nackten Klang an – als ob ein intimes Geständnis, das nur für das Ohr des Priesters bestimmt war, auf einer Schallplatte festgehalten worden wäre und ihm nun in der krächzenden Stimme des Grammophons entgegentönte.

Gletkin hatte dem Aktenstück ein zweites Blatt entnommen, las aber nur einen Satz daraus vor, während sein Blick auf Rubaschow ruhte:

»›Ehre ist, ohne Eitelkeit zu dienen, ohne sich zu schonen, und bis zur letzten Konsequenz.‹«

Rubaschow versuchte, seinen Blick zu erwidern.

»Ich sehe nicht ein«, sagte er, »auf welche Art die Partei einen Nutzen davon haben sollte, daß ihre führenden Mitglieder sich im Dreck wälzen. Ich habe alles, was Sie von mir wollten, unterschrieben. Ich habe mich schuldig bekannt, eine falsche und objektiv schädliche Politik verfolgt zu haben. Genügt Ihnen das nicht?«

Er setzte seinen Zwicker auf, blinzelte hilflos an der Lampe vorbei und fügte mit einer müden und heiseren Stimme hinzu:

»Schließlich ist der Name N. S. Rubaschow selbst ein Stück Parteigeschichte. Wer ihn durch den Dreck zerrt, beschmutzt die Geschichte der Revolution.«

Gletkin blätterte in den Akten:

»Auch darauf kann ich Ihnen mit einem Zitat aus Ihren eigenen Schriften antworten. Sie schrieben: ›Es ist notwendig, den Massen jeden Satz durch Vergröberung und Vereinfachung in die Köpfe zu hämmern. Was als richtig dargestellt wird, muß wie Gold glänzen, was als falsch dargestellt wird, muß schwarz angestrichen werden. Für den Massenkonsum müssen politische Vorgänge bunt angestrichen werden wie Lebkuchenherzen auf dem Jahrmarkt.‹«

Rubaschow schwieg. Dann sagte er:

»Das ist es also, worauf Sie hinauswollen. Ich soll den Teufel in Ihrem Puppentheater abgeben, mit Heulen, Spukken und Zähnefletschen – und noch dazu freiwillig. Danton und seinen Freunden war wenigstens dieser Teil erspart geblieben.«

Gletkin klappte das Aktenstück zu. Er lehnte sich vor, so wie er sich Hasenscharte mit seinem Körper entgegengelehnt hatte: »Ihre öffentliche Aussage in Ihrem Prozeß wird der letzte Dienst sein, den Sie der Partei erweisen können.«

Rubaschow schwieg. Er hielt die Augen geschlossen und lehnte sich unter der Strahlenflut der Lampe zurück wie ein Schläfer in der Sonne; aber vor Gletkins Stimme gab es kein Entrinnen:

»Ihr Danton und der Wohlfahrtsausschuß«, sagte die Stimme, »waren die reine Kinderei, verglichen mit dem, was bei uns auf dem Spiel steht. Ich habe Bücher darüber gelesen: diese Leute trugen gepuderte Perücken und deklamierten über ihre persönliche Ehre. Für sie kam es bloß darauf an, mit einer edlen Geste zu sterben, ohne Rücksicht darauf, ob die Geste nützlich oder schädlich war.«

Rubaschow schwieg. Es rauschte und surrte in seinen

Ohren; Gletkins Stimme war über ihm; sie drang von allen Seiten auf ihn ein; sie hämmerte erbarmungslos in seinen schmerzenden Schädel.

»Sie wissen, was hier auf dem Spiel steht«, fuhr Gletkin fort. »Zum erstenmal in der Geschichte hat eine Revolution die Macht nicht nur erobert, sondern auch zu halten vermocht. Wir haben unser Land zu einer Bastei der neuen Zeit gemacht. Sie bedeckt ein Sechstel der Erde und umschließt ein Zehntel von deren Bevölkerung in ihren Mauern.«

Gletkins Stimme dröhnte jetzt in Rubaschows Rücken. Er war aufgestanden und schritt im Zimmer auf und ab – es war das erstemal, daß dies geschah. Seine Stiefel knarrten bei jedem Schritt, seine gestärkte Uniform knirschte, und ein säuerlicher Geruch von Schweiß und Leder wurde wahrnehmbar.

»Als die Revolution in unserem Land erfolgreich war, glaubten wir, daß der Rest der Welt folgen würde. Statt dessen kam eine Welle der Reaktion, die uns fortzuschwemmen drohte. Es gab zwei Strömungen in der Partei. Die eine bestand aus Abenteurern, die alles, was wir errungen hatten, aufs Spiel setzen wollten, um die Revolution im Ausland zu fördern. Sie gehörten zu diesen Leuten. Wir haben diese Strömung als gefährlich erkannt und sie liquidiert.«

Rubaschow wollte den Kopf heben und etwas erwidern. Die Schritte Gletkins widerhallten in seinem Schädel. Er war zu müde.

Er ließ sich zurückfallen und hielt die Augen geschlossen.

»Der Führer der Partei«, fuhr Gletkins Stimme fort, »hatte die längere Perspektive und die zähere Taktik. Er erkannte, daß alles darauf ankam, die Periode der internationalen Reaktion zu überdauern und die Bastei zu halten. Er hatte erkannt, daß es vielleicht zehn, vielleicht zwanzig, vielleicht fünfzig Jahre dauern würde, bis die Welt für eine neue revolutionäre Welle reif wäre. Bis dahin stehen wir allein. Bis dahin gibt es für uns nur eine Pflicht: nicht unterzugehen.«

Ein Satz tauchte in Rubaschows Gedächtnis auf: Es ist die

oberste Pflicht des Revolutionärs, sein eigenes Leben zu erhalten. Wer hatte das gesagt? Er selbst? Iwanoff? Es war das gleiche Prinzip, in dessen Namen er die Arlowa geopfert hatte. Und wohin hatte es geführt?

»... nicht unterzugehen«, tönte die Stimme Gletkins. »Das Bollwerk mußte gehalten werden, um jeden Preis und mit jedem Opfer. Der Führer der Partei hat dieses Prinzip mit unnachahmlicher Schärfe erkannt und konsequent danach gehandelt. Die Politik der Internationale mußte unserer nationalen Politik untergeordnet werden. Wer diese Notwendigkeit nicht verstand, mußte vernichtet werden. Ganze Garnituren unserer besten Funktionäre in Europa mußten physisch liquidiert werden. Wir schreckten nicht davor zurück, unsere eigenen Organisationen im Ausland zu zertrümmern, wenn es das Interesse der Bastei erforderte. Wir schreckten nicht davor zurück, mit der Polizei reaktionärer Länder zusammenzuarbeiten, um revolutionäre Bewegungen zu unterdrücken, die uns zur ungelegenen Zeit kamen. Wir schreckten nicht davor zurück, unsere Freunde zu verraten und mit unseren Feinden Kompromisse zu schließen, um die Bastei zu erhalten. Das war die Aufgabe, die die Geschichte uns, den Vertretern ihrer ersten siegreichen Revolution, auferlegt hatte. Die Kurzsichtigen, die Ästheten, die Moralisten verstanden das nicht. Aber der Führer der Partei verstand, daß alles von *einem* abhängig ist: den längeren Atem zu haben.«

Gletkin unterbrach seine Wanderung durchs Zimmer. Er blieb hinter Rubaschows Stuhl stehen. Die Narbe auf seinem glattrasierten Schädel schien mit einem schweißigen Glanz. Er keuchte, strich sich mit dem Taschentuch über den Schädel und schien verlegen über den Bruch seiner üblichen Zurückhaltung. Er nahm wieder hinter seinem Schreibtisch Platz und schob seine Manschetten zurecht. Er drehte das Licht um einen Grad herab und fuhr mit seiner gewohnten farblosen Stimme fort:

»Die Linie der Partei war scharf definiert. Ihre Taktik wurde von dem Prinzip regiert, daß der Zweck die Mittel heiligt – alle Mittel, ausnahmslos. Im Geiste dieses Prinzips wird der Staatsanwalt Ihren Kopf verlangen, Bürger Rubaschow.

Ihre Fraktion, Bürger Rubaschow, ist geschlagen und vernichtet. Sie wollten die Parteispaltung, obgleich Sie wußten, daß die Spaltung der Partei den Bürgerkrieg bedeutet. Sie wußten von der Unzufriedenheit unter den Bauern, die noch nicht gelernt haben, den Sinn der ihnen auferlegten Opfer zu verstehen. Im Kriegsfall, von dem uns möglicherweise nur ein paar Monate trennen, können solche Strömungen zur Katastrophe führen. Daher die absolute Notwendigkeit für die Partei, geeinigt dazustehen. Sie muß aus einem Guß sein, ein einziger Block, gefüllt mit blinder Disziplin und absolutem Vertrauen. Sie und Ihre Freunde, Bürger Rubaschow, haben einen Riß im Körper der Partei verursacht. Wenn Ihre Reue echt ist, dann müssen Sie uns helfen, diesen Riß zu heilen. Ich habe Ihnen bereits gesagt, daß dies der letzte Dienst ist, den die Partei von Ihnen verlangt.

Ihre Aufgabe ist einfach. Sie haben sie sich selbst gesetzt: das Richtige zu vergolden, das Falsche anzuschwärzen. Das Falsche: das ist die Politik der Opposition. Ihre Aufgabe ist daher, die Opposition verächtlich zu machen; den Massen vor Augen zu führen, daß Opposition ein Verbrechen und jeder Oppositionelle ein Verbrecher ist. Das ist die einfache Sprache, die die Massen verstehen. Wenn Sie anfangen, über komplizierte Motive zu reden, stiften Sie bloß Verwirrung. Ihre Aufgabe, Bürger Rubaschow, ist, zu vermeiden, daß Sie Sympathie und Mitleid erwecken. Sympathie und Mitleid für die Opposition bedeuten eine Gefahr für unser Land. Genosse Rubaschow, ich hoffe, daß Sie die Aufgabe, die die Partei Ihnen setzt, verstanden haben.«

Es war das erstemal seit ihrer Bekanntschaft, daß Gletkin Rubaschow »Genosse« genannt hatte. Rubaschow hob rasch den Kopf. Er fühlte eine heiße Welle in sich emporsteigen, gegen die er wehrlos war. Sein Kinn zitterte, während er sich den Zwicker aufsetzte.

»Ich verstehe.«

»Beachten Sie«, fuhr Gletkin fort, »daß die Partei Ihnen

keine Belohnung verspricht. Wir haben eine Anzahl von Gefangenen durch physischen Druck gefügig gemacht. Andere, indem wir ihnen in Aussicht stellten, daß sie ihren Kopf retten könnten oder die Köpfe ihrer Angehörigen, die als Geiseln in unseren Händen waren. Ihnen, Genosse Rubaschow, schlagen wir keinen Handel vor und stellen keine Belohnung in Aussicht.«

»Ich verstehe«, wiederholte Rubaschow.

Gletkin suchte unter den Akten.

»Es gibt eine Stelle in Ihrem Tagebuch, die mich beeindruckt hat«, fuhr er fort. »Sie schreiben: ›Ich habe gedacht und gehandelt, wie ich mußte. Wenn ich recht behalte, habe ich nichts zu bereuen. Wenn ich unrecht habe, werde ich bezahlen.‹«

Er blickte auf und sah Rubaschow voll ins Gesicht.

»Sie haben unrecht behalten, und Sie werden bezahlen, Genosse Rubaschow. Die Partei verspricht Ihnen nur eines: Nach dem Endsieg, zu einer Zeit, wenn dadurch kein Schaden mehr angestiftet werden kann, wird das Material unserer geheimen Archive veröffentlicht werden. Dann wird die Welt erfahren, was hinter den Kulissen dieses Puppentheaters, wie Sie es nannten, geschehen ist; die Hintergründe des Schauspiels, das wir nach dem Textbuch der Geschichte vorspielen mußten ...«

Er zögerte eine Sekunde lang, schob seine Manschetten zurecht und schloß etwas verlegen, während die Narbe auf seinem Schädel rot anlief: »Und dann wird Ihnen und einigen Ihrer Freunde aus der alten Generation die Sympathie und das Mitleid zuteil werden, das wir Ihnen heute versagen müssen.«

Er hatte, während er sprach, das fertige Protokoll zu Rubaschow hinübergeschoben und seinen Füllhalter auf den Tisch gelegt. Rubaschow stand auf und sagte mit einem verzerrten Lächeln: »Ich habe mich immer gefragt, wie es aussieht, wenn ein Neandertaler sentimental wird. Jetzt weiß ich es.«

»Ich verstehe nicht«, sagte Gletkin, der gleichfalls aufgestanden war.

Rubaschow unterzeichnete das Protokoll, in dem er gestand, seine Verbrechen auf Grund konterrevolutionärer Gesinnung und im Dienste einer ausländischen Macht begangen zu haben. Als er den Kopf hob, fiel sein Blick auf das Porträt von Nummer Eins an der Wand, und er erkannte aufs neue jenen Ausdruck wissender Ironie, mit dem vor Jahren Nummer Eins sich von ihm verabschiedet hatte – jenen melancholischen Zynismus, der von seinem allgegenwärtigen Bild auf die Menschheit herabstrahlte.

»Daß Sie nicht verstehen, ist ohne Bedeutung«, sagte Rubaschow. »Es gibt Dinge, die nur jene ältere Generation der Iwanoff, Rubaschow und Kieffer verstanden hat. All das ist nun vorbei.«

»Ich werde Anweisung geben, daß Sie bis zum Prozeß nicht mehr gestört werden«, sagte Gletkin nach einer kurzen Pause, wieder steif und korrekt. Das Lächeln Rubaschows irritierte ihn. »Haben Sie noch einen besonderen Wunsch?«

»Schlafen«, sagte Rubaschow.

Er stand in der offenen Tür neben dem Riesen, klein, ältlich und unbedeutend, mit seinem Zwicker und Ziegenbart.

»Ich werde Anweisung geben, daß Ihr Schlaf nicht gestört wird«, sagte Gletkin.

Als die Tür sich hinter Rubaschow schloß, ging Gletkin an seinen Schreibtisch zurück. Einige Sekunden lang saß er still. Dann läutete er seiner Sekretärin.

Sie setzte sich auf ihren gewohnten Platz in der Ecke. »Ich beglückwünsche Sie zu Ihrem Erfolg, Genosse Gletkin«, sagte sie.

Gletkin schraubte die Lampe auf Normalstärke zurück.

Die grammatikalische Fiktion

»Das Ziel nicht zeige, zeige auch den Weg.
Denn so verwachsen ist hienieden Weg und Ziel,
Daß eines sich stets ändert mit dem andern
Und andrer Weg auch andres Ziel erzeugt.«

Ferdinand Lassalle, *Franz von Sickingen*

1

»Auf die Frage, ob er sich schuldig bekenne, antwortete der Angeklagte Rubaschow mit einem klaren ›Ja‹. Auf die weitere Frage des Staatsanwalts, ob der Angeklagte im Dienst der Konterrevolution gestanden habe, antwortete er mit einer etwas leiseren Stimme gleichfalls mit ›ja‹ ...«

Die Tochter des Portiers Wassilij las langsam, jede Silbe getrennt betonend. Sie hatte das Zeitungsblatt auf dem Tisch ausgebreitet und folgte der Zeile, die sie las, mit dem Finger; dann und wann rückte sie ihr Kopftuch zurecht.

»... Befragt, ob er einen Advokaten für seine Verteidigung wünsche, erklärt der Angeklagte, auf dieses Recht zu verzichten. Der Gerichtshof geht sodann zur Verlesung der Anklageschrift über ...«

Der Portier Wassilij lag mit dem Gesicht zur Wand gedreht auf dem Bett. Vera Wassiljowna wußte niemals genau, ob der Alte zuhörte oder schlief. Von Zeit zu Zeit murmelte er vor sich hin. Sie hatte gelernt, diesem Gemurmel keine Beachtung zu schenken, und hatte es sich zur Gewohnheit gemacht, ihm die Zeitung »aus erzieherischen Gründen« jeden Abend vorzulesen – auch wenn sie nach der Arbeit im Betrieb zu einer Versammlung ihrer Parteizelle gehen mußte und spät nach Hause kam.

»... Die Anklageformel erklärt, daß die Schuld des Angeklagten Rubaschow auf Grund des Beweismaterials und seines eigenen Geständnisses im Untersuchungsverfahren in sämtlichen Punkten der Anklage bewiesen erscheint. Auf die Frage des Vorsitzenden, ob er Beschwerde gegen die Führung der Voruntersuchung erheben wolle, antwortet der Angeklagte verneinend und fügt hinzu, daß er sein Geständnis aus freien Stücken, in aufrichtiger Reue über seine konterrevolutionären Verbrechen abgelegt habe ...«

Der Portier Wassilij rührte sich nicht. Über dem Bett, direkt über seinem Kopf, hing das Öldruckporträt von Nummer Eins. Daneben ragte ein rostiger Nagel aus der Wand: bis vor kurzem hatte dort eine Fotografie Rubaschows als Partisanenkommandeur gehangen. Wassilijs Hand langte automatisch nach dem Loch in der Matratze, in der er früher seine Bibel vor der Tochter versteckt gehalten hatte; aber kurz nach Rubaschows Verhaftung hatte die Tochter das fettige Buch gefunden und aus erzieherischen Gründen weggeworfen.

»... Auf Aufforderung des Staatsanwalts geht der Angeklagte Rubaschow nun dazu über, seine Entwicklung von einem Gegner der Parteilinie zu einem Konterrevolutionär und Verräter am Vaterland zu schildern. Unter atemloser Spannung der Zuhörer beginnt der Angeklagte seine Aussage wie folgt: ›Bürger Richter, ich werde erklären, was mich veranlaßt hat, vor dem Untersuchungsrichter und vor Ihnen, dem Vertreter der Gerechtigkeit in unserem Lande, zu kapitulieren. Meine Geschichte wird Ihnen zeigen, wie die geringfügigste Abweichung von der Parteilinie unvermeidlich in konterrevolutionärem Banditismus enden muß. Das notwendige Ergebnis unseres konterrevolutionären Kampfes war, daß wir tiefer und tiefer in den Sumpf hinabgestoßen wurden. Ich werde Ihnen meinen Fall beschreiben, damit er als Warnung diene für jene, die in dieser entscheidenden Stunde noch schwanken und versteckte Zweifel an der Führung der Partei und an der Richtigkeit der Parteilinie haben. Mit Schmach bedeckt, in den Staub getreten, an der Schwelle des Todes, werde ich Ihnen die erbärmliche Karriere eines Verräters schildern, damit dies den Millionenmassen unseres Vaterlandes als Warnung und abschreckendes Beispiel diene ...‹«

Der Portier Wassilij hatte sich auf dem Bett herumgewälzt und sein Gesicht in die Matratze gepreßt. Vor seinen Augen stand das Bildnis des bärtigen Partisanenführers Rubaschow, der in der ärgsten Gefahr so schön fluchen konnte, daß Gott und den Menschen das Herz dabei lachte. »In den Staub getreten, an der Schwelle des Todes ...« Wassilij stöhnte. Die Bibel war fort, aber er kannte viele Stellen auswendig.

»... An dieser Stelle unterbricht der Staatsanwalt die Erzählung des Angeklagten mit einer Reihe von Fragen bezüglich der Bürgerin Arlowa, Rubaschows früherer Sekretärin, die unter der Anklage verräterischer Umtriebe zum Tode verurteilt und hingerichtet worden ist. Aus den Antworten des Angeklagten Rubaschow geht hervor, daß der letztere, von der Wachsamkeit der Partei in die Enge getrieben, die Verantwortung für seine eigenen Verbrechen auf die Arlowa abgewälzt hatte, um seinen Kopf zu retten und seine schändlichen Umtriebe fortsetzen zu können. N. S. Rubaschow gesteht dieses monströse Verbrechen mit schamloser und zynischer Offenheit. Auf des Bürger Staatsanwalts Bemerkung: ›Ihnen fehlt anscheinend jedes moralische Gefühl‹, antwortet der Angeklagte mit einem sarkastischen Lächeln: ›Anscheinend ist es so.‹ Sein provozierendes Benehmen löst in der Zuhörerschaft wiederholt spontane Demonstrationen der Empörung und der Verachtung aus, die jedoch vom Bürger Vorsitzenden rasch unterdrückt werden. Nur einmal werden diese Ausbrüche des revolutionären Gerechtigkeitsgefühls von einer Welle der Heiterkeit abgelöst, nämlich als der Angeklagte die Beschreibung seiner Verbrechen mit dem Ersuchen unterbricht, daß die Verhandlung für einige Minuten ausgesetzt werden solle, da er an ›unerträglichen Zahnschmerzen‹ leide. Es ist bezeichnend für die Korrektheit unseres revolutionären Justizverfahrens, daß der Vorsitzende diesem Ersuchen sofort stattgibt und mit einem verächtlichen Achselzucken das Verfahren für die Dauer von fünf Minuten unterbricht.«

Der Portier Wassilij lag auf dem Rücken und dachte an die Zeit, als Rubaschow nach seiner Errettung von den Ausländern im Triumph durch die Versammlung geführt worden war und wie er, auf seine Krücken gelehnt, auf der Plattform unter den roten Fahnen und Transparenten gestanden und lächelnd den Zwicker am Ärmel gerieben hatte, während das Gejubel und Gebrüll im Zuschauerraum kein Ende nahm.

»Und die Soldaten führten ihn fort in die Halle, die Praetorium genannt wurde; und sie rotteten sich zusammen. Und sie kleideten ihn in Purpur und schlugen ihn am Kopf mit einer Gerte und bespien ihn; und sie beugten ihre Knie und beteten ihn an.«

»Was murmelst du vor dich hin?« fragte die Tochter.

»Ich murmelte bloß«, sagte der alte Wassilij und drehte sich zur Wand. Er tastete mit der Hand nach dem Loch in der Matratze, aber es war nichts da. Auch an dem Nagel über seinem Kopf war nichts mehr da. Als die Tochter die Fotografie Rubaschows von der Wand genommen und sie in den Mülleimer geworfen hatte, hatte er nicht zu protestieren gewagt – er war zu alt für die Schande, ins Gefängnis zu gehen.

Die Tochter hatte ihr Vorlesen unterbrochen und den Primuskocher auf den Tisch gestellt, um Tee zu bereiten. Ein scharfer Petroleumgeruch verbreitete sich in der Portierloge. »Hast du zugehört, während ich vorlas?« fragte die Tochter.

Wassilij drehte ihr gefügig sein Gesicht zu. »Ich habe alles gehört«, sagte er.

»Da siehst du es«, sagte Vera Wassiljowna, während sie Petroleum in den zischenden Apparat pumpte. »Er sagt selbst, daß er ein Verräter ist. Wenn es nicht wahr wäre, würde er es nicht selbst sagen. In unserer Betriebsversammlung haben wir eine Resolution abgefaßt, die alle unterschreiben müssen.«

»Was du schon davon verstehst«, seufzte Wassilij.

Vera Wassiljowna warf ihm einen raschen Blick zu, der die Wirkung hatte, daß er den Kopf wieder zur Wand drehte. Jedesmal, wenn sie ihn mit diesem besonderen Blick ansah, wurde Wassilij daran erinnert, daß er Vera Wassiljowna im Wege war, die die Portierloge für sich selbst haben wollte. Vor drei Wochen hatte sie zusammen mit einem jungen Mechaniker aus ihrer Fabrik ihren Namen ins Heiratsregister eingetragen, aber die beiden hatten keine Wohnung; der Mechaniker teilte ein Zimmer mit zwei Kollegen, und heutzutage dauerte es oft Jahre, bevor man vom Wohnungstrust ein Zimmer zugewiesen bekam.

Endlich brannte der Primus. Vera Wassiljowna setzte den Kessel auf.

»Der Sekretär unserer Parteizelle hat uns die Resolution vorgelesen. Es steht darin geschrieben, daß wir verlangen, daß die Verräter erbarmungslos ausgerottet werden. Wer Mitleid mit ihnen zeigt, ist selbst ein Verräter und muß angezeigt werden«, erklärte sie in einem absichtlich sachlichen Tonfall. »Die Arbeiter müssen wachsam sein. Jedem von uns wurde eine Kopie der Resolution gegeben, damit wir Unterschriften dafür sammeln.«

Vera Wassiljowna nahm einen zerdrückten Bogen aus ihrer Bluse und glättete ihn auf dem Tisch. Wassilij lag wieder auf dem Rücken; der rostige Nagel ragte gerade über seinem Kopf aus der Wand. Er schielte nach dem Papier, das neben dem Primuskocher ausgebreitet lag. Dann wandte er rasch den Kopf ab.

»Und er sprach: Ich sage dir, Petrus, bevor der Hahn dreimal gekräht hat, wirst du mich dreimal verleugnet haben ...«

Das Wasser im Kessel begann zu summen. Der alte Wassilij machte ein schlaues Gesicht: »Müssen die, die im Bürgerkrieg gekämpft haben, auch unterschreiben?«

Die Tochter stand mit ihrem bunten Kopftuch über den Kessel gebeugt. »Niemand muß«, sagte sie mit dem gleichen besonderen Blick wie zuvor. »In der Fabrik wissen natürlich alle, daß er in diesem Haus gewohnt hat. Der Sekretär unserer Zelle hat mich nach der Versammlung gefragt, ob ihr beide bis zum Schluß Freunde gewesen seid und ob ihr viel zusammen gesprochen habt.«

Der alte Wassilij setzte sich mit einem Ruck auf der Matratze auf. Die Anstrengung verursachte ihm einen

Hustenanfall, und die Adern schwollen auf seinem dünnen, skrofulösen Hals.

Die Tochter stellte zwei Gläser auf den Tisch und schüttete etwas Teestaub aus einer Tüte. »Warum murmelst du schon wieder?« fragte sie.

»Gib das verfluchte Papier her«, sagte der alte Wassilij.

Die Tochter reichte es ihm. »Soll ich es dir vorlesen, damit du genau weißt, was darin steht?«

»Nein«, sagte der alte Wassilij, während er seinen Namen hinschrieb. »Ich will es nicht wissen. Jetzt gib mir Tee.«

Die Tochter reichte ihm sein Glas. Wassilijs Lippen bewegten sich; er murmelte vor sich hin, während er die blaßgelbe Flüssigkeit in sich hineinschlürfte.

Als sie ihren Tee getrunken hatten, setzte die Tochter die Vorlesung aus der Zeitung fort: Das Verhör der Angeklagten Rubaschow und Kieffer näherte sich seinem Ende. Die Erörterung der geplanten Ermordung des Führers der Partei hatte Entrüstungsstürme im Zuschauerraum ausgelöst; Rufe wie »Schießt die tollen Hunde tot!« wurden wiederholt ausgestoßen. Auf die abschließende Frage des Staatsanwalts über die Motive seiner Handlungen antwortete der Angeklagte Rubaschow, der niedergebrochen zu sein schien, mit einer müden, schleppenden Stimme: »Ich kann nur sagen, daß wir, die Opposition, da wir es uns zum Ziel gesetzt hatten, die Regierung des Vaterlandes der Revolution zu entfernen, uns der Mittel bedienten, die diesem Zweck angemessen schienen und die ebenso niedrig und gemein waren wie der Zweck.«

Vera Wassiljowna schob ihren Stuhl zurück. »Das ist ekelhaft«, sagte sie. »Die Art, wie er auf dem Bauch kriecht, widert einen an.«

Sie legte die Zeitung beiseite und begann geräuschvoll den Primus und die Gläser fortzuräumen. Wassilij beobachtete sie. Der heiße Tee hatte ihm Mut eingeflößt. Er setzte sich im Bett auf.

»Stell dir nur ja nicht vor, daß du etwas davon verstehst«, sagte er. »Gott allein weiß, was er im Sinne hatte, als er das sagte. Die Partei hat euch alle gelehrt, schlau zu sein, und wenn einer zu schlau wird, hört er auf, anständig zu sein. Zuck du nur mit den Achseln«, fuhr er wütend fort, »es ist nun einmal so in der Welt, daß Schlauheit und Anständigkeit sich in den Haaren liegen, und wer sich für das eine entscheidet, muß auf das andere verzichten. Es ist dem Menschen nicht bekömmlich, sich zuviel auszudenken. Darum steht geschrieben: Eure Rede aber sei: ja, ja; nein, nein; was darüber ist, das ist vom Übel.«

Er ließ sich auf die Matratze zurücksinken und wandte den Kopf ab, damit er nicht sehen mußte, was für ein Gesicht die Tochter schnitt. Er hatte ihr seit langem nicht mehr so tapfer widersprochen. Der Himmel wußte, wohin das führen konnte, da sie es sich einmal in den Kopf gesetzt hatte, daß sie das Zimmer für sich und ihren Mann haben wollte. Man mußte schließlich eben doch schlau sein in diesem Leben – sonst kam man noch auf seine alten Tage ins Gefängnis oder mußte unter Brücken schlafen in der Kälte. Da sah man es eben: Entweder war man klug oder anständig; beides zusammen ging nicht.

»Ich werde dir jetzt das Ende vorlesen«, kündete die Tochter an.

Der Staatsanwalt hatte das Kreuzverhör Rubaschows beendet. Anschließend wurde nochmals der Angeklagte Kieffer verhört, der seine vorhergehenden Aussagen über den versuchten Mordanschlag in allen Einzelheiten wiederholte. »Auf die Frage des Vorsitzenden, ob er von seinem Recht, Fragen an den Angeklagten Kieffer zu richten, Gebrauch machen wolle, antwortet der Angeklagte Rubaschow, daß er auf dieses Recht verzichte. Damit ist das Beweisverfahren beendet, und der Gerichtshof vertagt sich. Nach der Wiedereröffnung der Verhandlung beginnt der Bürger Staatsanwalt sein Plädoyer ...«

Der alte Wassilij hörte dem Plädoyer des Staatsanwalts nicht zu. Er hatte sich der Wand zugedreht und war eingeschlafen. Er wußte nachher nicht, wie lange er geschlafen hatte, wie oft die Tochter die Lampe mit Öl nachgefüllt, wie oft ihr Zeigefinger am Ende der Seite angelangt und zum Anfang einer neuen Spalte gerückt war. Er wachte erst auf, als der Staatsanwalt im Abschluß seines Plädoyers die Todesstrafe verlangte. Vielleicht hatte die Tochter die Stimme gegen Ende etwas erhoben, oder vielleicht hatte sie eine Pause gemacht; wie immer dem war, Wassilij war wieder wach, als sie beim letzten fettgedruckten Satz der Rede des Staatsanwalts anlangte:

»Ich verlange, daß man alle diese tollen Hunde erschießt.«

Sodann wurde den Angeklagten das Wort zu ihrer Schlußrede erteilt.

»Der Angeklagte Kieffer wendet sich an die Richter und fleht sie an, in Erwägung seiner Jugend sein Leben zu schonen. Er gibt nochmals die Gemeinheit seiner Verbrechen zu und versucht, die ganze Verantwortung dem Anstifter Rubaschow zuzuschieben. Er gerät in aufgeregtes Stottern, was zu einem Heiterkeitsausbruch im Zuschauerraum führt, der jedoch vom Bürger Vorsitzenden unterdrückt wird. Dann ergreift der Angeklagte das Wort ...«

Der Zeitungsberichterstatter beschrieb an dieser Stelle in lebhaften Farben, wie der Angeklagte Rubaschow »mit gierigen Augen die Gesichter der Zuhörer absucht und, da ihm kein einziger mitleidiger Blick begegnet, den Kopf niedergeschlagen sinken läßt«.

Rubaschows Schlußrede war kurz. Sie verstärkte den ungünstigen Eindruck, den sein Benehmen im Gerichtshof erweckt hatte.

»Bürger Vorsitzender«, erklärte der Angeklagte Rubaschow, »ich spreche hier vielleicht zum letztenmal in meinem Leben. Die Opposition ist geschlagen und vernichtet. Wenn ich mich heute frage: ›Wofür stirbst du?‹, finde ich mich dem absoluten Nichts gegenüber, und es gibt nichts, wofür es sich zu sterben lohnte, wenn man ohne Reue und unversöhnt mit der Partei und der Bewegung stürbe. Deshalb beuge ich an der Schwelle meiner letzten Stunde mein Knie vor dem Lande, vor den Massen, vor dem ganzen Volk. Der politische Mummenschanz, der Mummenschanz der Diskussionen und Verschwörungen, ist vorbei. Wir waren politisch tot, lange bevor der Bürger Staatsanwalt unseren Kopf verlangte. Wehe den Besiegten, die die Geschichte in den Staub tritt. Ich habe nur eine Rechtfertigung vor Ihnen, Bürger Richter: daß ich es mir nicht leicht gemacht habe. Eitelkeit und die letzten Reste von Stolz flüsterten mir zu: *Stirb und schweige,* sage nichts, stirb mit einer edlen Geste, mit einem rührenden Schwanengesang auf deinen Lippen; lasse dein Herz überströmen und fordere deine Gegner heraus. Das wäre für einen alten Revolutionär wie mich leichter gewesen, aber ich habe die Versuchung überwunden. Damit ist meine Aufgabe beendet. Ich habe bezahlt; meine Rechnung mit der Geschichte ist beglichen. Sie um Gnade zu bitten, wäre Hohn. Ich habe nichts mehr zu sagen.«

»Nach kurzer Beratung verliest der Vorsitzende das Urteil. Der Rat des Obersten Revolutionären Gerichtshofes verurteilt die Angeklagten in jedem Punkt der Anklage zum höchsten Strafmaß: zum Tod durch Erschießen und der Konfiskation ihrer gesamten persönlichen Güter.«

Der alte Wassilij starrte den rostigen Nagel über seinem Kopf an. »Dein Wille geschehe. Amen«, murmelte er und drehte sich zur Wand.

2

Nun war es also vorbei. Rubaschow wußte, daß er nach Mitternacht aufgehört haben würde zu existieren.

Er wanderte durch seine Zelle, in die er aus dem geräuschvollen Gerichtsgebäude zurückgekehrt war – sechseinhalb Schritte zum Fenster, sechseinhalb Schritte zurück. Wenn er lauschend innehielt, auf der dritten schwarzen Fliese vor dem Fenster, strömte ihm die Stille zwischen den gekalkten Wänden wie aus der Tiefe eines Brunnens entgegen. Er konnte immer noch nicht verstehen, warum es so still geworden war, drinnen und draußen. Aber er wußte, daß jetzt nichts mehr diese Stille zu stören vermochte.

Rückblickend konnte er sich nicht einmal an den genauen Augenblick erinnern, als dieser gesegnete Friede auf ihn herabgesunken war. Es mußte während der Verhandlung gewesen sein, bevor er seine Schlußrede begann. Er hatte geglaubt, daß er die letzten Reste von Selbstsucht und Eitelkeit aus seinem Bewußtsein gebannt hatte; aber in jenem Augenblick, als seine Augen die Gesichter im Zuhörerraum abgetastet hatten und nur Gleichgültigkeit und Hohn begegnet waren, in jenem Augenblick hatte ihn zum letztenmal die Gier nach einem Knochen des Mitleids übermannt; er fror und wollte sich an seinen eigenen Worten wärmen. Die Versuchung hatte ihn gepackt, über seine Vergangenheit zu sprechen, sich noch ein einziges Mal aufzubäumen und das Netz, in das ihn Iwanoff und Gletkin verstrickt hatten, mit einem Ruck zu zerreißen; seinen Anklägern entgegenzurufen wie Danton: »Ihr habt eure Hände an mein ganzes Leben gelegt. Möge es aufstehen und euch herausfordern ...« Oh, er kannte die Rede Dantons vor dem revolutionären Gerichtshof. Er konnte sie Wort für Wort wiederholen. Er hatte sie als Knabe auswendig gelernt. »Ihr wollt die Republik in Blut ersäufen. Wie lange noch müssen sich die Fußstapfen der Freiheit in Gräber verwandeln? Die Tyrannei ist los; sie hat ihre Hülle zerfetzt, sie trägt ihr Haupt erhoben; sie schreitet über unsere toten Leiber.«

Die Worte hatten ihm auf der Zunge gebrannt. Aber die Versuchung hatte nur einen Augenblick gewährt; dann, als er seine Schlußrede begonnen hatte, war die Glocke des Schweigens auf ihn herabgesunken. Er hatte erkannt, daß es zu spät war.

Zu spät, den gleichen Weg zurückzugehen, um nochmals in die Gräber seiner eigenen Fußstapfen zu treten. Worte konnten nichts ungeschehen machen.

Zu spät für sie alle. Wenn die Stunde kam, da sie zum letzten Male vor den Augen der Öffentlichkeit standen, vermochte keiner von ihnen die Anklagebank in eine Volkstribüne zu verwandeln, keiner von ihnen die Wahrheit dem Angesicht der Welt zu enthüllen und die Anklage seinen Richtern zurückzuschleudern wie Danton.

Einige wie Hasenscharte wurden durch nackte physische Angst zum Schweigen gebracht; andere durch die Hoffnung, ihren Kopf zu retten; andere, weil sie zumindest ihre Frauen und Söhne aus den Klauen der Gletkin retten wollten. Die Besten unter ihnen schwiegen, um der Partei einen letzten Dienst zu erweisen, indem sie sich als Sündenböcke zur Opferung darboten – und nebenbei hatten auch die Besten jeder eine Arlowa auf dem Gewissen. Sie waren zu tief in ihre eigene Vergangenheit verstrickt, gefangen in dem Netz, das sie selbst gesponnen mit den Fäden ihrer umwegigen Logik und umwegigen Ethik; sie waren alle schuldig, wenngleich nicht der Taten, deren sie sich anklagten. Es gab für sie kein Zurück. Ihr Abtritt von der Bühne erfolgte unter genauer Beobachtung ihrer sonderbaren Spielregeln. Die Öffentlichkeit erwartete keine Schwanengesänge von ihnen. Sie hielten sich an das Regiebuch, und ihre Rolle war, zu heulen wie Wölfe in der Nacht.

Nun war es also vorbei. Er hatte nichts mehr mit all dem zu tun. Er mußte nicht länger mit den Wölfen heulen. Er hatte bezahlt, seine Rechnung war beglichen. Er war ein Mann, der seinen Schatten verloren hatte, der aller Bindungen ledig war. Er hatte jeden Gedanken zu Ende gedacht und zu Ende gehandelt; die Stunden, die ihm noch verblieben, gehörten dem stummen Partner, dessen Reich begann, wo das Zuendedenken aufhörte. Er hatte ihn die »grammatikalische Fiktion« getauft, um jenes Schamgefühl gegenüber allem, was die erste Person Einzahl betrifft, zu beschwichtigen, das die Partei ihren Mitgliedern eingeimpft hatte. Rubaschow blieb an der Wand zu No. 406 stehen. Die Zelle war seit dem Verschwinden Rip van Winkles leer. Er nahm den Zwicker ab, sah sich verstohlen um und klopfte:

2–4; 1–3; 2–3 ...

Er horchte mit einem Gefühl kindlicher Scham und klopfte dann wieder:

2–4; 1–3; 2–3 ...

Er horchte und wiederholte nochmals die gleiche Zeichenfolge. Die Wand blieb stumm. Er hatte niemals vorher bewußt das Wort »ICH« geklopft. Vielleicht überhaupt noch nie. Er lauschte. Die Klopflaute erstarben ohne Echo.

Er setzte seine Wanderung durch die Zelle fort. Seit die

Glocke des Schweigens sich über ihn gesenkt hatte, war er mit gewissen Fragen beschäftigt, auf die er gern die Antworten gefunden hätte, bevor es zu spät war. Es waren ziemlich naive Fragen; sie betrafen den Sinn des Leidens oder genauer, den Unterschied zwischen sinnvollem und sinnlosem Leiden. Sinnvoll war offenbar nur jenes Leiden, das unvermeidlich war, das heißt, das in der biologischen Fatalität wurzelte. Jene Leiden dagegen, die gesellschaftlichen Ursprungs waren, waren offenbar vermeidbar und daher sinnlos. Das einzige und ausschließliche Ziel der Revolution war die Abschaffung sinnlosen Leidens. Aber es hatte sich erwiesen, daß die Abschaffung dieser zweiten Art des Leidens nur möglich war um den Preis einer zeitweiligen, enormen Erhöhung der Gesamtsumme der ersten. Die Frage war daher: war eine solche Operation gerechtfertigt? Sie war es offenbar, wenn man sie auf eine abstrakte Menschheit bezog; aber angewandt auf den Menschen in der Einzahl, auf die Zahlenfolge 2–4; 1–3; 2–3, auf das reale Geschöpf aus Fleisch und Blut und Knochen und Haut, führte das Prinzip sich selbst ad absurdum. Als Knabe hatte er geglaubt, daß er in der Arbeit für die Partei Antwort auf alle Fragen dieser Art finden würde. Die Arbeit hatte vierzig Jahre gedauert, und gleich von Anfang an hatte er die Frage vergessen, um derentwillen er sie unternommen. Nun waren vierzig Jahre um, und er kehrte zur ursprünglichen Fragestellung des Knaben zurück. Die Partei hatte alles genommen, was er zu geben hatte, und war ihm alle Antworten schuldig geblieben. Und das gleiche galt für den stummen Partner, dessen magisches Zeichen er an die Wand der leeren Zelle geklopft hatte. Er blieb stumm auf alle direkten Fragen, so dringlich und verzweifelt sie auch waren.

Und dennoch gab es Wege, sich ihm zu nähern. Manchmal sprach er unerwartet auf eine Melodie an oder auch nur auf die Erinnerung einer Melodie oder die gefalteten Hände der Pietà oder gewisse Szenen aus seiner Kindheit. Es gab Stimmgabeln, die den stummen Partner zum Schwingen brachten, ein Zustand, den die Mystiker als Ekstase, die Heiligen als Kontemplation bezeichneten; der größte und nüchternste der zeitgenössischen Psychologen hatte die Existenz dieses Zustandes anerkannt und ihn das »ozeanische Gefühl« genannt. Und in der Tat, wenn dieser Zustand sich einstellte, schmolz das Ich wie ein Salzkorn im Meer, während gleichzeitig das unendliche Meer in dem einzigen Salzkorn enthalten zu sein schien, das nicht länger in Zeit und Raum lokalisiert werden konnte. Es war ein Zustand, in dem das Denken seine Richtung verlor und um sich selbst zu kreisen begann wie die Kompaßnadel am magnetischen Pol; bis es sich schließlich von seiner Achse löste, um sich frei durch den Raum zu bewegen wie ein Strahlenbündel in der Nacht; und bis es schließlich schien, als ob alle Gedanken und Empfindungen, ja Schmerz und Lust selbst bloß Linien im Spektrum jenes Strahlenbündels wären, das sich im Prisma des Bewußtseins brach.

Rubaschow wanderte durch seine Zelle. In früheren Zeiten hatte er sich diese Art kindlicher Grübeleien voller Scham untersagt. Nun schämte er sich nicht mehr. Im Tode wurde das Metaphysische zur Realität. Er trat ans Fenster und lehnte seine Stirn gegen die Scheibe. Über dem Maschinengewehrturm war ein Streifen von Blau sichtbar. Er war blaß und erinnerte ihn an jene besondere Bläue, die er als Knabe über sich erblickte, wenn er in seines Vaters Garten im Grase lag und die Pappelzweige sich langsam gegen den Himmel bewegen sah. Anscheinend genügte sogar solch ein Streifen von Blau, um das »ozeanische Gefühl« auszulösen. Er hatte gelesen, daß den letzten astrophysikalischen Entdeckungen zufolge der Weltraum ein endliches Volumen hatte – die Welt war unbegrenzt, aber endlich und selbstgenügsam, der Oberfläche einer Kugel gleich. Er hatte das niemals verstanden; jetzt fühlte er ein dringendes Bedürfnis, zu verstehen. Jetzt erinnerte er sich auch, wo er darüber gelesen hatte: Nach seiner ersten Verhaftung in Deutschland hatten Genossen ein illegal gedrucktes Parteiblatt in seine Zelle geschmuggelt; an der Spitze des Blattes, mit einer Schlagzeile über drei Spalten, lief der Bericht über einen Streik in einer Spinnerei; unten, in der letzten Spalte, als Füllsel, stand in winzigen Buchstaben die Entdeckung, daß die Welt endlich sei, und mittendrin riß das Blatt ab. Er hatte niemals erfahren, was in der herausgerissenen Hälfte gestanden hatte.

Rubaschow stand beim Fenster und klopfte mit seinem Zwicker gegen die leere Wand. Als Knabe hatte er eigentlich Astronomie studieren wollen, und nun hatte er vierzig Jahre lang etwas ganz anderes getan. Warum hatte der Staatsanwalt ihn nicht gefragt: »Angeklagter Rubaschow, wie steht es mit der Unendlichkeit?« Er hätte ihm nicht zu antworten vermocht – und darin, ja darin lag die eigentliche Wurzel seiner Schuld. Konnte es eine größere geben?

Als er jene Zeitungsnotiz gelesen hatte, auch damals allein in einer Zelle, mit Gliedern, die noch von der letzten Folter schmerzten, war er in einen sonderbaren exaltierten Zustand verfallen – das »ozeanische Gefühl« hatte ihn fortgeschwemmt. Nachher hatte er sich geschämt. Die Partei mißbilligte dergleichen Dinge. Sie nannte sie »kleinbürgerliche Mystik«, »Flucht in den Elfenbeinturm«. Sie nannte sie »Ablenkung von der Aufgabe«, »Desertion von der Front des Klassenkampfes«. Das »ozeanische Gefühl« war konterrevolutionär.

Denn im Kampf muß man mit beiden Füßen auf der Erde stehen. Die Partei lehrte einen, wie man das tat. Das Unendliche war eine politisch verdächtige Quantität; das Ich eine verdächtige Qualität. Die Partei anerkannte seine Existenz nicht. Die Definition des Individuums lautete: eine Masse von einer Million, dividiert durch eine Million. Die Partei leugnete den freien Willen des Individuums – und forderte gleichzeitig seine freiwillige Hingabe. Sie leugnete seine Fähigkeit, zwischen zwei Möglichkeiten zu wählen – und forderte gleichzeitig, daß es ständig die richtige Wahl treffe. Sie leugnete sein Vermögen, zwischen Gut und Böse zu unterscheiden – und sprach gleichzeitig in pathetischen Tönen von Schuld und Verrat. Das Individuum stand im Zeichen der ökonomischen Fatalität, ein Rad im Uhrwerk, das, vor Urzeiten einmal in Gang gesetzt, unaufhaltsam und unbeeinflußbar abschnurrte – und die Partei verlangte, daß das Rad gegen das Uhrwerk aufstehe und seinen Ablauf ändere. Irgendwo mußte ein Fehler in dieser Rechnung stecken; die Gleichung ging nicht auf.

Vierzig Jahre lang hatte er gegen die ökonomische Fatalität gekämpft. Sie war das zentrale Übel der Menschheit, der Krebs, der an ihren Gedärmen fraß. Dies war der Punkt, wo das Messer des Chirurgen ansetzen mußte; der Rest des Heilungsprozesses würde dann von allein erfolgen. Jede andere Methode war Dilettantismus, romantische Kurpfuscherei. Man konnte einen Todkranken durch gutes Zureden nicht heilen. Die einzige Lösung war der Operationstisch und die nüchterne Berechnung des Chirurgen. Aber wo immer man das Messer ansetzte, erschien ein neues Geschwür an der Stelle des alten; und wieder ging die Rechnung nicht auf.

Vierzig Jahre lang hatte er unter strikter Beachtung der Ordensgelübde der Partei gelebt. Er hatte sich an die Regeln des logischen Kalküls gehalten. Er hatte die Reste des alten unlogischen Moralgefühls mit der Säure der Vernunft aus seinem Bewußtsein gebrannt. Er hatte sich gegen die Versuchung des stummen Partners gewehrt und das »ozeanische Gefühl« nach besten Kräften bekämpft. Wo war er nun gelandet? Prämissen von unzweifelhafter Wahrheit hatten zu völlig absurden Resultaten geführt; die unwiderlegbaren Deduktionen Iwanoffs und Gletkins hatten ihn geradewegs in den unheimlichen Spuk des öffentlichen Prozesses geführt. Vielleicht war es für den Menschen nicht bekömmlich, alles zu Ende zu denken.

Rubaschow starrte durch das Fenstergitter in den blauen Streifen über dem Maschinengewehrturm. Wenn er jetzt auf seine Vergangenheit zurückblickte, schien es ihm, daß diese ganzen vierzig Jahre ein einziger Amoklauf gewesen waren – der Amoklauf der reinen Vernunft. Vielleicht war es unzuträglich, sich von allen Fesseln zu befreien, die Bremsen des »Du sollst nicht« und »Du darfst nicht« zu lockern und hemmungslos aufs Ziel loszugehen.

Der blaue Streifen hatte einen Stich ins Rötliche angenommen, der Abend war nahe; rings um den Turm kreiste ein Schwarm dunkler Vögel mit langsamen, gelassenen Flügelschlägen. Nein, die Gleichung ging nicht auf. Es genügte nicht, daß man den Blick der Menschheit auf ein Ziel lenkte und ihr ein Messer in die Hand gab; es war ihr nicht bekömmlich, mit Messern zu experimentieren. Später vielleicht. Heute war sie noch zu jung und ungeschlacht. Wie hatte sie in dem großen Experimentierfeld, dem Vaterland der Revolution, der Bastei der Freiheit, gewütet und um sich geschlagen! Gletkin rechtfertigte alles, was geschah, mit dem Prinzip, daß die Bastei erhalten werden müßte. Aber wie sah sie von innen aus? Nein, man konnte mit Stahl und Zement keine Paradiese bauen. Die Bastei wird erhalten bleiben, aber sie hatte keine Botschaft mehr zu verkünden, konnte der Welt nicht mehr das Beispiel geben. Das Regime von Nummer Eins hatte die Idee des sozialen Staates besudelt wie die mittelalterlichen Päpste die Idee des Reichs Christi auf Erden. Die Flagge der Revolution wehte auf halbmast.

Rubaschow wanderte durch seine Zelle. Es war still und beinahe dunkel. Es konnte jetzt nicht mehr lange dauern, bis sie ihn holen kamen. Es gab einen Fehler in der Gleichung oder vielmehr in dem ganzen mathematischen Gedankenbau. Er hatte es seit langem geahnt, seit der Episode mit Richard und der Pietà, aber er hatte bisher nicht gewagt, es sich einzugestehen. Vielleicht war die Revolution zu zeitig gekommen, eine Frühgeburt mit furchtbar verkrüppelten Gliedern. Vielleicht war das Ganze ein grober Irrtum in der Zeitbemessung. War nicht auch die Zivilisation Roms bereits im ersten vorchristlichen Jahrhundert dem Untergang nahe erschienen, dem Tode geweiht, bis ins Mark verfault, hatten nicht auch damals die Besten geglaubt, daß die Zeit reif war für den großen Umsturz; und hatte jene moribunde Welt nicht dennoch weitere fünf Jahrhunderte überdauert? Die Geschichte hatte einen langsamen Puls; der Mensch rechnete in Jahren; sie rechnete in Generationen. Vielleicht war unsere Zeit erst der zweite Tag der Schöpfung. Wie verlockend war es doch, zu leben und die Theorie der relativen Reife der Massen zu entwickeln! ...

Es war still in der Zelle. Rubaschow hörte nur das Knirschen seiner Schritte auf den Steinfliesen. Sechseinhalb Schritte zur Tür, von der sie ihn holen kommen würden, sechseinhalb Schritte zum Fenster, hinter dem die Nacht sich niedersenkte. Bald war es vorbei. Aber wenn er sich fragte: »Für wen stirbst du nun?« dann fand er keine Antwort.

Es war ein Fehler im System; vielleicht lag er in dem Satz, den er bisher für unwiderlegbar gehalten hatte, in dessen Namen er andere geopfert hatte und selbst geopfert wurde: in dem Satz, daß der Zweck die Mittel heiligt. Dieser Satz war es, der die große Fraternität der Revolutionäre getötet hatte und sie alle Amok laufen ließ. Wie hatte er einst in sein Tagebuch geschrieben? »Wir haben alle Konventionen über Bord geworfen, unsere einzige Richtschnur ist die der logischen Konsequenz; wir segeln ohne ethischen Ballast.«

Vielleicht lag hier der Kern des Übels. Vielleicht war es den Menschen nicht bekömmlich, ohne Ballast zu segeln. Und vielleicht war Vernunft allein ein unzureichender Kompaß, der einen solch umwegig krummen Kurs entlangführte, daß das Ziel sich schließlich im Nebel verlor.

Vielleicht kam jetzt die Zeit der großen Finsternis.

Vielleicht wird erst später, viel später, die neue Bewegung erstehen – mit neuen Bannern, erfüllt von einem neuen Geist, der von beidem wußte: von der ökonomischen Fatalität *und* vom »ozeanischen Gefühl«. Vielleicht werden die Mitglieder der neuen Partei Mönchskutten tragen, und ihre Lehre wird sein, daß nur die Reinheit der Mittel das Ziel heiligt. Vielleicht werden sie lehren, daß das Prinzip falsch ist, das besagt, der Mensch sei der Quotient aus einer Million dividiert durch eine Million, und statt dessen eine neue Art von Arithmetik einführen, die auf Multiplikation beruht; aus der Verschmelzung von einer Million Individuen zu einer neuen Einheit, die, nicht länger eine amorphe Masse, ihr eigenes Bewußtsein, eine neue Persönlichkeit entwickeln wird, mit einem millionenfach verstärkten »ozeanischen Gefühl«.

Rubaschow unterbrach seine Wanderung und lauschte. Ein gedämpftes Trommeln näherte sich vom Korridor.

3

Das Trommeln klang, als hätte es der Wind von der Ferne herbeigeweht. Es war noch fern, es kam näher. Rubaschow rührte sich nicht. Seine Beine waren seinem Willen nicht mehr länger untertan; er fühlte, wie sie sich langsam mit der Schwerkraft der Erde vollsaugten. Er wich rücklings drei Schritte zum Fenster zurück, ohne seine Augen vom Spion abzuwenden. Er atmete tief und zündete eine Zigarette an. In der Wand neben der Pritsche tickte es.

SIE HOLEN HASENSCHARTE. ER LÄSST SIE GRÜSSEN.

Die Schwere wich aus seinen Beinen. Er ging zur Tür und begann mit beiden Handflächen rasch und rhythmisch gegen das Metall zu trommeln. Die Nachricht nach No. 406 weiterzugeben, hatte keinen Sinn mehr. Die Zelle stand leer; die Kette brach dort ab. Er trommelte und preßte sein Auge an das Guckloch.

Im Korridor brannte das fahle elektrische Licht wie immer. Er sah die eisernen Türen von No. 401 bis No. 407 wie immer. Das Trommeln schwoll an. Schritte näherten sich, langsam und schleppend, man hörte sie deutlich auf den Fliesen. Plötzlich stand Hasenscharte im Blickfeld des Gucklochs. Er stand da mit zitternden Lippen, so wie er im Licht des Scheinwerfers in Gletkins Zimmer gestanden hatte; seine gefesselten Hände hingen in einer sonderbar gekrümmten Stellung hinter seinem Rücken. Er konnte Rubaschows Auge hinter dem Guckloch nicht sehen und blickte mit blinden, suchenden Pupillen auf die Zellentür, als läge dahinter eine letzte Hoffnung auf Rettung. Ein Befehl ertönte, und Hasenscharte wandte sich gehorsam zum Gehen. Hinter ihm ging der uniformierte Riese mit dem Revolvergurt. Sie verschwanden hintereinander aus Rubaschows Blickfeld.

Das Trommeln ebbte ab; nun war es wieder still. In der Wand neben der Pritsche tickte es:

ER HAT SICH GANZ GUT GEHALTEN ...

Seit dem Tage, an dem Rubaschow No. 402 seine Kapitulation mitgeteilt hatte, hatten sie nicht mehr miteinander gesprochen. No. 402 tickte weiter:

ES BLEIBEN IHNEN JETZT NOCH UNGEFÄHR ZEHN MINUTEN: WIE FÜHLEN SIE SICH?

Rubaschow verstand, daß Nummer 402 das Gespräch angeknüpft hatte, um ihm das Warten leichter zu machen. Er war ihm dankbar dafür. Er setzte sich auf die Pritsche und klopfte zurück:

ICH WOLLTE, ES WÄRE SCHON VORBEI ...

SIE WERDEN SICH NICHT KLEINKRIEGEN LASSEN, klopfte No. 402. WIR WISSEN ALLE, DASS SIE EIN TEUFELSKERL SIND ... Er stockte und wiederholte dann rasch die letzten Worte: EIN TEUFELSKERL ... Er bemühte sich, ein Stocken des Gesprächs zu vermeiden. ERINNERN SIE SICH: BRÜSTE WIE ÄPFELCHEN. HA-HA! EIN TEUFELSKERL ...

Rubaschow horchte nach Geräuschen im Korridor. Man hörte nichts. No. 402 schien seine Gedanken zu erraten, denn er fuhr sogleich fort: HORCHEN SIE NICHT. ICH WERDE SIE RECHTZEITIG WISSEN LASSEN, WENN SIE KOMMEN ... WAS WÜRDEN SIE TUN, WENN MAN SIE BEGNADIGEN WÜRDE?

Rubaschow überlegte. Dann klopfte er:

ASTRONOMIE STUDIEREN.

HA-HA! machte No. 402. ICH VIELLEICHT AUCH. MAN SAGT, ANDERE STERNE SIND VIELLEICHT AUCH BEWOHNT. GESTATTEN SIE MIR, IHNEN EINEN RAT ZU GEBEN.

GEWISS, antwortete Rubaschow erstaunt.

ABER NICHT ÜBELNEHMEN. TECHNISCHER RAT VON EINEM SOLDATEN. LEEREN SIE IHRE BLASE, IST IN SOLCHEN FÄLLEN IMMER BESSER. DER GEIST IST WILLIG, ABER DAS FLEISCH IST SCHWACH. HA-HA!

Rubaschow lächelte und ging gehorsam zum Kübel. Dann setzte er sich wieder auf die Pritsche und klopfte:

DANKE. VORZÜGLICHE IDEE. UND WIE SIND IHRE AUSSICHTEN?

No. 402 schwieg einige Sekunden. Dann klopfte er, etwas langsamer als zuvor:

NOCH WEITERE ACHTZEHN JAHRE. NICHT GANZ. BLOSS 6530 TAGE ... Er machte eine Pause. Dann fügte er hinzu: ICH BENEIDE SIE. Und dann, nach einer weiteren Pause: DENKEN SIE, WEITERE 6530 NÄCHTE OHNE FRAUEN.

Rubaschow sagte nichts. Dann klopfte er:

SIE KÖNNEN LESEN, STUDIEREN ...

HABE KEINEN KOPF DAFÜR, klopfte No.402. Und dann laut und rasch: SIE KOMMEN ...

Er stockte, fügte aber nach einigen Sekunden hinzu:

SCHADE. WIR HABEN UNS GERADE SO ANGENEHM UNTERHALTEN ...

Rubaschow erhob sich von der Pritsche. Er überlegte einen Augenblick und klopfte dann:

SIE WAREN FREUNDLICH ZU MIR. HABEN SIE DANK.

Der Schlüssel knarrte im Schloß. Die Tür flog auf. Draußen standen der uniformierte Riese und ein Zivilist. Der Zivilist nannte Rubaschow beim Namen und leierte etwas von einem Dokument herunter. Während sie seine Arme hinter seinen Rücken drehten und ihm die Handschellen anlegten, hörte er das hastige Klopfen von No. 402:

ICH BENEIDE SIE. ICH BENEIDE SIE. LEBE WOHL.

Draußen auf dem Korridor hatte das Trommeln wieder begonnen. Es begleitete sie, bis sie die Barbierstube erreichten. Rubaschow wußte, daß hinter jeder Betontür ein Auge ihn durch das Guckloch anstarrte, aber er wandte den Kopf weder nach rechts noch nach links. Die Handschellen rieben an seinen Knöcheln; der Riese hatte sie zu eng geschraubt und seine Arme leicht verrenkt, als er sie hinter seinen Rükken drehte; sie schmerzten.

Die Kellertreppe kam in Sicht. Rubaschow verlangsamte seinen Schritt. Der Zivilist hielt bei der Treppe. Er war klein und hatte leicht hervorquellende Augen. Er fragte: »Haben Sie noch einen Wunsch?«

»Nein«, sagte Rubaschow und begann die Kellertreppe hinunterzusteigen. Der Zivilist blieb oben stehen und sah ihm mit seinen hervorquellenden Augen nach.

Die Stiege war eng und schlecht beleuchtet. Rubaschow mußte aufpassen, daß er nicht stolperte, da er sich nicht am Geländer halten konnte. Das Trommeln war verstummt. Er hörte den Uniformierten drei Schritte hinter sich auf der Stiege.

Die Stiege wand sich in einer Spirale. Rubaschow lehnte sich vor, um besser zu sehen; sein Zwicker löste sich von seinem Gesicht und fiel auf die zweite Treppenstufe unter ihm, rollte splitternd zwei Stufen hinab und blieb am Fuße der Treppe liegen. Rubaschow hielt zögernd eine Sekunde an; dann tastete er sich den Rest der Stiege hinab. Er hörte, daß der Mann hinter ihm sich bückte und den zerbrochenen Zwicker in seine Tasche steckte, drehte aber nicht den Kopf nach ihm.

Er war jetzt beinahe blind, hatte aber wieder festen Boden unter den Füßen. Ein langer Korridor nahm ihn auf; die Wände des Korridors verschwammen, und er konnte sein Ende nicht sehen. Der Uniformierte hielt sich immer drei Schritte hinter ihm. Rubaschow fühlte seinen Blick in seinem Nacken, wandte aber nicht den Kopf. Behutsam setzte er einen Fuß vor den anderen.

Es schien ihm, als wären sie bereits mehrere Minuten diesen Korridor entlanggewandert. Immer noch geschah nichts. Vermutlich mußte er es hören, wenn der Uniformierte den Revolver hervorzog. Er hatte also noch Zeit, bis dahin war er in Sicherheit. Oder würde der Mann hinter ihm wie ein Zahnarzt vorgehen, der seine Instrumente im Ärmel versteckte, während er sich über den Patienten beugte? Rubaschow versuchte, an etwas anderes zu denken, mußte aber seine ganze Aufmerksamkeit darauf konzentrieren, daß er vermied, den Kopf zu wenden.

Sonderbar, daß sein Zahnschmerz in der Minute aufgehört hatte, als jene gesegnete Stille während des Prozesses sich auf ihn herabgesenkt hatte. Vielleicht hatte sich das Geschwür gerade in jener Minute geöffnet. Was hatte er ihnen doch gesagt: »Ich beuge meine Knie vor dem Lande, vor den Massen, vor dem gesamten Volk ...« Was weiter? Was geschah mit diesen Massen, mit diesem Volk? Vierzig Jahre lang hatte man es durch die Wüste getrieben, mit Drohungen und Lockungen, mit fiktiven Schrecken und fiktiven Verheißungen. Wo aber blieb das verheißene Land?

Gab es wirklich solch ein Ziel für diese wandernde Menschheit? Dies war die Frage, auf die er so gern noch Antwort gewußt hätte, bevor es zu spät war. Auch Moses war es nicht erlaubt gewesen, das Land der Verheißung zu betreten. Aber er hatte es wenigstens sehen dürfen, vom Gipfel des Berges, zu seinen Füßen ausgebreitet. So war es leicht, zu sterben, mit der sichtbaren Gewißheit des Zieles vor den Augen. Ihn, Nicolas Salmanowitsch Rubaschow, hatte man nicht auf den Gipfel des Berges geführt; und wohin immer sein Auge blickte, sah er nichts als die Wüste und die Finsternis der Nacht.

Ein dumpfer Hieb schmetterte gegen seinen Schädel. Er hatte ihn lange erwartet, und dennoch wurde er von ihm überrascht. Er fühlte erstaunt, wie seine Knie nachgaben und sein Körper eine halbe Spirale beschrieb. Wie theatralisch, dachte er, während er fiel, und dabei fühle ich nichts. Er lag zusammengekrümmt auf dem Boden, mit der Wange auf dem kalten Stein. Es wurde dunkel um ihn, das Meer trug ihn wiegend auf seiner dunklen Oberfläche. Erinnerungen zogen durch ihn wie Nebelfetzen über dem Wasser.

Draußen klopfte jemand gegen die Eingangstür, er träumte, daß sie kamen, um ihn zu verhaften; aber in welchem Lande befand er sich?

Er mühte sich, mit dem Arm in seinen Schlafrock zu schlüpfen. Aber wessen Öldruckbild hing über seinem Bett und sah auf ihn herab?

War es Nummer Eins, oder war es der andere – der mit dem ironischen Lächeln oder der mit dem starren Blick?

Eine formlose Gestalt beugte sich über ihn, er roch das frische Leder des Revolvergurts; aber wessen Symbol trug die Gestalt auf die Ärmel und Epauletten genäht – und in wessen Namen erhob sie den dunklen Pistolenlauf?

Ein zweiter dröhnender Schlag traf ihn am Ohr. Dann wurde alles still. Das Meer war wieder um ihn, und die Geräusche des Meeres. Eine Welle hob ihn langsam hoch. Sie kam von ferne und reiste gemächlich weiter, ein Achselzucken der Unendlichkeit.

NACHWORT DES AUTORS

»Ich war sechsundzwanzig Jahre alt, als ich in die Kommunistische Partei eintrat, und dreiunddreißig, als ich sie verließ. Die Jahre dazwischen waren meine besten Jahre, sowohl dem Alter nach als wegen der bedingungslosen Hingabe, die sie ausfüllte. Nie zuvor oder nachher schien das Leben so übervoll an Sinn wie während dieser sieben Jahre. Sie hatten die Überlegenheit eines schönen Irrtums über die schäbige Wahrheit.«

Die Geheimschrift

In jener kritischen Periode der Einsamkeit nach dem Bruch, von der Partei der Geächteten geächtet, fühlt der Exrevolutionär sich versucht, zum anderen Extrem hinüberzuwechseln oder sich zu einer Religion zu bekehren. Diejenigen meiner Freunde, die der Verlockung widerstanden und doch ihr geistiges und emotionelles Gleichgewicht bewahrten, waren fast alle Männer, die neben der Partei ein konstantes Lebensinteresse besaßen – Schriftsteller, Künstler oder Wissenschaftler –, das ihnen einen unabhängigen Zweck und einen Schwerpunkt verlieh.

Als ich zu Beginn des Jahres 1938 aus London nach Paris zurückgekehrt war, hatte ich ein kostbares Dokument mitgebracht – einen Vertrag mit Jonathan Cape in London über die Publikation von *The Gladiators,* meinem ersten im Druck erscheinenden Roman. Cape gab mir einen Vorschuß von, glaube ich, hundertzwanzig Pfund; obwohl ich davon die Übersetzung bezahlen mußte, reichte es gerade für sechs Monate spartanischen Lebens. So konnte ich die Arbeit an dem Roman, die ich immer wieder entweder aus Geldmangel oder unter dem Druck politischer Ereignisse hatte unterbrechen müssen, endlich abschließen. Ich beendete das Buch im Juli 1938, vier Jahre, nachdem ich es begonnen hatte.

Nach den mehr oder weniger dramatischen Unterbrechungen bedeutete mir die Rückkehr ins erste Jahrhundert vor Christus Erlösung und Frieden. In den Monaten vor und nach dem Bruch mit der Partei wurde mir die Arbeit an dem Buch zur Beschäftigungstherapie. Sie verlieh mir ein Gefühl der Kontinuität, das mich über die Zeit äußerer Einsamkeit und innerer Leere hinwegbrachte. Vor dem Bruch betrachtete ich mich als einen Diener der guten Sache, und Schreiben war nur eines der Mittel, ihr zu dienen. Jetzt begann ich mich als Berufsschriftsteller zu fühlen, und Schreiben wurde mir zu einem Zweck an sich. Sobald ich *Die Gladiatoren* beendet hatte, begann ich *Sonnenfinsternis* zu schreiben.

Der Roman sollte, wie ich in einer kurzen Synopsis für Cape auseinandersetzte, von Menschen im Gefängnis eines totalitären Staates handeln. Das Buch sollte vier oder fünf Charaktere haben, die in Erwartung des Todes von der alltäglichen auf die tragische Ebene der Existenz versetzt werden. Sie unterziehen ihr Leben einer genauen Prüfung, und jeder von ihnen entdeckt, daß er schuldig ist – nicht aber schuldig der Verbrechen, für die er verurteilt wird. Der gemeinsame Nenner ihrer Schuld ist, daß sie das Interesse der Menschheit über das des Menschen gestellt, Moral der Zweckmäßigkeit, die Mittel dem Zweck geopfert haben. Jetzt müssen sie sterben, weil ihr Tod dem Zweck der Sache dient, verurteilt von Männern, die sich zu dem gleichen Prinzip bekennen. Der Titel des Buches sollte lauten: *Circulus vitiosus*.

Als ich das Buch zu schreiben begann, hatte ich keinen festen Plan dafür, und nur ein Charakter stand mir deutlich vor Augen. Er sollte Mitglied der alten bolschewistischen Garde sein, seine Art des Denkens die von Nikolai Bucharin, seine Persönlichkeit und physische Erscheinung eine Mischung von Leo Trotzki und Karl Radek. Ich sah ihn so deutlich wie eine Halluzination – klein, untersetzt, mit einem spitzen Ziegenbart und der Gewohnheit, seinen Zwicker am Jackenärmel zu reiben, während er in seiner Zelle auf und ab lief. Die nächste Aufgabe war, einen Namen für ihn zu finden. In der Rumpelkammer meines Gedächtnisses stieß ich auf den Namen Rubaschow, ohne mich zu erinnern, wo ich ihn herhatte. Er gefiel mir, weil er wie »rubaschka« klang – die hochgeschlossene, bestickte russische Bluse, die ich ihm in meiner Phantasie manchmal sonntags anzog. In Wirklichkeit war Nicolas Salmanowitsch Rubaschow der Name des Chefredakteurs des *Davar,* der palästinensischen sozialistischen Tageszeitung; aber das hatte ich vergessen. Ich war dem wirklichen Herrn Rubaschow nie begegnet, hatte aber seinen Namen zur Zeit meines Aufenthalts in Palästina gehört. Übrigens machte der zweite Vorname, Salmanowitsch (Salomonson), meinen Helden zum Juden, aber weder fiel mir das auf, noch hat mich je ein Leser darauf aufmerksam gemacht.

Die erste Szene des Buches ergab sich von selbst. Als seine eigenen Leute ihn verhaften kommen, schläft Rubaschow noch und träumt von seiner letzten Verhaftung im Land des Feindes; in der Schlaftrunkenheit ist er sich nicht klar, welcher der beiden feindlichen Diktatoren es diesmal auf ihn abgesehen hat und welcher der beiden allgegenwärtigen Öldrucke über seinem Bett hängt. Merkwürdigerweise schrieb ich diese symbolische Gleichsetzung der beiden totalitären Regime (die als Leitmotiv in den letzten Zeilen des Buches wieder auftaucht) ein Jahr vor dem Hitler-Stalin-Pakt, als ich in meinen bewußten Gedanken noch mit den Sowjets sympathisierte und jede Andeutung einer Ähnlichkeit zwischen Sowjetrußland und Nazideutschland entrüstet zurückgewiesen hätte.

Nachdem die erste Szene geschrieben war, mußte ich nicht weiter über Plan und Handlung der Geschichte nachdenken; sie warteten unter den Erinnerungen der sieben Jahre, die, verdrängt und zugedeckt, eine Art Gärungsprozeß durchgemacht hatten. Jetzt, da der Deckel hochgehoben wurde, stiegen sie auf wie Luftblasen und verrieten ihre wahre Farbe und Substanz. Nadeschda, der kleine Werner, die beiden Natschalniks von Baku, unzählige Episoden, einzelne Sätze und Gesten, denen ein innerer Zensor all die Jahre verwehrt hatte, sich zu dem ihm entsprechenden Ganzen zusammenzufügen, taten das nun von sich aus. Ich zerbrach mir nicht den Kopf, was in dem Buch weiter geschehen sollte; ich wartete mit Furcht und Neugier darauf, daß es geschähe. Ich wußte zum Beispiel, Rubaschow würde zum Schluß kapitulieren und seine angeblichen Verbrechen gestehen, hatte aber nur eine vage und allgemeine Vorstellung von den Gründen, die ihn dazu bringen mußten. Die Gründe enthüllten sich einer nach dem anderen, während Rubaschow von den beiden Untersuchungsrichtern Iwanoff und Gletkin vernommen wurde. Die Fragen und Antworten dieser Dialoge waren vom geistigen Klima des geschlossenen Systems bedingt; sie waren nicht erfunden, sondern nach den quasi-mathematischen Regeln des Unbewußten aus dem starren logischen Rahmenwerk abgeleitet, das Angeklagten und Kläger gleichermaßen einschloß und Opfer und Henker in seinem Griff hielt. Unter den gegebenen Spielregeln konnten sie nur so und nicht anders argumentieren und handeln.

Für einen westlichen, mit dem System und seinen Gesetzen nicht vertrauten Verstand waren die Geständnisse in den Schauprozessen das große Rätsel unserer Zeit. Warum hatten sich die alten Bolschewiken, Helden und Führer der Revolution, die mit dem Tod so oft in Berührung gekommen waren, daß sie sich selbst »Tote auf Urlaub« nannten, zu diesen absurden und haarsträubenden Lügen bekannt? Wenn man jene außer acht ließ, die wie Radek nur ihr Leben retten wollten, und jene, die wie Sinowjew seelisch zerbrochen waren, die wie Kamenjew, angeblich ein besonders liebevoller Vater, ihre Familien retten wollten, dann blieb noch immer ein harter Kern von Männern wie Bucharin, Pjatakow, Mratschkowskij, Smirnow und zumindest zwanzig anderen Veteranen der zaristischen Gefängnisse und sibirischen Verbannung mit einer revolutionären Vergangenheit von dreißig, vierzig Jahren, deren vollständige und freudige Selbsterniedrigung unerklärlich blieb. Rubaschow sollte ein typischer Vertreter dieses »harten Kerns« werden.

Die in dem Roman gegebene Deutung wurde als die »Rubaschow-Theorie der Geständnisse« bekannt und Gegenstand einer langen öffentlichen Kontroverse. Ich habe mich an dieser Kontroverse nicht beteiligt. Heute, fünfzehn Jahre nach dem Erscheinen des Romans, mögen ein paar Bemerkungen zur Frage der historischen Authentizität berechtigt sein.

Die drei in Rückblenden erscheinenden Episoden des Romans – Richard, der kleine Löwy und die Arlowa – sind adaptierte Versionen wirklicher Geschehnisse. Die technische Seite der GPU-Methoden: den Angeklagten durch Verhöre »am laufenden Band« des Schlafs zu berauben, ihn einen oder mehrere Tage lang aufrecht stehen zu lassen, die Verwendung des blendenden Lichts, die Drohung, ihn ohne Prozeß hinzurichten, wenn er nicht mitspiele, die abwechselnd »harte« und »weiche« Behandlung – all das ist durch spätere Berichte bestätigt worden. Was nun das zentrale Problem betrifft, wie ein Angehöriger des »harten Kerns« durch logische Argumente dazu gebracht wird, das Absurde zu gestehen, so muß ich den Leser um Geduld für zwei lange Zitate bitten. Das erste ist eine Schlüsselstelle des Romans, das zweite ein in der Folgezeit bekanntgewordener Tatsachenbericht über das Verhör eines der Hauptangeklagten im ersten Moskauer Prozeß.

Der Romanauszug stammt aus dem letzten Teil von Rubaschows Vernehmung durch Gletkin. Rubaschow besteht darauf, er sei zwar gegen die Politik des Führers gewesen, habe aber weder mit gegenrevolutionären Absichten noch als Agent einer fremden Macht gehandelt, sondern in gutem Glauben und gemäß seinem Gewissen. Darauf antwortet Gletkin mit einem Zitat aus Rubaschows eigenen Schriften: *»Für uns ist die Frage der subjektiven bona fides ohne Interesse. Wer unrecht hat, muß zahlen; wer recht behält, dem wird die Schuld erlassen. Das ist unser Gesetz ...«* In der darauffolgenden Auseinandersetzung fährt Gletkin fort, seine Argumente mit Zitaten aus Rubaschows Schriften und Reden zu belegen, und Rubaschow ist ihnen gegenüber hilflos. Gletkin zitiert aus Rubaschows Tagebuch: »*Es ist notwendig, den Massen jeden Satz durch Vergröberung und Vereinfachung in die Köpfe zu hämmern. Was als richtig dargestellt wird, muß wie Gold glänzen, was als falsch dargestellt* wird, muß schwarz angestrichen werden ...« Als Rubaschow endlich physisch und geistig erschöpft ist, hämmert ihm Gletkin das letzte Argument in den Kopf:

»Ihre Fraktion, Bürger Rubaschow, ist geschlagen und vernichtet. Sie wollten die Parteispaltung, obwohl Sie wußten, daß die Spaltung der Partei den Bürgerkrieg bedeutet. Sie wußten von der Unzufriedenheit unter den Bauern, die noch nicht gelernt haben, den Sinn der ihnen auferlegten Opfer zu verstehen. Im Kriegsfall, von dem uns möglicherweise nur einige Monate trennen, können solche Strömungen zur Katastrophe führen. Daher die absolute Notwendigkeit für die Partei, geeinigt dazustehen. Sie muß aus einem Guß sein, ein einziger Block, gefüllt mit blinder Disziplin und absolutem Vertrauen. Sie und Ihre Freunde, Bürger Rubaschow, haben einen Riß im Körper der Partei verursacht. Wenn Ihre Reue echt ist, dann müssen Sie uns helfen, diesen Riß zu heilen. Ich habe Ihnen bereits gesagt, daß dies der letzte Dienst ist, den die Partei von Ihnen verlangt.

Ihre Aufgabe ist einfach. Sie haben sie sich selbst gesetzt: das Richtige zu vergolden, das Falsche anzuschwärzen. Das Falsche: das ist die Politik der Opposition. Ihre Aufgabe ist daher, die Opposition verächtlich zu machen; den Massen vor Augen zu führen, daß Opposition ein Verbrechen und jeder Oppositionelle ein Verbrecher ist. Das ist die einfache Sprache, die die Massen verstehen. Wenn Sie anfangen, über komplizierte Motive zu reden, stiften Sie bloß Verwirrung. Ihre Aufgabe, Bürger Rubaschow, ist, zu vermeiden, daß Sie Sympathie und Mitleid erwecken. Sympathie und Mitleid für die Opposition bedeuten eine Gefahr für unser Land. Genosse Rubaschow, ich hoffe, daß Sie die Aufgabe, die die Partei Ihnen stellt, verstanden haben.«

Es war das erstemal seit ihrer Bekanntschaft, daß Gletkin Rubaschow »Genosse« genannt hatte. Rubaschow hob rasch den Kopf. Er fühlte eine heiße Welle in sich emporsteigen, gegen die er wehrlos war. Sein Kinn zitterte, während er sich den Zwicker aufsetzte.

»Ich verstehe.«

»Beachten Sie«, fuhr Gletkin fort, »daß die Partei Ihnen keine Belohnung verspricht. Wir haben eine Anzahl von Gefangenen durch physischen Druck gefügig gemacht. Andere, indem wir ihnen in Aussicht stellten, daß sie ihren Kopf retten könnten oder die Köpfe ihrer Angehörigen, die als Geisel in unseren

Händen waren. Ihnen, Genosse Rubaschow, schlagen wir keinen Handel vor und stellen keine Belohnung in Aussicht.«

»Ich verstehe«, wiederholte Rubaschow.

Gletkin suchte unter den Akten. »Es gibt eine Stelle in Ihrem Tagebuch, die mich beeindruckt hat. Sie schrieben: *Ich habe gedacht und gehandelt, wie ich mußte. Wenn ich recht behalte, habe ich nichts zu bereuen. Wenn ich unrecht habe, werde ich bezahlen.*«

Er sah von den Akten auf und blickte Rubaschow voll ins Gesicht. »Sie haben unrecht behalten, und Sie werden bezahlen, Genosse Rubaschow. Die Partei verspricht Ihnen nur eines: nach dem Endsieg, zu einer Zeit, wenn dadurch kein Schaden mehr angestiftet werden kann, wird das Material unserer geheimen Archive veröffentlicht werden. Dann wird die Welt erfahren, was hinter den Kulissen dieses Puppentheaters, wie Sie es nannten, geschehen ist; die Hintergründe des Schauspiels, das wir ihr nach dem Textbuch der Geschichte vorspielen mußten.«

Das Material der Geheimarchive, auf das Gletkin tröstend hinweist, ist noch nicht veröffentlicht. Aber einiges davon ist durchgesickert, wie das auf die Dauer unvermeidlich war. Ich zitiere hier nur einen Beweis: General Kriwitskijs Bericht über die Methoden, durch die Mratschkowskij, einer der Angeklagten des ersten Schauprozesses, zum Geständnis gebracht wurde.

General Walter Kriwitskij stand dem militärischen Nachrichtendienst der Sowjetunion für Westeuropa, dem Vierten Büro der Roten Armee, vor, bis er 1937 mit dem Regime brach. Es war der erste Fall von Desertion eines hohen Beamten des sowjetischen Spionagenetzes. Zweimal versuchte die GPU ihn in Frankreich zu ermorden; beim dritten Versuch, in den Vereinigten Staaten, gelang es ihr. Sein Tod wurde so arrangiert, daß es wie Selbstmord aussah. General Kriwitskij wurde mit einem scheinbar selbst beigebrachten Kopfschuß im Zimmer eines kleinen Washingtoner Hotels gefunden, in dem er nie vorher abgestiegen war. Er hatte seiner Familie und seinen Freunden wiederholt erklärt, sie sollten im Falle seines plötzlichen Ablebens unter keinen Umständen je an einen Selbstmord glauben. Es gibt einen alten GPU-Ausspruch: Jeder Dummkopf kann einen Mord ausführen, aber nur ein Künstler bringt einen natürlichen Tod zustande.

Ich habe General Kriwitskij nie getroffen; Freunde von mir, die ihn kannten, bewunderten seinen Mut und seine Integrität. Sein Buch *I was Stalin's Agent* wurde im Dezember 1939 veröffentlicht – zu einer Zeit, da ich *Sonnenfinsternis* mit Ausnahme des letzten, nach dem Verhör spielenden Teils beendet hatte.

Tatsächlich las ich Kriwitskijs Buch erst einige Jahre später, denn nach der Niederschrift der *Sonnenfinsternis* hatte ich das Thema lange Zeit satt. Da Kriwitskijs Buch vergriffen ist und es womöglich jahrelang bleiben wird, will ich die entscheidenden Stellen zitieren.

Zuerst eine kurze Zusammenfassung des Problems aus dem Kapitel *Warum sie gestanden*:

> Wie erzielte man Geständnisse?... Die verwunderte Welt sah zu, wie die Schöpfer des Sowjetstaates sich selbst für Verbrechen geißelten, die sie nie begangen haben konnten und die nachgewiesenermaßen phantastische Lügen waren. Seither hat das Rätsel der Geständnisse die Welt immer wieder in Staunen versetzt. Für diejenigen von uns, die die Innenseite der Stalinmaschine kannten, waren jedoch die Geständnisse nie ein Rätsel.
>
> Obwohl mehrere Umstände dazu beitrugen, die Männer zum Ablegen der Geständnisse zu bringen, machten sie sie zum Schluß in der echten Überzeugung, daß das der letzte Dienst war, den sie der Partei und der Revolution noch zu leisten hatten. Sie opferten Ehre und Leben, um das verhaßte Regime Stalins zu verteidigen, weil in ihm noch ein letzter schwacher Hoffnungsstrahl jener besseren Welt enthalten war, der sie sich in früher Jugend angelobt hatten ...

Kriwitskij betont wiederholt, daß diese Erklärung nur für gewisse Angeklagte gilt – für diejenigen, die ich als den »Harten-Kern-Typ« bezeichnete.

Im folgenden berichtet er, wie man Mratschkowskij zum Geständnis überredete:

Mratschkowskij war seit 1905 Mitglied der bolschewistischen Partei. Er war der Sohn eines vom Zaren nach Sibirien verbannten Revolutionärs. Er selbst wurde viele Male von der zaristischen Partei verhaftet. Im Bürgerkrieg, nach der Sowjetrevolution, organisierte Mratschkowskij in den Uralgebieten ein Freiwilligenkorps, das große Heldentaten bei der Besiegung der konterrevolutionären Armee Admiral Koltschaks vollbrachte. Zur Zeit Lenins und Trotzkis wurde er zu einem beinahe legendären Helden.

Im Juni 1935 waren alle Vorbereitungen für den ersten Schauprozeß beendet. Die Geständnisse von vierzehn Gefangenen lagen vor. Den führenden Figuren, Sinowjew und Kamenjew, waren ihre Rollen zugeteilt, und sie kannten ihren Text. Zwei Männer in diesem Schub von gezeichneten Opfern weigerten sich jedoch beständig, mit Geständnissen herauszurücken. Einer von ihnen war Mratschkowskij, der andere sein Kollege Iwan N. Smirnow, einer der Gründer der bolschewistischen Partei und Chef der Fünften Armee im Bürgerkrieg.

Stalin wollte den Prozeß ohne diese beiden Männer nicht beginnen lassen. Man hatte sie monatelang bearbeitet, hatte sie allen körperlichen Methoden dritten Grades unterworfen, die die OGPU kannte, aber sie weigerten sich noch immer, ein Geständnis zu unterzeichnen.

Dann wies der Chef der OGPU plötzlich meinen Kollegen Sloutskij an, die Vernehmung Mratschkowskijs zu übernehmen und den Mann in die Knie zu zwingen. Wie der Zufall es wollte, hatte Sloutskij eine tiefe Achtung für Mratschkowskij. Wir weinten beide, als mir Sloutskij von seinem Erlebnis als Inquisitor berichtete.

»Ich begann die Untersuchung frisch rasiert«, sagte er. »Als ich damit fertig war, war mir ein Bart gewachsen.

Als er das erstemal in mein Büro geführt wurde, sah ich, daß er stark hinkte; es war die Nachwirkung einer im Bürgerkrieg erlittenen Beinverletzung. Ich bot ihm einen Stuhl an. Er setzte sich. Ich eröffnete die Untersuchung mit den Worten: ›Wie Sie sehen, Genosse Mratschkowskij, habe ich den Befehl erhalten, Sie zu verhören.‹

Mratschkowskij antwortete: ›Ich habe nichts zu sagen! Und überhaupt wünsche ich kein Gespräch mit Ihnen zu führen. Ihre Sorte ist viel ärger als die Gendarmen des Zaren. Wie wäre es, wenn Sie mir sagten, welches Recht Sie haben, mich zu verhören? Wo waren Sie während der Revolution? Ich kann mich nicht erinnern, in der Zeit der Revolutionskämpfe von Ihnen gehört zu haben.‹«

Dann sah Mratschkowskij die beiden Orden des Roten Banners an Sloutskijs Brust und fuhr fort:

»Typen Ihrer Art sah ich niemals an der Front. Diese Dekorationen da müssen Sie gestohlen haben!«

Mratschkowskij stand auf, zog mit einer schnellen Bewegung sein Hemd aus und entblößte die Narben der Wunden, die er in den Kämpfen für das Sowjet-Regime empfangen hatte.

»Das sind *meine* Auszeichnungen!« rief er aus.

Sloutskij schwieg weiter. Er ließ Tee bringen und bot dem Gefangenen ein Glas und Zigaretten an. Mratschkowskij nahm das Glas und den Aschenbecher, der ihm gereicht wurde, warf sie zu Boden und schrie:

»Sie wollen mich also bestechen? Sie können Stalin sagen, daß ich ihn verachte! Er ist ein Verräter! Man hat mich zu Molotow (dem damaligen sowjetischen Premierminister) gebracht, der mich ebenfalls bestechen wollte. Ich habe ihm ins Gesicht gespuckt.«

Jetzt endlich sprach Sloutskij:

»Nein, Genosse Mratschkowskij, ich habe die Orden des Roten Banners nicht gestohlen. Ich erhielt sie in der Roten Armee an der Front von Taschkent, wo ich unter Ihrem Kommando kämpfte. Ich habe Sie nie für ein Reptil gehalten und halte Sie auch jetzt nicht dafür. Aber haben Sie sich der Partei widersetzt und gegen sie gekämpft? Natürlich haben Sie das getan. Nun, die Partei hat mir jetzt befohlen, Sie zu verhören. Was Ihre Wunden betrifft – schauen Sie sich das an.« Worauf Sloutskij seinen Oberkörper entblößte und seine eigenen Narben zeigte ...

Dann sagte er: »Ich habe nach dem Krieg für das revolutionäre Tribunal gearbeitet. Später hat mich die Partei der OGPU-Verwaltung zugeteilt. Ich führe jetzt nur meinen Auftrag aus und gehorche Befehlen. Wenn mir die Partei zu sterben befiehlt, werde ich sterben.« (Sloutskij hat das auch getan: achtzehn Monate später wurde sein Selbstmord gemeldet.)

»Nein, Sie sind heruntergekommen und ein Polizeihund geworden, ein richtiger OCHRANA-Agent«, unterbrach ihn Mratschkowskij. Dann hielt er inne, zögerte und fuhr fort: »Und doch haben Sie offenbar Ihre Seele noch nicht ganz verloren.«

Zum erstenmal fühlte Sloutskij, daß ein Funken des Verstehens zwischen ihm und Mratschkowskij aufflammte. Er begann, über die innere und äußere Lage der Sowjetregierung zu sprechen, über innere und äußere Gefahren, von den Feinden innerhalb der Partei, die die Sowjetmacht untergruben, von der Notwendigkeit, die Partei als den einzigen Retter der Revolution um jeden Preis zu schützen.

»Ich sagte ihm«, erzählte mir Sloutskij, »ich sei persönlich davon überzeugt, daß er, Mratschkowskij, kein Gegenrevolutionär wäre. Ich nahm die Geständnisse seiner verhafteten Freunde vom Schreibtisch und zeigte sie ihm als Beweis, wie tief sie in ihrer Opposition zum Sowjetsystem gefallen waren.

Drei volle Tage und Nächte redeten und diskutierten wir. In der ganzen Zeit schlief Mratschkowskij nicht einen Augenblick, und ich habe mir während dieser Periode des Ringens mit ihm im ganzen vielleicht drei bis vier Stunden Schlaf gestohlen.«

Tage und Nächte des Argumentierens folgten, bis Mratschkowskij einsah, daß niemand außer Stalin die bolschewistische Partei zu führen vermochte. Mratschkowskij war überzeugter Anhänger des Einparteiensystems und mußte zugeben, daß keine bolschewistische Gruppe stark genug war, die Parteimaschine von innen her zu reformieren oder Stalins Führung zu stürzen. Es herrschte wirklich tiefe Unzufriedenheit im Lande; dagegen aber von außerhalb der bolschewistischen Reihen anzukämpfen, mußte das Ende der proletarischen Diktatur bedeuten, zu der Mratschkowskij sich bekannte.

Der Untersuchungsrichter und sein Gefangener stimmten darin überein, daß alle Bolschewisten ihren Willen und ihre Gedanken dem Willen und den Gedanken der Partei unterzuordnen haben. Sie stimmten darin überein, daß man im Dienste der Partei den Tod oder die Entehrung oder auch den Tod und die Entehrung auf sich zu nehmen hatte, wenn die Konsolidierung der Sowjetmacht das erforderte. Es war Sache der Partei, den Selbstanklägern Anerkennung für ihre Selbstaufopferung zu zollen, wenn sie das wollte.

»Ich brachte ihn zum Weinen«, berichtete Sloutskij. »Ich weinte mit ihm, als wir zu dem Schluß kamen, daß alles verloren war, daß keine Hoffnung und kein Glaube mehr bestand und nur noch ein letzter verzweifelter Versuch übrigblieb, einem nutzlosen Kampf der unzufriedenen Massen zuvorzukommen. Dafür brauchte die Regierung öffentliche ›Geständnisse‹ von den oppositionellen Führern.«

Mratschkowskij bat um eine Zusammenkunft mit Iwan Smirnow, seinem intimen Freund. Sloutskij ließ Smirnow aus seiner

Zelle holen, das Zusammentreffen der beiden Männer fand in seinem Büro statt. Lassen wir Sloutskij es beschreiben:

»Es war eine schmerzlich aufregende Szene. Die zwei Helden der Revolution umarmten sich. Sie weinten. Mratschkowskij sagte zu Smirnow: ›Iwan Nikitisch, wir wollen ihnen geben, was sie wollen. Es muß sein ...‹

Am Ende des vierten Tages unterschrieb er das ganze von ihm im öffentlichen Prozeß abgelegte Geständnis.

Ich ging heim. Eine ganze Woche lang war ich nicht fähig, zu arbeiten. Ich war unfähig, zu leben.«

Ich hatte ein übelkeiterregendes Gefühl von *déjà vu,* als ich diesen Bericht mehrere Jahre nach der Arbeit an *Sonnenfinsternis* las. Die Ähnlichkeit der Atmosphäre und des Inhalts mit dem ersten Verhör Rubaschows durch Iwanoff war wirklich auffallend. Die Ähnlichkeit von Iwanoffs und Sloutskijs Art des Argumentierens war leicht zu erklären: der Roman und der Tatsachenbericht waren durch die gleichen Umstände und Ideen bedingt. Es gab aber Ähnlichkeiten des Details und der Nuance, die darüber hinausgingen. In beiden Fällen beginnt das Verhör mit dem Austausch sentimentaler Erinnerungen aus dem Bürgerkrieg zwischen Ankläger und Angeklagtem; in beiden Fällen hat der Ankläger unter dem Kommando des Angeklagten gekämpft; als Folge des Bürgerkriegs hat je einer der Gegenspieler ein lahmes Bein; in beiden Fällen wird der Untersuchungsrichter später selbst liquidiert. Als ich weiterlas, hatte ich das Gefühl, Doppelgängern zu begegnen, den spektralen Ebenbildern von Rubaschow und Iwanoff – es war wie ein gespenstischer, ektoplastischer Durchbruch der Charaktere und Vorfälle meiner Phantasie in die Realität.

Kriwitskij hat *Sonnenfinsternis* nie gelesen; er war tot, bevor das Buch im Druck erschien. Sein Buch und das meine sind ungefähr zur gleichen Zeit entstanden. Nach den Angaben seines Herausgebers Isaac Don Levine schrieb er es 1938; sein Vorwort ist mit Oktober 1939 datiert.

Ich habe schon verschiedentlich darauf hingewiesen, daß die Methode, die einen Mratschkowskij, Bucharin oder Rubaschow zu Geständnissen veranlaßte, nur bei einem gewissen Typ der Partei unbedingt loyal ergebener alter Bolschewisten angewendet werden konnte. Bei anderen Angeklagten wandte man andere Druckmittel an, die von Fall zu Fall wechselten. In der durch den Roman hervorgerufenen Kontroverse wurde jedoch ständig behauptet, alle Geständnisse seien darin durch die gleiche Methode erklärt. In Wirklichkeit gesteht von den drei im Roman auftretenden Gefangenen nur Rubaschow aus selbstaufopfernder Treue zur Partei; Hasenscharte gesteht, weil man ihn foltert; der analphabetische Bauer gesteht, ohne die Anklage auch nur zu begreifen, weil er allem zustimmt, was die Obrigkeit befiehlt. Darüber hinaus zählt Gletkin selbst an der in diesem Kapitel zitierten Stelle die verschiedenen Methoden auf, durch die man andere zu Geständnissen brachte; an einer anderen Stelle stellt Rubaschow fest: »Einige wurden durch nackte physische Angst zum Schweigen gebracht; andere durch die Hoffnung, ihren Kopf zu retten ...« Als aber die Schauprozesse, zehn Jahre nachdem das Buch geschrieben war, auch auf die Satellitenländer übergriffen, wiesen unermüdliche Polemiker darauf hin, daß Kardinal Mindszenty oder Herr Vogeler der Kommunistischen Partei gegenüber keine Loyalität empfanden und daß die »Rubaschow-Theorie der Geständnisse« daher falsch sein müsse. Man könnte genausogut beweisen, daß, weil Nägel von Magneten, Fliegen aber von Fliegenpapier angezogen werden, die »Lehre von der magnetischen Anziehungskraft« falsch sei. Die Hartnäckigkeit solchen meist gutgläubigen Mißverstehens rührt wahrscheinlich von der angeborenen Tendenz des Verstandes her, zu verallgemeinern und nach einer einheitlichen Erklärung, einem Stein der Weisen, für verwirrend komplexe Phänomene zu suchen. Gerade im Hinblick darauf waren ja die Angeklagten jedes Schauprozesses ein sorgfältig ausgewähltes »Amalgam« aus aufrechten Männern, Lockspitzeln und moralischen Wracks, die sich alle auf die gleiche Weise benahmen, aber aus völlig verschiedenen Gründen.

Ich begann *Sonnenfinsternis* um die Zeit des Münchener Abkommens zu schreiben und beendete das Buch im April 1940, einen Monat vor der deutschen Invasion und dem Fall Frankreichs. Wie bei den *Gladiatoren* kam es zu langen, erzwungenen Unterbrechungen der Arbeit, die zu einem Hindernisrennen gegen Zeit und Schicksal wurden; denn seit München war ich überzeugt, daß Frankreich einem deutschen Angriff innerhalb weniger Wochen erliegen würde.

Die erste Hürde bestand darin, daß ich, als das Buch zur Hälfte fertig war, wieder kein Geld zum Weiterschreiben hatte. Ich brauchte noch sechs Monate, um es zu beenden. Zur Beschaffung des nötigen Kapitals mußte ich zwei Monate – April und Mai 1939 – opfern, um noch ein Sexualbuch, das dritte und letzte, zu schreiben. Nach drei Monaten ruhiger Arbeit in Südfrankreich kam die nächste Hürde: am 3. September brach der Krieg aus, und am 2. Oktober wurde ich von der französischen Polizei verhaftet.

Hier begann jene Reihe kafkaesker Ereignisse, die ich in *Scum of the Earth* geschildert habe. Die nächsten vier Monate verbrachte ich in einem Konzentrationslager in den Pyrenäen. Ich wurde im Januar 1940 entlassen, aber weiter von der Polizei verfolgt. In den nächsten drei Monaten beendete ich den Roman in den Stunden zwischen Verhören und Durchsuchungen meiner Wohnung und in dauernder Angst vor neuer Verhaftung und Konfiskation des Manuskripts.

Ein freundlicher Schutzgeist schien jedoch das Buch zu beschützen. Einmal, im März 1940, nahm die Polizei bei einer Durchsuchung der Wohnung fast alle meine Papiere und Manuskripte mit, aber das getippte Manuskript von *Sonnenfinsternis* übersah sie. Die Originalschrift lag auf meinem Schreibtisch, getreu der Theorie von Edgar Allan Poe, daß deutlich sichtbare Dinge am seltensten Verdacht erregen, während nach den Regeln einer entgegengesetzten Theorie der Durchschlag oben auf dem Büchergestell versteckt war. Zum Schluß wurde ich dennoch wieder verhaftet, und die ursprüngliche deutsche Version des Buches ging verloren. Da war aber die englische Übersetzung bereits vollendet und knappe zehn Tage vor dem Beginn des deutschen Einmarsches in Frankreich von mir nach London geschickt worden.

Als es mir selbst sechs Monate später gelang, London zu erreichen, waren aus dem Manuskript schon Umbruchbogen geworden. Die Bogen erhielt ich im Londoner Pentonville-Gefängnis, wohin man mich bei meiner Ankunft gebracht hatte. Es gab da gewisse Schwierigkeiten, weil Häftlinge keine Bücher von außerhalb erhalten durften; da der Häftling aber das Buch nachweisbar selbst geschrieben hatte, gab der Direktor seine Erlaubnis. In Pentonville erfuhr ich zum erstenmal den englischen Titel des Buches – *Darkness at Noon*. Es war ein Einfall der Übersetzerin, angeregt durch Miltons »Oh dark, dark, dark, amid the blaze of noon«. Die Übersetzerin, Daphne Hardy, war im Hauptberuf nicht Übersetzerin, sondern eine junge englische Bildhauerin; sie ist mit »G« in *Scum of the Earth* identisch. Sie war auf einem anderen Weg früher als ich aus Frankreich geflohen; wir trafen uns wieder im Besuchsraum von Pentonville, wo wir über ein Drahtgitter hinweg in Gegenwart eines uniformierten Gefängniswärters sprechen mußten. Auf dem Weg zurück zur Zelle fragte mich der Wärter, was für ein Buch es sei, über das wir so lange gesprochen hätten. Ich sagte, es sei ein Buch über einen Häftling in einer Einzelzelle, das ich geschrieben hätte. »Dann müssen Sie ein Prophet sein«, antwortete er und schlug die Tür meiner Einzelzelle zu.

Als *Darkness at Noon* erschien, saß ich noch immer in der Zelle.

In England wurde das Buch in Linkskreisen diskutiert, erregte aber sonst so wenig Aufsehen, daß es nach dem Verkauf der Erstauflage von tausend Exemplaren mehrere Monate lang vergriffen war und bis zum Ende des ersten Jahres insgesamt weniger als viertausend Exemplare verkauft wurden.

In Frankreich erschien das Buch nach dem Kriege, und es wurden mehr als vierhunderttausend Exemplare davon verkauft. Es ist für einen Autor nicht üblich, seine Auflagenzahlen zu erwähnen; ich glaube aber, daß in diesem Fall eine Ausnahme aus zwei Gründen gerechtfertigt ist: erstens, weil diese Zahlen den Unterschied im Lesergeschmack der beiden Länder zeigen, und zweitens wegen gewisser Entwicklungen, auf die ich gleich zu sprechen kommen will.

*Le Zéro et l'Infini** schlug alle Rekorde des französischen Büchermarktes der Vorkriegszeit, nicht aus literarischen, sondern aus politischen Gründen. Nach dem Terror der deutschen Besetzung ging Frankreich durch eine neue Periode des Terrors, dessen Geschichte noch nicht geschrieben ist. In den chaotischen Wochen zwischen dem Zerfall der Autorität der Besatzungsmacht und der Errichtung einer gesetzmäßigen Regierung wurde fast jedes Gebiet Frankreichs zum Schauplatz summarischer Hinrichtungen, willkürlicher Vergeltungsmaßnahmen und Gesetzlosigkeiten. Die Kommunisten, die als die bestorganisierte Macht aus der Widerstandsbewegung hervorgingen, benutzten diese chaotischen Wochen, genau wie sie es in Spanien getan hatten, zu systematischen Abrechnungen mit ihren Gegnern, unter dem Vorwand, es handle sich um Kollaborateure. Die Herrschaft des Maquis – im ursprünglichen, gesetzlosen Sinn des Wortes – ebbte nur langsam ab und setzte sich in versteckter Form jahrelang fort; selbst heute noch werden gewisse Aspekte jener Periode durch ein schweigendes Übereinkommen vertuscht. Zu jener Zeit aber – 1946 – waren die Kommunisten noch die stärkste Partei in Frankreich; sie waren in der Regierung, hatten die unmittelbare Kontrolle über die Gewerkschaften und zwangen mittelbar, durch Erpressungen und Drohungen, den Gerichten, Verlagen, Redaktionen, der Filmindustrie und den literarischen Cliquen weitgehend ihren Willen auf.

In dieser drückenden Atmosphäre besaß der Roman über die russischen Säuberungen, auch wenn es sich um zehn

* Der französische Titel ist ein Hinweis auf eine Stelle des Buches, die besagt, daß der Wert des Individuums in der sozialen Gleichung entweder null oder unendlich ist.

Jahre zurückliegende Ereignisse handelte, eine symbolische Aktualität, die von einer tieferen Wirkung war, als sie irgendein unmittelbar aktuelles Buch haben konnte. Das Buch war die erste im Nachkriegsfrankreich erschienene moralische Anklage gegen den Stalinismus, und da es in der authentischen Parteisprache redete und einen Bolschewisten der alten Garde zum Helden hatte, konnte es nicht einfach als »reaktionär« und »bourgeois« abgetan werden. Statt dessen versuchten die Kommunisten, zuerst den Verleger des Buches einzuschüchtern. Als ihnen das nicht gelang, kauften sie ganze Lagerbestände vorstädtischer und provinzieller Buchläden auf und vernichteten sie. Das Buch wurde daraufhin in den Pausen zwischen den Neuauflagen zu Schleichhändlerpreisen verkauft, die das Drei- bis Fünffache des offiziellen Preises betrugen. Nachdem die Auflagenzahl die Viertelmillion erreicht hatte, erhielten kommunistische Redner den Befehl, das Buch und den Verfasser in Massenversammlungen anzugreifen. Den Grad der Einschüchterungskampagne mag man daraus ersehen, daß der französische Übersetzer es ratsam fand, sich hinter einem Pseudonym zu verbergen und später sogar dieses von der Titelseite verschwinden ließ.

Die Kontroverse erreichte ihren Höhepunkt in den schicksalhaften Wochen vor der Volksabstimmung über die zukünftige Form der französischen Verfassung. Ein Sieg des kommunistischen Vorschlags hätte den Kommunisten als der zahlenmäßig stärksten Partei die nahezu absolute Kontrolle über den Staat gegeben. Als die Schlacht vorüber war, zog eine der führenden Zeitungen in ihrem Leitartikel die Schlußfolgerungen aus der Kampagne und sagte: »Der wichtigste Einzelfaktor, der zur Niederlage der Kommunisten in der Abstimmung über die Verfassung führte, war ein Roman: *Le Zéro et l'Infini.*«

Ich habe in einem früheren Kapitel erwähnt, daß es zwei Geschehnisse in meinem Leben gibt, die mich in häufigen Stunden der Depression und Selbstverneinung trösten: bei dem ersten handelt es sich um *Diebe in der Nacht,* das zweite ist das soeben erzählte.

Die kommunistischen Attacken setzten sich in den Nachkriegsjahren fort. Sie bewegten sich zwischen akademischer Polemik und physischer Bedrohung. Auf akademischer Ebene veröffentlichte Professor Merleau-Ponty, Henri Bergsons Nachfolger am Collège de France, ein bemerkenswertes Buch, in dem er zu beweisen suchte, daß Gletkin recht hatte.* Auf einer niedrigeren Ebene schlugen die offiziellen Schriftsteller der Partei die schlichte, traditionelle Linie ein. Ein Beispiel dieser Kategorie ist ein 1950 in Paris erschienenes Buch Monsieur Jean Kanapas: *Le Traitre et le Prolétaire ou l'Entreprise Koestler and Co. Ltd.* (auch eine Paraphrase von *Der Yogi und der Kommissar)*; er gab das bis dahin gut gehütete Geheimnis preis, daß ich in Francos Gefängnis in Sevilla vom britischen Intelligence Service als Agent angeworben worden war. Die nächstniedrigere Stufe wurde am 6. August 1950 in einem Artikel auf der Titelseite der Parteiwochenschrift *L'Action* erreicht, der enthüllte, daß die kleine Villa in Fontaine le Port, die mir kurze Zeit gehörte, »das Hauptquartier des Kalten Krieges« wäre und daß ich dort »faschistische Totschläger zu einer terroristischen Miliz ausbilde«. Das wurde von der Sonntagszeitung der Partei *Humanité Dimanche* übernommen, die einen Plan der Gegend veröffentlichte, auf dem die Villa mit einem hilfreichen Pfeil angezeichnet war. Danach stellten die Verwandten unserer Köchin ihre Sonntagsbesuche bei uns ein, da man sie gewarnt hatte, daß die Villa jeden Augenblick in die Luft fliegen könne.

* *Humanisme et Terreur* (Paris 1947) erschien ursprünglich als eine Reihe von Essays in Sartres Monatsschrift *Les Temps Modernes* unter dem Titel *Le Yogi et le Prolétaire* (eine polemische Paraphrase meines *Der Yogi und der Kommissar*). Das Buch verteidigt jede Handlung des sowjetischen Regimes, einschließlich des Hitler-Stalin-Paktes, als historische Notwendigkeit, verurteilt die englisch-amerikanische Politik als imperialistische Aggression und betrachtet Kritik an der Sowjetunion als etwas, das zwangsläufig zum Krieg führen muß. Ein beinahe klassisches Beispiel für die »kontrollierte Schizophrenie« des geschlossenen Systems, demonstriert von einem akademischen Vertreter der französischen marxistisch-existentialistischen Schule.

Im November 1952 wurde der letzte meiner vertrauten Parteifreunde, Otto Katz, alias André Simone, von seinem Schicksal ereilt.

Otto hatte den Krieg in Mexiko verbracht. Dann war er in sein Geburtsland, die Tschechoslowakei, zurückgekehrt. Nach dem kommunistischen Staatsstreich von 1948 wurde er Chefredakteur des offiziellen Parteiorgans *Rudé Právo* und später Chef der Presseabteilung des Außenministeriums. Die große Säuberungsaktion, die 1952 über die Satellitenländer hinwegfegte, beseitigte auch ihn. Er war einer der zwölf Angeklagten im Slánský-Clementis-Prozeß und wurde beschuldigt, britischer Spion, Saboteur und – ausgerechnet – zionistischer Agent zu sein. Er gestand alles und wurde durch Hängen hingerichtet.

Als ich den grauenhaften Bericht über Ottos Geständnis im Verlauf des Prozesses las, war ich tiefer berührt als bei früheren ähnlichen Anlässen. In seiner Schlußrede vor dem Tribunal zitierte Otto Rubaschows letzte Rede so wörtlich, wie er sich wahrscheinlich daran erinnern konnte. Ottos letzte Worte waren: »Ich ... gehöre an den Galgen. Der einzige Dienst, den ich noch leisten kann, ist, denen, die durch Abstammung oder Charakter in Gefahr sind, denselben Pfad zur Hölle zu beschreiten, als warnendes Beispiel zu dienen. Je härter die Strafe ...« (Stimme zu leise, um hörbar zu sein)*

Rubaschows letzte Rede, mit dem Nachdruck auf den letzten noch zu leistenden Dienst, als warnendes Beispiel für andere zu dienen, war eine Paraphrase von Bucharins Geständnis beim Moskauer Prozeß von 1938 – und Otto wußte das. Die Formulierung von Ottos letzter Aussage war offensichtlich als eine getarnte Botschaft gemeint, die andeuten sollte, daß er, genau wie Bucharin und Rubaschow, gezwungen worden war, imaginäre Verbrechen zu gestehen. Vielleicht glaubte er, ich könne für ihn tun, was er für mich in einer ähnlichen, aber weniger hoffnungslosen Not-

* BBC *Monitoring Report of last statement by Otto Katz at the Slánský – Clementis trial.*

lage getan hatte; vielleicht hoffte er, daß seine einflußreichen ehemaligen Freunde in London, Paris und Hollywood, die einst den Verfasser der Braunbücher und den Propagandisten des republikanischen Spanien bewundert und gefeiert hatten, ihre Stimme zum Protest erheben würden. Wenn ein Mensch gehängt werden soll, neigt er dazu, das Interesse der Welt an seiner Luftröhre zu überschätzen. Nicht eine Stimme erhob sich unter den Redakteuren und Journalisten, den Damen der Gesellschaft und den Filmgrößen, die Otto in den romantischen, rosafarbenen Tagen der Volksfront umschwärmt hatten. Seine letzte Botschaft war wie ein gekritzelter Hilferuf in einer vom Meer an Land gespülten Flasche, die, von der Menge unbemerkt, unter dem übrigen Treibgut schwimmt.